W0187132

Rita Juon

Tod in der Viamala

Rita Juon

Tod in der Viamala

Kriminalroman

orte Verlag

2. Auflage, 2020

Umschlaggestaltung: Janine Durot
Gesetzt in Times New Roman
Herstellung: Verlagshaus Schwellbrunn
ISBN: 978-3-85830-261-8
www.orteverlag.ch

Verzeichnis der wichtigsten Personen

Rösli Sjögren-Tscharner	*geistig fitte Frau im Altersheim*
Lars	*ihr Sohn*
Simon	*ihr Urenkel*
Julia	*junge Pflegerin im Altersheim*
Joe	*ihr Partner*
Walter Buess, Meta Schäfer, Camenisch	*Polizeibeamte*
Svetlana -kova	*Staatsanwältin*
Emanuele Santacaterina	*italienischer Einwanderer im Ruhestand*
Gerardo Mazzotta	*italienischer Einwanderer, 1945–2018*
Silvia Häberli-Mazzotta	*seine Tochter, *1976*
Wendelin Wagner	*deren Geschäftspartner*
Lucilla Tataranni	*italienische Einwanderin, verwitwet*
Graziella, Riccardo, Luisa	*ihre Kinder, *1972–1977*
Erich Eichenberger	*Gemeindearbeiter in Davos, *1983*
Heiri Zuber	*Schuhmacher in Thusis, †*
Nora	*seine geschäftstüchtige Frau*
Brigitte, Marianne, Karin	*seine Töchter, *1965–1971*

Marcos	*portugiesischer Einwanderer, Kochlehrling*
Eduard Demont	*Firmengründer im Ruhestand, engagiert im Laden*
Viktor Jöriman	*Firmengründer im Ruhestand, Hobby-Historiker*
Ursina	*seine Frau*
Peter Wasescha	*Firmengründer im Ruhestand, Wanderleiter*
Jean-Claude	*sein Sohn*

1975

Der Wind pfiff ihm um die Ohren. So früh am Morgen war es empfindlich kalt, obschon der Sommer bereits in den Startlöchern war. Doch das kümmerte Angelo nicht. Erwartungsvoll und glücklich bretterte er auf seinem dunkelrot glänzenden Moped nach Süden.

Bereits nach wenigen Minuten hatte er sein Ziel erreicht. Er hatte Thusis verlassen, den unberechenbaren Wildbach Nolla auf der eleganten Brücke überquert und war am nördlichen Ausgang der Viamalaschlucht angelangt. Jetzt parkierte er sein Gefährt beim Maschinenhaus der Kraftwerke und stieg vorsichtig ab, um die Angelrute, die er zwischen dem Sitz und seinem Hintern eingeklemmt hatte, nicht auf den Boden fallen zu lassen. Er schloss das Mofa sorgfältig ab – man konnte nie wissen – und löste sein weiteres Gepäck vom Gepäckträger: eine Dose mit Würmern, einen Eimer für seine Beute, ein Bier und ein Butterbrot.

Auch ohne Fahrtwind war es hier kühl. Die Schlucht mit den mehrere hundert Meter hohen Felswänden hielt die Kälte des Winters bis weit in den Sommer hinein fest. Beim Kraftwerk standen die Felswände zwar nicht mehr so nah beieinander wie weiter südlich, aber richtig heiss wurde es hier nie. Diese Stelle des Hinterrheins kam Angelos Vorstellungen vom Paradies sehr nahe. Der Fluss bewegte sich hier ungezähmt über blank geschliffene Steine und kleine Sandbänke, seine Farbe ein aussergewöhnlich intensives Grün. Angelo schien es, als würde sich das Wasser freuen, aus der dunklen Viamala entkommen zu sein und dem Sonnenlicht entgegen zu fliessen.

Sein Weg war der entgegengesetzte, er folgte dem Hinterrhein aufwärts in die Schlucht hinein. Grosse Felsbrocken durchsetzten das Bachbett, dazwischen wechselten sich ruhige Becken und sprudelnde Wirbel ab. Wäre er eine Forelle, würde er zweifellos hier leben wollen.

Plötzlich durchzuckte ihn ein Bauchkrampf. *Merda!* Die Erdbeeren. Es war in jedem Frühsommer dasselbe. Sobald sie ihn in der Auslage vor dem kleinen italienischen Laden in Thusis anlachten, verdrängte er erfolgreich die Erinnerung daran, dass er sie nicht vertrug. Er kaufte sich ein Pfund oder lieber noch ein Kilo, damit sie auch für seine Frau und seine kleine Tochter reichten. Das Verzehren war der reine Genuss, nur die Gegenwart zählte, jeder Gedanke an früher oder später war ein Verbrechen. Bis sich die Folgen wenige Stunden später einstellten, zuverlässig wie die Rhätische Bahn.

Bauchkrämpfe. Durchfall.

Zum Glück gab es am Flussufer nicht nur Steine, sondern auch Büsche, und in diese verschwand Angelo blitzartig. Immerhin befand er sich an einem Platz mit überwältigender Aussicht auf das Bachbett, und der Luftzug aus der Viamala sorgte erst noch dafür, dass sich der Gestank Richtung Thusis verzog.

Aber was war denn das? Dort kauerte jemand am Ufer. Angelo kniff die Augen zusammen. Ganz klar, da hockte ein Mann. Bestimmt ein anderer Fischer, *porca miseria!* Jetzt war er gezwungen, viel weiter in die Schlucht hineinzugehen, und womöglich schnappte ihm dieser *stronzo* die Fische vor der Nase weg.

Angelo erhob sich eiligst und zog seine Hose hoch. Jetzt holte der andere mit einem Stein aus. *Madonna,* der musste einen riesigen Fisch gefangen haben, wenn er so viel Schwung brauchte! Das wollte sich Angelo nicht entgehen lassen. Er trat aus den Büschen heraus, als der Stein niedersauste.

Er landete nicht auf dem Kopf einer Forelle. Eine Forelle trug keinen olivgrünen Pullover. Der Mann war auch kein Fischer. Derjenige mit dem olivgrünen Pullover war ein Fischer gewesen, als er noch lebte. Jetzt lag er tot im Wasser, ertrunken oder erschlagen oder beides. Vielleicht war er doppelt tot. Der andere Mann lebte, er trug einen rostroten Pullover, der, der kein Fischer war. Sondern ein Mörder.

Sosehr er sich auch bemühte, Angelo bekam seine wirren Gedanken nicht auf die Reihe. Wie gelähmt stand er da, nur ein, zwei Dutzend Meter vom Geschehen entfernt. Er ahnte, dass er nicht hier sein sollte, war aber nicht in der Lage, sich zu bewegen und schleunigst wieder in den Büschen zu verschwinden.

Jetzt war es zu spät. Der Mörder hatte sich aufgerichtet und sich rasch nach allen Seiten umgeschaut. Angelo wurde womöglich noch eine Spur blasser, als er ihn erkannte. Und gewiss war er grün im Gesicht, als der andere ihn entdeckte und nun mit Riesenschritten zu ihm eilte und ihn am Kragen packte.

Angelo hatte schon immer geahnt, wie sich eine Maus fühlt, wenn sie erkennt, dass sie der Katze nicht mehr entkommen kann. In diesem Augenblick, als er kaum Luft bekam, die italienischen Flüche des Mannes hörte und im Augenwinkel eine Klinge dicht an seinem Gesicht erkannte, glaubte er es zu wissen.

«Schwöre beim Leben deiner Tochter, dass du keinem erzählen wirst, was du gesehen hast», zischte der andere.

«Ich schwöre es», flüsterte Angelo.

«*Giuro sulla testa di mia figlia!* Los, sag schon!»

Angelo räusperte sich, schluckte. *Dio Cristo,* lass mich in meinem Bett erwachen!, dachte er verzweifelt.

Die Klinge blitzte vor seinen Augen auf. *«Giuro sulla testa di mia figlia»,* beeilte er sich zu sagen. «Ich werde keinem davon erzählen, ich schwöre es beim Leben meiner Tochter!»

Schwer atmend standen sie sich gegenüber, die Nasenspitzen nur eine Handbreit voneinander entfernt, Angelo auf den Zehen, weil der andere noch immer seinen Kragen umklammerte.

«Hau ab!», zischte er nach einer gefühlten Ewigkeit, als er Angelo von sich stiess. Dieser raffte seine Angelausrüstung zusammen und rannte, so schnell es das unwegsame Ufer zuliess, zurück zu seinem Moped.

2018

1

Vorsichtig öffnete sie die Tür. Sie wusste, dass der alte Herr am Morgen gewöhnlich gern liegenblieb. Obschon sie ihm das von Herzen gönnte, wurde es Zeit, nach ihm zu sehen und ihn zum Aufstehen zu bewegen. Manchmal reagierte er ungehalten, manchmal erfreut, oft verwirrt und missmutig.

Heute schien er indessen noch tief zu schlafen. Sie zog die Vorhänge auf, öffnete das Fenster, um die angenehm warme Luft des Frühsommers hereinzulassen, und wandte sich lächelnd zum Bett um. Vielleicht freute er sich heute über ihren rotblonden Lockenkopf, der im Sonnenlicht vor dem Fenster leuchtete wie die goldenen Türme einer russischen Kirche. Das war schon öfters vorgekommen, dann startete er mit guter Laune in den neuen Tag. Vielleicht erinnerte sie ihn an seine stürmischen Jahre, als er als junger Einwanderer aus Süditalien ins kühle Graubünden kam – wer wusste das schon?

«Buongiorno, Signor Mazzotta», begann sie freundlich. *«Come va?»,* hätte sie noch fragen wollen, verstummte aber. Sie eilte zur reglosen Gestalt auf dem Bett, fasste an die Stirn, fühlte den Puls. Spürte nichts. Keine Wärme, keinen Herzschlag. Signore Mazzotta war zu seinem Schöpfer heimgekehrt, wie er sich jeweils ausgedrückt hatte, wenn jemand gestorben war.

Die Pflegerin setzte sich auf den Bettrand und nahm die Hand des Verstorbenen in ihre. Zwei Jahre hatten sie gemeinsam auf der Station verbracht. Der persönliche Abschied war ihr wichtig, bevor sie die Chefin benachrichtigte.

Als sie in der Stille die Gedanken schweifen liess, wurde ihr klar, dass etwas nicht stimmte. Sie runzelte die Stirn und betrachtete den Toten genauer. Sein Gesicht schien entspannt, als sei er eingeschlafen, um nicht wieder aufzuwachen. So, wie es sich die meisten Menschen für ihr Ableben wünschten. Lang ausgestreckt lag er im Bett, auf dem Rücken, sein rechter Arm umfasste locker den grauen, länglichen Stoffhasen. Was vollkommen unmöglich war.

Sie kannte ihre Kundschaft. Jeder Bewohner hier im Heim hatte seine Gewohnheiten, jede Bewohnerin ihre Gebräuche, von denen sie um nichts in der Welt abwichen. Als müssten sie sich damit einen festen Rahmen schaffen in ihrer Welt, die ihnen manchmal unverlässlich vorkam. Die Pflegerin erinnerte sich an den Mann, der jeden Abend sorgfältig seine Socken über dem Bettgestell aufhängte, damit er sie am nächsten Tag frisch ausgelüftet wieder anziehen konnte. Oder an die Frau, die jeden Morgen, sobald sie angezogen war, ihre Hüfte kreiste, fünf Mal in jede Richtung, um fit zu bleiben. Oder die beiden altledigen Schwestern, die sich ein Zimmer teilten und sich jeden Abend stritten, ob das Fenster über Nacht gekippt oder geschlossen sein sollte.

Oder Signore Mazzotta, der seinen Ellbogen jeden Abend auf einem alten Kissen in Form eines Hasen abstützte, um den heftigen Arthroseschmerz in seinem Ellbogen so weit in Schach zu halten, dass er schlafen konnte. Das Babykissen formte er zu einem U, in das er seinen Arm bettete, jeden Abend genau gleich. Den Kopf des Hasen drapierte er stets so, dass er dem Fussende des Betts zugewandt war. Auf diese Weise stützte der Hasenkörper sein lädiertes Gelenk am besten, genau so, wie er vor Jahren einem schlafenden Baby Halt gegeben hatte.

Jetzt aber blickte sie direkt in die sanften Augen des Hasen. Signore Mazzotta hielt ihn im Arm wie ein Kind sein Kuscheltier.

Die Pflegerin legte Mazzottas Hand sorgfältig zurück auf die Bettdecke. Tief in Gedanken versunken verliess sie das Zimmer.

Die Reste des Frühstücks waren weggeräumt, die Zeitung gelesen. Die Wanduhr hatte die zehn hinter sich gelassen. Jetzt mussten sie ihn längst gefunden haben.

Wie reagiere ich angemessen, wenn ich davon höre? Betroffen, überrascht, fassungslos. Nein, fassungslos nicht gerade, eher sprachlos, ungläubig. Und traurig, natürlich.

Das schien nicht allzu schwierig zu sein, so viel Schauspielerei stellte keine besondere Herausforderung dar. Schwieriger war, nicht zu zittern, ruhig und beherrscht aufzutreten. Das schien eine fast unlösbare Aufgabe zu sein. Wer hätte das gedacht? Einen anderen Menschen durch die eigene Hand sterben zu lassen, erwies sich als bedeutend aufwühlender als angenommen. Schon wieder kündigte sich heftiges Herzklopfen an, sein Mund wurde trocken, die Hände wollten nicht mehr ruhig bleiben.

Dieser lächerliche Stoffhase hatte ihn aus der Fassung gebracht. Dass ihm der Alte kurz vor seinem Tod eine verborgene, gefühlvolle Seite offenbart hatte, hatte ihm kurz den Atem geraubt. Zu rührend war das Bild des Stofftiers in seinem Bett. Doch er hatte den Moment des Zweifels überwunden, alle seine Energie aufgewendet und seine Tat ausgeführt. Zuletzt hatte er die Bettdecke wieder glattgestrichen und dem Toten den Hasen in den Arm gelegt. Er ahnte, dass ihn dieses Bild bis ans Ende seiner Tage verfolgen würde.

«Julia», rief die Chefin entnervt, «hör auf mit dem Unsinn! Er war dement und gebrechlich. Er schlief ein und wachte nicht mehr auf. Er starb so, wie es sich die meisten Menschen für sich wünschen, an einem Herzversagen oder an einer Lungenembolie. Das, was du über seinen Stoffhasen erzählst, sind Hirngespinste.» Sie schüttelte den Kopf. «Vergiss es. Gönn ihm den Frieden!»

Die Pflegerin presste die Lippen zusammen. Ihre Wangen glühten, was farblich nur schlecht harmonierte mit den rötlichen Locken. Sie hatte geahnt, dass die Stationsleiterin nicht leicht von ihrem Verdacht zu überzeugen sein würde. Sie entschloss sich zu einem letzten Versuch. «Es sind keine Hirngespinste. Der Hase war ein Hilfsmittel, er benutzte ihn zur Linderung seiner Schmerzen. Seit er ihn vor einem halben Jahr bekommen hatte, richtete er sich jeden Abend mit ihm ein, immer genau gleich», begann sie, wurde aber bereits unterbrochen.

«Ich kann dir Hunderte von Fertigkeiten unserer Bewohner aufzählen, die im Laufe einer Demenzerkrankung verloren gehen. Tausende! Die Frau im Zimmer nebenan weiss zum Beispiel seit ein paar Tagen nicht mehr, wie man einen Löffel halten muss.»

«Es sind keine Hirngespinste», fuhr Julia unbeirrt fort. «Er benutzte den Hasen, um seinen arthrosegeplagten Ellbogen abzustützen, für nichts anderes. Frag die Pflegerin von der Abendschicht, sie wird es dir bestätigen.»

«Das werde ich schön bleiben lassen. Mach dich nicht lächerlich! Geh nach der Arbeit raus, beweg dich oder triff Leute, das lenkt dich ab. Dann schläfst du darüber, und morgen ist dir selbst klar, dass du überreagierst.» Sie erhob sich, packte ihre Handtasche und den Autoschlüssel. «Ich muss gehen. Alles klar?»

«Alles klar», murmelte Julia, wobei sie mit dieser Aussage etwas ganz anderes meinte als ihre Vorgesetzte. Klar war, dass die schnippische Bohnenstange nichts hören und keinen Ärger haben wollte. Klar war weiter, dass sich die Chefin irrte. Sonnenklar war ihr ausserdem, dass sie dagegen kaum ankommen würde. Sie erhob sich, schob den Stuhl zurecht und verliess grusslos das Büro.

Emanuele Santacaterina wühlte zufrieden in der Erde. Seine Schwiegertochter, von der er nicht wesentlich mehr hielt als vom Unkraut, das er aus der Erde zog, hatte ihm das Stück Garten, das zu ihrer Wohnung in Cazis gehörte, gern überlassen. Sie konnte keinen Sinn darin erkennen, einen aussichtslosen Kampf gegen Schnecken, Kälte, Trockenheit und weiss der Himmel was sonst noch zu führen, wenn man die Salate in bestem Zustand, ausgewachsen und geputzt, kaufen konnte. Emanuele gab sich keine Mühe, diese Haltung zu verstehen, er verurteilte sie von Herzen. Die hatte keine Ahnung, was ihr entging. Die Freude, wenn die Blumen in allen Farben blühten; die Erfolgserlebnisse, wenn Gemüse und Salat gediehen und eine reiche Ernte versprachen; die grosse Befriedigung, die die Gartenarbeit bot, weil man den Pflanzen mit den eigenen Händen dazu verhelfen konnte, das Beste aus sich zu machen; die leise Erinnerung an den vergangenen Sommer, wenn man im Winter selbst gezogenes Gemüse aus dem Tiefkühler holen konnte; das alles entging ihr.

Ausserdem war da die soziale Komponente. Emanuele hatte gewiss Jahre seines fortgeschrittenen Lebens damit verbracht, sich über Gedeih und Verderb im Garten zu unterhalten. Niemand ging auf der anderen Seite des Gartenzauns vorbei, ohne ihn zu grüssen. Mit den meisten wechselte er ein paar Worte, mit vielen wurde es ein längeres Geplauder, manche suchten ihn im Sommer eher im Garten als zu Hause, wenn sie etwas von ihm wollten.

Jetzt näherte sich eine Frau auf dem Trottoir. Emanuele blinzelte in die Strahlen der bereits tief stehenden Sonne. Aha, Frau Carisch. Das würde ein Gespräch von mehr als nur ein paar Worten werden. Emanuele richtete sich schon einmal halb auf.

«Haben Sie es gehört?», fragte Frau Carisch nach dem einleitenden Geplänkel. «Herr Mazzotta ist letzte Nacht gestorben.»

«Gerardo Mazzotta?» Emanuele war sofort ganz Ohr. «War er krank?»

«Nein», berichtete Frau Carisch. «Er schlief einfach ein und wachte nicht mehr auf. Herzversagen, nehme ich an. Er war ja dement, das war doch kein Leben mehr», fügte sie hinzu. «Es gab Zeiten, da wusste er kaum noch, wo er war, und schwatzte wirres Zeug. Als ich ihn das letzte Mal besuchte, wollte er unbedingt raus zur Baufirma. Er müsse pünktlich sein, sagte er, sonst fahre der Bus ohne ihn ab. Er wurde furchtbar nervös und schwatzte irgendetwas vom neuen Hochhaus in Thusis und vom Beton, den er dort verbauen müsse. Meine Güte, das Haus ist vierzig Jahre alt!»

Auch Emanuele wusste die eine oder andere Anekdote anzufügen, ein Wort gab das andere. Frau Carisch unterliess es nicht, seinen Phlox und seine Stangenbohnen gebührend zu bewundern, bevor sie ihren Weg zum Laden fortsetzte.

Rösli Sjögren, geborene Tscharner, war ein junges Mädchen auf der Schwelle zum Erwachsenenleben, als sich Europa nach dem Zweiten Weltkrieg wieder aufrappelte. Die Kriegsjahre hatte sie auf dem elterlichen Bauernhof hoch über dem Domleschg erlebt, danach war sie bei einer Schneiderin in Thusis in die Lehre gegangen. Die Lage am Arbeitsmarkt zwang sie, eine Stelle in Zürich anzunehmen, wo es ihr jedoch nicht gelang, sich heimisch zu fühlen. Mit dem Stadtleben konnte sie sich nicht anfreunden, und zu viele Leute auf einem Haufen waren ihr ein Gräuel. Als sie eine kleine Anzeige entdeckte, die junge Schweizerinnen für ein Jahr in schwedische Haushalte vermittelte, ergriff sie die Gelegenheit und reiste zum Entsetzen ihrer gesamten, zahlreichen Verwandtschaft in den Norden. Zu deren womöglich noch grösserer Fassungslosigkeit kehrte sie nach zwei Jahren mit Mann und Kind und einem unmöglichen Nachnamen zurück. Innert der nächsten vier Jahre wuchs die Familie um drei weitere Kinder. Das jüngste ging noch nicht zur Schule, als Herr Sjögren unverhofft starb.

Seit sechzig Jahren war sie verwitwet, sie hatte nie wieder geheiratet. Seit vierzig Jahren, als das letzte ihrer Kinder zu Hause auszog, lebte sie allein. Seit zwanzig Jahren war sie pensioniert. Seit fünf Jahren war sie auf immer mehr Unterstützung im täglichen Leben angewiesen.

Nach einem unglücklichen Sturz vor zwei Jahren, der sie längere Zeit ins Krankenbett zwang, entschloss sie sich zum Umzug ins Altersheim in Thusis, wo es ihr ausgezeichnet gefiel. Man liess sie morgens schlafen, so lange sie wollte, sie durfte aus verschiedenen Speisen auswählen, ohne einen Aufpreis zahlen zu müssen, und sie konnte stundenlang in der hauseigenen Cafeteria sitzen, mit alten Bekannten plaudern und neue Leute kennenlernen.

Schon vor dem Mittagessen hatte sie erfahren, dass Gerardo Mazzotta gestorben war. Nicht, dass ihr das besonders nahe gegangen wäre. Sie kannte ihn seit fast fünfzig Jahren, und beinahe ebenso lange hielt sie ihn für einen eingebildeten Esel. Als sie in der Bäckerei als Verkäuferin gearbeitet hatte, nachdem ihr Mann gestorben war und sie mit Lohn, Rente und vier Kindern kaum über die Runden kam, hatte er manchmal ein Brot oder einen Nussgipfel bei ihr gekauft, dabei kaum gegrüsst, nie ein freundliches Wort zu ihr gesagt und sie wie Luft behandelt. Erst hier im Heim, als er in seiner Umnachtung nicht mehr unterscheiden konnte, wer seinen Ansprüchen genügte und wer nicht, hatte er zuweilen mit ihr gesprochen, häufig wirres Zeug, mit dem sie nichts anfangen konnte. Immerhin hatte er ihr jetzt den Gefallen getan, unverhofft zu sterben, was reichlich Abwechslung versprach.

Beim Mittagessen auf der Station konnte sie in Erfahrung bringen, welche Pflegerin Mazzotta tot gefunden hatte: Julia mit den rotblonden Locken. Mit ihr wollte sie unbedingt sprechen, und zwar allein. Deshalb verzog sie sich nach dem Essen in ihr Zimmer, anstatt in die Cafeteria hinunter zu gehen. Ungeduldig wartete sie, bis das Geschirr verräumt und die Rauchpause der Pflegerinnen vorbei war; dann läutete sie die Glocke.

Nach wenigen Minuten erschien gutgelaunt Valeriu und erkundigte sich in perfektem Hochdeutsch nach ihren Wünschen.

«Valeriu, morgen kommt mein Enkel zu Besuch», jammerte Rösli. «Ich habe ihm versprochen, das Foto von 1913 zu suchen, auf dem sein Ururgrossvater und sein Urgrossvater zu sehen sind. Es muss in dieser Kiste dort oben sein.» Sie deutete auf eine Kartonschachtel zuoberst im Bücherregal.

Valeriu reichte ihr die Box und erkundigte sich, ob er sonst noch etwas für sie tun könne, was sie verneinte.

Rösli brauchte die Schachtel nicht zu öffnen, da erstens ihr Vorwand erfunden war und sie zweitens deren Inhalt genau kannte. Sie wartete zwanzig Minuten, dann läutete sie erneut. Wieder Valeriu.

«Haben Sie das Foto gefunden?», erkundigte er sich, immer noch gut gelaunt.

«Nein, aber ...» Rösli hielt inne, als das Handy an Valerius Hosenbund sich bemerkbar machte. «Es eilt nicht, gehen Sie schon!», scheuchte sie ihn zum Zimmer hinaus.

Da Valeriu vergass, ihren Ruf zu quittieren, stand kurz darauf die nächste Pflegerin in ihrem Zimmer, ein blutjunges Huhn, das Röslis Antipathie mehr als erwiderte. «Ein Irrtum», erklärte sie knapp, «ich will nichts von Ihnen.» Das Huhn zog wortlos von dannen.

Rösli gab auf und beschloss, in die Cafeteria zu gehen. Es dauerte, bis sie ihr Rätselheft und den Kugelschreiber in das Gepäcknetz ihrer Gehhilfe gepackt, sich aus dem Sessel erhoben und sicheren Stand gefunden hatte. Als sie endlich bei der Tür war, diese aufgestützt auf den Rollator öffnen konnte und in den Gang trat, sah sie gerade noch Julias Rücken.

«He! Pst!», rief sie, worauf Julia stehen blieb und sich umwandte. «Können Sie mir kurz helfen, Julia?»

«Natürlich», sagte Julia und eilte zurück zu Röslis Zimmertür.

«Ich habe das falsche Rätselheft eingepackt», klagte Rösli, «und habe es erst jetzt bemerkt. Das ist von letzter Woche, da habe ich schon fast alles gemacht. Das neuere muss auch irgendwo sein, aber auf dem Tisch lag es nicht.»

«Dann schauen wir nach.» Julia wollte sich am Rollator vorbei ins Zimmer zwängen, allein Rösli stellte sich so kompliziert an, dass ihr das nicht gelang. Sie war gezwungen, Rösli wieder ins Zimmer zurückzusteuern und ihr zu folgen. Geduldig begann sie zu suchen.

«Sie sehen nicht gut aus heute», bemerkte Rösli. «Geht Ihnen Mazzottas Tod so nahe?»

«Schon, ja», bestätigte Julia. «Ich habe ihn heute Morgen gefunden.»

«Er war bestimmt nicht ihr erster Toter, und besonders sympathisch war er auch nicht», erwiderte Rösli.

Julia schmunzelte. «Direkt wie immer, was?»

«Er kann auch nicht schrecklich ausgesehen haben, schliesslich ist er friedlich eingeschlafen», überlegte Rösli weiter, worauf sich Julias Gesicht verdüsterte.

Rösli runzelte die Stirn. «Ist er nicht friedlich eingeschlafen?»

Julia zuckte die Achseln. «Doch, doch», sagte sie und suchte weiter nach dem Rätselheft.

«Verdient hat er's ja nicht», sinnierte Rösli. «Seine Frau hatte wohl nichts zu lachen mit ihm, und die Arbeiter auf den Baustellen konnten einem leid tun. Trotzdem hat ihm der Herr seinen Abgang leicht gemacht. Ungerecht ist das.»

Julia öffnete eine Schublade des Nachttischchens nach der andern, ohne Erfolg.

«Jeder wünscht sich doch, einfach einzuschlafen und nicht mehr aufzuwachen», plauderte Rösli weiter. «Ausgestreckt unter der warmen Decke, den Kopf auf das weiche Kissen gebettet, eben noch etwas Schönes träumen, und schon über den Jordan gleiten.»

Julia fuhr herum, öffnete den Mund und schloss ihn wieder. Ihre Schultern sackten herab, sie senkte den Blick. Rösli beobachtete die junge Frau schweigend.

Endlich raffte sich diese auf, schob die unterste Schublade zu und richtete sich auf. «Tut mir leid, ich kann es nicht finden», sagte sie.

«Meinen Sie jetzt das Rätselheft? Oder das, was Ihnen auf der Zunge brennt?», fragte Rösli lächelnd.

Julia schaute sie an und erwiderte nichts.

«Sie wissen ja, wo Sie mich antreffen», sagte Rösli mit einem Augenzwinkern. «Ich laufe nicht weg.»

Wie jede Woche trafen sich auch an diesem Tag einige ältere Herren im Café «Gyger» in Thusis. Seit sie sich weitgehend aus dem Geschäftsleben zurückgezogen hatten, drehten sich ihre Gespräche zunehmend um allgemeine Neuigkeiten aus dem Tal, weniger darum, wie es um die Auftragslage stand, welche Beziehungen man spielen lassen musste, welche Anlässe man für das Knüpfen neuer Kontakte nutzen konnte. Doch auch das Durchkauen der aktuellen Klatschgeschichten hatte seinen Reiz, und da sie ihr ganzes Leben in der Region verbracht hatten und Hinz und Kunz kannten, waren die Gesprächsthemen unerschöpflich.

«Habt ihr es schon gehört?», fragte Peter Wasescha. «Gerardo Mazzotta ist letzte Nacht verstorben.»

«Was du nicht sagst!» Viktor Jörimann war überrascht. «Er war doch nicht krank? Erst letzte Woche habe ich ihn im Altersheim besucht, da schien er wohlauf zu sein.»

«Eingeschlafen und nicht mehr aufgewacht, heisst es», berichtete Wasescha. «Er war dreiundsiebzig.»

«Mancher in seinem Zustand wäre froh, einen so schmerzlosen Abgang machen zu können. Er war dement, redete wirres Zeug und kannte die Leute um ihn herum kaum mehr.» Jörimann hob die Kaffeetasse zum Mund.

«Mich hat er immer gekannt», widersprach Eduard Demont. «Jedes Mal, wenn ich dort war, sprach er davon, wie er damals den Bagger aus dem Rhein ziehen musste, als bei den Arbeiten an der Brücke der Untergrund nachgab.»

«Das ist bald fünfzig Jahre her, an diese Zeit erinnerte er sich besser als an die jüngere Vergangenheit», sagte Wasescha. «Das war vielleicht besser so. Vermutlich hat er den Tod seines Sohnes einfach vergessen, was zweifellos eine Gnade für ihn war. Wie lange ist das her?»

«Etwa zwanzig Jahre, denke ich. Das war ein harter Schlag, und die Jahre davor waren auch nicht einfach für die Familie.»

«2002 ist er gestorben», präzisierte Demont. «Er wurde vierundzwanzig und war zwei Jahre älter als mein Ältester. Sechs, sieben Jahre lang hing er an der Nadel. Gerardo und seine Frau gingen in dieser Zeit durch die Hölle.»

«Die Ehe hat seinen Tod jedenfalls nicht überstanden. Sie liessen sich danach fast sofort scheiden.»

«Genau, ich erinnere mich», warf Jörimann ein. «Es wurde gespottet, sie seien vom Friedhof direkt aufs Gericht gegangen, aber so schnell ging es wohl nicht. Kurzum, das Schicksal des Sohns hat seiner Frau den Rest gegeben. Ruth schickte ihn zum Teufel.»

Wasescha nickte. «Ruth hatte es nicht leicht mit ihm. Und die Tochter auch nicht.»

«Silvia heisst sie», sprach Jörimann weiter. «Sie hatte lange Zeit keinen Kontakt mehr zu ihrem Vater, doch irgendwann sprachen sie wieder miteinander. Alle ein, zwei Wochen hat sie ihn im Altersheim besucht.»

«Ja, ich bin ihr hie und da begegnet», erzählte Wasescha. «Sie ist jetzt Mitte vierzig, hat selbst Familie. Eine schöne Frau.»

«Kein Wunder», fand Jörimann. «Mazzotta hat damals die Schönste genommen. Ruth verfiel seinem südländischen Charme, obwohl sie jeden hätte haben können. Erst nach der Hochzeit kam das böse Erwachen.»

Demont musterte ihn neugierig. Hatte auch Jörimann Gefallen gefunden an der schönen Ruth?

Jörimann sprach weiter. «Er hat öfters über den Zaun gefressen. Ein Weiberheld war er in jungen Jahren. Nein, sie hatte es nicht leicht mit ihm.»

«Die Beerdigung wird am Samstag sein, vielleicht erst am Montag», wechselte Wasescha das Thema. «Wir müssen wohl einen Kranz machen lassen, immerhin war er ein Mann der ersten Stunde in unserer Firma.»

Die drei Herren berieten angeregt, ob ein Kranz oder eine Schale angebracht sei, ob es wohl ein Urnengrab oder eine Erdbestattung geben werde und was auf dem Band stehen solle, das am Blumenschmuck anzubringen sei. Sie einigten sich auf einen üppigen Kranz aus frischen Blumen in Rot und Orange und eine Schleife mit der Aufschrift: «In ehrendem Andenken. Gründer der Süsswaren Thusis AG.» Passender wäre «ehem. Geschäftsleitung» gewesen anstelle von «Gründer», aber diesen Text befanden sie als zu lang. «Freunde» schien allen höchst unpassend.

Jörimanns Frau fand den Text allerdings entsetzlich, als ihr Mann davon erzählte. Nach einer zeitraubenden Telefonrunde gaben endlich alle vier ihr Einverständnis zum Text: «Süsswaren Thusis AG, in Gedenken. Deine Kollegen Eduard, Peter, Viktor.»

Julias Gedanken drehten sich nach wie vor um Mazzottas Tod, weniger um die übrigen Bewohner auf ihrer Station. Mechanisch erledigte sie, was zu tun war, ohne wirklich bei der Sache zu sein. In einer ruhigen Minute hatte sie ihre Kollegin von der Nachwache angerufen. Deren Begeisterung hatte sich in Grenzen gehalten, als sie aus dem Schlaf gerissen wurde. Sobald sie jedoch von Mazzottas Tod erfahren hatte, war sie hellwach gewesen. Sie teilte Julias Bedenken und wollte sofort ins Altersheim kommen und selbst mit der Chefin reden.

Ungeduldig schaute Julia auf die Uhr. Hoffentlich liess sie sich nicht zu viel Zeit. Am späteren Nachmittag erwarteten sie Silvia Häberli-Mazzotta, die Tochter des Toten. Julia wünschte sich sehnlich, dass bis zu deren Ankunft das weitere Vorgehen geklärt sein würde.

Ihr Herz machte einen Sprung, als die Vorgesetzte anrief. Sie solle unverzüglich in ihr Büro kommen. Dort traf sie nicht nur ihre Chefin an, sondern auch die Nachtwache.

«Deine Kollegin von der Nachtschicht ist ebenso wie du der Ansicht, Mazzotta könne sein Stofftier nicht selbst so in den Arm genommen haben, wie es bei seinem Auffinden der Fall war», begann die Stationsleiterin umständlich. Sie bemühte sich erfolglos, ihren Unmut zu verbergen.

Die Kollegin nickte bestätigend.

«Sie hat ihm am Abend eine gute Nacht gewünscht, da hatte er, wie sie sagt, den Ellbogen auf den Rücken des Hasen gebettet, und der Kopf mit den Kulleraugen war zu seinen Füssen gerichtet», fuhr die Chefin fort. «Nach diesem Besuch hat niemand aus dem Pflegedienst sein Zimmer betreten, bis du, Julia, ihn heute Morgen gefunden hast.»

Julia hörte regungslos zu und war gespannt, was folgen sollte.

«Ich denke nach wie vor, dass der Verstorbene den Hasen im Schlaf selbst umgebettet hat, auch wenn ihr beide der Ansicht seid, er sei dazu nicht in der Lage gewesen.» Der Vorwurf war nicht zu überhören. «Es ist zu befürchten, dass die Tochter des Verstorbenen, Silvia Häberli-Mazzotta, ebenfalls ein Theater veranstalten wird, wenn sie ihren Vater sieht. Sie wusste, dass er den Hasen immer so platziert haben wollte, dass er ihn nicht anschauen musste. Sie hat sich darüber amüsiert, wie er jeweils wetterte, er habe lieber den Hintern des Hasen im Gesicht, *il culo,* als in diese dämlichen Knopfaugen blicken zu müssen.»

Ihre beiden Angestellten nickten einträchtig.

Die Vorgesetzte war noch nicht fertig: «Der Arzt kann eine unnatürliche Todesursache nicht ausschliessen, obwohl alles nach friedlichem Einschlafen aussieht. Frau Häberli könnte darauf beharren, dass die Umstände restlos geklärt werden. Das wäre ein Desaster für das Altersheim, egal, ob dabei etwas herauskäme oder nicht. Deshalb ist es wohl gescheiter, wenn wir die Polizei selbst einschalten.»

Yes!, jubelte Julia innerlich. Sie liess sich nichts anmerken, sondern nickte nur. Als sie endlich zu ihrer Arbeit zurückkehren konnte, waren ihre Schritte leicht, was auch Rösli Sjögren nicht entging, die mit ihrem Rätselheft in der Sitzecke sass.

«Jetzt gefallen Sie mir schon besser als heute Morgen, Julia», sagte sie zur Pflegerin. «Haben Sie sich vom Auffinden des verstorbenen Mazzotta erholt?»

Julia lächelte sie an. «Seine Tochter sollte jeden Augenblick kommen. Kennen Sie sie?», fragte sie Rösli.

«Ich habe sie hie und da gesehen, als sie zu Besuch kam. Schön wie ihre Mutter, mit den dunklen Augen ihres Vaters.» Rösli überlegte weiter. «Jetzt wird sie seine Beerdigung organisieren müssen. Ob sie ihn wohl kremieren lässt? Dann wird es ein paar Tage länger dauern bis zur Beisetzung.»

«Das wird es so oder so.» Julia hätte sich die Zunge abbeissen können. Warum war ihr das herausgerutscht? Sie fluchte innerlich.

Rösli bestätigte ihre Befürchtungen postwendend. «Ach? Und weshalb dauert es länger?»

Die Pflegerin wand sich, aber sich gegen die hartnäckige Bewohnerin behaupten zu wollen, war ein aussichtsloses Unterfangen. Als sie sich endlich losreissen konnte, wusste Rösli, dass Mazzottas Tod von der Polizei untersucht würde. Rösli gab sich nur wenig Mühe zu verbergen, dass sie sich über diese Wendung freute. Was für ein Skandal! Die nächsten Tage versprachen gute Unterhaltung im Altersheim.

2

Am nächsten Morgen stieg Walter Buess umständlich aus dem Wagen. Zuerst schob er das verletzte linke Bein zur Tür hinaus, dann stellte er die Krücken daneben, zuletzt hievte er seinen Körper in die Senkrechte. Hatte er das endlich geschafft, war ihm bereits ein ordentliches Repertoire an Verwünschungen durch den Kopf gegangen. Er fluchte, weil er an jenem Frühlingstag geglaubt hatte, etwas Sport würde ihm nicht schaden. Weil er sich ausgerechnet fürs Velofahren entschieden hatte. Weil er den Frostschaden im Strassenbelag zu spät gesehen hatte und gestürzt war. Weil die schmerzhaften Prellungen nicht alles waren, sondern sein linkes Knie beschädigt war, und zwar so schlimm, dass eine Operation nötig und er drei Monate krankgeschrieben war.

Er weigerte sich, das Positive an der Sache zu sehen: Der Arzt erlaubte ihm mittlerweile, drei Stunden pro Tag im Büro zu arbeiten und mit einem Auto mit Automatik zu fahren, und die Kantonspolizei stellte ihm sogar ein solches zur Verfügung. Stattdessen schimpfte er, weil er nicht einmal fünfzig Prozent arbeiten durfte, weil er zum Innendienst verurteilt war und weil es im Auto keinen CD-Player gab.

Er schreckte zwar bis anhin davor zurück, geistig eine Tirade über seine Frau Sidonia zu ergiessen, viel fehlte dazu indessen nicht mehr. Erstens, weil sie ihm jeweils genau diese positiven Aspekte vorhielt. Zweitens, weil sie nicht allzu zimperlich mit ihm umging und, ihrer Natur entsprechend, kein grosses Trara um seine Verletzung machte. Hätte sie das getan, hätte er sich freilich darüber geärgert, aber ein wenig Trost hätte es allemal bedeutet. Drittens war er für alles und jedes auf die Hilfe seiner Frau angewiesen, was sein Stimmungsbarometer tief sinken liess. Sidonia konnte er mit seinem Gejammer nicht aus der Ruhe bringen, was ihn erst recht auf die Palme brachte. Ebenso wenig hielt sie ihm vor, dass sie wegen seines dummen Unfalls ihren Aufbruch nach Moldawien hatte verschieben müssen, wohin sie ein-, zweimal pro Jahr für ein paar Wochen verreiste, um ein Hilfsprojekt zu betreuen. Dadurch fühlte er sich in ihrer Schuld, womit er schlecht umgehen konnte. Fast wäre ihm lieber gewesen, sie hätte sich beklagt, dann hätte er sie zurechtweisen können.

Inzwischen war er beim Haupteingang angekommen, wo er dem Architekten die Pest wünschte, weil dieser keine automatische Tür eingeplant, sowie dem Kanton Graubünden im Allgemeinen, weil dieser die Finanzen dazu nicht bereitgestellt hatte. Dass derselbe Architekt einen behindertengerechten Empfangsschalter eingebaut und derselbe Kanton diesen bezahlt hatte, wusste er nicht zu schätzen. Er humpelte in sein Büro, wo er sich, keuchend wie ein Brauereipferd, in den Stuhl hinter seinem Schreibtisch fallen liess.

«Guten Morgen, Walter!», begrüsste ihn seine Bürokollegin Meta Schäfer. «Soll ich dir einen Kaffee holen?»

Diese Frage brachte ihn erneut in Rage, weil ihm der Atem fehlte, um sofort zu antworten, was Meta nicht entging. Und jetzt lachte ihn diese Hexe auch noch aus. «Ja!», japste er endlich. Für ein «gerne» reichte sein Schnauf nicht.

Als sie mit zwei dampfenden Bechern zurückkehrte, hatte sich sein Puls beruhigt. «Was läuft heute?», fragte er zwischen zwei Schlucken.

«In zehn Minuten haben wir Besprechung mit der -kova. Es geht um den Fall Mazzotta.»

Buess verdrehte die Augen. Lieber hätte er sich mit Meta allein darüber unterhalten. War die Staatsanwältin dabei, verlief die Sitzung förmlich, und alle waren zurückhaltend mit ihren Vermutungen.

Meta Schäfer zauderte etwas, bevor sie mit der heiklen Nachricht herausrückte. «Bis jetzt steht nicht fest, ob er wirklich ermordet wurde. Das zeigt sich erst bei der medizinischen Untersuchung des Leichnams. Vorerst wird er als ungeklärter Todesfall eingestuft, das heisst, wir beginnen zu ermitteln», berichtete sie. «Und dafür will sie mir einen zusätzlichen Polizisten zur Seite stellen. Da du nicht voll einsatzfähig bist, findet sie, es brauche eine weitere Person, um den Fall zu bearbeiten.»

Buess' Puls stieg in Lichtgeschwindigkeit auf das nächste Hoch. «Was erlaubt sich diese …», rief er händeringend. «Glaubt sie, wir schaffen das nicht? Was meint die hochnäsige, eingebildete …»

«Wenn du möchtest, dass sie hierherkommt, rufst du sie besser an, anstatt herumzubrüllen, dass man dich bis auf die Strasse hört», warf Meta trocken ein. «Jetzt warten wir erst einmal ab, was sie zu sagen hat. Dann sehen wir weiter.»

Eine halbe Stunde später wussten sie, was die Staatsanwältin vorhatte. Meta Schäfers Herzschlag hatte sich jenem von Buess angeglichen, sie kochte vor Wut. «Ich sage es dir nochmals klipp und klar», sagte sie. «Mit Domenig werde ich nicht zusammenarbeiten!»

«Ich mache es ein für alle Mal deutlich: Deine persönlichen Sympathien und Antipathien stehen hier nicht zur Diskussion!», erwiderte Svetlana -kova. «Du musst in der Lage sein, die Sache über deine persönlichen Empfindungen zu stellen.»

Meta verschlug es die Sprache. Die Staatsanwältin unterstellte ihr mangelnde Teamfähigkeit? Ihr?

Buess griff ein. «Das ist nicht fair, Svetlana. Meta hat dir dargelegt, warum sie nicht mit Domenig zusammenarbeiten kann. Ich denke, du solltest ernst nehmen, was sie gesagt hat.»

«Dass Domenig ein Keule schwingender Steinzeitmensch ist, meinst du?», fragte Svetlana ironisch.

«Das hat sie nicht gesagt, sondern gebrüllt», berichtigte Buess. «Bevor es so weit kam, hat sie dir dargelegt, dass Domenig mit Frauen im Polizeidienst ein Problem zu haben scheint und eine Zusammenarbeit mit ihm bei der Aufklärung des Falls Mazzotta hinderlich ist.»

«Ich habe bei ihm noch nie frauenfeindliche Aussagen oder Handlungen festgestellt», wandte die -kova ein. «Dies im Gegensatz zu manchen anderen, mit denen ihr offenbar problemlos zurechtkommt.»

«Du redest von den lockeren Sprüchen eines Camenisch, Meuli oder Stgier, nehme ich an», mischte sich Meta wieder ein. Als Svetlana nickte, fuhr sie fort: «Das ist etwas anderes. Es ist ihre Art von Humor, ein Spiel. Sie provozieren, um eine Antwort zu erhalten, über die man gemeinsam lachen kann. In Tat und Wahrheit machen sie keinen Unterschied, ob Erfolge oder Misserfolge einem Mann oder einer Frau zuzuschreiben sind.»

Die Staatsanwältin schien alles andere als überzeugt, deshalb setzte Buess hinzu: «Genau so ist es, und es ist allen hier in der Abteilung klar, wie es auch allen klar ist, dass Domenig und Zwahlen ein echtes Problem mit Frauen im Polizeiberuf haben.»

«Das konnte ich bisher nie feststellen», wiederholte Svetlana.

«Natürlich nicht», sagte Buess. «Du stehst auf einer anderen Hierarchiestufe, sie können kaum offen deine Fähigkeiten in Frage stellen. Bei ihren ranggleichen Kolleginnen ist das etwas anderes.»

Die Staatsanwältin erhob sich, um das Fenster zu öffnen, und schaute einen Moment lang den Vögeln im angrenzenden Garten zu. Schliesslich kehrte sie zurück an den Tisch, wo sie stehen blieb. «Ich werde versuchen, Camenisch zu bekommen», sagte sie.

Buess und Meta atmeten hörbar auf. Sie rangen sich sogar zu einem «Danke!» durch, bevor sie das Sitzungszimmer verliessen.

Bis Walter Buess seine Krücken platziert hatte und sich in seinen Bürostuhl sinken liess, war der Kaffee, den Meta auf dem Rückweg im Pausenraum geholt hatte, beinahe kalt. Schweigend schlürften sie die Automatenbrühe.

«Bestimmt bereut sie jetzt, dass sie uns angeboten hat, sie zu duzen», vermutete Buess.

«Das Gespräch wäre wohl ruhiger verlaufen, wenn wir sie siezen würden», stimmte Meta zu. «Was sie jetzt wohl vorhat?»

«Sie wird versuchen, Camenisch zu bekommen, hat sie gesagt.»

«Ja, natürlich», sagte Meta ungeduldig. «Das meine ich nicht. Wird sie etwas unternehmen betreffend Domenig?»

«Kann ich mir nicht vorstellen», überlegte Buess. «Dazu müsste sie sich zu weit aus dem Fenster lehnen. So sicher sitzt sie nicht im Sattel, sie ist jung und noch nicht lange im Amt.»

Meta Schäfer nickte. «Ich frage mich, wie sie sich entwickelt. Wird sie genug Rückgrat haben, um unschöne Dinge anzupacken, oder wird sie sich anpassen, um ihre Karriere nicht zu gefährden?»

Die Frage blieb im Raum stehen, während sie ihren Kaffee tranken.

Dass die Polizei wegen Mazzottas Tod im Altersheim war, hatte sich rasch herumgesprochen. Während auf der Strasse noch gemutmasst wurde, die Polizei sei eingeschaltet worden, weil Mazzottas Besitztümer verschwunden seien, wusste Rösli längst, dass in seinem Zimmer nichts fehlte. Die Polizei war aus einem anderen Grund aufgekreuzt.

Als der Tote abgeholt wurde, war ihr klar, dass er nicht in den Aufbahrungsraum gebracht wurde, sondern in die gerichtsmedizinische Untersuchung. Das blutjunge Huhn befand sich aufgrund der Ereignisse so im Ausnahmezustand, dass es alle Regeln der Diskretion, die in seinem Beruf galten, vergass. Die Pflegerin sah sogar darüber hinweg, dass sie Rösli nicht ausstehen konnte, und erzählte ihr brühwarm, dass der Todesfall von der Polizei untersucht werde, weil der Verdacht auf Fremdeinwirkung bestehe.

«Er wird obduziert!», berichtete das Huhn. «Sie müssen herausfinden, woran er gestorben ist. Das ist gar nicht so einfach. Gewisse Gifte verflüchtigen sich, die lassen sich im Körper nicht nachweisen.»

«Meine Güte, wo haben Sie denn das her?», fragte Rösli. «Aus einem Spionagethriller?» Sie grinste innerlich, als die Pflegerin sich ertappt fühlte. «Glauben Sie, Mazzotta hat hier im Altersheim für die italienische Finanzpolizei spioniert?», setzte sie noch einen drauf.

Das Huhn reagierte eingeschnappt und erinnerte sich endlich wieder an die Antipathie zwischen ihm und der Alten im Lehnstuhl. Mit einer schnippischen Bemerkung zog es von dannen, was Rösli nicht weiter bedauerte. Sie registrierte befriedigt, dass Frau Schwarz, die Plaudertasche vom hintersten Zimmer, die neben ihr in der Sitzecke Platz genommen hatte, eingeschlafen war und sie nicht weiter stören würde. Rösli setzte sich zurecht, nahm ihr Rätselheft zur Hand und spitzte die Ohren. Die Polizisten befanden sich immer noch in Mazzottas Zimmer. Leider hatten sie die Tür geschlossen. Rösli verfluchte die gute Schallisolation des Neubaus, kein Ton drang nach draussen.

Es dauerte zwei Sudokus, bis sich die Tür endlich öffnete. Unter den heraustretenden Polizisten befanden sich einer mit einer Fotoausrüstung und einer mit einem Koffer in jeder Hand. Spurensicherung, vermutete Rösli aufgrund ihrer Kenntnisse aus Fernsehkrimis. Der letzte der Uniformierten verschloss die Tür und spannte ein Klebband darüber.

Sobald sich die Gruppe in ihre Richtung bewegte, bemühte sich Rösli, harmlos in ihr Rätselheft vertieft zu erscheinen und sich gleichzeitig nichts entgehen zu lassen. Als die Gruppe im Lift verschwunden war, liess sie sich die Gesprächsfetzen, die sie aufgeschnappt hatte, nochmals durch den Kopf gehen.

«Das Kissen muss auch in die kriminaltechnische Untersuchung, so könnte es allenfalls gemacht worden sein.»

«Oder mit dem Hasen, ja.»

«Wenn dieser Hase nicht gewesen wäre, hätte wohl niemand Verdacht geschöpft.»

«Ich bin immer noch alles andere als überzeugt, dass der Verdacht begründet ist.»

«Auf den ersten Blick sieht man ihm wirklich nichts an.»

«Wir werden es wissen, sobald sie ihn obduziert haben.»

Ihr schon, dachte Rösli, aber ich nicht. Sie würde sich etwas länger gedulden müssen, bis die Nachricht durchsickern und sich im Altersheim verbreiten würde.

Kurz vor der Mittagspause am nächsten Tag kehrten Meta Schäfer und Camenisch vom Altersheim auf den Polizeiposten zurück. Sogleich berichteten sie Buess, was sie in Erfahrung gebracht hatten.

«Die Todesursache steht noch nicht zweifelsfrei fest», begann Meta. «Vorläufig gehen wir davon aus, dass er getötet wurde.»

«Damit stellt sich uns die Frage: *Whodunit?*» Camenisch griff nach einem Schokoriegel auf Buess' Schreibtisch, doch dieser beantwortete seinen fragenden Blick mit einem Kopfschütteln.

«Jemand vom Personal könnte ihn natürlich ohne Probleme umgebracht haben», machte Meta weiter. «Und zwar sowohl jemand, der Nachtschicht hatte, als auch jemand, der am Abend oder in der Nacht unbemerkt ins Heim kam und es nach der Tat wieder verliess. Wir haben bereits mit einigen Angestellten gesprochen. Sie sind oder geben sich völlig ahnungslos, es scheint ihnen nicht bewusst zu sein, dass sie die Gelegenheit zur Tat hatten und verdächtig sind.»

«Befragt ihr sie alle?», erkundigte sich Buess.

«Klar, was denkst du denn?», versetzte Camenisch. «Nach dem Mittagessen legen wir los. Die Angestellten sind aber nicht die einzigen, die die Gelegenheit hatten, ihn zu töten. Der Haupteingang ist jetzt im Sommer abends bis neun Uhr offen, danach wird abgeschlossen. Wer drin ist, kann sich irgendwo verstecken, es gibt genug Möglichkeiten: Sitzungszimmer, Putzräume, Wäscherei, Küche, wird alles nicht benutzt am Abend. Hinein kommt man nicht mehr nach neun, aber hinaus kommt man jederzeit, wenn man sich auskennt, denn im Keller gibt es einen Personaleingang mit Knaufzylinder.»

Buess schaute ihn etwas ratlos an. «Knaufzylinder?»

«Weisst du nicht, was das ist?», fragte Camenisch ungeduldig. «Schiebst du bei dir in Oberurmein einen Stein vor die Höhle? Ein Knaufzylinder! Von aussen braucht man einen Schlüssel, um das Schloss zu öffnen. Von innen muss man nur den Knauf drehen, ohne Schlüssel.»

Buess brummte etwas Unverständliches.

«Es gibt noch eine dritte Möglichkeit», erläuterte Meta. «Der Täter besucht irgendjemanden. Bevor er nach Hause geht, betritt er Mazzottas Zimmer und bringt ihn um. Das dürfte rasch erledigt gewesen sein, eine Sache von ein paar Minuten. Anschliessend bittet er jemanden vom Personal, ihn zum Haupteingang hinauszulassen. Das ist gang und gäbe.»

«Dass einer auf dem Heimweg rasch jemanden umbringt, meinst du?», warf Camenisch ein.

«Dass Besucher nach der Schliessung des Haupteingangs noch im Haus sind und vom Personal hinausgelassen werden», präzisierte Meta unwillig.

«Ach so.» Camenisch grinste. «Jedenfalls müssen wir das ganze Personal befragen. Das ist eine halbe Armee, weil viele Teilzeiterinnen mit kleinem Pensum sind. Gelangweilte Mütter, die nebenbei noch ein paar Stunden etwas tun.»

«Es reicht, Camenisch», wies ihn Buess zurecht. «Nimm dich zusammen und lass die blöden Bemerkungen bleiben.»

Camenisch grinste weiter. «Also, Schäfli, was machen wir beide am Nachmittag?», fragte er Meta.

«Du, rotzfrecher Kindskopf, wirst mir, Mutter dreier erwachsener Söhne, unendlich auf die Nerven fallen.» Sie verzog spöttisch das Gesicht. «Trotzdem werden wir beide miteinander funktionieren, weil du von allen Idioten deiner Art wenigstens der gescheiteste bist.»

Camenisch feixte, Buess lachte.

«Wir beide werden zusammen ins Altersheim gehen und die Angestellten befragen», fuhr Meta fort. «Wir wollen nicht nur herausfinden, ob jemand vom Personal an der Tat beteiligt ist, sondern auch, ob sie am Abend oder in der Nacht einen Besucher bemerkt oder etwas Ungewöhnliches beobachtet haben.»

Camenisch rechnete. «Hundert Angestellte mal eine Viertelstunde macht fünfundzwanzig Stunden macht mehr als drei Tage. Machen wir das wirklich allein?»

«Natürlich nicht», beschwichtigte Meta. «Bloss heute Nachmittag. Wir besorgen uns eine Liste des Personals und teilen sie mit der Unterstützung der Pflegedienstleiterin auf. Jene, die kaum Kontakt zu Mazzotta hatten, weil sie in anderen Abteilungen tätig sind, überlassen wir Domenig und Stgier, sie stehen uns morgen zur Verfügung.»

«Zählst du diese beiden auch zu den Idioten?», fragte Camenisch interessiert.

Meta Schäfer fand die Frage keiner Antwort würdig.

«Ausserdem müsst ihr versuchen herauszufinden, warum Mazzotta ermordet wurde», grübelte Buess. «Was mag das Motiv sein?»

«Geld?», fragte Meta. «Hatte er etwas Wertvolles im Zimmer? Gibt es etwas zu erben?»

«Macht?», nahm Buess den Faden auf. «Stand er jemandem im Weg, der vorwärtskommen wollte?»

«Rache?», ergänzte Camenisch. «Hat er in seinen besseren Jahren etwas gemacht, was sich jetzt so auswirkt, dass jemandem der Kragen geplatzt ist?»

«Mitleid?» Wieder Meta. «Wollte ihn jemand vom Personal von irgendwelchen Leiden erlösen?»

«Lust am Töten?», warf Buess ein. «Wollte jemand ausprobieren, wie es ist, einem anderen das Leben zu nehmen?»

«Unsere Ideen werden immer abwegiger, aber man weiss ja nie.» Meta Schäfer packte ihre Sachen zusammen. «Wir sehen uns nach dem Essen!»

Buess schnitt eine Grimasse und wünschte den beiden zähneknirschend einen erfolgreichen Nachmittag. Mit der Miene eines kleinen Jungen, der nicht mitspielen darf, stemmte er sich aus dem Stuhl, um sich auf den beschwerlichen Heimweg zu machen.

3

Am darauffolgenden Montag, sechs Tage nach dem Auffinden des Leichnams, fand die Abdankungsfeier für den verstorbenen Gerardo Mazzotta statt. Wie es in der Todesanzeige hiess, würde die Urne später im engsten Familienkreis beigesetzt.

Dem Brauch folgend, nahmen an der Trauerfeier nicht nur die Verwandten und engen Freunde des Verstorbenen teil, sondern auch entferntere Bekannte, ehemalige Geschäftspartner, Kameraden aus Sport- und Freizeitaktivitäten in früheren Lebensjahren und viele weitere, die in irgendeiner Beziehung zu ihm standen. Zu dieser stattlichen Anzahl gesellten sich die Freunde und Bekannten seiner Tochter Silvia, die in der Region zu Hause waren, und einige wenige Verwandte seiner geschiedenen Frau.

Riccardo Tataranni war einer dieser mehreren hundert Personen, die sich in der katholischen Kirche in Thusis einfanden. Er verzichtete auf das anschliessende Leichenmahl und besuchte stattdessen seine Mutter Lucilla.

«Warum warst du nicht an der Beerdigung?», fragte er. «Du hast Mazzotta doch auch gekannt.»

Das von Falten durchzogene Gesicht seiner Mutter nahm einen verächtlichen Ausdruck an. «Oh ja, ich habe ihn gekannt. Aber ich habe seit dreiundvierzig Jahren nicht mehr mit ihm gesprochen.»

Riccardo musterte seine Mutter neugierig. «Weshalb nicht?»

«Er war es nicht wert.» Als ihr Sohn sie weiter fragend betrachtete, setzte sie hinzu: «Er war ein böser Mensch.» Sie verschränkte die Arme und signalisierte, dass es nichts weiter zu sagen gebe.

Was ihren Sohn keineswegs entmutigte. «*Mamma,* nun sag schon!», forderte er sie auf. «Warum wart ihr verfeindet? Hat er einst *papà* beim Bocciaspielen betrogen? Oder hat er gesagt, dein Sugo sei nicht gut?»

Wider Erwarten reagierte Lucilla weder mit ihrem unvergleichlichen Lachen noch drohte sie ihm halb ärgerlich, halb amüsiert, ihm die Ohren lang zu ziehen. Vielmehr blieb sie regungslos sitzen, was Riccardo erheblich irritierte.

Er wurde nachdenklich. «Es ist etwas Ernstes passiert zwischen dir und Mazzotta, habe ich recht?», fragte er nach einer Weile. «Worum ging es?»

«Er war ein böser Mensch», wiederholte seine Mutter. «Mehr habe ich nicht zu sagen.»

«Mamma!», rief Riccardo. «Wir sind hier weder in Süditalien, noch bin ich ein kleiner Junge. Jetzt erzähl schon!»

Seine Mutter liess sich nicht erweichen, sie schwieg weiter. Schliesslich stand sie auf, um die Kaffeetassen aufzufüllen, und erkundigte sich in heiterem Tonfall nach ihren Enkelkindern. Riccardo kapitulierte. Er erzählte ihr bereitwillig von den Kapriolen seiner beiden Sprösslinge im Teenageralter.

Erst als er im Auto sass und nach Hause zu seiner Familie fuhr, kam er erneut ins Grübeln. Während der halben Stunde

Fahrt versuchte er, sich Begegnungen seiner Eltern mit Gerardo Mazzotta ins Gedächtnis zu rufen. Erfolglos. Stattdessen suchten einzelne Bilder aus seiner Kindheit ihren Weg in sein Bewusstsein: Wie seine Mutter mit ihm die Strassenseite wechselte, wenn ihnen Mazzotta auf dem Trottoir entgegenkam. Wie sie ihn in einen Hauseingang zog, wenn Mazzotta draussen vorbeiging. An die Reaktion seines Vaters, als seine jüngere Schwester ahnungslos erzählte, Mazzotta habe einen hübschen Sohn, und tanzen könne er auch; nie zuvor hatte er seinen sanftmütigen Vater so zornig gesehen. Er und Luisa mieden es fortan, Mazzotta oder seine Familie daheim zu erwähnen. Luisa traf mit ihrer Clique weiterhin gelegentlich auf Robert Mazzotta und seine Freunde, wenn sie dieselben Lokale oder Anlässe besuchten, doch es blieb bei der einseitigen Schwärmerei. Robert nahm kaum Notiz von der unscheinbaren Luisa, und immer häufiger bewegte er sich in anderen Kreisen. Leider. Sie konnten beobachten, wie er tiefer und tiefer im Drogensumpf versank, den Halt vollends verlor und schliesslich an einer Überdosis Heroin starb.

Riccardo hatte wenig Hoffnung, seine Mutter zum Reden zu bringen. Wie viel einfacher wäre es bei seinem Vater gewesen! Dessen Widerstandskraft wäre rasch geschwunden, wenn er Riccardos hartnäckigen Fragen ausgesetzt gewesen wäre. Doch sein Vater Angelo war seit sechs Jahren tot.

Das Leichenmahl neigte sich dem Ende zu. Silvia Häberli-Mazzotta hatte keine Ahnung, wie viele Beileidsbekundungen sie entgegengenommen, wie viele Hände sie an diesem Tag geschüttelt hatte; bestimmt waren es Hunderte. Sie lächelte den ehemaligen Buchhalter des ehemaligen Arbeitgebers ihres Vaters freundlich an und lauschte geduldig seinen

Erzählungen aus längst vergangener Zeit. Während der ältere Herr ihre Hand nicht mehr loslassen wollte, schweiften ihre Gedanken ab.

Das Essen war verlaufen wie immer. Waren die Gespräche zu Beginn noch verhalten, die Stimmung gedrückt gewesen, hatte sich die Anspannung zusehends gelockert. Als die Platten mit Fleisch und Käse aufgetragen und die Weingläser gefüllt wurden, waren bereits die ersten Lacher zu hören. Die Gespräche drehten sich bald nicht mehr um den Verstorbenen. Vielmehr entwickelte sich das Trauermahl zum Familientreffen, zur Klassenzusammenkunft, zum Geschäftsessen.

Sie stimmte ihrem Gesprächspartner zu, als dieser eine Reaktion von ihr erwartete, ohne dass sie gewusst hätte, wovon er sprach. Noch immer hielt er ihre Hand. Erst, als sich ein paar leitende Angestellte der Süsswaren Thusis AG näherten, kam er zu einem Ende und entfernte sich Richtung Ausgang.

«Er war ein guter Mann», sagte einer der Kaderleute.

Heuchler, dachte Silvia, und nickte lächelnd.

«Er hat viel für die Firma getan. Ohne ihn wären wir nie so erfolgreich geworden», bemerkte ein anderer.

Das mochte zwar übertrieben sein, aber nicht falsch, dachte Silvia, und nickte lächelnd.

«Er hatte einen guten Riecher und ein einnehmendes Wesen. Er wusste, wie er Geschäftspartner gewinnen konnte», ergänzte ein dritter.

Meint er jetzt Geschäftspartner oder Frauen?, dachte Silvia, und nickte lächelnd.

Jetzt machte sich die Gruppe der alten Italienerinnen und Italiener zum Aufbruch bereit. Die Frauen trugen Schwarz von Kopf bis Fuss, während die Männer die Kleidersitten teils etwas lockerer nahmen. Silvia kannte die allermeisten der Landsleute ihres Vaters, die seit einem halben Jahrhundert hier lebten. Manch einer war nicht besonders gut auf ihren Vater zu sprechen, der eine oder andere hegte einen Groll gegen ihn wegen Zwistigkeiten, die Dutzende Jahre zurücklagen. Trotzdem waren sie zur Abdankung erschienen. Silvia fragte sich, warum. Aus Neugierde? Weil es sich gehörte? Um ihm ein letztes Mal eins auszuwischen, indem sie auf seine Kosten assen und tranken? Oder war es ihnen wirklich wichtig, ihm die letzte Ehre zu erweisen und die Konflikte im Angesicht des Todes ebenfalls zu Grabe zu tragen? Silvia wusste es nicht, und vermutlich waren die Beweggründe nicht bei allen die gleichen. Oder doch? Vielleicht waren bei allen sämtliche dieser Beweggründe vorhanden, wenn auch mit unterschiedlicher Gewichtung.

Drei Tische waren noch besetzt, und niemand machte Anstalten, nach Hause zu gehen. Silvia setzte sich zu ihren Freundinnen aus Jugendtagen. Zum Glück waren diese taktvoll genug, sie nicht auf die sonderbaren Todesumstände ihres Vaters anzusprechen. Lieber lauschte sie den Erzählungen über Ex- und Ehepartner, Kinder, Karrieren und erste Anzeichen von Wechseljahren.

Julia fühlte sich in ihre Kindheit zurückversetzt. Ihr Freund Joe führte sich auf wie einer der fünf Freunde, deren Bücher sie vor fünfzehn Jahren verschlungen hatte.

«Bestimmt war der, der ihn umgebracht hat, an der Trauerfeier. Eine dunkle Gestalt in der hintersten Reihe … die als letzte kam und als erste davonhuschte …» Joe riss theatralisch die Augen auf.

«Natürlich war er in der Kirche», bestätigte Julia. «Er war einer der fünfhundert Trauergäste, sass mittendrin und benahm sich so wie alle anderen auch.»

«War die Polizei auch an der Abdankung?», fragte Joe. «Im Film machen sie das.»

«Hör auf mit deinen Pseudokenntnissen aus dem Fernsehen!», wies ihn Julia zurecht. «Walter Buess von der Kantonspolizei war in der Kirche, ihn habe ich gesehen. Er sass neben Emanuele Santacaterina, und dieser kam wie Mazzotta vor bald fünfzig Jahren in die Schweiz.»

«Um 1970 herum, ja. Damals brauchte man Bauarbeiter für die Staumauern und Autobahnen, sie kamen zu Tausenden aus dem Süden Italiens.»

«Auf jeden Fall war Buess privat dort, nicht als Polizist», überlegte Julia.

«Stimmt», bestätigte Joe. «Vom lokalen Gewerbeverband waren gewiss auch zahlreiche Leute vertreten, nicht wahr? Lauter bekannte Geschäftsmänner.»

«Und -frauen», ergänzte Julia. Die Gleichstellung der Geschlechter war ihr wichtig, Joe war ihre Korrekturen gewohnt.

Diesmal widersprach er allerdings. «Geschäftsfrauen gibt es nur sehr wenige, die Gewerbler sind überwiegend Männer.» Er zuckte bedauernd die Schultern.

«Das ganze Kader der Süsswaren Thusis AG sass vorne rechts, alle in dunklem Anzug und mit Krawatte», berichtete Julia weiter.

«Ob es wohl jemand aus der Firma war?», fragte Joe.

«Wohl kaum», antwortete sie. «Er war doch seit zehn Jahren pensioniert.»

«Wer weiss? Vielleicht hat er etwas Zwielichtiges getan? Oder er hat etwas erfahren, das nicht für die Öffentlichkeit bestimmt war, und gedroht, es zu verraten?»

«Jetzt geht wieder die Fantasie mit dir durch.» Julia stand auf, um einen Beutel mit Karotten aus dem Kühlschrank zu holen, den sie vor Joe auf den Tisch legte. Er seufzte, als sie ihm wortlos einen Schäler reichte. «Mazzotta hatte zwar noch seine klaren Momente, aber oft war er verwirrt. Er konnte sich manchmal gut an Ereignisse aus der Vergangenheit erinnern, und auch manches, was mit seiner Tochter Silvia zu tun hatte, konnte er einigermassen erfassen. Er wäre aber ausserstande gewesen, Geschäftsgeheimnisse als solche zu erkennen und anzudrohen, sie zu verraten. Sein Verstand war nicht mehr in der Lage, Zusammenhänge zu begreifen oder Konsequenzen zu sehen, soviel steht fest.»

«Sein Vermögen erbt wohl Silvia.» Joes Überlegungen gingen in eine neue Richtung. «Braucht sie Geld?»

«Das Vermögen dürfte nach zwei Jahren Altersheim geschrumpft sein», meinte Julia, als sie im Kühlschrank weitere Zutaten fürs Abendessen zusammensuchte.

Joe schaute sie triumphierend an. «Da haben wir das Motiv!», jubelte er. «Sie sah ihr Erbe dahinschmelzen. Lieber ein vorzeitiges Ende als alles Geld dem Altersheim in den Rachen zu werfen! Man sagt, Vater und Tochter hätten jahrelang keinen Kontakt miteinander gehabt.»

«Das mag sein. Aber seit er im Altersheim war, hat sie ihn mindestens alle vierzehn Tage besucht. Das ist weit mehr als bei manch anderen unserer Bewohnerinnen und Bewohner.»

«Vielleicht eher aus Pflichtbewusstsein als aus Liebe», stellte Joe nüchtern fest. «Vielleicht wollte sie prüfen, ob er bald von selbst starb oder ob sie nachhelfen sollte!»

Julia schüttelte den Kopf. Sie leerte etwas Öl in die Pfanne, bevor sie antwortete. «Er war ein gewiefter Geschäftsmann. Vermutlich hat er seine Besitztümer rechtzeitig so angelegt, dass sie nicht alle für den Aufenthalt im Heim draufgingen.»

«Vielleicht hatte er ein weiteres Kind, von dem niemand

wusste!» Joe war von seinem neuen Einfall so begeistert, dass er nicht reklamierte, als Julia ihm zwei Zwiebeln reichte. «Solche Sachen kommen heutzutage ans Licht, wenn jemand stirbt. Die Behörden prüfen, ob weitere Erben vorhanden sind, bevor sie die Vermögenswerte freigeben. Das weiss ich von einem Kollegen, der nach dem Tod seiner Grossmutter plötzlich einen Onkel bekam, von dem in der Familie niemand etwas geahnt hatte. Dieses Kind würde seinen Pflichtteil erhalten.»

Julia hielt inne und betrachtete ihn nachdenklich. «Das wäre tatsächlich denkbar. Er habe früher ordentlich herumgeweibert, heisst es.»

Joe nickte selbstgefällig. Dann verdüsterte sich seine Miene. «Gibt's kein Fleisch?», fragte er.

Julia reichte ihm eine Packung mit zwei Steaks und eine Dose mit Fleischwürze.

Viktor Jörimann reagierte am späteren Abend ungehalten über die Störung durch seine Frau Ursina. Hatte sie nach über vierzig Ehejahren immer noch nicht begriffen, dass er, wenn er in seinem Arbeitszimmer war, nur gestört werden wollte, wenn ein Staudamm brach? Seit einem Informationsanlass der Kraftwerke vor vielen Jahren war ihm bekannt, dass sein Haus an der Neudorfstrasse in Thusis überflutet würde, wenn eine der Staumauern am jungen Hinterrhein oder an einem seiner Zuflüsse bersten würde. Damals hatte er sich vorgenommen, nach seiner Familie als Erstes seine Sammlung an Büchern, Bildern und Dokumenten zur Verkehrsgeschichte der Viamala zu retten. Einen Grossteil seiner Freizeit hatte er damit verbracht, sich ein enormes Wissen über Säumer und Söldner, Vögte und Geistliche, Dichter und Maler anzueignen, die die Schlucht über die Jahrhunderte durchquert hatten. Ihre Zeugnisse waren ihm mehr wert als alle modernen Reichtümer. Ausgenommen vielleicht sein stattliches Haus, das nach dem Dorfbrand von 1845 gebaut worden war. Nachdem er es Ende der Siebzigerjahre erworben hatte, liess er es fachgerecht und kostspielig restaurieren. Ein langwieriger Prozess. Nach und nach erstrahlten die Parkettböden und Stuckdecken, die Steintreppen und Holzvertäfelungen in neuem Glanz. Auch sein Haus hätte er bei einem Staudammbruch gern gerettet, aber dieses Schmuckstück wäre für immer verloren gewesen. Nun hoffte er, dass ihm die verbleibenden Lebensjahre eine derartige Katastrophe ersparten. Mit weit über siebzig Jahren schien ihm das ein bescheidener Wunsch zu sein. «Was ist?», fragte er seine Frau mürrisch.

«Es ist nichts gestohlen worden in Mazzottas Zimmer», berichtete Ursina. Wie fast alle im Dorf nahm sie regen Anteil an den Gerüchten, die hartnäckig besagten, Mazzotta sei nicht eines natürlichen Todes gestorben.

«Weiss ich», gab er immer noch unfreundlich zurück.

«Aber zu erben gibt es genug», fuhr Ursina fort. «Geht sein ganzes Vermögen an Silvia Häberli-Mazzotta?»

«An wen sonst? An seine geschiedene Frau sicher nicht. An eine wohltätige Institution noch viel weniger.» Jörimann weigerte sich nach wie vor, den Blick vom Bildschirm zu lösen.

«Eben. Ausser Silvia kommt kaum jemand in Frage. Das bedeutet, dass am ehesten sie ihren Vater umgebracht hat.»

«Bist du verrückt?», fuhr er seine Frau an und wandte sich ihr endlich zu.

«Hast du eine bessere Idee?»

«Meine Güte, er hat sich während seiner Geschäftszeit genug Feinde geschaffen. Manch einer hätte ihn lieber tot als lebendig gesehen!»

«Ja, als er noch geschäftlich tätig war, bestimmt. Er hat sich aber vor bald zehn Jahren aus der Firma zurückgezogen.»

«Wer besonders schlimm übers Ohr gehauen worden ist, vergisst das ein Leben lang nicht», beharrte Jörimann. «Gut möglich, dass ihn so einer getötet hat.»

«Aha», meinte Ursina spöttisch. «Du denkst also, ein bald Achtzigjähriger hat den verwirrten Mazzotta im Altersheim besucht, seinen Stock geschwungen und genuschelt: ‹Warte nur, jetzt geb ich's dir, du Verbrecher!›, und dann hat er ihn mit dem Nachthafen erschlagen?»

«Nachthafen gibt es keine im Altersheim», berichtigte ihr Gatte.

«Dann hat er ihn halt mit dem Kabel der Glocke an seinem Bett erwürgt. Oder seinen Tee vergiftet. Aber warum sollte ihn jemand, den er vor mindestens zehn Jahren betrogen hat, jetzt töten? Mazzotta war zu stark umnachtet, als dass er die Vorwürfe begriffen hätte, die ihm jemand machte.»

«Da könntest du dich irren, er hatte durchaus seine klaren Momente. Und an Begebenheiten, die länger zurücklagen, erinnerte er sich zum Teil gut.» Jörimann wandte sich wieder dem Bildschirm zu, doch Ursina liess nicht locker.

«Das müsste ein überaus verbitterter Besucher gewesen sein. Wenn aber ein jahrelang genährter Hass der Grund für die Tat war, müsste es ein Mord im Affekt gewesen sein, als Reaktion auf irgendetwas, das das Fass zum Überlaufen brachte. In diesem Fall hätte der Mörder aber nicht unbemerkt kommen und wieder verschwinden können.»

«Vielleicht konnte er das gar nicht. Vielleicht wird schon morgen rekonstruiert, wer in Mazzottas Zimmer ein- und ausging, und der Fall wird im Nu gelöst sein», meinte Jörimann abschliessend.

Ursina schnaubte. «Dann glaub weiterhin ans Christkind und widme dich die ganze Nacht Hannibal und seinen Elefanten in der Viamala», sagte sie schnippisch und verliess das Arbeitszimmer ihres Mannes.

«Hannibal hat die Alpen in der Westschweiz überquert, er ging nicht durch die Viamala!», rief ihr Jörimann verärgert nach.

Meta Schäfer hatte ihre Kollegen Buess und Camenisch zunächst über die gerichtsmedizinischen Erkenntnisse unterrichtet, die eindeutig aussagten, dass Mazzotta zwischen zweiundzwanzig Uhr und Mitternacht mithilfe des Stoffhasen erstickt worden war und dass sie demzufolge ein Tötungsdelikt zu bearbeiten hatten. Danach hatte sie ihnen ausführlich von Erich Eichenberger erzählt. «Ich fasse zusammen», referierte sie zum Schluss. «Das Zivilstandsamt berichtet von einem unehelichen Sohn Mazzottas. Er heisst Erich Eichenberger, wohnt in Davos und wurde bereits von der Behörde darüber informiert, dass er ein rechtmässiger Erbe Mazzottas ist. Camenisch und ich werden mit ihm sprechen.»

Camenisch streckte bestätigend den Daumen in die Luft.

«Weitere rechtmässige Erben gibt es ausser der Tochter Silvia Häberli-Mazzotta nicht. Der Sohn starb ledig und kinderlos.»

«Wusste die Tochter von ihrem Halbbruder?», fragte Walter Buess.

«Das werden wir herausfinden müssen», kam Camenisch seiner Kollegin zuvor. «Falls nicht, wäre das eine tolle Geschichte. Sie denkt, sie erbt Mazzottas Vermögen, und dann heisst es: Irrtum, Frau Häberli-Mazzotta, nur die Hälfte ist für Sie!» Er deutete die Halbierung des Kaffeebechers an, den er in der Hand hielt. «Noch viel blöder, wenn sie ihren Vater umgelegt hat. Sie denkt: Okay, ein Toter hier, viel Geld da, es lohnt sich. Aber jetzt steht sie da mit einem ganzen Toten hier und nur halb so viel Geld da. Blöd. Sehr blöd!»

Buess verdrehte die Augen. «Bleib sachlich, bitte», wies er den jungen Kollegen zurecht, worauf es ihm dieser gleichtat und ebenfalls den Blick zur Decke wandte. «Das Vermögen war jedenfalls beachtlich, hast du gesagt, Meta. Es war zwar in der Tendenz abnehmend, seit er den Altersheimaufenthalt finanzieren musste, aber es hätte noch für Jahrzehnte gereicht. Die Tochter musste nicht um ihr Erbe fürchten.»

«Das nicht», stimmte Meta zu. «Es sei denn, sie brauchte dringend Kapital. Denkbar ist, dass sie jetzt Geld aufbringen musste, ihr Vater es ihr aber verweigerte, und sie ihn deshalb tötete.»

«Dazu werden wir die Kollegen in Basel befragen müssen. Sie wohnt in der Stadt und arbeitet bei einem Zulieferer der Pharmaindustrie», sagte Buess.

«Das ist das *Understatement* des Tages», bemerkte Camenisch. «Die Firma gehört ihr und einem Geschäftspartner je zur Hälfte, sie ist dort Direktorin und Chefin von achtzig Angestellten.»

«Ist der Geschäftspartner Herr Häberli, ihr Mann?», fragte Buess.

«Nein, der Geschäftspartner ist Wendelin Wagner. Häberli ist vorwiegend Hausmann, immer noch, obschon die Kinder fast erwachsen sind. Ein paar Stunden pro Woche gibt er Musikunterricht. Irgendetwas mit Saiten.»

Buess brummte missbilligend. «Ist das wichtig?»

«Nein, es ist völlig egal», meinte Camenisch versöhnlich. «Der Alte wurde weder mit einer Saite erdrosselt noch mit einer Tuba erschlagen.»

«Die ersten Befragungen im Altersheim sind abgeschlossen», ergriff Meta das Wort. «Beim Pflegepersonal kam nichts heraus, das wirklich richtungsweisend wäre. Die Angestellten stimmen darin überein, dass Mazzotta manchmal klar im Kopf war, manchmal verwirrt. Der Stoffhase, der ihn ums Leben brachte, beschäftigte ihn häufig. Vermutlich, weil er ihn den ganzen Tag um sich hatte und das Stofftier ihn stets an seine Tochter erinnerte. Die beiden haben sich anscheinend erst vor wenigen Jahren versöhnt. Er schien dankbar zu sein, dass sie ihn besuchen kam.» Meta schob sich ein winziges Pfefferminzbonbon in den Mund, das vierte seit Beginn der Besprechung. «Hie und da sprach er von seinem Sohn. Jemand meinte, dann sei er traurig geworden, alle anderen nannten seine Haltung dabei eher ärgerlich oder sogar leicht verächtlich. Weiter sprach er manchmal vom Bau des höchsten Hauses in Thusis. Er nannte es grossspurig Hochhaus.»

«Was ist daran grossspurig?», fragte Camenisch. «Es ist tatsächlich ein Hochhaus.»

«Es hat elf oder zwölf Stockwerke, ein Hochhaus ist das nicht», antwortete Meta.

«Gemäss Definition der Gebäudeversicherung sind Hochhäuser Bauten mit einer Gesamthöhe von mehr als dreissig Metern. Elf Stockwerke plus die Attikawohnung auf dem Dach macht zwölf, mal zweieinhalb Meter Geschosshöhe macht dreissig Meter. Hochhaus.» Camenisch spielte mit einem Faden, der sich am Saum seines Hemds gelöst hatte, und bemerkte zunächst nicht, dass ihn seine beiden Kollegen verblüfft anstarrten. Endlich schaute er auf. «Ist etwas?»

«Warum weisst du das?», fragte Buess.

Camenisch zuckte die Achseln. «Keine Ahnung.»

Meta grinste, dann redete sie weiter. «Wenn er vom Hochhausbau sprach, zeigte er zwar Freude, aber auch Ernst und

Besorgnis, dies alles gemäss Aussagen des Personals. Der Bau fand vor vierzig Jahren statt. Wir werden wohl in der Vergangenheit forschen müssen.»

Buess warf dem jüngeren Kollegen einen bösen Blick zu, weil dieser mit dem Finger auf ihn zeigte, als hätte er eine Waffe in der Hand.

«Ausserdem verlor er sich manchmal in Erinnerungen aus jungen Jahren, dann sprach er vom Bocciaspielen, von seinem ersten Auto, vom Angeln oder vom Fussball.» Meta konsultierte ihre Unterlagen. «Dabei war er manchmal gut gelaunt, oft aber verärgert oder aufgewühlt. Eine Pflegerin war sich sicher, dass ihn etwas umtrieb, wenn er von diesen Freizeitaktivitäten sprach. Vielleicht eine Rechnung, die er noch mit jemandem offen hatte. Ein Unrecht, das er erlitten hatte oder aber eines, das er geschehen liess. Die Pflegerin konnte es nicht genauer beschreiben, aber ihre Aussage machte einen wohlüberlegten, fundierten Eindruck.»

«Wir werden selbst mit ihr sprechen», entschied Buess.

«Ja», bestätigte Meta Schäfer, «Camenisch und ich machen das. Du wirst dich um den Bau des Hochhauses kümmern.»

Camenisch grinste abermals und machte eine spöttische Handbewegung in Richtung Buess, die dieser wiederum mit einem bösen Blick quittierte.

4

Auch in der Süsswarenfabrik brodelte die Gerüchteküche. Die Arbeiterinnen und Arbeiter in den Produktions- und Verpackungshallen beteiligten sich am wenigsten daran. Viele von ihnen waren Einwanderer und hatten sich einen deutschen Grundwortschatz aneignen müssen, seit sie hier lebten. Sie verstanden darüber hinaus fabrikspezifische Ausdrücke wie Zucker, süss, Farbe, Gummilöwen, Glukose, Gelatine, verpacken, Ausschuss. Möglicherweise kannten sie ausserdem den Begriff Gummibärchen, weil das die gebräuchlichere Bezeichnung für die zähen Dinger war, die sie herstellten. Die Gründer der Süsswaren Thusis AG hatten sich jedoch vor gut vierzig Jahren entschlossen, auf Löwen anstelle von Bären zu setzen. Als die Fabrik 1977 eingeweiht wurde, versetzten sie mit ihrem Konzept alle in Erstaunen, die Erfindung der Gummilöwen kam einem gelungenen Coup gleich. Rasch zeigte sich, dass der eingeschlagene Weg Erfolg versprach. Die Löwen stellten den Bezug zum Ortswappen von Thusis her, auf welchem ein goldener Löwe auf rotem Grund ein Zepter schwingt; sie hoben sich deutlich von den Bären ab, die die Süssigkeitenauslagen der Läden beherrschten, und sie liessen sich auf mannigfaltige Weise vermarkten. Aufblasbare Löwen, Löwen in Malbüchern, Comic-Löwen, lederne Löwen und Plüschlöwen in allen Farben hatten in den vergangenen Jahrzehnten die Werbekampagnen der Unternehmung dominiert.

Der ungewöhnliche Todesfall war eher in den Büros als in der Produktion ein Thema. Die Angestellten im Versand und im Rechnungswesen, in der Administration und im Personalbüro diskutierten den Skandal ausführlich und mit kaum verhohlenem Genuss. Faktisch verhielten sich die höheren Angestellten genauso. Sie gaben sich zwar den Anschein, betroffen zu sein und dem Toten ein ehrendes Andenken zu bewahren. Doch auch in den oberen Etagen wurde ausgiebig gemutmasst. In der ganzen Firma verbreiteten sich die Gerüchte schneller als die Pollen im Frühling, und ihre Ausstattung war bunter als jeder Blumenstrauss.

Die Firma verfügte über zwei Direktverkaufsstellen. Einer der Läden befand sich im Firmensitz und wurde hauptsächlich von den Mitarbeitenden in der Produktion betreut, weswegen sich zu deren beschränktem deutschen Wortschatz auch Ausdrücke wie «besten Dank», «Ihr Retourgeld» und «einen schönen Tag» gesellten. Er erfreute sich bei der einheimischen Bevölkerung grosser Beliebtheit, weil neben den Werbeartikeln und Süssigkeiten auch verbilligte Ware angeboten wurde, etwa solche mit Farb- oder Formfehlern oder beschädigter Verpackung. Der zweite Laden war in der nahen Autobahnraststätte und das eigentliche Aushängeschild der Firma. Der Standort war ideal, die Artikel geschmackvoll präsentiert, das Publikum zahlreich. Es verstand sich von selbst, dass in dieser Verkaufsstelle nicht die ungelernten Produktionsmitarbeitenden im Einsatz standen, sondern Personal, das höhere Anforderungen erfüllte.

Eduard Demont, einer der Gründer des Unternehmens, verbrachte jede Woche zahlreiche Stunden dort. Er war überzeugt, dass es seine Idee gewesen war, nach der Pensionierung aus lauter Freude an den Süsswaren im Laden tätig zu sein. Er liebte den Kontakt mit Leuten, sprach Italienisch und Englisch, scheute sich nicht vor Arbeitseinsätzen am Wochenende und betrachtete diese Beschäftigung als Ehrenamt. In Tat und Wahrheit war es freilich seine Frau gewesen, die ihn gezielt in diese Richtung gesteuert hatte. Ihr hatte davor gegraut, ihren ruhelosen Ehegatten von einem Tag auf den andern ständig zu Hause zu haben, sich von ihm in Haushaltsangelegenheiten dreinreden zu lassen und womöglich ihre zahlreichen eigenen Aktivitäten einschränken zu müssen. Ihre subtilen Bemühungen hatten Erfolg: Eduard ging in seiner neuen Aufgabe auf und war im Ruhestand so beschäftigt, dass sie sich kaum öfter sahen als zuvor. Da der Laden erst um zehn Uhr öffnete, brauchte er sich morgens nicht zu beeilen mit dem Aufstehen, so dass seine Frau längst unterwegs war, wenn er sich den ersten Kaffee kochte. Am Mittag arbeitete er häufig durch und verpflegte sich am Nachmittag irgendwann im Restaurant der Raststätte. Dadurch entfiel auch das gemeinsame Mittagessen, was sowohl Eduard als auch seiner Frau zupass kam.

Einige Tage nach der Beerdigung suchte die erste Hitzewelle des Sommers die Gegend heim. Demont war froh, dass in der Raststätte immer die gleiche Temperatur herrschte, und die Kundschaft, schweissgebadet vom Gang über den in der Sonne schmelzenden Asphalt, suchte dankbar im Gebäude Zuflucht. In diesem Zustand liessen sich die Gäste gern auf ein Gespräch mit ihm ein, um ihren Aufenthalt etwas in die Länge zu ziehen. Nicht wenige sprachen ihn auf den rätselhaften Tod des Italieners an, über den bereits zahlreiche Journalisten auch überregional berichtet hatten. Bereitwillig gab er Auskunft, zeigte sich betroffen vom Verlust des langjährigen Wegbegleiters, beteiligte sich an Spekulationen über mögliche Mordmotive. Bedauerlicherweise erfuhr er auf diese Weise nichts Neues, da seine Kundinnen und Kunden nicht mehr darüber wussten als er.

Mit einer Ausnahme. Die schlanke Frau mit den blondierten Haaren musste in jungen Jahren eine Schönheit gewesen sein. Sie wäre es wohl auch jetzt noch gewesen, wenn sie nicht deutliche Spuren des Alters aufgewiesen hätte. Demont schätzte sie auf Mitte fünfzig, und aufgrund des leicht aufgedunsenen Gesichts, des ungesunden Teints und der Tränensäcke schloss er auf den Konsum von zu viel Alkohol oder Medikamenten. Verblüfft erfuhr er, dass sie Mazzotta Ende der Achtzigerjahre gekannt hatte.

«Ich habe damals in Chur gearbeitet, und eine meiner Arbeitskolleginnen hatte eine heisse Affäre mit Mazzotta. Sie war einige Jahre älter als ich, verheiratet, zwei Kinder. Als sie Mazzotta traf, erlag sie ihm mit Haut und Haaren. Das Verhältnis dauerte vielleicht ein, zwei Jahre. Als sie sich trennten, wusste sie noch nicht, dass sie wieder schwanger war. Ebenso wenig wusste sie in der Folge, wer der Vater des Kindes war. Ihr Mann stellte sich die Frage nicht. Entweder ahnte er wirklich nichts von der Beziehung, oder er wollte sie nicht wahrhaben. Wie auch immer, der Bub wuchs als sein Sohn auf.»

«Hat das kein Gerede gegeben?», fragte Demont ungläubig.

«Doch, natürlich. Es wurde viel geschwatzt und gespottet. Die Leute im Quartier spekulierten über Jahre, wem der Junge wohl glich.»

«Das Kind ist längst erwachsen», überlegte Demont. «Ob es wohl selbst nie Fragen gestellt hat?»

«Keine Ahnung», antwortete die Frau. «Ich bin aus Chur weggezogen, als der Junge noch nicht einmal in den Kindergarten ging. Danach habe ich die Familie aus den Augen verloren.»

Leicht belustigt betrachtete Rösli Sjögren ihren ältesten Urenkel. Der Junge wurde bald vierzehn und zeigte alle Anzeichen der Pubertät: aufgeschossen wie Unkraut und picklig wie ein Fliegenpilz. Waren Röslis Söhne in diesem Alter dünn gewesen wie Spargeln, glich Simon eher einer der Palmen, die manchmal in Cocktails und Coupes stecken: Dünn wie ein Zahnstocher und zuoberst eine überdimensionale Frisur. Sein dichtes, rötlichbraunes Haar wuchs in alle Richtungen und verdeckte sein Gesicht zu drei Vierteln. Das war ein Vorteil, überlegte Rösli, weil so nur ein Viertel der Akne zu sehen war, aber ein Nachteil, weil das Haar schon kurz nach dem Waschen wieder aussah wie ein Wischmopp bei McDonald's.

Der Gegensatz zu seinen beiden rosaroten Halbschwestern hätte nicht grösser sein können. Die Mädchen waren erst zwei und vier Jahre alt, adrett frisiert, süss angezogen und von Kopf bis Fuss herzig anzusehen. Auch ihr Benehmen liess keine Wünsche offen, und ihre Mutter Fabienne versuchte nicht, ihren Stolz zu verbergen.

Simon beschäftigte sich sehr bald mit seinem Smartphone und die Mädchen mit ihren Spielsachen, so dass die Enkelin annahm, ungestört über ihren Nachwuchs sprechen zu können. Rösli glaubte förmlich zu sehen, wie sich Simons Ohren spitzten, als sich seine Mutter über die Unordnung in seinem Zimmer beklagte.

«Jeden Tag streiten wir deswegen. Er ist Teil unseres Haushalts, er muss sich an die Regeln halten. Ich kann doch nicht zulassen, dass es bei ihm aussieht wie auf einer Müllhalde!», ereiferte sie sich.

«So übel wird es nicht sein», versuchte Rösli zu beschwichtigen.

«Oh doch, du machst dir keine Vorstellungen! Manchmal kann ich kaum durchs Zimmer gehen, um das Fenster zu öffnen oder das Bett zu machen, so viel Unrat liegt herum.»

«Lass ihn doch sein Bett selbst machen», riet Rösli, «dann wird er irgendwann schon aufräumen.»

«Das geht nicht, dann macht er sein Bett überhaupt nicht!»

«Wäre das schlimm?» Rösli unterdrückte ein Grinsen. Simon auch.

«Ja!», rief Fabienne. «So ein Chaos hast du noch nie gesehen, es ist untragbar!»

Rösli wurde ernst. «Jugendliche benehmen sich ein paar

Jahre lang wie Ausserirdische, das stimmt, aber danach normalisiert sich die Lage. In diesen Jahren kannst du täglich mit ihnen streiten, oder du kannst sie machen lassen und dich nicht darüber ärgern. Das Resultat ist dasselbe, das Streiten nützt nichts und schadet nichts. Nur dein eigenes Wohlbefinden ist ein anderes.»

«So einfach ist das nicht», meinte die Enkelin. «Ich möchte doch nicht, dass er schief angesehen wird, wenn er so schmuddelig daherkommt.»

«Du machst dir Gedanken, was die Leute denken?», staunte Rösli. «Ich glaube mich zu erinnern, dass du in deinen wilden Jahren lila Haare hattest, ausschliesslich schwarz angezogen und von zweihundert Ringen durchlöchert warst!» Sie zögerte kurz, bevor sie hinzufügte: «Und dass du mit zwanzig meinen Lieblingsurenkel zur Welt gebracht hast.» Jetzt grinste Simon tatsächlich.

Fabienne ersparte sich eine Antwort und wandte sich dankbar ihren Töchtern zu, die allmählich genug bekamen von den Spielsachen. Rösli machte den Dreien einen Ausflug in den grossen Garten des Altersheims schmackhaft, wo es auch allerlei Tiere zu bestaunen gab, und scheuchte sie aus dem Zimmer. Simon hielt sie zurück mit der Bitte, ihr etwas auf ihrem iPad zu erklären.

«So!», sagte Rösli erleichtert, als sich die Türe hinter Mutter und Töchtern geschlossen hatte, und deutete auf das Gerät auf dem Tisch. «Bitte hol das Ding hierher und setz dich zu mir!»

Simon kam ihrer Aufforderung eifrig nach, gar nicht in der typisch schleppenden Art der Teenager. «Was möchtest du wissen, *Basatta?*» Wie immer freute sich Rösli über die rätoromanische Anrede, die ihr entschieden freundlicher schien als das deutsche Urgrossmutter, das sie stets an Fossilien und Dinosaurier denken liess.

«Ich möchte alles wissen über Gerardo Mazzotta», verkündete Rösli feierlich.

Ihr Urenkel schaute sie verständnislos an: «Über wen?»

Rösli seufzte. Gegen alle Wahrscheinlichkeit gab es im Umkreis von fünfzig Kilometern einen Menschen, der nichts vom rätselhaften Todesfall im Altersheim gehört hatte, und genau dieser sass ihr gegenüber. Sie erläuterte Simon, worum es ging, und wie erwartet war dieser begeistert. Sofort begann er zu tippen, als spiele er ein Allegro furioso, und lieferte Rösli postwendend erste Erkenntnisse, allerdings nichts, was ihr nicht schon bekannt gewesen wäre. Woran sich in den folgenden zwanzig Minuten nichts änderte. Rösli sah ein, dass Google womöglich allwissend war, sein Wissen aber nicht so leicht preisgab. Sie besass ihr Gerät, um Mails und Nachrichten zu schreiben, zum Spielen und zum Filme schauen, aber Googeln war ihr nicht nur als Wort fremd. Sie beschloss, das Recherchieren ihrem Urenkel zu überlassen. Wie eine verschworene Gesellschaft vereinbarten sie, dass sie Simon jeweils ihre Fragen senden würde und er dann für sie herausfinden sollte, was sie interessierte. Simon streckte den Daumen in die Luft, um das Abkommen zu besiegeln, und konnte seine Begeisterung gerade noch hinter einer gelangweilten Miene verbergen, als seine Mutter und seine Halbschwestern eintraten, um ihre Heimkehr anzukündigen.

«So, Schäfli», sprach Camenisch seine ältere Kollegin an. «Sind wir jetzt klüger?»

Meta lehnte sich in ihrem Bürostuhl zurück und fächelte sich mit einer Akte Luft zu. Wie würde das im Hochsommer herauskommen, wenn bereits im Juni eine solche Affenhitze herrschte? Sie riss sich zusammen und versuchte, sich auf das Gespräch zu konzentrieren, welches sie und Camenisch vor der Mittagspause mit einer der Pflegerinnen im Altersheim geführt hatten. Sie war ihnen bei der ersten Befragung aufgefallen, weil sie differenzierte Beobachtungen über Mazzottas Reaktion auf gewisse Themen gemacht zu haben schien. Das Gespräch war nur mässig befriedigend verlaufen. «Wir wissen vielleicht etwas mehr, aber klüger sind wir damit nicht geworden», antwortete sie deshalb.

«Treffend ausgedrückt.» Camenisch hielt sich die kühle Colaflasche an die schweissnasse Stirn. «Bei der ersten Befragung schilderte sie, dass sich Mazzotta manchmal in Erinnerungen an seine jungen Jahre verlor und dabei verschiedene Gefühle durchlebte. Sie war überzeugt, dass ihn etwas in diesem Zusammenhang stark beschäftigte oder belastete. Aber was soll das sein?» Camenisch hob theatralisch die Schultern. «Was kann ihn bei den Themen Boccia, Angeln und Fussball aufgewühlt haben? Oder bei seinem ersten Auto?»

«Immerhin hat sie sich bemüht, ernsthaft darüber nachzudenken», meinte Meta Schäfer, «bloss leider mit mässigem Erfolg. Am sichersten schien sie beim Auto zu sein.»

Camenisch stimmte ihr zu. «Ja, sie berichtete, dass er mit Freude oder mit Schalk davon erzählte. Oft nannte er im gleichen Atemzug Frauennamen. Verschiedene, häufig auch *la bella* Ruth. Dabei dürfte es sich um seine spätere Frau gehandelt haben.»

«Genau. Aber auch von ihr erzählte er unbelastet. Er bewegte sich mit seinen Erinnerungen in der Zeit, als er sie kennen lernte und sie sich verliebten, also in den ersten Monaten oder Jahren, in denen sie zusammen glücklich waren.» Meta spielte mit der Dose mit ihren Pfefferminzbonbons. «Ein eigenes Auto, eine hübsche Frau an seiner Seite, die Zukunft vor Augen, das waren wohl seine etwas verklärten Erinnerungen.»

«Hoffentlich erinnere ich mich in sechzig, siebzig Jahren auch nur noch an meine Karre und an meine Freundin», seufzte Camenisch. «Das wären glückliche alte Tage, wenn ich ihren Hund, ihren Musikgeschmack, dich und Buess vergessen hätte!»

Meta überhörte die Provokation. «Was kann ihn beim Fussball- oder Bocciaspielen oder beim Angeln aufgewühlt haben?», fragte sie.

«Aufgepasst, hier hat die Pflegerin weiter differenziert», wurde Camenisch wieder ernst. «Wenn er vom Fussball sprach, dann wie einer der italienischen Tifosi. Er wurde emotional, er ärgerte sich über alle und jeden. Allem Anschein nach nannte er sogar Namen, an die sie sich leider nicht erinnern kann. Ich vermute, dass er ein leidenschaftlicher Spieler war und sich masslos aufregte, wenn etwas nicht so lief, wie er wollte. Schiedsrichter, Trainer, Teamkollegen, ich kann mir gut vorstellen, dass alle ihr Fett abbekamen, wenn ihm die Sicherungen durchbrannten. Damit wird er sich Ärger eingehandelt haben, der ihn bis ins hohe Alter verfolgte.»

«Das kann gut sein», stimmte Meta zu.

«Als aufgewühlt und ernst schilderte sie ihn nur, wenn er vom Angeln und Bocciaspielen sprach. In diesem Themenfeld scheint es etwas zu geben, was ihn belastet hat. Leider kann ich mir beim besten Willen nicht vorstellen, welche Sorgen diese beiden Beschäftigungen verursachen können.» Camenisch zerdrückte die leere Colaflasche.

«Seine Erzählungen waren offenbar so wirr, dass sie nicht herausfand, wovon er sprach», bedauerte Meta. «Immerhin hat sie versprochen, nochmals darüber nachzudenken.»

«Ja. Hoffentlich bringt das etwas. Auf alle Fälle bedeutet es für uns, dass wir im Altersheim nochmals eine Fragerunde drehen müssen.»

«Du sagst es. Wir werden gezielt nach seinen Aussagen und seinem Verhalten fragen, wenn er jeweils über Boccia und Angeln sprach, und weiter, ob er dabei irgendwelche Namen nannte.»

Camenisch richtete sich in seinem Stuhl auf. «Rück die Liste der Angestellten im Altersheim heraus, Schäfli. Wir müssen planen, wen wir befragen. Sehr genau planen! Je länger wir daran arbeiten, desto kühler ist es, wenn wir den Bau verlassen müssen.»

Sobald die ärgste Mittagshitze vorüber war, machte sich Emanuele Santacaterina wieder im Garten zu schaffen. Die hintersten beiden Beete lagen bereits im Schatten des Nachbarhauses, dort konnte er bei erträglicher Temperatur dem Unkraut zu Leibe rücken und eine Reihe Setzlinge platzieren.

Von Weitem sah er Herrn Christoffel gemächlich näherkommen. Er ging am Stock und musste immer wieder stehen bleiben, um zu Atem zu kommen. Emanuele konnte seinen Brokkoli in aller Ruhe einpflanzen, bevor der alte Herr endlich seinen Gartenzaun erreicht hatte und erneut eine Pause einlegte. Gerne trat er näher zum gärtnernden Italiener und begann, sobald es seine Kondition zuliess, zu plaudern. Mazzottas Tod war nach wie vor das ergiebigste Thema.

«Ich mochte ihn nicht besonders», gestand Herr Christoffel. «Nicht, weil er Italiener war, unter diesen gab es viele nette Leute.» Der Alte schien in Gedanken so sehr in der Vergangenheit zu weilen, dass er nicht bemerkte, mit wem er sprach. «Aber Mazzotta war anders. Ehrgeizig. Er wollte schnell Geld machen, einen tollen Wagen fahren, schöne Frauen um sich haben. Ich hatte damals den Eindruck, dass ihm jedes Mittel recht wäre, um seine Ziele zu erreichen. Vielleicht war es ein Glück, dass er bei der Süsswaren AG einsteigen konnte, sonst wäre er womöglich kriminell geworden.»

«Er war kein angenehmer Kollege auf den Baustellen, das stimmt», bestätigte Emanuele. «Niemand war traurig, als er die Baufirma verliess und bei den Süsswaren anfing. Allerdings war er dort für die Errichtung der Fabrik zuständig, so dass trotzdem viele wieder mit ihm zu tun hatten. Als Bauherr war er nicht angenehmer als zuvor als Bauarbeiter.»

«Eigentlich ist das ein erstaunlicher Aufstieg, nicht wahr?», überlegte Herr Christoffel. «Vom Vorarbeiter zum Mitglied der Geschäftsleitung!»

«Er war nie Mitglied der Geschäftsleitung», berichtigte Emanuele. «Am Anfang war er nicht einmal Teilhaber, dazu fehlte ihm wohl das nötige Kapital. Er war zuerst Chef Bauten, als die Fabrik und die ersten Wohnblocks für die Angestellten errichtet wurden, und später Immobilienverantwortlicher der Süsswaren Thusis AG.»

«Trotzdem», beharrte Herr Christoffel. «Er stieg erstaunlich rasch vom italienischen Bauarbeiter zum Chef Bauten in der Firma der noblen Thusner Geschäftsherren auf, finden Sie nicht?»

«Doch», musste Emanuele zugeben.

Ein paar Kinder, die auf Rollschuhen auf Herrn Christoffel zustürmten, liessen ihn erschrocken und so rasch es eben ging zur Seite treten. Auch wenn nichts passierte und die Kinder vermutlich gar nicht realisierten, was sie ausgelöst hatten, liess ihn der Schreck erneut um Atem ringen. Zitternd wischte er sich mit seinem Taschentuch den Schweiss von der Stirn. Er verlor den Faden und verabschiedete sich bald.

Emanuele blieb grübelnd am Gartenzaun stehen. War es tatsächlich rätselhaft, dass Mazzotta damals in der Süsswarenfirma rasch aufstieg? Er war ehrgeizig gewesen, hatte die harte Arbeit auf dem Bau hinter sich lassen und Karriere machen wollen. Allerdings war er nicht der Einzige, manch einer hatte die Gelegenheit gepackt, der Maurerarbeit den Rücken zu kehren, wenn sie sich bot. Warum die Firmengründer gerade ihn zum Chef Bauten erkoren hatten, hatte damals niemand unter den Gastarbeitern hinterfragt. Mazzotta mochte mit den Bauvorhaben und später mit der Immobilienbewirtschaftung ein gutes Händchen gehabt haben, überlegte Emanuele, allerdings wohl kaum mit der Mitarbeiterführung. Dass er ein guter Vorgesetzter gewesen war, konnte er sich nicht vorstellen.

Bereits lagen zwei Zigarettenstummel im Aschenbecher vor Riccardo Tataranni, der in der Abendsonne auf der Terrasse seiner Wohnung sass. Seine ältere Schwester Graziella, die in Süditalien Oliven pflanzte und Zimmer an Touristen vermietete, war zuletzt an Weihnachten in der Schweiz gewesen. Die jüngste der drei Geschwister, Luisa, wohnte im Berner Oberland, was die Reise zu ihr nicht wesentlich kürzer machte als jene zu Graziella. So sahen sie sich kaum öfter als ein Mal pro Jahr, standen aber in regem Kontakt über WhatsApp. Die aktuelle Konversation hatte er selbst eröffnet, weil er seinen Schwestern ein paar Fragen stellen wollte. Bisher war er allerdings nicht dazu gekommen, denn der Austausch aller Neuigkeiten über Partner, Kinder, kürzliche Anschaffungen und geplante Unternehmungen zog sich in die Länge.

Er zündete sich die dritte Zigarette an und unterbrach das Geplänkel. «Gerardo Mazzotta ist kürzlich gestorben. Ich war an der Beerdigung», schrieb er.

«Wer?», fragte Graziella.

Riccardo rauchte in aller Ruhe weiter, während Luisa erklärte und Graziella zurückfragte, bis sie die ganzen Familienverhältnisse der Mazzottas wieder präsent hatte: die geschiedenen Eltern, die Tochter Silvia Häberli-Mazzotta, den verstorbenen Sohn.

«*Mamma* war nicht an der Beerdigung», berichtete er. Auch ohne die sofortigen Fragen hätte er weitergeschrieben, seine Schwestern tippten lediglich schneller als er. «Sie sagt, er sei es nicht wert, er sei ein böser Mensch gewesen.» Geduldig wartete er ab, bis der Sturm der Meldungen seiner Schwestern etwas nachliess, dann fuhr er fort: «Sie hat dreiundvierzig Jahre lang nicht mit ihm gesprochen. Wisst ihr warum?»

Es dauerte länger als gewohnt, bis die nächsten Beiträge auftauchten, was ihm zeigte, dass seine Schwestern verblüfft waren und tatsächlich nachdachten. Dann berichtete zuerst Luisa von Erinnerungsfetzen, die den seinen glichen: Wie seine Mutter beharrlich ausgewichen war, um Mazzotta auf der Strasse nicht grüssen zu müssen. Ihr verächtliches Schnauben oder ihr zur Maske erstarrtes Gesicht, wenn von ihm die Rede war. Graziella erinnerte sich ebenfalls an Vorkommnisse dieser Art, hatte indessen damals wie heute keine Erklärung dafür. Zu dritt versuchten sie, das Verhalten ihrer Mutter zu ergründen. Am Schluss waren sie kein bisschen schlauer als zuvor.

Peter Wasescha schaute auf die Uhr und nickte befriedigt. Seine Planung hatte sich einmal mehr als hervorragend erwiesen, seine Wandergruppe war zufrieden und müde. Die halbe Stunde Weg, die sie noch vor sich hatten, war ein Kinderspiel, das Postauto problemlos zu erreichen. Nur mit halbem Ohr hatte er dem älteren Herrn zugehört, der plaudernd neben ihm ging, ihn nun aber aufhorchen liess.

«Völlig dement war er nicht gerade», erzählte der Wanderer. «Recht verwirrt hingegen schon. Geschwatzt hat er nach wie vor gern, und wie früher auch war er etwas grossspurig. Seine Heldentaten auf den Baustellen hat er wiederholt bis zum Abwinken. Dann und wann war er allerdings weniger gut beieinander, dann plagten ihn die weniger ruhmreichen Erinnerungen. Manchmal sprach er von den schwierigen Zeiten mit seinem Sohn und von der Scheidung von der schönen Ruth.»

«Darüber hat er früher nie gesprochen», bemerkte Wasescha.

«Stimmt, ja, das wurde alles totgeschwiegen. Wehe, wenn damals jemand davon anfing! Zuweilen fehlte wenig, dass er einem an die Kehle gegangen wäre.» Der Wanderer verharrte in Erinnerungen.

«Vermutlich hat er nie darüber gesprochen und diese Probleme nie richtig verarbeitet», versuchte sich Wasescha als Hobbypsychologe. «Seine Ehe ist daran zugrunde gegangen.»

«Ach ja, die schöne Ruth! Sie hat zweifellos die schlechteste Wahl getroffen unter den zahlreichen Männern, die sie damals hätte haben können», meinte der andere. «Von ihr hat er im Altersheim allerdings nie gesprochen, dieses Kapitel schien er abgeschlossen zu haben.»

«Vielleicht hat er sie einfach vergessen», sagte Wasescha.

«Wer weiss. Er hatte vieles vergessen. Wenn ich ihn besuchte, erzählte ich ihm manchmal Anekdoten aus früheren Zeiten. Weisst du noch … und so weiter. Er konnte sich kaum an eine davon erinnern, während er sie vor Jahren jeweils selbst erzählt hatte. Demenz ist gnadenlos. Und heimtückisch.»

«Wenn das Schicksal seines Sohnes das einzige war, was

ihn quälte, war die Krankheit gnädig mit ihm», warf Wasescha ein. «Sie hat ihn alle anderen unrühmlichen Vorkommnisse in seinem Leben vergessen lassen.»

Der Wanderkollege widersprach. «Da bin ich mir nicht so sicher. Oft, wenn ich ihn besuchte, sprach er vom Bau des Hochhauses in Thusis. Hochhaus! Dass ich nicht lache. Eine grössenwahnsinnige Bezeichnung in der heutigen Zeit, aber damals waren die zwölf Stockwerke etwas Neuartiges. Bisweilen gab er damit an, wie er am Bau mitgearbeitet habe, aber manchmal erzählte er wirres Zeug, das ich nicht verstand. Vielleicht ist dort etwas passiert, das er ebenfalls totschwieg, keine Ahnung.»

«Das glaube ich kaum», erwiderte Wasescha. Er blieb kurz stehen, um zu prüfen, ob alle seine Schäflein noch auf Kurs waren. Als er sich davon überzeugt hatte, beschleunigte er den Schritt, um seinen Gesprächspartner wieder einzuholen. «Möglicherweise war der Bau des Hochhauses die erste grosse Herausforderung für ihn. Er meisterte sie gut und sonnte sich zeitlebens im Erfolg.»

«Kann sein», meinte der Wanderer. «Manchmal regte er sich schrecklich auf, wenn er von irgendwelchen italienischen Kollegen erzählte. Weswegen weiss ich allerdings nicht, er sprach zu wirr.»

«Gewiss irgendwelche Streitereien, die er als junger Bursche in seiner Heimat austrug. Rivalenkämpfe um das hübscheste Mädchen.» Weiter reichte Waseschas Fantasie nicht.

Jene des Wanderkameraden war lebhafter. «Wer weiss, was dort unten alles ablief. Mafia, Erpressungen, Prügeleien? Ich hatte zwar den Eindruck, er spreche von der Zeit, als er bereits hier im Tal lebte. Mir schien, da gab es etwas, das ihn stark beschäftigte. Ich verstand allerdings nicht, wovon er sprach.»

«Mafia, Erpressungen, Prügeleien in Thusis?», fragte Wasescha spöttisch. Der Bahnhof kam in Sicht, es wurde Zeit, das Geplauder zu beenden.

«Wer weiss», meinte der Wanderer nachdenklich.

5

Seit Tagen strengte sich Rösli Sjögren an, kein bisschen Gerede auf den Gängen und in der Cafeteria des Altersheims zu verpassen. Gegenwärtig befand sie sich aus diesem Grund in der Aufenthaltsecke auf ihrem Stockwerk, wo es allerdings nichts Neues aufzuschnappen gab. Ausser ihr sassen einzig zwei Männer aus dem Rheinwald an einem Tisch. Der eine flocht aus Lederbändeln Zöpfe, unermüdlich, der andere schaute ihm dabei zu und döste dann und wann ein. Alle zehn Minuten wechselten sie in ihrem Walser Dialekt ein paar Worte miteinander. Immer dieselben paar Worte. Rösli konnte ungestört nachdenken.

Weitaus am häufigsten beschäftigten sich die Klatschrunden, die Rösli belauschen konnte oder an denen sie teilnahm, mit den Frauengeschichten in Mazzottas Leben. Dies wohl eher aus Freude an Skandalen als aus sachlicher Berechtigung. Vor allem an den Tischen in der Cafeteria wurden Geschichten herumgeboten. Mazzotta wurde mit Entrüstung, aber auch mit widerwilliger Bewunderung als Liebhaber in zahlreichen Affären geschildert. Rösli kannte die Menschen gut genug, um von dem Gehörten drei Viertel zu streichen. Aber selbst das verbleibende Viertel reichte aus, um ein aktives Liebesleben anzunehmen, weshalb wiederum ein uneheliches Kind nicht unrealistisch war. Oder sogar mehrere. Das war aber nur dann von Belang, wenn das aussereheliche Kind als seines registriert worden war oder wenn es nachträglich Mazzottas Vaterschaft beweisen wollte, um etwas vom Erbe zu bekommen. Dass ein verleugneter Sprössling aus jahrzehntelangem Hass zum Mörder geworden war, schien Rösli zu weit hergeholt. Wie dem auch sei, überlegte sie abschliessend, sowohl ein anerkannter als auch ein via DNA-Test aufgezwungener Erbe konnte nur durch die zuständige Behörde gefunden werden. Das bedeutete, dass sie warten musste, bis ihr darüber etwas zu Ohren kommen würde.

Dasselbe galt für die bisher einzige ihr bekannte Erbin, Silvia Häberli-Mazzotta. Da Mazzottas Tochter in Basel wohnte, wusste man hier wenig über ihre Lebensumstände. Auch diese Nachforschungen musste Rösli der Polizei überlassen, was sie nicht bedauerte.

Was noch nie im Tratsch geäussert worden war, war die Möglichkeit eines Täters oder einer Täterin aus dem Altersheim. Natürlich konnte keiner der Bewohner den Alten getötet haben, niemand erfüllte die dazu nötigen physischen Voraussetzungen. Rösli stellte sich einen Mörder vor, der mit dem Rollator am Tatort erschien. Oder einen, der zuerst den Gehstock abstellen musste, bevor er, mit zitternden Knien, das Kissen packte und Mazzotta aufs Gesicht presste. Die Bewohner kamen für die Tat nicht in Frage, wohl aber die Angestellten. Darüber gab es jedoch keine Spekulationen. Rösli überlegte, was der Grund sein mochte: Weil keine Verbindungen zwischen Mazzotta und den Mitarbeitenden bekannt waren, die über das Arbeitsverhältnis hinausgingen? Weil sich niemand vorstellen konnte, dass sich jemand vom Personal für die Ermordung Mazzottas hatte bezahlen lassen? Rösli fand, eine interne Täterschaft könne nicht ausgeschlossen werden.

Sie angelte die Zeitung aus dem Netz an ihrem Rollator und

las zum vierten Mal die Polizeimeldung. Die Staatsanwältin mit dem unaussprechlichen Namen, der beinahe eine ganze Spaltenbreite einnahm, hatte in sprödem Juristendeutsch bekannt gegeben, dass Mazzotta mit einem Kissen erstickt worden sei. Es werde in verschiedene Richtungen ermittelt, gebe aber noch keine konkreten Ergebnisse. Sie gab es auf, zwischen den Zeilen weitere Informationen zu entdecken.

Rösli überlegte, was sie über Mazzottas Leben wusste. Sie kannte ihn, seit er als Bauarbeiter angefangen und seine Freizeit zusammen mit den anderen Italienern mit Boccia, Angeln, Fussballspielen verbracht hatte. Ob in der damals jungen italienischstämmigen Gemeinschaft etwas Bedeutendes vorgefallen war? Oder war vielleicht beim Bau des Hochhauses etwas krumm gelaufen? Beides wäre zwar denkbar, aber sie konnte sich nicht erinnern, dass Mazzotta so etwas angedeutet hätte. Ebenso wenig wusste sie, wie sie an weitere Informationen darüber kommen könnte.

Mehr Fragen stellte sich Rösli, wenn sie Mazzottas Einstieg in der Süsswaren Thusis AG und seinen gesellschaftlichen Aufstieg betrachtete. War er bei den Süsswaren ein Mann der ersten Stunde oder war er später dazu gestossen? War er finanziell beteiligt, und wenn ja, aus welcher Zeit stammte seine Beteiligung, woher hatte er das Geld dafür gehabt? Hatte er ausser der Immobilienverwaltung noch andere Aufgaben wahrgenommen? Rösli seufzte. Sie brauchte eine Broschüre der Firma, eine Jubiläumsschrift oder irgendein anderes Papier, in welchem diese Informationen zu finden waren.

Das Grübeln strengte Rösli an, sie war erschöpft und wollte sich in ihrem Zimmer etwas ausruhen. Sie steckte die Zeitung zurück ins Netz an ihrem Rollator und rüstete sich zum Aufbruch. Es dauerte eine Ewigkeit, bis sie endlich in ihrem Zimmer war, wo sie sich hinlegte und sofort einschlief.

Anderthalb Stunden später erwachte sie leicht verwirrt. Als sie sich wieder zurechtfand, erinnerte sie sich, womit sie sich vor ihrem Nickerchen beschäftigt hatte. Mit der Süsswaren Thusis AG, über die sie sich Unterlagen besorgen musste. Plötzlich lachte sie auf. Warum Unterlagen! Wer brauchte Papier, wenn er einen Urenkel hatte, der googeln konnte! Sie würde Simon ein Mail schreiben und ihm den ersten Rechercheauftrag erteilen.

Silvia Häberli-Mazzotta stand am Fenster ihres Büros und blickte über die Dächer von Basel. Es fiel ihr überraschend schwer, ihren Vater aus ihren Gedanken zu verbannen und sich auf die Arbeit zu konzentrieren. Sie hatte über Jahre überhaupt keinen Kontakt zu ihm gehabt, und auch in den weniger konfliktbeladenen Zeiten war ihr Verhältnis selten harmonisch gewesen. Mitunter hatte sie ihn gehasst, manchmal verachtet, oft ignoriert, und er war ihr dabei in nichts nachgestanden. Erst in den letzten Jahren hatten sie einen Umgang gefunden, der für beide stimmte: weder besonders vertraulich noch herzlich, eher vorsichtig respektvoll. Ohne Worte waren sie sich einig, dass sie sich zwar nicht besonders mochten, sich aber bewusst waren, dass ihre Verwandtschaft eine Bindung schuf, die sie nicht lösen konnten.

Darüber hinaus versuchte sich ein Gedanke in ihr Bewusstsein vorzuarbeiten, den sie über Jahrzehnte erfolgreich verdrängt hatte. Silvia Häberli-Mazzotta musste sich der Erkenntnis stellen, dass sie nicht wenige ihrer Charaktereigenschaften von ihrem Vater geerbt hatte. Und dass einige davon genau jene waren, die sie an ihm verachtet hatte: Die Kälte, mit der er Entscheidungen fällen konnte. Sein Ehrgeiz, auf der Erfolgsleiter rasch nach oben zu klettern. Die Skrupellosigkeit, die er an den Tag legen konnte. Seine zeitweilige Härte gegenüber anderen, einschliesslich Frau, Tochter und Sohn.

Ihr Ehrgeiz hatte sie so weit gebracht, dass sie mit ihren zweiundvierzig Jahren fünfzig Prozent einer Pharmazulieferfirma besass, die sie mitbegründet hatte und die mittlerweile achtzig Angestellte beschäftigte. Wer so rasch so hoch hinaufgelangen wollte, durfte sich nicht mit Zweifeln und Skrupeln aufhalten. Sie besass die nötige Kaltblütigkeit, Entscheidungen zu fällen und zu kommunizieren, auch wenn sie riskant oder unbequem waren. Dass sie sich damit nicht nur Freunde geschaffen hatte, lag auf der Hand, störte sie aber nicht. Was zählte, war der Erfolg.

Unwillkürlich schlug ihr Herz schneller. Der Erfolg hatte ihr über Jahre Recht gegeben. Jetzt aber schrammte ihr Unternehmen haarscharf an einer Katastrophe vorbei. Ein Grosskunde, der Konkurs angemeldet hatte. Ein anderer, der mit seinen Zahlungen in Verzug war. Die kostspielige Erweiterung des Firmengebäudes um einen neuen Bürotrakt. Drei Ereignisse mit hohem Finanzbedarf in kurzer Zeit. Eines hätten sie und ihr Geschäftspartner verkraften können. Zwei hätten schmerzhafte Massnahmen erfordert, wären aber zu meistern gewesen. Drei bedeuteten den Untergang, wenn sie nicht rasch zu Geld kamen.

Bislang wusste niemand ausserhalb der obersten Führungsetage vom finanziellen Engpass. Die baldige Eröffnung des neuen Bürotrakts hatten sie grossspurig verkündet, auch, dass die hochmodernen Räume in dreien der sechs Stockwerke vermietet würden. Das hatten sie keineswegs im Sinn gehabt. Dieser Schritt zwang sich ihnen auf, und selbstverständlich verkündeten sie ihn nun als von Anfang an geplant und bestens durchdacht. Bereits hatten sich erste Interessenten gemeldet, die Vermietung aller Räume innert eines Jahres schien realistisch. In dieser Zeit würde auch ein Teil der ausstehenden Zahlungen eintreffen. In einem Jahr könnten sie gerettet sein. Bis dahin mussten sie ums Überleben kämpfen.

Hatte die Zukunft vor wenigen Wochen noch rabenschwarz ausgesehen, zeigte sie sich nun, dem Himmel sei Dank, in fahlen Pastelltönen. Der Dank an den Himmel war durchaus wörtlich zu nehmen, denn dort vermutete sie zwar nicht ihren Vater, wohl aber denjenigen, der den Befehl erteilt hatte, ihn ins Jenseits zu holen. Silvia Häberli-Mazzotta wusste um die Geldmittel, über die ihr Vater verfügt hatte. Sie reichten aus, um ihre Firma zu retten.

Sie atmete tief durch. Es gab einen zweiten Grund, dem Himmel zu danken, und das tat sie seit Jahren an jedem einzelnen Tag. Sie hatte eine Familie, die sie über alles liebte. Für ihren Mann und ihre Kinder hätte sie Firma und Karriere sofort aufgegeben, wenn das Schicksal sie herausgefordert hätte, was zum Glück nicht der Fall war. Während sie im Geschäftsleben als kompromisslos galt, zeichnete sie sich zu Hause als grossherzig und liebevoll aus. Diese ebenfalls kompromisslose Hingabe hatte sie von ihrer Mutter geerbt. Sie stand in krassem Gegensatz zu den Gefühlen, die ihr Vater gegenüber seiner Familie gehegt hatte, und auch dafür dankte sie dem Himmel.

Allmählich senkte sich die Sonne über der Stadt. Zehn Tage war ihr Vater nun tot. Sie schätzte, dass es noch wenige Wochen dauern würde bis zur Freigabe des Erbes. Dann würde sie über den Berg sein. Sie fühlte sich ausgelaugt. Die Sorgen, die Trauer, beides kostete Kraft. An diesem Tag würde sie nichts mehr auf die Reihe bekommen, besser ging sie früh nach Hause, um aus dem Zusammensein mit ihrer Familie neue Energie zu schöpfen.

Erich Eichenberger gab sich Mühe, nicht ständig zu grinsen, während er im Zug sass und durchs Fenster die raue Landschaft zwischen Davos und Filisur an sich vorüberziehen liess. In den fünfunddreissig Jahren seines Lebens hatte er kein einziges Mal mit seinem Vater gesprochen. Als er in früher Kindheit begriff, dass die meisten seiner Spielkameraden einen Vater hatten, sah er keinen Anlass, seiner Mutter Fragen zu stellen. Andere hatten Mutter und Vater, er hatte Mutter und Grossmutter. Andere Familien hatten eine Schreinerei oder einen Laden oder eine Pizzeria, seine hatte eine kleine Pension in einem der Weiler südlich von Davos. Sein bester Freund hatte einen Hund und zwei Schwestern, er hatte eine Katze und vier Hühner. Für ihn gab es nichts zu hinterfragen, seine Welt war in Ordnung. Als er grösser wurde, hatten sich seine Kameraden hie und da gewundert, wo denn sein Vater sei. Er hatte wahrheitsgemäss zur Antwort gegeben, er habe keine Ahnung, und damit hatte es sich. Erst, als er in der Oberstufe war und ihn ein Mitschüler damit aufziehen wollte, dass er nicht einmal seinen Vater kenne, hatte er seiner Mutter die längst überfälligen Fragen gestellt. Sie hatte ihm bereitwillig geantwortet, sein Vater lebe in Thusis, zahle etwas an sein Essen und seine Kleider und wolle darüber hinaus nichts mit ihnen zu tun haben. Erich nahm das achselzuckend zur Kenntnis. Ob er nett sei, hatte er mässig interessiert gefragt. Es gehe so, hatte die Mutter geantwortet, aber immerhin habe er gut ausgesehen, deshalb sei er so ein hübscher Bursche.

Erich ertappte sich dabei, dass er schon wieder zum Fenster hinaus grinste, und versuchte erneut, seinen Gesichtsausdruck zu kontrollieren. Nicht lange nach diesem Gespräch hatte ihn seine Mutter bei einem Einkauf in Chur plötzlich am Oberarm gepackt und ihm etwas zugeflüstert. Sie hatten die Strassenseite gewechselt und waren scheinbar zufällig auf einen Mann zugeschlendert, den seine Mutter mit gespielter Überraschung grüsste. Dieser war etwas unwillig stehen geblieben und hatte ein paar Worte mit ihr gewechselt, bevor er seinen Weg fortsetzte. Seine Mutter hatte Erich angelacht und ihm mitgeteilt, dass das sein Vater gewesen sei. Aha, hatte er geantwortet. Allzu gut sehe der gewiss nicht aus, hatte er noch hinzugefügt, seine Mutter habe übertrieben. Er solle fünfzehn Jahre und ein paar Sorgen abziehen, hatte seine Mutter gemeint, dann dürfte sein Urteil anders lauten.

Nach dem Umsteigen in Filisur setzte er sich absichtlich so hin, dass er rückwärtsfuhr, damit er den kühnen Bau des Landwasserviadukts besser bestaunen konnte. Über hundert Jahre hatte es auf dem Buckel, trotzdem kannte er nur wenige Konstruktionen im Strassen- oder Schienennetz, die es mit seiner Perfektion aufnehmen konnten. Ob er wohl Bauingenieur geworden wäre, wenn das seine schulischen Leistungen zugelassen hätten?, fragte er sich. Allerdings nur kurz. Es war müssig, darüber nachzudenken. Er war Gemeindearbeiter in Davos, und das würde er bis zu seiner Pensionierung bleiben. Schneeräumung im Winter, Pflege der Blumenbeete im Sommer, dazu diverse Tätigkeiten in der Abfallent- und Wasserversorgung. Langweilig würde es ihm in den nächsten dreissig Jahren bestimmt nicht werden.

Der Zug verliess den Tunnel und befand sich unvermittelt auf dem Viadukt. Tief unten sah er den Picknickplatz am Wanderweg, an dem sich eine Familie aufhielt. Hinter ihm wurden immer mehr rote Bahnwagen aus dem Tunnel auf die Brücke gezogen, die sich in einer eleganten Kurve über den Fluss schwang. Wie immer versuchte er, Unregelmässigkeiten im Mauerwerk der Pfeiler zu entdecken, Stellen, an denen die Bauleitung mit dem Material gespart hatte, wohl wissend, dass bei fünfundsechzig Metern Höhe der mittlere Bereich des Bauwerks nicht aus der Nähe studiert werden konnte, weder von den Bahnpassagieren oben noch von den Fussgängern unten. Viel Zeit blieb ihm dazu nicht, nach knapp hundertfünfzig Metern war die Brücke überquert, und kurz darauf verschwand er im nächsten Tunnel. Er sah nur noch sein Spiegelbild, in das sich bald wieder ein Lächeln schlich.

Wie viel ist es wohl?, fragte er sich. Misstrauisch hatte er das amtliche Couvert gemustert, als er es am Küchentisch aus dem Poststapel zog. Wenig später hatte er einen Luftsprung gemacht und lauthals gelacht. Nicht, weil er eine Halbschwester hatte. Sondern weil er und diese Silvia Häberli-Mazzotta das Vermögen ihres gemeinsamen Vaters erbten. Betrag stand keiner im Brief, aber er wusste von seiner Mutter, dass sein Vater keineswegs am Hungertuch genagt hatte. Die Hälfte von ein paar Hunderttausend waren immer noch ein paar Hunderttausend.

Als er eine Stunde später bei der Treuhänderin Platz genommen hatte, die sich im Auftrag seiner Halbschwester um die Finanzen seines Vaters gekümmert hatte und nun das Erbe aufteilte, wurde ihm endlich bewusst, dass er besser ihren Brief genauer gelesen hätte, anstatt Luftsprünge zu machen. Zunächst hatte sie spürbar irritiert reagiert, als er sie freudestrahlend begrüsst hatte. Danach hatte sie ihm, womöglich noch eine Nuance kühler als zuvor, die anderen beiden Personen vorgestellt: Frau Schäfer und Herr Camenisch von der Kantonspolizei.

Während er mechanisch deren Fragen beantwortete, fragte er sich, warum die Polizei anwesend war. War das immer so, wenn unverhofft ein Erbe auftauchte? Musste sie prüfen, ob der Eintrag beim Zivilstandsamt richtig war? Hatte die Treuhänderin sie aufgeboten, um zu bestätigen, dass alles seine Richtigkeit hatte? Oder war am Ende seine Halbschwester auch eingeladen, die plötzlich nur noch Halberbin war und deshalb handgreiflich werden könnte, was die Polizei verhindern sollte? Das alles ergab für ihn keinen Sinn.

«Ihr Einkommen ist nicht hoch, und das Leben im Kurort ist teuer», sagte die Polizistin. Erich Eichenberger nickte. «Stecken Sie in Geldnöten?»

«Nein, das kann man nicht sagen», antwortete er. «Ich habe keine Familie und keine hohen Ansprüche, es reicht schon.»

«Trotzdem haben Sie vorhin gesagt, Sie hätten bereits Pläne, was Sie mit dem Geld anfangen wollten.»

Erich wandte sich dem jungen Mann zu, der die Frage gestellt hatte. «Was heisst Pläne, ein paar Ideen halt. Die hätten Sie wohl auch, wenn Sie plötzlich zu Geld kämen, obwohl Sie wahrscheinlich mehr verdienen als ich!»

«Sie wussten, dass Ihr Vater Geld hatte, das haben Sie vorher bestätigt», sagte der Polizist, ohne auf die Bemerkung einzugehen.

Erich nickte.

«Wie oft haben Sie darüber nachgedacht, was Sie damit alles anfangen könnten, wenn Ihr Vater endlich sterben würde?»

Verdattert schüttelte Erich den Kopf. «Kein einziges Mal! Es ist mir nie in den Sinn gekommen, dass ich ihn beerben könnte.»

«Spielen Sie nicht den Naivling», wies ihn Frau Schäfer zurecht. «Sie wussten, dass Ihr Vater Geld hatte. Sie wussten, dass er Sie als Sohn anerkannt hatte und demzufolge auch, dass Sie ein rechtmässiger Erbe sind. Selbstverständlich haben Sie darüber nachgedacht, wie lange es wohl dauern würde, bis Sie das Erbe antreten könnten.»

«Es ist mir nie in den Sinn gekommen», wiederholte Erich. «Ich habe kaum je an meinen Vater gedacht. Es war mir nicht bewusst, dass sein Geld einmal mir gehören würde!»

«Nur zur Hälfte», berichtigte Camenisch. «Das war Ihnen wohl nicht klar, als Sie ihm das Kissen aufs Gesicht drückten.»

Verständnislos blickte Erich von einem zum andern. «Das Kissen?», stammelte er.

«Jetzt stellen Sie sich nicht so an», tadelte ihn Camenisch. «Ihr Vater starb, weil ihn jemand mit einem Kissen erstickte. Das stand schon vor einer Woche in der Zeitung. Wollen Sie behaupten, Sie wissen das nicht?»

«Nein, natürlich nicht, das habe ich gelesen.»

«Aber Sie wussten es schon, bevor es bekannt gegeben wurde», behauptete Frau Schäfer. «Weil Sie es waren, der ihn mit seinem Kissen erstickt hatte.»

«Nein!», rief Erich. «Ich wusste nicht einmal, dass er im Altersheim war. Woher auch? Wir hatten keinen Kontakt. Ich wusste gar nicht, dass es in Thusis ein Altersheim gibt. Woher auch? Ich war nie dort, es hat mich nie interessiert!»

Die Freude an seinem Erbe war ihm vergangen. Er hätte es wohl ausgeschlagen, wenn ihm jemand im Voraus gesagt hätte, wie viel Ärger es mit sich bringen würde. Er brauchte weder ein Auto noch neue Möbel, und in die Ferien konnte er weiterhin mit seinem Camper an den Kalterersee. Wäre dieses vermaledeite Couvert bloss im falschen Briefkasten gelandet!

6

Am folgenden Morgen berichteten Meta Schäfer und Camenisch Buess vom Gespräch mit Erich Eichenberger. Seine Laune sank erneut in den Keller. Er hätte dabei sein, nicht im Nachhinein aus zweiter Hand erfahren wollen, was der Erbe zu sagen hatte. Sogar mit diesen verfluchten Krücken hätte er Eichenberger befragen können, aber nein, man hatte seine Teilnahme nicht einmal in Erwägung gezogen. Stattdessen war er zu Hause auf der Terrasse herumgesessen, hatte sich über alles und jeden aufgeregt und war damit wohl nicht nur Sidonia auf die Nerven gegangen, sondern auch seiner Katze, den Hühnern und womöglich den Feriengästen in den Nachbarhäusern. Und am allermeisten sich selbst.

«Falls er nicht ein sehr guter Schauspieler ist, war er sich tatsächlich nicht darüber im Klaren, dass er ein Motiv hatte, seinen Vater umzubringen», kam Meta zum Schluss. «Ich bin geneigt zu glauben, dass er sich das vor unserem Gespräch nie überlegt hat. Camenisch?»

Dieser zuckte die Achseln. «Schwer zu glauben, dass ihm nie bewusst wurde, dass er seinen Vater beerben würde. Kann man wirklich so uninteressiert durchs Leben gehen? Nachdem ich ihn persönlich kennengelernt habe, muss ich allerdings sagen: Man kann. Der Typ ist zufrieden mit sich und der Welt und macht sich nicht allzu viele Gedanken.»

«Wir werden sein Umfeld und seine finanzielle Lage prüfen. Viel Hoffnung, dabei auf etwas zu stossen, habe ich nicht.» Meta seufzte. «Von den Kollegen in Basel haben wir noch nichts gehört. Wir wissen noch nichts über Silvia Häberli-Mazzottas Lebensumstände und ebenfalls nichts darüber, ob sie von ihrem Halbbruder wusste.»

«Wenn sie das erfährt, wäre ich gern dabei», sagte Camenisch hämisch. «Dieses Gesicht möchte ich sehen, falls ihr das wirklich neu ist. Der Umsatz der Pharmaindustrie wird steigen, bis die sich wieder beruhigt hat!»

Meta Schäfer verdrehte die Augen. «Walter, was weisst du über den Bau des Hochhauses?», fragte sie Buess.

«Das Gebäude entstand in den Siebzigerjahren. Der Bauplatz in der Ebene am Rhein, die Gebäudehöhe, alles war ungewohnt und fortschrittlich. Bis heute ist es weit und breit das einzige Hochhaus. Die Wohnungen hatten für die damalige Zeit einen grosszügigen Grundriss und sind auch für heutige Ansprüche durchaus attraktiv. Kurz: Der Bau war innovativ und erfolgreich.»

«Gab es keine Gegner?», fragte Camenisch.

«Doch, die gab es mit Sicherheit. Das Gebäude war dominant, nicht wenige hielten es für einen Schandfleck. Vermutlich rief es auch Neider auf den Plan, die den Bauherren den Erfolg missgönnten. Allerdings habe ich bisher nichts gefunden, das aus dem bei Projekten dieser Grössenordnung üblichen Rahmen fällt.»

«Gehört jemand zu den Verlierern?», fragte Meta. «Zulieferer, Anwohner, Konkurrenten?»

«Auch darüber habe ich bisher nichts gefunden, werde mich aber noch tiefer hineinknien müssen.» Blödmann, schalt er sich. Verfolgte ihn sein Unfall nun sogar in den Redewendungen, die er benutzte? Reinknien würde er sich noch ein paar Monate nicht können. Das spöttische Grinsen des jungen Kollegen machte die Sache nicht besser.

«Ich kann mir gut vorstellen, dass man bei einem Bauprojekt dieser Grössenordnung mogeln kann», wurde Camenisch ernst. «Das Material, das verwendet wird, ist schlechter als das, was man offeriert und verrechnet hat. Irgendwelche Stützen sind weniger tragfähig, als sie sein sollten. Ich habe keine grosse Ahnung vom Bauwesen, aber das spielt keine Rolle, denn bescheissen kann man immer. Wenn also beim Bau des Hochhauses beschissen wurde, brauchte man Bauarbeiter, die dabei mitmachten. Wenn ein Bauarbeiter mitmachte, kannten ihn die Vorgesetzten. Wenn sie ihn kannten, diente das seinem Erfolg in der Branche.»

«Genau», bestätigte Buess. «Es ist allerdings kein leichtes Unterfangen, nach vierzig Jahren herauszufinden, ob einer gut gearbeitet oder bei einer krummen Sache mitgemacht hat. Ich werde mich weiter umhören.»

«Mach das», sagte Meta Schäfer. «Camenisch, wir werden nochmals mit der Pflegerin im Altersheim sprechen, die sich sicher ist, dass Mazzotta etwas beschäftigte oder belastete, wenn er von seinen Freizeitaktivitäten in jungen Jahren sprach. Boccia, Angeln und Fussball.»

«Sex, Drugs und Rock'n'Roll wäre spannender», meinte Camenisch. «Zuerst gibt's aber Schnitzel, Pommes und Cola.» Er rappelte sich aus dem Bürostuhl hoch und verliess das Büro, während Buess die Wanduhr verfluchte, die schon wieder zwölf anzeigte.

Rösli Sjögren war frustriert. Zuerst hatte sie feststellen müssen, dass die Zusammenarbeit mit ihrem Urenkel Simon nicht so leicht war, wie sie sich das vorgestellt hatte. Simon half ihr zwar begeistert, wenn sie ihm Aufträge erteilte, aber selbst machte er sich nicht allzu viele Gedanken zur ganzen Sache. Was wiederum bedeutete, dass sie ihre Anfragen ausführlich und präzise formulieren musste, und das war eine aufwendige Angelegenheit. Trotzdem recherchierte Simon oft in völlig falsche Richtungen, und sie musste ihn mit weiteren Mails oder SMS bombardieren, um ihn wieder auf den rechten Weg zu bringen. Immerhin reagierte er stets postwendend auf ihre Anfragen. Jetzt hatte sie ein Mail vor sich, in welchem Simon wenig über die Süsswaren Thusis AG schrieb, das aber vor allem eine Liste mit unverständlichem Text in blauer Schrift enthielt. Sie hatte zurückgefragt, was das zu bedeuten habe, worauf ihr Simon geduldig erklärte, das seien Links, die sie zu weiteren Informationen im Internet führten, wenn sie sie anklicke.

Rösli gab ihr Bestes, aber es reichte nicht aus. Ihr Respekt vor dem Internet sank rapide, ihre Frustration stieg ebenso rasch. Schliesslich entschloss sie sich zur Kapitulation. Sie brauchte Hilfe.

Valeriu reagierte prompt auf ihr Läuten. Bereitwillig führte er sie durch die Seiten, die Simon ihr geschickt hatte. Dennoch wurde Röslis Frust nicht kleiner, und auch Valeriu erkannte, dass sie nicht weiterkamen. «Tut mir leid, Frau Sjögren. Ich kann Sie zwar beim Benützen des Geräts unterstützen, aber ich weiss viel zu wenig über das Leben hier, um ihnen darüber hinaus weiterhelfen zu können.»

Rösli liess die Schultern hängen.

«Sie brauchen eine einheimische Pflegerin. Die kann nicht nur ihre technischen Fragen beantworten, sondern auch mit Ihnen zusammen den Inhalt der Seiten ansehen. Dann finden Sie bestimmt, wonach Sie suchen.» Er betrachtete Rösli gutmütig. Sie sass da wie ein Häufchen Elend und schaute zweifelnd zu ihm auf, so dass er lachen musste. «Kopf hoch, Sie werden das schaffen!», meinte er. «Ich hole Rebecca, sie soll Ihnen helfen.»

Das versetzte Rösli einen Energieschub. «Nein!», rief sie. «Nicht das Huhn!»

Valeriu musterte sie verständnislos.

«Nicht Rebecca!», präzisierte Rösli. «Julia. Ich brauche Julia, ist sie hier?»

Valeriu grinste und versprach, Julia zu ihr zu schicken.

Eine halbe Stunde später wusste Rösli alles, was es über Mazzotta und die Süsswaren Thusis AG zu erfahren gab.

«Sind Sie jetzt im Bild, Miss Marple?», fragte Julia lächelnd.

Rösli reagierte pikiert. «Ich bin weder altledig noch beobachte ich Vögel.»

Julia musterte sie aufmerksam. «Aber Sie machen sich Gedanken zu Mazzottas Tod. Warum?»

«Es gibt einige, die ein Interesse an Gerardo Mazzottas Tod haben könnten», erläuterte Rösli und begann, ihre Überlegungen vor Julia auszubreiten: Die Tochter, die erben würde. Allfällige aussereheliche Nachkommen, die ebenfalls erbberechtigt waren. Illegale Vorkommnisse beim Bau des Hochhauses oder bei der Süsswaren Thusis AG, die ans Tageslicht zu kommen drohten und in die Mazzotta verwickelt gewesen war. «Oder der Täter könnte jemand vom Personal gewesen sein», kam sie zum Schluss, «warum auch immer. Er könnte aus persönlichen Gründen oder im Auftrag von jemandem von ausserhalb des Heims gehandelt haben.»

«Ich glaube, das hat die Polizei als Erstes abgeklärt», wusste Julia zu berichten. «Sie sprachen sofort mit jeder einzelnen Pflegefachperson, mit jenen, die in der betreffenden Nacht frei hatten, genauso wie mit jenen, die arbeiteten. Sie fragten uns alles Mögliche, auch, was man über Herrn Mazzotta wusste, wie man zu ihm stand, wie lange man ihn kannte und solche Sachen.»

«Aha», meinte Rösli nachdenklich. «Gibt es Leute, die mehrmals befragt wurden? Ist Ihnen etwas Besonderes aufgefallen?»

«Nein», antwortete Julia. «Als sie das zweite Mal hier waren, stellten sie Fragen zu Mazzottas Verhalten, wovon er sprach, wie stark verwirrt er war. Seine Beziehung zu den Pflegenden war kein Thema mehr. Ich denke, wenn sie inzwischen etwas über jemanden von uns herausgefunden hätten, wären sie schon längst wieder hier gewesen.»

Rösli musste ihr zustimmen. Es sah ganz danach aus, als gebe es beim Personal keine Verdächtigen.

«Mein Freund hat im Ausgang Gerüchte gehört», berichtete Julia. «Herr Mazzotta soll in Chur einen unehelichen Sohn haben, der jetzt bald dreissig Jahre alt sein muss.» Joe habe erzählt, Mazzotta hätte ein Verhältnis mit einer verheirateten Frau gehabt, die daraufhin einen Sohn geboren habe, dessen Vater vielleicht ihr Ehemann, vielleicht Mazzotta sei.

«Eine amüsante Geschichte, aber kaum der Grund für das Verbrechen», kommentierte Rösli. «Nach Mazzottas Tod dessen Vaterschaft zu beweisen, wird schwierig, wenn er ihn damals nicht als Sohn anerkannt hat. So riesig wird das Vermögen nicht sein, dass sich ein langwieriger Gerichtsfall lohnen würde. Das scheint mir zu weit hergeholt. Dass sich die Leute im Quartier einen Spass daraus gemacht haben, über die Vaterschaft zu spekulieren, kann ich mir allerdings gut vorstellen. Es ist ein dankbares Thema, das man in geselliger Runde immer wieder hervorkramen kann.»

«Über den Bau des Hochhauses weiss ich nichts», bedauerte Julia.

Rösli nickte. «Darum muss sich die Polizei kümmern, leider. Aber die Süsswaren überlasse ich den Polizisten nicht.»

«Sie tönen wie ein kleines Kind, das seine Bonbons nicht teilen will», meinte Julia lachend. Dann wurde sie ernst. «Darf ich Joe von unserem Gespräch erzählen?», fragte sie. «Er spielt ebenfalls Detektiv, ihre Überlegungen dürften ihn brennend interessieren.»

Rösli stimmte bereitwillig zu und meinte, ein Doktor Watson oder Captain Hastings sei genau das, was ihr bisher gefehlt habe.

Buess sass auf dem Balkon der kleinen Wohnung, in die Emanuele Santacaterina einige Zeit nach dem Tod seiner Frau umgezogen war, und liess sich von diesem Kaffee servieren. Emanuele füllte eine Schale grosszügig mit Biskuits, wusste er doch, dass sein Freund Süssem nicht widerstehen konnte.

«Was weisst du über den Bau des Hochhauses in Thusis?», fragte Walter Buess.

«Es entstand in den Siebzigerjahren. Mehrere grosse Wohnblöcke wurden in dieser Zeit in Thusis gebaut. Sie entstanden vor der Ölkrise oder waren mindestens so weit vorangeschritten, dass man sie fertigstellte. Danach brach die Krise aus, man brauchte die Arbeiter aus dem Süden nicht mehr.»

«Das waren harte Zeiten», warf Buess ein.

«Ihr Einheimischen seid im grossen Ganzen glimpflich davongekommen», entgegnete Emanuele scharf. «Aber die Italiener waren alle als Saisonniers angestellt. Ihnen musste man nicht einmal kündigen, man stellte sie einfach im nächsten Jahr nicht mehr ein. Zehntausende Italiener verloren so ihre Stelle, ohne dass die Schweiz für sie aufkommen musste. Die Arbeitslosigkeit wurde nach Italien exportiert.»

Buess nahm die Kritik wortlos entgegen. Er wusste, dass sie berechtigt war. Emanuele hatte er damals noch nicht gekannt, er hatte keine Vorstellung davon, wie stark er von der wirtschaftlichen Krise betroffen gewesen war. «Das Hochhaus wurde in dieser Zeit fertiggestellt», versuchte er, den Freund zum Thema zurückzubringen.

«Es war ein grosses Projekt. Schöne Wohnungen waren das damals, gross, hell, mit gutem Grundriss.» Emanuele trank einen Schluck. «Die meisten gehören Privaten, die sie über die Jahre gut instandgehalten haben. Einige gehören allerdings Immobilienfirmen, die sie verlottern lassen. Schade.»

«Hast du auf dieser Baustelle gearbeitet?», fragte Buess mit vollem Mund.

«Ja, natürlich», antwortete Emanuele.

«Mazzotta auch. Was weisst du darüber?», erkundigte sich Buess.

«Mazzotta war ehrgeizig, und er war nicht dumm. Er wusste genau, was er tun musste, damit er den Bauherren positiv auffiel. Er hat viel gearbeitet wie wir alle, wir wurden ja im Stundenlohn bezahlt.» Emanuele verlor sich kurz in Erinnerungen an die Zahltage. In einem Papierbeutel war ihnen das Geld ausbezahlt worden, in bar. Auf dem Umschlag war handschriftlich die Lohnabrechnung aufgeführt gewesen: Anzahl Stunden mal Franken, minus Abzüge, Total netto.

«Ist beim Bau irgendetwas vorgefallen, was verschwiegen wurde? Wurden krumme Sachen gedreht?»

Emanuele überlegte. «Nicht, dass ich wüsste. Wie gesagt, es war ein grosses Projekt. Nichts ging schief, der Bau wurde ein Erfolg.»

«Ist im Nachhinein irgendetwas ans Licht gekommen?», fragte Buess. «Mangelhafte Arbeiten, qualitativ schlechtes Material oder etwas anderes in dieser Art?»

«Nein», antwortete sein Kamerad. «Das hätte man erfahren, es waren viele Firmen am Bau beteiligt, und alle kannten sich. Etwas zu verheimlichen, wäre schlecht möglich gewesen.»

«Keine Gerüchte, kein Geschwätz?»

«Keine Gerüchte, kein Geschwätz.» Auch Emanuele griff

in die Biskuitschale. «Es wäre geredet worden, wenn etwas krumm gelaufen wäre. Aber es wurde nicht geredet. Das Hochhaus war ein grosses Projekt, es brachte viel Arbeit, es gelang. *Basta.*»

Viktor Jörimann sass an seinem Schreibtisch und war so vertieft in ein Buch, dass er seine Frau erst bemerkte, als sie ihm die Hand auf die Schulter legte.

«Was liest du?», fragte sie.

«Weisst du, wer das Kloster Cazis gegründet hat?» Jörimann blickte sie über seine Lesebrille hinweg an.

Ursina schüttelte lächelnd den Kopf.

«Bischof Paschalis von Chur, seine Frau Aesopea, die eine Gräfin von Hohenrätien war, und ihr Sohn Viktor, Nachfolger seines Vaters im Bischofsamt.»

«Ein verheirateter Bischof?», wunderte sich Ursina.

«Ja. Im achten Jahrhundert scheint das gang und gäbe gewesen zu sein.»

«Wirklich? Gibt es den Zölibat erst seit ein paar hundert Jahren?»

«Seit dem zwölften Jahrhundert», bestätigte Jörimann.

«Wer weiss, ob die Welt eine andere wäre, wenn er nie eingeführt worden wäre», sinnierte Ursina.

«Eine andere bestimmt», fand Jörimann. «Vielleicht eine bessere, vielleicht aber auch nicht. Übrigens wurden bis ins fünfte Jahrhundert bei Priestern und Bischöfen sogar Zweit- oder Drittehen geduldet.»

«Vielweiberei in der katholischen Kirche?» Ursina grinste, dann wurde sie ernst. «Das ist gar nicht so weit hergeholt, im Alten Testament wimmelt es davon. Praktiziert wird sie ohnehin bis heute, wenn auch inoffiziell. Womit wir beim neusten Dorfklatsch angelangt sind. Hast du es schon gehört?»

«Was denn?», fragte ihr Gatte mässig interessiert.

«Silvia Häberli-Mazzotta muss ihr Erbe teilen.»

«Was sagst du?», fuhr Jörimann auf.

«Gerardo Mazzottas Lebensstil war offenbar alttestamentarisch. Es wird herumerzählt, Silvia Häberli-Mazzotta habe zwei Halbbrüder.»

«Das wird bloss Geschwätz sein», vermutete Viktor Jörimann halbherzig.

«Nicht nur», widersprach Ursina. «Die Treuhänderin, die Silvia Häberli-Mazzotta eingesetzt hat, um den Nachlass ihres Vaters zu regeln, konnte diese Woche einem Mann mitteilen, er sei Mazzottas Sohn und Erbe.»

«Woher weisst du das?»

«Dorfklatsch », sagte Ursina knapp. «Der Sohn wohnt in Davos, dort hat er beim Feierabendbier von seinem Erbe erzählt. Die Kunde verbreitete sich bis nach Thusis.»

«Dann wird sich erst noch herausstellen müssen, ob an den Gerüchten etwas dran ist.»

«Das ist bereits passiert», triumphierte Ursina. «Jemand kennt die Praktikantin des Architekten, der seine Büros auf dem gleichen Stockwerk hat wie die Treuhänderin. Sie hat es bestätigt. Mazzotta hat einen Sohn in Davos.»

«Du hast von zwei Halbbrüdern gesprochen», erinnerte Jörimann seine Frau.

«Der andere ist in Chur aufgewachsen. Seine Mutter hatte eine Affäre mit Mazzotta und wurde schwanger. Mazzotta verschwand, der Sohn lebte mit seiner Mutter, ihrem Mann und zwei Halbgeschwistern, als wäre er vom selben Vater wie diese.»

«Woher weiss man so sicher, dass er nicht denselben Vater hat?»

«Man weiss es nicht. Vielleicht ist alles nur Gerede», gab

Ursina bereitwillig zu. «Dann müsste Silvia Häberli-Mazzotta das Erbe wenigstens nur durch zwei teilen.»

«Das dürfte sie kaum aus der Ruhe bringen», vermutete Jörimann. «Mazzotta war vermögend, es ist genug da. Seine Tochter hat selbst Geld, sie ist Teilhaberin einer erfolgreichen Firma in Basel.»

«Da könntest du dich irren.» Ursina lächelte ihren Mann an. Wie hatte er es mit seiner Gutgläubigkeit bloss so weit bringen können? Seit er sich aus dem Geschäftsleben zurückgezogen hatte, vergrub er sich täglich in seinen Büchern, er wurde immer weltfremder. «Wer viel Geld hat, will in der Regel mehr Geld. Sie hatte das ganze Vermögen in Reichweite. Plötzlich muss sie teilen. Das wird ihr sicher nicht leichtfallen!»

«Möglich», gab Jörimann zu. «Wir werden sehen. Du wirst es bestimmt erfahren, wenn die Praktikantin Neues zu berichten hat.»

In den vergangenen Wochen hatte Walter Buess dazugelernt. Bevor er sich auf den beschwerlichen Weg zur Terrasse seines Hauses in Oberurmein machte, dachte er nach, was er alles brauchen würde. Er packte eine Flasche Wasser, ein Stück Marmorgugelhopf, seine Sonnenbrille und die Zeitung in eine Umhängetasche. Draussen platzierte er alles in Reichweite der Liege, auf der er Platz nahm.

Mit gerunzelter Stirn brach er sich ein Stückchen Kuchen ab. Was glaubte sein Sohn eigentlich? Eben erst hatten sie zusammen Kaffee getrunken. Der Kerl war zu Besuch gekommen und hatte ihm die Leviten gelesen, anders konnte man es kaum sagen. Er solle sich mehr um seine psychische Gesundheit kümmern, seiner mentalen Verfassung Sorge tragen. Er solle die schönen Sommertage und die zusätzliche freie Zeit geniessen.

Ha! Dem Sohnemann hatte er ordentlich die Meinung gesagt. Geniessen! Ob er eine Masche um die Krücken binden solle, hatte er gefragt. Ob er sich freuen solle, wenn er einen Stuhl benötige zum Duschen oder fünfmal länger als üblich brauche, um die Hühner zu füttern. Und dann hatte es der Bursche gewagt, anzudeuten, er mache Sidonia das Leben schwer, weil er nicht besser mit seiner Verletzung umgehen könne. Buess wusste nur zu genau, dass Sidonia ihre Abreise nach Moldawien wegen seines Unfalls verschoben hatte. Aber er lehnte es ab, deswegen ein schlechtes Gewissen zu haben. Das fehlte noch, dass er sich Vorwürfe machen lassen musste, weil er mit dem Velo verunfallt war!

Zugegeben, sein Sohn hatte ihm deswegen keine Vorhaltungen gemacht. Aber er hatte ihm, wenn auch in schöneren Worten, klarmachen wollen, er verhalte sich wie ein Scheisskerl. Er komme weder damit klar, seinen Unfall selbst verursacht zu haben, noch damit, auf die Hilfe anderer angewiesen zu sein.

Buess klaubte die Brosamen zusammen und rang sich zum Eingeständnis durch, dass sein Sohn ein winzig kleines bisschen recht haben könnte. Er hasste es, andere um Hilfe bitten zu müssen. Dankbar sein zu müssen für deren Dienstleistungen. Sein Magen zog sich jedes Mal zusammen, wenn ihm Sidonia zur Hand ging, und nicht selten brachte er kaum ein Dankeschön zwischen seinen zusammengebissenen Zähnen hervor. Dazu kam: Sidonia hatte ihre Abreise seinetwegen verschoben. Punkt. Dass sie ihm deswegen keine Vorwürfe machte, lag an ihrem edlen Charakter. Aber es war seine Schuld, dass sie noch hier war.

Sein Sohn hatte ihm vor Augen gehalten, wie seine Mutter, Buess' erste Frau, in derselben Situation reagiert hätte. «Sie hätte dir bei jeder Gelegenheit Vorwürfe gemacht, weil sie wegen deines Unfalls auf etwas verzichten müsse, und du hättest ihr um die Ohren gehauen, dass sie dich nicht dafür verantwortlich machen könne und du dich weigerst, dir die Schuld zuschieben zu lassen. Es hätte wochenlang Krieg geherrscht», hatte er behauptet, und Buess hatte dem nichts entgegenzusetzen gehabt. Sidonia hingegen sei eine Stoikerin und nehme die Dinge, wie sie seien.

Buess wusste, dass das stimmte. Seine zweite Frau versuchte nicht zu ändern, was nicht zu ändern war, und kam nicht einmal auf die Idee, sich deswegen zu ärgern. Das trieb ihn manchmal zur Verzweiflung. Es gab so viele Dinge, über die man sich aufregen musste! Aber Sidonia waren sie nicht mehr als ein Achselzucken wert.

Der Bursche hatte ihn zum Nachdenken gebracht, was völlig daneben war, fand Buess. Überhaupt war es an der Zeit, die Übungen zu absolvieren, die ihm der Physiotherapeut aufgetragen hatte. Er packte seine Sachen zusammen und humpelte ins Haus.

Eine Stunde später lag er erneut im Liegestuhl, schweissgebadet und erschöpft. Nicht einmal die Zeitung mochte er zur Hand nehmen, die neben ihm lag. Träge liess er den Blick in die Ferne schweifen, über die Schneereste auf den Berggipfeln, über die kleinen Dörfer auf den Terrassen im Tal, über die zahlreichen Burgen und Schlösser und über die Viamala, wo der Durchgang gegen Süden scheinbar verschlossen war. Als er realisierte, dass er damit genau das tat, wozu ihm sein Sohn geraten hatte, seufzte er nur. Er war zu erschöpft, um sich von Neuem zu ärgern. Wenn er in die Ferne schaue, sehe er sich selbst und seine Sorgen in der richtigen Relation. Buess sah einen verbitterten, unzufriedenen Jammerlappen, der nicht in der Lage war, über sein eigenes, vergleichsweise mildes Schicksal hinauszusehen und auch an seine Liebsten zu denken. Der Sohn hatte ihm eindringlich zur Beziehungspflege geraten, und auch hierbei hatte er wohl ein winzig kleines bisschen recht.

In Gedanken versunken betrachtete Buess das Tal. Der nächste Seufzer verlor sich in einem tiefen Einatmen. Er erwog, abends mit Sidonia essen zu gehen.

«Was ist los?», fragte Wendelin Wagner.

Seine Geschäftspartnerin Silvia Häberli-Mazzotta hatte ihn in ihr Büro bestellt. Sie wartete, bis ihre Sekretärin zwei Tassen Kaffee, eine zierliche Zuckerschale und einen kleinen Krug mit Kaffeerahm auf dem Besprechungstisch abgestellt und die Tür hinter sich geschlossen hatte.

«Unsere finanzielle Lage bessert sich voraussichtlich in den nächsten Wochen, das weisst du ja», begann Silvia Häberli-Mazzotta. «Aber leider nicht im erwarteten Mass.»

«Warum nicht?», wollte Wagner wissen.

«Das Erbe ist nur halb so gross wie erwartet.»

«Nur halb so gross?», fragte der andere entsetzt. «Hat dein Vater sein Geld verprasst, als er ins Altersheim zog?»

«Nein, das nicht.» Silvia seufzte.

«Erzähl schon! Womit hast du nicht gerechnet? Hat er eine Leiche im Keller?»

«Schön wär's!», entfuhr es der Direktorin. «Leider ist er quicklebendig.»

«Äh … wer?» Wagner wirkte zunehmend irritiert.

«Mein Halbbruder.» Silvia rührte in ihrem Kaffee. «Ich habe erfahren, dass ich einen Halbbruder habe. Er ist einige Jahre jünger als ich und lebt in Davos.»

«Ach du gottverdammte Scheisse!» Wendelin Wagner raufte sich die Haare. «Wie viel ist die Hälfte? Weisst du das schon?»

«Auch das wurde mir mitgeteilt. Es reicht nicht. Wir hätten drei Viertel gebraucht für die nächsten zwölf bis achtzehn Monate.»

Wagner überlegte. «Gibt es eine Chance, den Erbanspruch des Halbbruders anzufechten?»

«Nein. Mein Vater hat ihn als Sohn anerkannt, er hat Alimente bezahlt, solange er musste. Auf dem Zivilstandsamt ist er rechtmässig eingetragen, daran gibt es nichts zu rütteln.» Sie machte eine hilflose Geste.

«Verdammt und zugenäht», bemerkte Wagner ratlos. Er stierte in seine Tasse und hing seinen Gedanken nach. «Ist noch mit weiteren Überraschungen zu rechnen?», fragte er schliesslich. «Ist es möglich, dass noch mehr Erben auftauchen?»

«Auf dem Amt sind keine weiteren Erben bekannt», beruhigte ihn Silvia Häberli-Mazzotta, fügte aber sogleich hinzu: «Es ist jedoch nicht ausgeschlossen, dass in nächster Zeit ein illegitimes Kind auftaucht, das behauptet, ein Nachkomme meines Vaters zu sein. Die Wahrscheinlichkeit, dass es einen Erbanspruch geltend machen könnte, ist nicht sehr gross. Hingegen ist die Wahrscheinlichkeit riesig, dass es zu einem jahrelangen Rechtsstreit kommen würde, während dem das Erbe blockiert wäre.»

«Hast du noch weitere Hiobsbotschaften zu verkünden?», erkundigte sich ihr Geschäftspartner.

«Nein», antwortete sie. «Jedenfalls nicht direkt. Die Finanzlage meines Vaters hat mir die Treuhänderin mitgeteilt, das habe ich dir erzählt. Allerdings besteht auch hier ein minimales Restrisiko. Es ist nicht ausgeschlossen, dass in den nächsten Tagen ein Gläubiger auftaucht und seine Forderungen anmeldet.»

Wendelin Wagner schaute sie zweifelnd an. «Das erscheint

mir sehr unwahrscheinlich. Dein Vater war seit zwei Jahren im Altersheim, in dieser Zeit hat er bestimmt keine Geschäfte mehr getätigt. Dass ein Gläubiger in dieser Situation zuwartet, bis der Schuldner stirbt, finde ich sehr weit hergeholt.»

«Ja, ich auch», gab ihm Silvia recht.

«Immerhin etwas. Das Problem ist auch so gross genug.» Wagner liess den Kaffee in seiner Tasse kreisen. «Was machen wir jetzt?»

«Wenn ich das wüsste», antwortete Silvia Häberli-Mazzotta mutlos. «Wenn ich das wüsste.»

7

«Gestern Abend habe ich nachgedacht. Ich glaube, wir haben etwas übersehen», berichtete Camenisch.

«Hattest du gestern Abend nicht Eishockeytraining?», erkundigte sich Buess.

«Habt ihr noch Eis in Oberurmein?», fragte Camenisch zurück. «In Chur ist es jedenfalls weg. Wir haben Sommer in der Stadt. Ich ging spätabends nochmals mit der Bestie meiner Freundin Gassi. Erinnert ihr euch an den Pfleger, den Stgier und Domenig befragten? Er wollte nicht mehr aufhören zu schwatzen, die beiden wussten kaum mehr, wo ihnen der Kopf stand. Genauso wirr liest sich das Protokoll der Befragung. Aber darin steht, er wohne in Chur und behaupte, Mazzotta habe einen unehelichen Sohn in der Stadt.»

«Wahrscheinlich hat er den Polizisten den Quartierklatsch aufgetischt», vermutete Meta Schäfer.

«Das dachte ich beim ersten Lesen des Protokolls auch. Der Depp erzählte hauptsächlich Blödsinn, aber eben auch, dass Mazzotta vor bald dreissig Jahren eine verheiratete Frau in Chur vögelte. Ich fragte gestern bei ein, zwei Kollegen nach, die im selben Quartier wohnen. Sie wussten von der Sache.»

«Da soll noch einer sagen, in der Stadt werde weniger getratscht als auf dem Land», warf Buess ein.

«Chur ist keine Grossstadt», erwiderte Camenisch. «Manche Quartiere sind kaum anders als die Käffer hier. Neuigkeiten verbreiten sich rasch, auch diese. Damals genoss die ganze Nachbarschaft den Skandal in vollen Zügen. Die Frau wurde schwanger, Mazzotta verschwand, der Sohn wuchs bei den Eheleuten auf.»

Meta stellte die naheliegende Frage. «Woher weiss man, dass das Kind Mazzottas Sohn ist?»

«Wissen tut es keiner, sagen tut es jeder. Der Ehemann ist Engadiner und sieht aus wie ein Bär im Nationalpark: dunkel behaart. Ebenso Mazzotta. Ebenso der Sohn. Das machte die Sache über Jahre so spannend. Hätte ja sein können, dass einer der Nachbarn beim heranwachsenden Sohn plötzlich ein Merkmal feststellt, das klar auf seine Abstammung hinweist. Hat aber keiner. So blieb das Rätsel ungelöst und hielt sich hartnäckig als Stoff für den Quartierklatsch.»

«Auf alle Fälle ist der Mann nicht als Sohn Mazzottas registriert. Das Zivilstandsamt hat neben der ehelichen Tochter Silvia Häberli-Mazzotta nur Erich Eichenberger als Erben festgestellt.» Buess trommelte mit dem Bleistift auf den Tisch. «Ich denke nicht, dass der aussereheliche Sohn nach dem Tod des mutmasslichen Vaters Erbansprüche geltend machen kann. Wie soll er beweisen, dass er erbberechtigt ist?»

«Möglicherweise existieren private Papiere, in denen Mazzotta die Vaterschaft anerkennt», überlegte Meta. «Dann dürfte es zu einem jahrelangen Rechtsstreit kommen.»

«Oder der Sohn versucht, die Vaterschaft mittels Gentest zu beweisen», ergänzte Buess.

«Auch in diesem Fall dürfte es eine langwierige Sache werden, denn Gentests sind grundsätzlich nur mit dem Einverständnis der betroffenen Person möglich», erklärte Camenisch. «In unserem Fall ist diese Person aber tot. Die Gerichte müssten entscheiden, ob ein Gentest zur Klärung einer Erbschaftsangelegenheit bei einem Verstorbenen zulässig ist oder nicht.»

«Wir müssen also zunächst wissen, ob der Sohn über die unsicheren Vaterschaftsverhältnisse Bescheid weiss, und falls ja, ob er rechtlich vorgehen will, um seinen Erbanteil geltend zu machen», resümierte Meta Schäfer.

«Der Sohn ist auf dem Bau tätig, und zwar in aller Welt. Zurzeit arbeitet er in Marokko, wo eine riesige Photovoltaikanlage erstellt wird», wusste Camenisch. «Wenn er nach Hause kommt, wohnt er bei seinen Eltern in Chur.»

«War er hier, als Mazzotta ermordet wurde?», fragte Buess und ahnte schon, wie die Antwort ausfallen würde.

«Das wirst du herausfinden müssen», bestätigte Meta. «Falls er hier war, sprichst du mit ihm. Wenn er wieder in Marokko ist, rufst du ihn an, Zeitverschiebung hin oder her.»

«Die sind nur zwei Stunden hinter uns», sagte Camenisch, «er dürfte gerade aufstehen.»

Meta wunderte sich, woher er das wusste, fragte aber nicht, um sich eine schnoddrige Antwort zu ersparen. «Umso besser», sagte sie nur. «Kurz vor zwölf treffen wir uns nochmals hier, vielleicht kannst du bis dann schon etwas in Erfahrung bringen.»

Das konnte Buess tatsächlich. Nachdem die beiden anderen losgezogen waren, hatte er sich sofort ans Telefon gesetzt. Er hatte herausgefunden, dass der Sohn Claudio Schorta hiess und bei welchem Unternehmen er arbeitete. Er hatte die Firma kontaktiert und erfahren, dass sich der Sohn in der Schweiz aufgehalten hatte, als Mazzotta starb, und drei Tage nach dessen Tod nach Marokko zurückgekehrt war. Auch die Handynummer des Mannes hatte er ausfindig gemacht. Als sich dieser auf den Weg zur Arbeit machen wollte, hatte er ihn erreicht.

«Sie wollen also wissen, wer mein Vater ist: der Mann oder der Liebhaber meiner Mutter», brachte Schorta Buess' Ausführungen auf den Punkt. «Das kann ich Ihnen sagen: Mein Vater ist Luigi Schorta.»

«Sie sagen das sehr bestimmt», fand Buess. «Wissen Sie es genau, oder haben Sie sich entschieden, Luigi Schorta als Vater zu akzeptieren und das nicht in Frage zu stellen?»

«Beides», antwortete Schorta nach einer kurzen Pause. «Ich bin nicht nur im Aussehen nach meinem Vater geraten, sondern auch in meinem Wesen. Mit meinem Grossvater väterlicherseits verbinden mich so viele Gemeinsamkeiten, dass in der Familie nie jemand daran zweifelte, dass Schorta-Blut in meinen Adern fliesst. Meine Mutter wusste natürlich, was im Quartier geschwatzt wird. Sie fand es amüsant, den Lästermäulern ihren Spass zu lassen, obwohl sie die Gerüchte sehr einfach hätte aus der Welt schaffen können.»

«Wie das?», fragte Buess.

«Ich kam mit einem angeborenen Leistenbruch zur Welt, und bereits im Säuglingsalter musste ich deswegen operiert werden. Dabei wurde meine Blutgruppe bestimmt: B. Meine Mutter hat Blutgruppe null, mein Vater B. Sicher wissen Sie, dass B nicht besonders häufig vorkommt.»

«Trotzdem ist das noch kein Beweis. Der Liebhaber ihrer Mutter könnte dieselbe Blutgruppe gehabt haben wie ihr Ehemann», wandte der Polizist ein.

«Ja, natürlich. Hatte er aber nicht.»

«Warum sind Sie so sicher?», fragte Buess.

Schorta zögerte. Dann entschloss er sich zu einer ausführlichen Erklärung. «Als mich die anderen Kinder im Quartier zum ersten Mal damit hänselten, mein Vater sei gar nicht mein Vater, lief ich entsetzt nach Hause und fragte meine Mutter, was die Kinder damit meinten. Sie lachte. Wenn sie mich anschaue oder sprechen höre, sagte sie, meine sie oft, meinen Vater oder meinen Grossvater vor sich zu haben. Ich hätte so vieles von den Schorta mitbekommen, dass sie manchmal fast eifersüchtig werde, weil sie zu kurz gekommen sei. Ich solle in den Spiegel schauen, riet sie mir, ob ich nicht auch den *Bap* und den *Bazegner* sehe in meinem Gesicht.»

«Der *Bazegner* ist der Grossvater?», vergewisserte sich Buess.

«Richtig. Als Kind reichte mir diese Begründung, und allzu oft kamen die Hänseleien nicht vor. Kurz nach meiner Konfirmation war es wieder einmal so weit, meine Mutter erfuhr davon. Sie sagte, der Zeitpunkt sei gekommen, um ein ernstes Wort mit mir zu reden, und fuhr mit mir zur Stadt hinaus. In einer Dorfbeiz irgendwo im Schanfigg erzählte sie mir die ganze Geschichte.» Schorta hielt einen Moment inne, als müsse er sich sammeln, dann fuhr er fort. «Sie lernte Mazzotta in Chur kennen und verfiel ihm mit Haut und Haaren. Die beiden hatten eine leidenschaftliche Affäre, die ein knappes Jahr lang dauerte. Als die Gefühle nicht mehr ganz so stürmisch waren und sich ihr allmählich Fragen nach der Zukunft stellten, kam meine Mutter wieder zur Vernunft. Sie beendete das Verhältnis.»

«Mazzotta hat das einfach so hingenommen?», fragte Buess.

«Offenbar, ja. Seine Gefühle waren wohl von Anfang an weit weniger intensiv. Vielleicht hatte er bereits genug von meiner Mutter. Kurz danach stellte sie fest, dass sie schwanger war.»

«Hat Ihr Vater von dem Verhältnis gewusst?» Buess war zu neugierig, um sich diese Frage zu verkneifen, auch wenn sie keinen direkten Bezug zu seiner Ermittlung hatte.

Schorta erinnerte ihn allerdings sofort daran. «Das spielt wohl kaum eine Rolle für Ihren Fall, aber ich kann Ihren Wissensdurst stillen: Ja, das hat er. Mein Vater ist ein besonnener Mann. Er wartete ab und vertraute darauf, dass seine Frau wieder zur Vernunft kommen würde.»

Besonnen?, überlegte Buess. Er hätte ihn eher als schwach oder wenig entscheidungsfreudig bezeichnet. Der Ehemann hatte wohl einfach ein Jahr lang den Kopf in den Sand gesteckt und so getan, als sei alles in Ordnung, anstatt sich mit seiner Frau auszusprechen.

«Seine Weisheit wurde belohnt. Meine Mutter entschied sich für ihn, und sie führen bis heute eine gute Ehe.»

Vielleicht war besonnen doch der richtige Ausdruck, musste Buess zugeben.

«Mazzotta erfuhr von der Schwangerschaft meiner Mutter, obwohl sie den Kontakt bereits abgebrochen hatten. Er rief sie an und machte ihr klar, dass er nicht die Absicht habe, für dieses Kind zu bezahlen. Meine Mutter versicherte ihm, dass sie kein Geld von ihm wolle. Nach meiner Geburt kontaktierte er sie erneut. Meine Mutter wiederholte, er brauche sich keine Sorgen zu machen, aber ohne Erfolg. Nach meiner Operation im Säuglingsalter, als meine Blutgruppe festgestellt wurde, kam sie auf die zündende Idee. Sie rief Mazzotta an und verlangte, dass er seine Blutgruppe bestimmen liess und ihr den Ausweis schickte. Er befolgte ihre Anweisung, und wie erwartet stand im Ausweis nicht Blutgruppe B. Damit war klar, dass Mazzotta nicht mein Vater sein konnte.»

Damit war alles gesagt, was Buess wissen wollte. Er beendete das Gespräch und klopfte sich in Gedanken auf die Schulter. Als sich Camenisch und Meta Schäfer eine halbe Stunde später vor seinem Schreibtisch einfanden, konnte er ihnen stolz von seinen Ergebnissen berichten. «Schorta hat seinen Hausarzt ermächtigt, mir seine Blutgruppe mitzuteilen», sagte er zuletzt. «Dieser hat mir bereits bestätigt, dass Schorta Blutgruppe B hat. Jene von Mazzotta hat der Pathologe festgestellt, er hat Blutgruppe null. Schortas Mutter hat mir telefonisch mitgeteilt, sie habe Blutgruppe null, ihr Arzt wird mich morgen kontaktieren, um das zu bestätigen. Claudio Schorta ist eindeutig nicht Mazzottas Sohn. Womit wir unseren ersten Ermittlungserfolg vorweisen können.»

«Ein Ermittlungserfolg ist das nicht gerade», widersprach Camenisch. «Eher können wir im Ausschlussverfahren einen Punkt abhaken.»

«Das ist sehr wohl ein Erfolg», wies ihn Meta zurecht.

«Ein kleiner», gestand ihr Camenisch zu. «Ein Erfölgchen.»

Buess' Augen schossen böse Blitze. «Hast du etwa mehr vorzuweisen?», fragte er den jungen Kollegen.

«Jetzt?», fragte Camenisch entgeistert. «Jetzt habe ich ausschliesslich Hunger vorzuweisen. Ich gehe mir ein Schnitzel reinhauen.» Er hob zwei Finger zum Abschied und verliess das Büro.

«Weisst du schon das Neueste?», fragte Joe, kaum hatte er die Haustür geöffnet.

Julia stellte die Giesskanne ab, mit der sie die Balkonpflanzen wässern wollte, und wandte sich ihm lächelnd zu. «Was denn?»

Joe umarmte sie und kitzelte sie mit einer ihrer rötlichen Locken an der Nase. «Die Frau aus Chur hat das ganze Quartier während mehr als fünfundzwanzig Jahren zum Narren gehalten. Mazzotta ist nicht der Vater ihres Sohnes.»

«Sie hat das nie behauptet, wenn ich mich nicht irre», sagte Julia.

«Das stimmt. Aber sie hätte es leicht widerlegen können. Der Junge wurde als Säugling operiert, dabei wurde seine Blutgruppe festgestellt, die wiederum bewies, dass Mazzotta nicht der Vater sein konnte. Cool, nicht?», fand Joe.

«Warum hat sie es nie richtiggestellt?», fragte Julia. «Und warum erfährt man das jetzt?»

«Allem Anschein nach fand sie es nicht nötig, etwas richtigzustellen. Jetzt hat man es erfahren, weil die Polizei wissen wollte, ob der Sohn Mazzottas Kind ist.»

«Warum wollte sie das wissen?»

«Keine Ahnung. Oder doch: Vielleicht wollte sie wissen, ob der Sohn erbberechtigt ist. Dann hätte er ein Motiv gehabt, Mazzotta zu ersticken. Was weiss ich.» Joe holte sich in der Küche etwas zu trinken. «Jedenfalls ist er nicht Mazzottas Sohn, das steht fest.»

Julia überlegte. «Diese Neuigkeit hat sich ja rasch herumgesprochen, wenn sie schon bis zu dir gelangt ist.»

«Oh ja!» Joe lachte. «Die Frau hat sich mit ihrem Verhalten nicht gerade Sympathien erworben. Die Klatschbasen nehmen ihr übel, dass sie sie jahrzehntelang zum Narren gehalten hat.»

«Nicht nur die Klatschbasen», korrigierte Julia, «die Männer dürften ihnen in nichts nachstehen. Was schwatzen sie denn jetzt?»

«Sie finden, die Frau sei überheblich. Sie habe ihnen absichtlich nicht die Wahrheit gesagt, weil sie eine eingebildete Ziege sei. Nicht genug, dass sie ihren Mann betrogen habe, sie halte sich darüber hinaus für etwas Besseres, sonst hätte sie nicht das ganze Quartier absichtlich getäuscht.»

Julia schüttelte missbilligend den Kopf. «Die Arme! Zuerst wird sie als Flittchen verspottet und jetzt als überhebliche Ziege verachtet. Die Gesellschaft kann grausam sein.»

«Sie scheint nicht darunter zu leiden», berichtete Joe. «Anscheinend war ihr das Gerede immer schon egal, auch jetzt.»

«Und ihr Mann?», fragte Julia.

«Er ist offenbar sowieso nicht aus der Ruhe zu bringen. Viel mehr als hie und da ein Brummen sei von ihm nicht zu hören, heisst es.»

«Ein Brummen?»

«Er sagt nicht viel. Egal, ob ihm der Himmel auf den Kopf fällt oder ob er die Fernbedienung des Fernsehers nicht findet: Er brummt nur.»

Julia grinste. «Das wäre etwas für dich», zog sie ihren Freund auf. «Kannst du überhaupt brummen?»

«Hmm», versuchte es Joe. «Aber nur als Einleitung. Nach dem Brummen muss ein Satz folgen.»

«Einer?», frage Julia schmunzelnd. Sie hob die Giesskanne auf und trat auf den Balkon.

Am nächsten Morgen erwartete Buess bereits ein dampfender Kaffeebecher, als er sein Büro betrat. Meta Schäfer und Camenisch wirkten wie zwei junge Hunde, die ein Stöckchen apportiert hatten.

«Was ist los?», fragte Buess, während er seine Krücken verstaute.

«Wir haben ein Motiv und eine Hauptverdächtige!», berichtete Meta.

«Eine Frau?» Buess runzelte die Stirn. «Silvia Häberli-Mazzotta?»

«Korrekt», bestätigte Camenisch. «Wieso bist du gestern nicht ans Telefon gegangen? Wir wollten dir die *good news* sofort berichten!»

«Ich hatte Besuch von meinem Sohn», antwortete Buess.

«Ist das plötzlich ein Grund, den ganzen Nachmittag und Abend keine Anrufe zu beantworten?» Camenischs Neugier war geweckt.

«Nur am Nachmittag. Am Abend machte ich mit Sidonia einen Ausflug. Wir gingen in Feldis essen.»

«Oho! Beziehungspflege!», staunte Camenisch.

«Das wurde auch Zeit», murmelte Meta.

Walter Buess ignorierte die Bemerkungen. «Die Aussicht auf dem Weg nach Feldis über das ganze Tal ist überwältigend, noch dazu bei diesem herrlichen Wetter. In der Höhe ist die Hitze erträglich.»

Meta Schäfer und Camenisch wechselten vielsagende Blicke.

«Das solltet ihr auch einmal machen», fuhr Buess fort. «Aus der Ferne euer Dorf und euch selbst betrachten, meine ich. Eine andere Perspektive einnehmen. Das zeigt euch euer Dasein in den richtigen Relationen. Es zeigt, dass ihr nur eine und einer unter vielen seid, ein kleiner Punkt in einem ganzen Tal voller Punkte.»

Camenisch tippte sich an die Stirn. «Bist du fertig?», fragte er. «Könntest du jetzt vom Berg herunterkommen und dich mit unserem Fall befassen? Etwas Tempo, bitte, andernfalls sind deine drei Stunden um, bevor du den Talboden erreicht hast.»

Ein verächtlicher Blick war alles, was Buess erwiderte. «Also, was ist los?», wiederholte er.

«Der Bericht aus Basel ist endlich eingetroffen.» Meta schlug einen sachlichen Ton an. «Silvia Häberli-Mazzottas Firma steckt in arger Finanznot. Ohne eine rasche Finanzspritze wird es sehr eng für sie.»

«Das Erbe kommt ihr also wie gerufen», fuhr Camenisch fort. «Womit sich die erste Frage stellt: Hat sie ihren Vater umgebracht beziehungsweise umbringen lassen, um an das nötige Geld zu kommen und die Firma zu retten?»

«Die zweite Frage folgt auf dem Fuss», ergriff Meta das Wort, «denn das halbe Erbe reicht nicht, um die Firma zu retten. Dass sie mit Erich Eichenberger teilen muss, kommt für sie äusserst ungelegen. Die Frage lautet folglich: Ist Erich Eichenberger in Gefahr, ebenfalls ermordet zu werden?»

«Ihr Halbbruder?», fragte Buess überrascht. «Würde sie ihn beerben?»

«Ja», bestätigte Camenisch. «Er hat keine Kinder, also keine direkten Erben. Somit erben Eltern und Geschwister. Sein Vater, Mazzotta, ist tot, aber seine Mutter lebt. Geschwister hat er keine ausser Silvia Häberli-Mazzotta. Ihr Erbanteil würde ausreichen, um ihren Finanzbedarf zu decken.»

«Denkt ihr wirklich, Erich Eichenberger sei in Gefahr?», fragte Buess zweifelnd. «Der Verdacht würde wohl sofort auf die Halbschwester fallen, wenn er ermordet würde.»

«Denkst du?» Meta steckte sich ein Pfefferminzbonbon in den Mund. «Er könnte bei der Arbeit verunfallen, mit dem Auto verunglücken oder sonst irgendwie sein Leben lassen, ohne dass ein Verbrechen vermutet würde. Der Möglichkeiten sind viele.»

«Ausserdem würde seine Halbschwester wohl kaum selbst nach Davos reisen, um ihn zu töten, sondern jemanden dafür bezahlen», ergänzte Camenisch. «Dann wäre es umso schwieriger, einen Zusammenhang nachzuweisen.»

«Habt ihr die Kollegen in Davos kontaktiert?», fragte Buess.

«Ja», antwortete Meta. «Sie werden Erich Eichenberger im Auge behalten. Ihn unter Polizeischutz zu stellen, scheint allen, auch der -kova, nicht nötig zu sein. Vorderhand wird die Polizei vermehrt in seinem Umfeld präsent sein.»

«Das ist wohl angemessen», stimmte Buess zu. «Was machen wir mit Silvia Häberli-Mazzotta?»

«Den Hauptanteil machen die Basler», bedauerte Camenisch. «Sie werden sich vertieft mit der finanziellen Situation der Häberli befassen, sie und ihr Umfeld befragen und uns auf dem Laufenden halten. Dass sie in jener Nacht in Basel war, steht bereits fest. Sie kann ihren Vater nicht selbst in seinem Bett ermordet haben.»

«Sie müsste jemanden damit beauftragt haben.» Meta Schäfer drehte die Dose in ihrer Hand. «Wir werden einmal mehr das Personal im Altersheim befragen, denn wahrscheinlich hätte sie wohl jemanden vom Personal dafür bezahlt. Weiter fragen wir die Angestellten nochmals, wer an jenem Abend im Heim ein und aus ging, ob ihnen etwas aufgefallen ist, ob etwas Ungewohntes vorgefallen ist.»

«Wer hilft euch dabei?», fragte Buess gelassen.

Meta verbarg ihr Erstaunen. «Wieder Domenig und Stgier. Heute Nachmittag fangen sie an. Camenisch und ich ziehen sofort los. Wie sieht es mit deinen Abklärungen zum Bau des Hochhauses aus?»

Buess berichtete von seinem Gespräch mit Emanuele Santacaterina und von dessen Fazit, dass der Bau ein Erfolg gewesen sei, eine Herausforderung, die ohne krumme Sachen gemeistert wurde.

«Die -kova war am Morgen hier, wir haben sie bereits über

die aktuellen Entwicklungen informiert», sagte Meta. «Sie ist noch im Haus. Bitte ruf sie an und unterrichte sie über die Abklärungen betreffend Hochhausbau. Vermutlich teilt sie deine Meinung, dass in diese Richtung nicht weiter ermittelt werden soll.»

«Mach ich», bestätigte Buess immer noch gelassen.

«Dann liest du den Bericht der Basler und prüfst, was auf unserer Seite vertieft abgeklärt werden kann», fuhr Meta Schäfer fort.

«Mach ich.»

«Dann schreibst du alle Berichte, mit denen Meta und ich im Rückstand sind, weil man dich eh für nichts anderes einsetzen kann», versuchte ihn Camenisch zu reizen.

«Mach ich nicht, *Lumpazi.*» Buess' Ruhe war nicht zu erschüttern.

Camenischs hingegen schon. «*Lumpazi?* Lausbub? Ich hatte einmal einen Lehrer, der mich so nannte. Ich glaube, er wusste nicht einmal, wie ich heisse. Zwei ganze Jahre verbrachten wir damit, uns auf die Nerven zu gehen. Seither habe ich ein *Lumpazi*-Trauma.»

Meta lachte. «Das ist gut zu wissen! Jetzt habe ich einen Pfeil im Köcher.»

«Wehe dir», drohte Camenisch. «Beim *Lumpazi* hört der Spass auf.»

Rösli bewegte sich mit ihrem Rollator gemächlich auf die Cafeteria des Altersheims zu. Ihr mühevolles Vorankommen gab ihr mehr als genug Zeit, sich umzusehen, wer sich im Lokal aufhielt. Sie entdeckte Emanuele Santacaterina, der bei Elvira zu Besuch weilte, die vor wenigen Wochen im dritten Stock eingezogen war. Die beiden freuten sich über Röslis Gesellschaft, als sie sich zu ihnen setzte. Bis endlich alle drei eine dampfende Kaffeetasse und ein Stück Kuchen vor sich hatten, war das Gespräch längst in Fahrt gekommen. Es hatte keiner besonderen Anstrengungen Röslis bedurft, es auf Mazzottas junge Jahre in Thusis zu lenken.

«Wir Italiener trafen uns alle beim Bocciaspielen», erzählte Emanuele. «Die Bocciabahn war ausserhalb des Dorfs, unten in der Ebene, fast am Rhein.»

«Genau», ergänzte Elvira. «In der Nähe befand sich das Schützenhaus. Dem Weg entlang hatte es Nussbäume. Wir dachten damals, die Nüsse ausserhalb des Dorfs gehörten niemandem, man dürfe sie nehmen. Bis der Bauer kam und schimpfte.»

Emanuele lachte. «Er schimpfte aber im Bündner Dialekt, niemand verstand ihn, deshalb sammelten alle weiter Nüsse. *Madonna*, das gab ein Theater!»

«Irgendwann kam der Schuhmacher zu Hilfe, Heiri Zuber hiess er. Er vermittelte zwischen dem empörten Landbesitzer und den sprachunkundigen Italienern. Zuletzt lud Heiri alle zu einem Glas Wein in seinen Garten ein. Die Italiener kamen alle.» Elvira griff mit zitternden Fingern zur Serviette, um sich die Krümel von der Brust zu wischen.

«Ja, von da an gingen wir immer wieder zu ihm. Heiri konnte niemand sagen, alle nannten ihn Eiri», erinnerte sich Emanuele. «Er hatte einen Prachtsgarten dort unten. Neben Gemüse, Salat und Beeren gab es auf seinem Land auch ein paar Obstbäume. Eine gemütliche Hütte hatte er gebaut mit einer Terrasse mit Bänken und Stühlen, fast überwuchert von Blumen. Es war ein wunderschöner Platz.»

«Ich glaube, er war lieber im Garten als in seiner Werkstatt», vermutete Elvira. «Seine Frau Nora hielt die Stellung dort, aber wenn zu viel Arbeit liegenblieb, zwang sie ihn, wieder seinen Pflichten nachzukommen.»

«Aber sie machte es ganz gut ohne ihn in der Werkstatt», ergänzte Emanuele. «Soweit sie konnte, bediente sie die Kundschaft selbst. Ausserdem hatte sie angefangen, Schuhe zu verkaufen. Davon hielt Eiri nicht viel. Es war ihr wahrscheinlich recht, wenn er manchmal abwesend war, dann hatte sie freie Bahn.»

Rösli hörte aufmerksam zu. Den Schuhmacher hatte sie gekannt und geschätzt als gutmütigen, liebenswürdigen Menschen. Seiner geschäftstüchtigen Frau war sie schon zu seinen Lebzeiten mit Achtung begegnet. Diese wuchs noch, als die Schuhmachergattin in jungen Jahren verwitwete und allein für sich und ihre drei Töchter sorgen musste und es dabei sogar schaffte, ein erfolgreiches Schuhgeschäft aufzubauen, das jetzt bereits in der zweiten Generation florierte. Vorsichtig lenkte sie das Gespräch zurück zu Mazzotta.

«Mazzotta war zwar immer mit dabei auf der Bocciabahn, aber Eiris Garten interessierte ihn weniger. Weder Blumen noch Blumenkohl bedeuteten ihm etwas, wie es scheint.» Emanueles ganze Haltung machte sein Unverständnis deutlich. «Angeln ging er auch nicht, etwas zu essen zu besorgen, interessierte ihn nicht. Immer nur Boccia.»

«Immer wohl nicht gerade», korrigierte Elvira. «So häufig wie Boccia spielte er Fussball, wie alle anderen auch.»

«Ja, natürlich», bestätigte Emanuele. «Beim Fussball war er ehrgeizig. Er war ein guter Spieler, aber wenn jemand aus seinem Team einen Fehler machte … *mamma mia,* dann konnte er ein Drama veranstalten.» Emanuele riss die Augen auf und wedelte vielsagend mit der Hand.

«Oh, ja», seufzte Elvira und verlor sich in Erinnerungen. «Mein Mann Paolo war auch so ein Heisssporn. Diese beiden zusammen auf dem Fussballplatz waren wie Zündschnur und Streichholz. Manchmal musste die Mannschaft eingreifen, damit es nicht zu einer Schlägerei kam. Aber ausserhalb des Fussballplatzes hatte sich Gerardo Mazzotta im Griff. Im Gegensatz zu Paolo, der hie und da Ärger hatte, weil er in handgreifliche Streitereien verwickelt war.»

An Paolos hitziges Temperament erinnerte sich Emanuele gut. Explodieren konnte er wie ein Feuerwerk, wenn er sich provoziert fühlte. Da er gross und kräftig war und die Fäuste schnell bereit hatte, war er gefürchtet gewesen unter den Italienern. Auch Elvira hatte zuweilen darunter zu leiden gehabt. Alle wussten damals, dass sie die Treppenstürze im Sommer oder die Unfälle auf dem Glatteis im Winter erfand, um ihre blauen Flecken zu erklären. Einzig die Kinder schienen glimpflich davongekommen zu sein.

Elvira schien seinen Gedanken gefolgt zu sein. «Immerhin konnte er sich bei den Kindern beherrschen. Er zog ihnen dann und wann die Ohren lang, aber verprügelt hat er sie nie.»

Hier würde es wohl nichts weiter zu erfahren geben, vermutete Rösli richtig. Elvira wurde müde und liess sich dankbar von Emanuele zum Lift begleiten. Rösli blieb vorerst sitzen. Wer wusste schon, was der Nachmittag und die Cafeteria noch an Besuchern zu bieten haben würden?

8

Erich Eichenberger, Mazzottas unehelicher Sohn in Davos, sass am Küchentisch und starrte auf den Brief, den er in der Hand hielt. Die Absenderadresse war ihm bestens bekannt, und er verband keineswegs angenehme Gedanken damit. Es handelte sich um die Treuhänderin, die ihm mitgeteilt hatte, er erbe die Hälfte des Vermögens seines Vaters und in deren

Büro ihn die Polizisten so unsanft behandelt hatten. Er überlegte, ob er den Brief ungeöffnet im Papierkorb verschwinden lassen sollte. Nach einigem Nachdenken kam er jedoch zum Schluss, dass das keine gute Idee war. Er war zu diesem leidigen Treffen nach Thusis gereist, und deshalb konnte er sich jetzt nicht einfach davonstehlen. Da musste er durch.

Er seufzte und begann unwillig, den Umschlag aufzureissen. Wenigstens enthielt er nur ein einziges Blatt und dieses nur wenig Text. Letzterem schenkte er indessen keine Beachtung, weil sein Blick von einer Zahl angezogen wurde. Einer hohen sechsstelligen Zahl. Erich Eichenberger blinzelte. Die Zahl verschwand nicht. Er blickte zum Fenster, nur um festzustellen, dass die Welt jenseits der Scheibe noch dieselbe war. Wieder wurde sein Blick von der Zahl angezogen. Kein Zweifel, sie stand wirklich da.

Endlich begann er, den Text zu lesen. Unter vornehmem Briefkopf und über schwungvoller Unterschrift stand darin, nach Abzug aller Ausstände seines ihm praktisch unbekannten Vaters, der Kosten für die Beerdigung sowie für die Erbteilung betrage sein Erbteil fast eine Million Schweizer Franken. Weiter war die Rede von irgendwelchem Mobiliar, von Goldschmuck und einigen Sammlerstücken. Aber das begriff Erich nicht ganz, weil er sich nicht auf den Text konzentrieren konnte. Eigentlich konnte er überhaupt nicht mehr denken, er war einzig in der Lage, in seinem Kopf immer und immer wieder diese unglaubliche Zahl zu wiederholen.

Wenn das kein Grund zum Feiern war! Endlich konnte sich Erich wieder bewegen. Er holte aus dem Gefrierfach eine Kilopackung Stracciatellaglacé und setzte sich damit auf sein Sofa. Das Sofa würde er mit dem geerbten Geld wohl zuallererst ersetzen, denn es wies ein paar Flecken auf, und der Bezug war verblichen. Andererseits war das Teil so bequem, dass er nicht selten vor dem Fernseher einschlief und erst am Morgen, bestens ausgeruht, darauf erwachte. Eigentlich fiel es ihm schwer, sich davon zu trennen. Er würde das ihm liebgewordene Stück vorläufig behalten. Auch die übrigen Möbel waren tipptopp, er brauchte nichts Neues. Der Fernseher? Der war in bestem Zustand, er hatte ihn vor zwei Jahren eine Stange Geld gekostet, weil er ein wirklich gutes Gerät haben wollte. Deshalb brauchte er jetzt keinen neuen. Ein Auto hatte, brauchte und wollte er nicht. Hingegen besass er einen Camper. Und dazu kamen ihm endlich ein paar nützliche Anschaffungen in den Sinn: Ein neueres Modell, das weniger Benzin verbrauchte. Ein Solarpanel. Ein aufblasbarer Fauteuil. Ein grösseres Vordach. Eine bessere Musikanlage.

Nach einem halben Kilogramm Stracciatellaglacé wurde Erich klar, dass alle seine materiellen Träume mit fünf Prozent seines Erbes zu erfüllen waren. Was übrigblieb, waren immer noch fast eine Million Schweizer Franken sowie seine grössten Wünsche: eine Partnerin, möglicherweise ein Kind oder wenigstens ein Hund.

Die neue Verkäuferin in der Bäckerei würde ihm gefallen. Falls er die Anzeichen richtig deutete, war er ihr ebenfalls sympathisch. Seine fast ganze Million Schweizer Franken konnte ihm freilich nicht dabei helfen, sich zu überwinden und sie zu einem Kaffee oder Abendessen einzuladen. Dazu musste er sich selbst einen Tritt in den Hintern geben, Geld hin oder her.

Was wohl seine Halbschwester mit dem vielen Geld anfing? Erich Eichenberger stellte sich vor, wie sie zu Hause in ihrer luxuriösen Wohnung stand, daneben ihr gut gekleideter Gatte, umgeben von sündhaft teuren Designermöbeln, und den Brief der Treuhänderin las. Der für ihn schwindelerregend hohe Betrag dürfte ihr wohl nur ein müdes Lächeln entlocken. Wahrscheinlich bedeutete er für sie ein angenehmes Aufrunden des Kontostands, mehr nicht, so stellte er sich das vor.

Sorgfältig kratzte er den letzten Rest der inzwischen weich gewordenen Glacé aus der Packung. Eintausendzweihundert Kalorien, gleich viel wie eine Pizza. Beides liebte er heiss, beides gönnte er sich oft, und weder das eine noch das andere schlug sich bei ihm in Bauchfett nieder, was ihn diebisch freute. Sein Körperbau war wieder etwas, was sich mit Geld nicht kaufen liess. Ob seine Halbschwester wohl auch ohne Auswirkungen auf ihre Figur Pizza schlemmen konnte? Schlank war sie jedenfalls, und schön anzusehen noch dazu. Nicht sein Geschmack, allerdings. Er bevorzugte Frauen mit warmem Augenausdruck und mit etwas Speck auf den Rippen. Wie die Verkäuferin in der Bäckerei.

Morgen, nahm er sich vor. Morgen würde er sie ansprechen.

Simon, Röslis Urenkel im Teenageralter, spürte ein angenehmes Gefühl von Freiheit. Er hatte an diesem Nachmittag schulfrei, seine Mutter war mit den beiden Mädchen ausgeflogen und ihr Partner am Arbeiten. Simon hatte einige Stunden sturmfrei, die Wohnung stand zu seiner Verfügung, und das gedachte er zu geniessen.

Zuallererst hatte er sich mit Lebensmitteln, wenn man seine Einkäufe so nennen konnte, eingedeckt. Er hatte seine beiden Halbschwestern sehr gern, wenn sie nicht gerade am Quengeln oder Trotzen waren. Mühsam fand er allerdings, dass ihm so viel Rücksicht abverlangt wurde. Ihm schien, dass alles, was Spass machte, wegen der Mädchen verboten war. Genau das war der Grund für seinen Ausflug in den Laden gewesen, wo er eine grosse Packung Pommes Chips (verboten, zu viel Fett), eine Tafel Schokolade (verboten, zu viel Zucker) und zwei Büchsen Red Bull (nicht nur verboten, fast schon undenkbar) erstanden hatte. Auf diese Weise ausgerüstet, richtete er sich mit seinem Notebook auf dem Sofa ein (verboten, keine Lebensmittel im Wohnzimmer). Zuerst schaute er sich einen Film an (verboten, erst ab sechzehn), dann vergnügte er sich eine Weile im Internet, dann war die Schokolade gegessen und die erste Büchse leer. Er griff zur Chipstüte.

Seine *Basatta* hatte ihm für seine Recherchen gedankt und ihm gestanden, mit den Links nicht klar gekommen zu sein. Sie habe die Unterstützung einer Pflegerin benötigt. Irgendwie beschäftigte ihn die Aufgabe weiter, schliesslich war es nicht uninteressant, in einem Mordfall Nachforschungen anzustellen. Ausserdem wollte er es seiner *Basatta* recht machen. Mit den Links hatte er sie offenbar überfordert, er wollte ihr zeigen, dass er ihr auch anders behilflich sein konnte.

Eduard Demont, Viktor Jörimann und Peter Wasescha. So hiessen die Gründer der Süsswaren Thusis AG. Es konnte nicht schaden, sich über diese zu informieren. Er bearbeitete die drei Herren dem Alphabet nach, mit Demont fing er an. Ungeduldig tippte er seine Suchbegriffe ein, einhändig, weil er mit der anderen fortwährend Pommes Chips aus der Tüte fischte. Bald ging ihm das mühsame Schreiben zu langsam, so dass er sich nach jedem Maul voll Chips die Finger ableckte, diese anschliessend an der Hose abwischte und dann die Tastatur mit beiden Händen bediente.

Nach einer Dreiviertelstunde hatte er ein ordentliches Dossier erstellt. Die Chipstüte war leer, die beiden Getränkedosen ebenfalls, der Abfall lag um das Sofa herum. Ein grosser Fettfleck verdunkelte dort, wo er sich fortwährend die Hand abgewischt hatte, seine verwaschene Jeans. Die überlaute Musik übertönte alle anderen Geräusche, aber während einer der stillen Sekunden zwischen zwei Stücken erkannte er, dass jemand in der Wohnung war. Himmelgott! Wenn das seine Mutter und die Schwestern waren, konnte er sich auf ein gehöriges Donnerwetter gefasst machen. Zum Aufräumen war es zu spät. Er wappnete sich mit einer gelangweilten Miene und versteckte sich hinter seiner Frisur.

Die Tür wurde aufgeschoben, und zu Simons Erleichterung streckte der Partner seiner Mutter den Kopf herein. Er musterte kurz das Chaos und bedeutete Simon, die Musik leiser zu stellen. «Geniesst du den freien Nachmittag?», fragte sein de-facto-Stiefvater.

«Hmm», bestätigte Simon und hoffte, dass dieser sich daran erinnerte, sich nie in seine Erziehung einmischen zu wollen.

«Ich bin nur kurz hier, um Getränke anzuliefern.» Er musterte die Dosen. «Red Bull ist nicht dabei, nur Shorley und Rivella.»

«Hmm.» Etwas Gescheiteres fiel Simon nicht ein.

«Deine Mutter hat beim Mittagessen gesagt, du sollst zuerst die Hausaufgaben machen. Hast du das erledigt?»

«So gut wie.» Dünnes Eis, dachte Simon, sehr dünnes Eis.

«Also nein?»

«Hmm.» Simon hatte sich entschieden, die Hausaufgaben bleiben zu lassen. Lieber würde er morgen eine Strafe schreiben, als sich den vogelfreien Nachmittag nehmen zu lassen. Das konnte er dem Stiefvater allerdings schlecht auf die Nase binden.

Dieser schien es ohnehin zu ahnen. Zu Simons Freude hielt er sich an sein Prinzip, nur auf Verlangen in Erziehungsfragen Stellung zu beziehen. «Ich bin dann mal die drei Affen», sagte er grinsend, «ich sehe nichts, höre nichts, sage nichts.» Er hob zwei Finger zum Gruss und verschwand.

Simon atmete auf. Er schrieb den letzten Satz zu Eduard Demont fertig und wandte sich Viktor Jörimann zu. Da seine Vorräte aufgebraucht waren, ging es jetzt schneller, er konnte seine Finger ungehindert über die Tastatur hüpfen lassen. Bevor er sich den letzten, Peter Wasescha, vornahm, räumte er die Stube auf. Man wusste ja nie, ob die Mädchen beizeiten nach Hause kommen wollten. Er konnte jedoch auch das Dossier Wasescha zu Ende führen und alle drei Dateien in ein Mail verpacken, das er mit Erklärungen und herzlichen Grüssen der *Basatta* schickte. Als kurz darauf die Familie nach Hause kam, sass er im frisch gelüfteten Wohnzimmer und versicherte seiner Mutter ohne schlechtes Gewissen, die Hausaufgaben erledigt zu haben.

«Tauchen die Freunde und Helfer heute tatsächlich nicht auf?», fragte Wendelin Wagner seine Geschäftspartnerin mit zynischem Stirnrunzeln.

«Scheint so», antwortete Silvia Häberli-Mazzotta.

Wagner stellte fest, dass sie schlecht aussah. Die Trauer um ihren Vater, der drohende Bankrott und die ständigen Fragen der Polizei schienen ihren Tribut zu fordern. «Sie geben nicht auf. Wir beide sind wohl die Hauptverdächtigen.»

«Das liegt auf der Hand», bestätigte Silvia. «Wir brauchen dringend Geld, und genau im richtigen Moment fällt es uns zu. Die Polizisten wären Vollidioten, würden sie uns nicht verdächtigen.»

«Ja.» Wagner musterte sie abwägend. «Der Moment hätte nicht besser sein können.»

Silvia erwiderte seinen Blick. Das Schweigen zog sich hin.

Endlich fragte sie eisig: «Irre ich mich, oder enthält dieser Satz eine versteckte Andeutung?»

«Wer weiss?» Er blickte zum Bürofenster hinaus über die Dächer von Basel. «Du bist knallhart im Geschäftsleben, du bist es gewohnt, unangenehme Entscheidungen zu fällen, und du hattest kein besonders gutes Verhältnis zu deinem Vater.» Wagner schaute ihr in die Augen. «Ich kenne dich ein halbes Leben lang, Silvia. Wundert es dich, dass ich mir Fragen stelle?»

Die angespannte Stille wurde nur vom Plätschern des Zimmerbrunnens gestört. Silvia unterbrach sie nach geraumer Zeit. «Ich kenne dich ein halbes Leben lang, Wendelin. Ich weiss, dass dir die Firma mehr bedeutet als alles andere auf der Welt. Unseren Untergang würdest du nicht verkraften, weil du neben der Firma nichts hast, was dir am Herzen liegt. Wunderst du dich, dass ich mir Fragen stelle?»

Wagner schnaubte verächtlich. «Ach, so läuft das? Willst du den Schwarzen Peter mir zuschieben?» Er schüttelte den Kopf. «Wie hätte ich das machen sollen? Ich kenne mich in Thusis nicht aus, war noch nie im dortigen Altersheim und befand mich sowieso auf Geschäftsreise in Hamburg.»

«Selbstverständlich hättest du jemanden damit beauftragt, die schmutzige Arbeit zu erledigen, während du weit weg sein würdest. Ich weiss am besten, was für ein gewitzter Geschäftsmann du bist. Einer Aufgabe dieser Art wärst du zweifellos gewachsen.» Silvia schaute Wagner unverwandt in die Augen.

Ihr Geschäftspartner verzog das Gesicht. «Wir stehen uns in nichts nach, Silvia. Wir wissen beide, dass jeder von uns in der Lage gewesen wäre, unser finanzielles Problem auf diese Weise zu lösen. Die Frage ist: Hat es einer von uns beiden getan?»

«Die Anschlussfrage liegt auf der Hand», sagte Silvia. «Soll es der andere wirklich wissen, wenn es einer von uns getan hat?»

Wagner sprang auf und trat schwer atmend ans Fenster. Der Feierabendverkehr verstopfte die Strassen, zahlreiche Fussgänger waren an diesem warmen Frühsommerabend unterwegs. Das Leben in Basel pulsierte, als wäre alles wie immer. Als drohte seine Existenz nicht bald in Trümmern zu liegen. Unvermittelt drehte er sich zu seiner Geschäftspartnerin um. «Glaubst du wirklich, wir können diese Firma retten und zwanzig weitere Jahre erfolgreich führen, wenn dieser ungeheuerliche Verdacht zwischen uns steht?», fragte er erregt. «Zwanzig Jahre gingen wir zusammen durch dick und dünn, feierten Erfolge und überwanden Probleme. Wir kennen einander so gut, wie sich zwei Menschen kennen können, keine einzige Facette des anderen ist uns fremd. Deshalb sind wir so stark zusammen, deshalb sind wir erfolgreich. Mit diesem Verdacht zwischen uns sehe ich unsere Zukunft gefährdet.»

Mit verschränkten Armen sass Silvia Häberli-Mazzotta in ihrem Bürostuhl und schaute ihn nachdenklich an. «Unsere Zukunft hängt davon ab, ob wir innert nützlicher Frist genügend Geld auftreiben können, nicht von emotionalen Aspekten. Das finanzielle Problem haben wir betragsmässig zu zwei Dritteln und terminlich für die nächsten drei Monate gelöst.» Sie stand auf und trat neben Wagner ans Fenster. «Das andere Problem können wir nicht lösen. Wenn ich dir sagen würde, ich hätte nichts mit dem Tod meines Vaters zu tun, würdest du mir glauben? Ich denke nicht. Genauso wenig könntest du mich überzeugen, wenn ich von dir dieselbe Antwort bekäme. Deshalb ist es besser, wenn wir uns diese Frage nicht stellen. Vorausgesetzt, wir sind beide unschuldig, können wir warten und hoffen, dass die Polizei den Fall bald lösen wird und wir uns wieder gegenseitig vertrauen können. Ist einer von uns schuldig, müssen wir warten und hoffen, dass die Polizei den Fall nie aufklären wird. Dann müssen wir einen Weg finden, mit der möglichen Schuld des anderen umzugehen.»

Wendelin Wagner kam widerwillig zum Schluss, dass Silvia recht hatte. Wie immer. Zu warten war alles, was ihnen vorderhand übrigblieb. Sie mussten warten und für die nächsten zwölf bis achtzehn Monate eine halbe Million Franken auftreiben, so sahen ihre primären Aufgaben aus.

Emanuele Santacaterina betrat den Friedhof bei der reformierten Kirche in Thusis. Es war der einzige im traditionell protestantischen Dorf, auch die Katholiken fanden dort ihre letzte Ruhestätte. Da das Wetter anhaltend schön und warm war, holte er beim Brunnen eine der gefüllt bereitstehenden Giesskannen. Sein Garten wäre dankbar gewesen für ein paar Tage Regen, den Blumen auf den Gräbern ging es nicht anders. Allerdings war es Jahre her, dass er zuletzt anhaltenden Regen erlebt hatte, eine solche Wetterlage gab es sozusagen nie. Die Sommer hier waren inzwischen regelmässig beinahe so trocken wie in seiner italienischen Heimat, freilich mit dem grossen Vorteil, dass es ausreichend Wasser aus den Bergen gab und die zahlreichen Brunnen nur selten, wenn die Lage wirklich prekär wurde, abgestellt werden mussten.

Er stattete einigen verstorbenen Bekannten einen Besuch ab und gönnte der Blumenpracht auf deren Grabstätten einen Guss. Die Bäume und die Friedhofsmauer spendeten angenehmen Schatten, so dass er keine Eile hatte, den Ort zu verlassen. Gern hätte er mit jemandem ein Schwätzchen gehalten, aber ausser der berüchtigten Nervensäge mit den dicken

Brillengläsern war niemand da. Dieser wich er lieber aus, da er seit zwanzig Jahren noch nie etwas anderes von ihr gehört hatte als Gejammer und Gezeter. Es war ihm lieber, wenn sie mit den Vögeln und Würmern schimpfte als mit ihm.

Als er zum zweiten Mal zum Brunnen ging, zeigte sich endlich ein Lichtblick. Lucilla Tataranni war gekommen, um ihren vor sechs Jahren verstorbenen Gatten zu besuchen, sie steuerte ebenfalls den Brunnen an.

«*Buonasera,* Lucilla!», begrüsste er sie herzlich. «Angelos Grab sieht prächtig aus, die Fuchsie blüht wunderschön.»

Lucilla lächelte strahlend. «Ja, sie gedeiht bestens. Angelo würde sich freuen, wenn er sie sehen könnte.»

«Bestimmt, er war ein guter Gärtner», bestätigte Emanuele. «Heuer wäre er achtzig geworden, nicht wahr?»

«Ja, vor drei Wochen war sein Geburtstag. Zwei Tage vor jenem der Tochter meiner Nachbarn und vier Tage nach jenem meines Neffen in Assisi.»

Emanuele lachte. «Weisst du immer noch alle Daten auswendig? Das war schon früher deine Leidenschaft. Du kanntest sämtliche Geburts-, Hochzeits- und Todestage der gesamten Verwandt- und Bekanntschaft.»

«Oh ja. Allerdings kommen immer mehr Sterbedaten dazu, wir werden alle älter. Früher waren es nur ein paar Verwandte in Italien, die nicht mehr lebten, und ein paar tragisch Verstorbene hier. Die beiden jungen Burschen, die beim Autounfall ums Leben kamen. Die Nachbarin, die jung an Krebs starb. Der Schuhmacher, der in der Viamala ertrank. Jetzt werden es immer mehr. Wir sind in die Jahre gekommen, Emanuele, die Liste jener, die uns vorausgegangen sind, wird immer länger.»

«Das ist so. Wir können dankbar sein, dass wir so alt geworden sind und dass wir niemanden jung verloren haben.»

«Der Todestag des Schuhmachers war letzte Woche. Er starb mit nicht einmal vierzig Jahren.» Lucilla blickte betrübt zu Boden. «Ich weiss nicht, ob ich das Leben als Witwe mit drei Töchtern so gut gemeistert hätte wie seine Frau. Ich bewundere sie.»

«Eiris Witwe ist eine starke Frau», bestätigte Emanuele. «Ihre Tochter steht ihr kaum nach. Brigitte Fuchs führt den Schuhladen ebenfalls mit grossem Erfolg. Ich glaube, Eduard Demont hatte damals seine Hand im Spiel, damit die Witwe den Mercerieladen übernehmen konnte, um ihr Schuhgeschäft aufzubauen.»

Ein Schatten überzog Lucillas Gesicht, sie wechselte das Thema. «Wie geht es deinem Garten in Cazis?» Sie wusste genau, mit welcher Leidenschaft Emanuele über seine Pflanzen berichten konnte, und wurde nicht enttäuscht. Nach zehn Minuten hatte sie das Gefühl, sie kenne jeden Salatkopf mit Namen.

Emanuele versprach, ihr in den nächsten Tagen einige Zucchetti und ein paar Kohlrabi vorbeizubringen. Er wurde dem Ertrag seiner Beete längst nicht mehr Meister.

«Das nehme ich gerne!», dankte ihm Lucilla. «Ich werde ein *pesto di zucchine* machen, Luisa liebt diese Sauce.»

«Kommt sie bald zu Besuch?», fragte Emanuele.

«Ja, wie immer kommt sie im Juli für ein paar Tage aus dem Berner Oberland hierher. Gleichzeitig wie Graziella, sie wird aus Süditalien anreisen, und Riccardo kommt bestimmt auch, wenn seine beiden Schwestern hier sind.»

«Dann hast du ja volles Haus», lachte Emanuele. «Wie früher, als man noch zu zehnt am Küchentisch sass!» Er hob bedauernd die Schultern. *«Tempi passati.»*

«Vergangene Zeiten, genau. Die im Rückblick viel schöner scheinen, als sie in Tat und Wahrheit waren. Zum Glück erinnern wir uns viel besser an alles, was gut war!» Lucilla lächelte spitzbübisch und griff zur Giesskanne, um endlich die üppige Fuchsie auf dem Grab ihres Mannes zu wässern.

Nach dem frühen Abendessen hatte sich Rösli Sjögren-Tscharner in ihr Zimmer zurückgezogen. Als sie dort am Tisch sass und in den wunderschönen Sommerabend hinausschaute, wurde ihr mit einem Mal klar, was sie seit einem Tag beschäftigte. Am Vortag hatte sie sich nachmittags in der Cafeteria mit Emanuele Santacaterina und Elvira unterhalten, seiner Bekannten, die noch nicht lange im Altersheim wohnte. Sie hatten über die Vergangenheit geplaudert, über ihrer beiden Leben als italienische Einwanderer in den Siebzigerjahren. Als Emanuele Elvira auf ihr Zimmer brachte, war auch Rösli bald in das ihrige zurückgekehrt. Sie hatte sich in den Lehnstuhl gesetzt, wo sie kurz darauf eindöste. Im Halbschlaf hatte ihr Verstand Gedanken geformt, die er später zu Röslis Leidwesen auf keinen Fall preisgeben wollte. Sie erinnerte sich, dass ihr zwischen Schlafen und Wachen irgendetwas klar geworden war, aber sie bekam es nicht mehr zu fassen. Irgendwann hatte sie resigniert. Das schien die verschwundenen Gedanken herausgefordert zu haben, jetzt konnte sie sich plötzlich wieder erinnern.

War von den Aktivitäten der jungen italienischen Gastarbeiter in den Sechziger- und Siebzigerjahren die Rede, ging es immer um dasselbe: um Boccia, Angeln, Fussball, manchmal um Autos. Bei Kaffee und Kuchen am Vortag hatten jedoch Elvira und Emanuele berichtet, Gerardo Mazzotta habe nicht geangelt. Trotzdem hatte Mazzotta hier im Heim immer wieder vom Angeln gesprochen, Rösli hatte es selbst gehört.

Der Frühsommerabend vor ihrem Fenster fand plötzlich nicht mehr statt, Rösli nahm nichts mehr wahr. Voll konzentriert sammelte sie ihre Erinnerungen daran, was Mazzotta jeweils gesagt hatte, wenn er vom Angeln sprach. Schliesslich nahm sie eines ihrer Rätselhefte zur Hand. Sie suchte ein Logical, das zum Eintragen der Lösung einige leere Zeilen aufwies. Kurzerhand riss sie die Seite heraus und trug ihre Notizen auf den vorgedruckten Linien ein.

Angeln, schrieb sie. Rhein. Stein. Wein. Gartenbank. Weiter unten trug sie weitere Stichworte ein: Aufgewühlt. Erregt. Belastet. Zuletzt malte sie zuunterst auf der Seite ein grosses Fragezeichen, das sie nachdenklich mit Strichen und Punkten verzierte.

Julia hatte Rösli erzählt, es gebe eine Pflegerin, die von der Polizei öfter befragt worden sei als das übrige Personal. Es heisse, ihr sei etwas aufgefallen, das von Bedeutung sein könnte. Etwas, das Mazzotta erwähnt habe. Näheres wusste Julia nicht. Diese Pflegerin arbeitete mit sehr kleinem Pensum, Rösli kannte sie nur schlecht. Sogar ihren Namen hatte sie vergessen. Sara? Selma? Sina? Rösli ärgerte sich über sich selbst. Andererseits wusste sie nun, was sie zu tun hatte. Sie musste mit dieser Pflegerin sprechen und in Erfahrung bringen, was ihr aufgefallen war. Zurzeit hatten sowohl Julia als auch Valeriu frei, einzig das Huhn war hier, welches ihr in keiner Weise von Nutzen war. Sie musste den nächsten Tag abwarten. Es half nichts, ungeduldig zu sein.

Wo hatte sie nur ihr Tablet hingelegt? Sie wollte ihre Mails checken, so nannte man das, hatte sie gelernt. Natürlich, das Gerät hing an der Steckdose am anderen Ende ihres Zimmers. Rösli langte nach dem Rollator und bewegte sich damit durchs Zimmer. Inzwischen brauchte sie Licht, auch im Juni wurde es irgendwann dämmrig. Nicht wie in Schweden, dachte sie wehmütig. Sie packte das Tablet ins Gepäcknetz und manövrierte zurück zu ihrem Fauteuil. Als sie endlich bequem installiert war, wandte sie sich ihrem Posteingang zu.

Simon hatte ein Mail geschickt! Was für eine Freude. Liebe *Basatta*, schrieb ihr Urenkel, und Rösli wurde sofort warm ums Herz. Staunend las sie, dass er auf eigene Faust die drei Gründer der Süsswaren Thusis AG gegoogelt hatte, wie auch immer sie sich das vorzustellen hatte. Sie stellte fest, dass er dazulernte, denn er hatte das Ergebnis seiner Suche nicht in einer Liste mit blau unterstrichenen Links aufgeschrieben, sondern die Suchresultate in ein Dokument übertragen, das sie bequem lesen konnte. In drei Dokumente, um genau zu sein. Für jeden Gründer gab es eines: Eduard Demont, Viktor Jörimann, Peter Wasescha.

Sogleich öffnete sie das Dossier Demont und begann zu lesen. Aufgewachsen in Domat/Ems. Lehre als kaufmännischer Angestellter bei einer Zeitung in Thusis. Rösli erinnerte sich an das Blatt, es existierte schon lange nicht mehr. Aktiv im Theaterverein. Kurze Zeit Bassist in einer Rockband. Sprachaufenthalt in England. Gründungsmitglied der Süsswaren Thusis AG, dort für Werbung und Verkauf verantwortlich. Heirat mit einer Hotelfachangestellten aus Chur. Zwei Kinder. Rösli las weiter, dass sich Demont über die Jahre neben dem Beruf mit zahlreichen Freizeitaktivitäten beschäftigt hatte, und kam zum Schluss, dass er seine beiden Kinder wohl kaum gekannt hatte. Neben ausführlichen Angaben zu Demonts Laufbahn in der Firma enthielt Simons bunt zusammengewürfelter Bericht auch die Vermerke, dass Demont zwei Mal am Engadiner Skimarathon teilgenommen hatte und über den Fahrausweis für Taxifahrer verfügte. Was auch immer ihr das je nützen sollte. Dass Demont im Süsswarenladen in der Raststätte arbeitete, stand ebenfalls da, was Rösli bereits wusste, und dass er sich hie und da mit den noch lebenden Mitgliedern der ehemaligen Rockband traf und Musik machte, was sie amüsierte. Fast eine ganze Seite widmete sich dem Coup, den die Firma mit der Lancierung der Gummilöwen gelandet hatte, und dem bis heute anhaltenden Erfolg damit. Offenbar war diese Idee in Demonts Kopf entstanden.

Rösli rieb sich die Augen. Sie musste die anderen beiden Berichte auf den kommenden Tag verschieben, sie war todmüde. Nicht einmal das Dankesschreiben für Simon mochte sie noch verfassen, auch das musste bis zum nächsten Tag warten. Sie legte das Tablet zur Seite und machte sich auf den Weg ins Badezimmer.

9

Die aufmerksame Pflegerin hiess weder Sara noch Selma noch Sina, sondern Silke. Das wusste Julia, die Rösli am Morgen beim Aufstehen geholfen und ihr die Stützstrümpfe angelegt hatte. Sie berichtete, Silke habe am Nachmittag Dienst, und folgte Röslis Vorschlag, die Pflegerin anzurufen und ihr vor ihrem Arbeitsantritt ein Treffen mit Rösli vorzuschlagen. Da ihre Schicht bald nach dem Mittagessen begann, schlug Silke vor, Rösli am Vormittag einen Besuch abzustatten, was Rösli sehr recht war. Silke hatte ein Tablett mit zwei Tassen Kaffee mitgebracht und Rösli eine Schale voller Schokoladeherzen beigesteuert. Diese wurden rasch weniger. Offensichtlich kommen Silkes grosszügige Rundungen nicht von ungefähr, stellte Rösli insgeheim fest.

«Ich bin keine gelernte Pflegefachperson», führte Silke aus, «ich habe nur einen Kurs als Pflegehelferin besucht. Menschen interessieren mich. Sie zu pflegen und mich mit ihnen zu unterhalten, gefällt mir besser als Patisserie herzustellen, wie ich es in der Lehre gemacht habe. In einem Altersheim sind so viele verschiedene Schicksale vereint, so unterschiedliche Lebenswege führen hierher. Es ist faszinierend, den Bewohnern zuzuhören, wenn sie von ihrem Leben erzählen.»

«Leider sind dazu längst nicht alle in der Lage», warf Rösli ein. «Nicht wenige können kaum mehr zusammenhängend berichten.»

«Das macht nichts», sagte Silke. «Auch jene, die verwirrt sind, geben vieles preis. Wenn zum Beispiel jemand immer ganz aufgeregt wird, während er erzählt, er müsse dringend raus und die Kälber holen, bevor das Gewitter losbricht, kann man vermuten, dass er vielleicht einmal zu spät kam und ein Tier vom Blitz erschlagen wurde.»

Rösli lachte. «Vielleicht, ja! Vielleicht war das aber auch sein bevorzugter Vorwand, um nach draussen zu gehen und heimlich zu rauchen. Oder seine Liebste zu treffen. Oder mit dem Mofa des Meisters in den Laden zu fahren. Aufgeregt ist er, weil er dabei erwischt wurde und ein Donnerwetter über sich ergehen lassen musste.»

«Das kann freilich sein», stimmte Silke zu. «Manchmal erfahre ich mehr, wenn ich auf die Leute eingehe, häufig aber auch nicht. Bei jenen mit weniger fortgeschrittener Demenz entwickeln sich hie und da sehr vertrauliche und auch berührende Gespräche.»

Rösli wurde nachdenklich. «Sie haben zweifellos den richtigen Beruf gefunden.»

«Das Schicksal brachte mich zu dieser Tätigkeit. Als unsere Kinder klein waren, hatte mein Mann einen schweren Motorradunfall, bei dem er einen Arm verlor. Seine Schmerzen und Therapien, die notwendige Umschulung auf einen anderen Beruf, die Schuldgefühle, weil er den Unfall selbst verursacht hatte, das alles führte zu einer schweren Depression. Ich war überfordert, dachte aber, alles selbst schaffen zu können. Ein Irrtum. Nach ein paar Monaten suchte ich endlich Hilfe. Ich erkannte, dass ich uns beiden diese schwierige Zeit wesentlich hätte erleichtern können, wenn ich damals mehr über die Krankheit gewusst hätte.»

«Wie das?», fragte Rösli. Die Frau machte sie neugierig.

«Dutzende Missverständnisse machten uns beiden das Leben zusätzlich schwer. Ohne es jemals laut zu sagen, erwartete ich von meinem Mann, dass er sich mehr zusammennehmen könnte. Ich fand, er denke nur an sich, dass wir als Familie auch litten, sehe er nicht. Nicht einmal kleine, selbstverständliche Dinge schien er zu erledigen, alles war ihm zu viel. Der unausgesprochene Vorwurf stand immer zwischen uns. Worte fanden wir beide keine. Erst, als wir Unterstützung von aussen bekamen, wendete sich das Blatt.»

«Aber es war doch immer noch so, dass ihr Mann sich egoistisch benahm, ihre Überforderung nicht sah und zu Hause nicht mithalf», stellte Rösli fest. «Was hat sich denn geändert?»

«Mein Verständnis dafür», antwortete Silke. «Depressive denken nicht mehr auf die gleiche Weise rational wie Gesunde. Es nützt nichts, einem Depressiven zu sagen, es gehe ihm doch gut, er habe doch dies und das und keinen Grund zu klagen. Das verstärkt nur dessen Schuldgefühle, hilft ihm aber nicht. Seine Depression ist nicht eine Verstimmung, die man mit ein paar markigen Sätzen wieder zurechtrücken kann. Sie ist auch nicht vergleichbar mit Trauer oder Niedergeschlagenheit. Eine Depression ist eine Krankheit. Erst, wenn man das anerkennt, kann man auch akzeptieren, dass es dem Depressiven an Empathie fehlt und dass er die Welt nicht auf die gleiche Weise wahrnimmt wie der Gesunde.» Sie wickelte das letzte Schokoladeherz aus der Folie. Nach einem Blick auf die Uhr wechselte sie das Thema. Rösli habe sich mit ihr wohl kaum über Depressionen unterhalten wollen.

«Nein, das nicht», bestätigte Rösli. «Über Ihr Einfühlungsvermögen und Ihre Kenntnisse hingegen schon.» Sie schilderte Silke ihr Anliegen.

«Sie wollen wissen, was ich der Polizei mitgeteilt habe? Was mir auffiel, als ich mich mit Gerardo Mazzotta unterhielt?» Silke klang amüsiert. «Sie sind vielleicht neugierig! Das waren vertrauliche Gespräche, ich denke nicht, dass ich deren Inhalt herumerzähle.»

«Selbstverständlich nicht», beschwichtigte Rösli. «Was Mazzotta Ihnen bewusst anvertraute, will ich gar nicht wissen.» Was hinten und vorne nicht stimmt, dachte Rösli. Es hätte sie brennend interessiert. «Mazzotta schilderte immer etwa dieselben Begebenheiten: solche vom Bauen, vom Angeln, wir haben sie alle viele Male gehört. Jetzt habe ich erfahren, dass Mazzotta gar nicht angeln ging, er war kein Fischer. Umso wichtiger wäre es zu wissen, was er vom Angeln berichtete. Leider habe ich ihm zu wenig gut zugehört, ich kann mich nicht richtig daran erinnern. Sie aber wissen mehr. Was hat er gesagt? Was ist Ihnen bei seiner Geschichte aufgefallen?»

«Verstehe ich das richtig?», fragte Silke zweifelnd. «Spielen Sie Detektiv?»

Rösli seufzte. «Ja. Julia nennt mich im Scherz Miss Marple.»

Silke lachte. «Kein schlechter Vergleich. Julia wäre dann wohl Gladys und ich Gwendolyn.»

Rösli nickte, obwohl das nicht ganz korrekt war. Die Gladys und Gwendolyns bei Agatha Christie waren alle jung und schlank.

«Gerardo Mazzotta erzählte immer die gleiche Geschichte, wenn es ums Angeln ging.» Silke wurde ernst. «Er drückte sich jedes Mal anders aus, je nach Tagesverfassung. Mal kam ein Detail mehr vor, mal eines weniger. Aber die Grundaussage blieb immer dieselbe.» Sie blickte nachdenklich zum Fenster hinaus. «Es ist wie bei den Sagen und Legenden, nicht wahr? Sie kommen in unterschiedlicher Ausführung an verschiedenen Orten vor. Wenn man aber all den erzählerischen Schnickschnack weglässt, bleibt die nackte Aussage zurück, und diese ist überall die gleiche. All die Sagen über Sennen, weise Frauen, …» Als sie Röslis verständnislosen Blick sah, beeilte sie sich, auf Mazzotta zurückzukommen. «Aber ich schweife ab. Was schilderte also Mazzotta immer wieder?» Sie zählte an den Fingern, die sich nicht mehr mit Schokoladeherzchen beschäftigen konnten, auf: «Vom Rhein am Ausgang der Viamalaschlucht. Von einem Fischer oder einem Fisch. Von einem Stein. Von Blut. Von einem roten Pullover. Das machte mich als Erstes stutzig.»

Rösli verstand nicht.

«Kein Fischer trägt einen roten Pullover», erläuterte Silke. «Fischer tragen olivgrün oder braun, damit sie von den Fischen nicht so leicht erkannt werden. Weshalb erzählte er jedes Mal davon?»

«Keine Ahnung», meinte Rösli ratlos.

«Ich fragte mich, in welcher Stimmung er war, wenn er davon erzählte. Ich denke, ‹aufgewühlt› trifft es am besten. Sprach Mazzotta von seinen Leistungen auf der Baustelle, hörte man Stolz, Leidenschaft, manchmal Bedenken. Sprach er von seiner Familie, was sehr selten vorkam, tat er das erregt und so, als würde ihn niemand oder er niemanden verstehen. Sprach er hingegen vom Angeln, war er aufgewühlt, sorgenvoll, manchmal fast reumütig.»

Rösli staunte über diese differenzierte Analyse. «Was schliessen Sie daraus?», fragte sie die Pflegerin.

«Um klare Schlüsse zu ziehen, ist das viel zu wenig», antwortete Silke. «Aber Mazzottas Aussagen lassen ein paar Fragen zu. Wer war in der Schlucht? Ein Fischer und ein zweiter Mann, der einen roten Pullover trug? War der Letztere Mazzotta oder war dieser unbeteiligter Beobachter? Wurde mit dem Stein ein Fisch erschlagen? Wäre Mazzotta jedes Mal so aufgewühlt gewesen, wenn es einzig um einen so alltäglichen Vorgang gegangen wäre? Blutet ein Fisch so stark, dass er immer wieder vom vielen Blut erzählen musste?»

Im darauffolgenden Schweigen bemühte sich Rösli, die Pflegerin nicht mit offenem Mund anzustarren. Was für messerscharfe Überlegungen diese Frau anstellte! Ihr verschlug es die Sprache, ein ausserordentlich seltenes Ereignis.

Silke lächelte sie an. «Habe ich Sie etwas überrumpelt?», fragte sie. «Das wollte ich nicht. Sie haben mich nach Mazzottas Geschichten übers Angeln gefragt. Ich habe Ihnen erzählt, was ich davon weiss und was für Fragen sich mir stellen.»

«Danke», brachte Rösli schliesslich heraus. «Danke!» Sie stammelte etwas von verblüffend und von scharfer Beobachtungsgabe, merkte aber selbst, wie verwirrt sie klang. Silke fand es an der Zeit, die alte Frau in Ruhe zu lassen. Rösli blieb allein zurück und spürte, wie sich ihr Herzschlag nur langsam beruhigte.

Beinahe jedes Jahr machte das Wetter im Juli Kapriolen. Nach den ersten Hitzetagen oder gar -wochen im Juni gönnte sich der Sommer im Juli üblicherweise eine kurze Pause, liess die Region sich abkühlen, zwang manchmal gar die Einwohner, irgendwo hinten im Schrank einen langärmligen Pullover hervorzukramen. Nicht so in diesem Jahr. Nach einem schneereichen Winter hatte der Frühling früh eingesetzt, die Temperatur war rasch gestiegen. Niederschläge blieben weitgehend aus, ebenso kühle Tage zwischendurch. Die Bauern im Tal konnten sich des Mitgefühls der Einwohnerschaft gewiss sein: Die schon früh im Juni braun gewordenen Wiesen boten einen besorgniserregenden Anblick. Der Juli hatte heiss und trocken begonnen, und eine Abkühlung oder Regen waren weit und breit nicht in Sicht.

Lucilla Tataranni fand, im Vergleich zu ihrer süditalienischen Heimat sei die Hitze hier eine laue Erwärmung, räumte aber bereitwillig ein, dass die vergangenen fünfzig Jahre ihre Erinnerungen verfälscht haben könnten. Graziella, ihre Tochter, die aus Süditalien angereist war, gab ihr recht, während sich Luisa, die sich im moderaten Klima im Berner Oberland heimisch fühlte, dem Gejammer der seit Generationen Einheimischen anschloss, als hätte sie nicht Wurzeln, die vor gar nicht langer Zeit im ausgetrockneten Boden Süditaliens gesprossen waren.

Riccardo war an diesem Abend, wie schon tags zuvor, nach der Arbeit nach Thusis gefahren, um seine Schwestern zu treffen. Am liebsten hätte er Ferien genommen, solange die Familie hier vereint war, aber dafür hätte seine Frau kein Verständnis gehabt. Seine Ferien gehörten ihr und den Kindern, daran gab es nichts zu rütteln. Zu seinen allabendlichen Fahrten zu seiner Mutter sagte sie freilich nichts, sie wusste, dass Widerstand zwecklos gewesen wäre.

«Gibt es Neuigkeiten zu Mazzottas Tod?», fragte Graziella. «Was wird geredet, das nicht in den Zeitungen stand?»

Riccardo berichtete genüsslich, dass Silvia Häberli-Mazzotta ihr Erbe mit einem Halbbruder in Davos teilen müsse, von dem sie nichts gewusst hatte.

«Ich habe mich heute mit einer ehemaligen Schulkollegin getroffen, die Teilzeit im Altersheim arbeitet», berichtete Luisa. «Sie sagt, eine der Angestellten sei schon mehrmals von der Polizei befragt worden. Ihr ist anscheinend aufgefallen, dass Mazzotta immer wieder eine wirre Geschichte vom Angeln am Ausgang der Viamala erzählte. Vom Fischen habe er gesprochen, von Blut, von einem Stein und einem rostroten Pullover.»

Verstohlen beobachtete Riccardo seine Mutter. Ihr Gesicht war zur Maske erstarrt.

«Das tönt allerdings wirr. Wusste sie nichts Genaueres?», fragte Graziella.

«Leider nicht. Das Thema scheint Mazzotta aufgeregt zu haben, oft verfiel er ins Italienische, wenn er davon sprach, sagt sie.»

«Allem Anschein nach war er wirklich nicht mehr gut beieinander, wenn er so unverständliches Zeug brabbelte», urteilte Graziella. «Die heissere Spur dürfte wohl der Familienskandal sein, denke ich. Silvia hat sich wohl kaum darüber gefreut, dass sie ihr Erbe teilen muss, oder irre ich mich?»

«Nein, du hast vollkommen recht», stimmte Riccardo zu. «Vor allem wird gemunkelt, ihre Firma stecke in einem finanziellen Engpass. Sie hätte mehr als die Hälfte des Vermögens ihres Vaters gebraucht, um ihr Unternehmen zu retten, heisst es. Der unbekannte Bruder kommt ihr äusserst ungelegen.»

«Du denkst doch nicht, dass sie ihren Vater getötet hat, oder?», fragte Luisa.

«Die Polizei scheint es zu denken», antwortete ihr Bruder. «Eine ihrer Kolleginnen in Thusis hat mit ihr telefoniert. Silvia habe erzählt, die Polizei lasse ihr und ihrem Geschäftspartner keine Ruhe, fast jeden Tag tauchten die Uniformierten in der Firma auf und stellten Fragen über Fragen.»

«Woher weisst du das?», fragte Lucilla scharf.

Riccardo zuckte die Achseln. «Der Mann der Kollegin arbeitet auch in der Bündner Herrschaft, ich begegne ihm manchmal beim Mittagessen. Dann wechseln wir ein paar Worte. Derzeit bietet sich der Fall Mazzotta an für Smalltalk.»

«Denkst du, sie wird verhaftet?», fragte Graziella. «In Untersuchungshaft genommen?»

«Woher soll ich das wissen? So, wie es aussieht, ist sie zurzeit die Hauptverdächtige. Die einzige oder die heisseste Spur der Polizei.» Riccardo füllte sein Glas aus der Wasserkaraffe auf. «Als ich davon erfuhr, wurde mir klar, dass ich nicht die Hand dafür ins Feuer legen würde, dass sie unschuldig ist. Mir wurde ganz anders. Es ist ein sonderbares Gefühl, jemandem aus dem Bekanntenkreis zuzutrauen, den eigenen Vater ermordet zu haben.»

Luisa schüttelte sich. «Das ist ja grauenhaft», rief sie entsetzt. «Aber da ist etwas dran. Silvia hat etwas Hartes und Berechnendes an sich, sie war schon als Kind so. Ich könnte ebenfalls nicht mit Überzeugung sagen, sie sei bestimmt unschuldig.»

«Eine gewisse Skrupellosigkeit kann man ihr nicht absprechen, das stimmt», pflichtete ihr Graziella bei. «Aber den eigenen Vater umbringen?»

«Wohl eher umbringen lassen», warf Riccardo ein.

«Den eigenen Vater umbringen lassen? Ist sie wirklich so skrupellos? So kaltherzig?»

Das Schweigen zog sich in die Länge, bis es Riccardo schliesslich unterbrach. «Seht ihr? Wir alle zögern mit der Antwort. Niemand von uns kann spontan ausschliessen, dass sie schuldig ist.»

Lucilla stand abrupt auf, packte den fast leeren Wasserkrug und verschwand in der Küche.

Riccardo schaute ihr irritiert nach.

Als sie zurückkehrte, stellte sie den vollen Krug auf den Tisch und blieb stehen. «Silvia hat ihren Vater nicht getötet, das ist kompletter Unsinn», sagte sie bestimmt.

Ihre erwachsenen Kinder betrachteten sie verdutzt.

«Sie mag hart und rücksichtslos sein im Beruf», fuhr Lucilla fort. «Aber unerbittlich zu sein im Geschäftsleben, ist etwas völlig anderes, als den eigenen Vater zu töten. Egal, wie schlecht sie sich manchmal verstanden haben: Die Familienbande sind stark. Silvia eine Vatermörderin? Niemals!» Sie setzte sich würdevoll.

Niemand sagte ein Wort.

Riccardo musterte seine Mutter. Sein Verdacht, dass sie mehr über die ganze Sache wusste, als sie sagte, verstärkte sich. *«Mamma!»,* sagte er deshalb eindringlich. «Was weisst du? Was verschweigst du?»

Lucilla schwieg.

Ein Gesicht wie eine römische Statue, fuhr es Riccardo durch den Kopf. Wunderschön und unbeweglich. Er stöhnte. «*Mamma,* sprich!»

Es half nichts, Lucilla zuckte mit keiner Wimper.

Luisa versuchte es versöhnlicher. «Es geht um Gerechtigkeit, *mamma*. Wenn Silvia Häberli-Mazzotta unschuldig ist, ist es nicht richtig, dass sie so stark in Verdacht gerät. Womöglich wird sie verhaftet und mangels Beweise wieder frei gelassen. Dann könnte sie sich zeitlebens nicht vom Verdacht befreien, man würde immer die mögliche Mörderin in ihr sehen. Das darf nicht sein. Wenn du etwas weisst, das sie entlastet, dann sprich, *mamma.*»

Lucilla setzte ihr Schweigen fort.

Die Gedanken ihrer ältesten Tochter nahmen einen anderen Weg. Graziella, die als einzige in Italien lebte, begann zu sprechen. «Dieses Schweigen ist, als hättest du eine Mauer um dich gebaut», sagte sie zögerlich. «Kann es sein, *mamma,* dass du schweigst, weil du versprochen hast zu schweigen?» Sie zeichnete mit dem Löffel Muster auf das bunte Wachstischtuch und schaute ihre Mutter nicht an, als sie fragte: «Ist es so, *mamma?*»

Lucilla schwieg.

«Die Basler können wahrhaftig noch anderes als Fasnacht feiern.» Camenisch hielt Meta Schäfer die hohle Hand hin. In den letzten Tagen war er auf den Geschmack gekommen, immer öfter bettelte er ihr Pfefferminzbonbons ab.

«Läckerli backen?» Meta schüttete ein paar der winzigen Teilchen auf seine Handfläche.

«Tennis spielen?», beteiligte sich Walter Buess am Rätselraten.

«Auf jeden Fall sind sie speziell», meinte Camenisch. «Wie kann ein Halbkanton eine Kantonspolizei haben? Entweder müsste sie Halbkantonspolizei Basel-Stadt heissen, oder sie müsste die Kantonspolizei beider Basel sein. Sie heisst aber Kantonspolizei Basel-Stadt, was ein Widerspruch in sich ist. Die Basel-Städter sind gar kein richtiger Kanton. Wahrscheinlich wären sie gerne einer.»

«Wie gehen die Baselländer damit um?»

«Sie nennen ihre Halbkantonspolizei schlicht Polizei Basel-Landschaft», antwortete Camenisch. «Allem Anschein nach nehmen sie es genauer als die Städter, die sich mit ihrer Bezeichnung als Deppen outen.»

«Hast du sie vorhin nicht gelobt?», fragte Meta. «Sie könnten auch anderes als Fasnacht feiern, hast du gesagt.»

«Stimmt. Die Kollegen haben wieder einen Bericht geschickt.» Camenisch überlegte. «Jene, die dort arbeiten, machen das schon recht. Diese hanebüchene Bezeichnung haben sich wohl die in der Chefetage ausgedacht, nicht das Fussvolk.»

«Ich muss dich korrigieren, Kollege», wandte Buess ein. «Der Begriff Halbkanton wurde bei der Revision der Bundesverfassung vor zwanzig Jahren abgeschafft.»

Camenisch musterte ihn verblüfft. «Nimmst du mich auf den Arm?», fragte er, ohne eine Antwort zu erwarten. Sofort zog er das Internet zurate. Seine Miene wurde immer ungläubiger, dann lachte er schallend. «Tatsächlich!», rief er und zitierte: «… heute nicht mehr offizielle, aber weiterhin übliche Bezeichnung … seit 1999 wird in der gehobenen Sprache die Bezeichnung ‹Kanton mit geteilter Standesstimme› bevorzugt. So ein Blödsinn! Diese Sprache ist so gehoben, dass sie nicht einmal der Bund selber verwendet.»

Meta stimmte in sein Lachen ein. «Also müsste die korrekte Bezeichnung ‹Polizei des Kantons mit geteilter Standesstimme Basel-Stadt› lauten. Sie wäre allerdings etwas lang für den Briefkopf.»

«Das liesse sich lösen mit Schriftgrösse sechs, aber ein Domainname darf maximal 63 Zeichen lang sein!»

«Könnt ihr bitte aufhören herumzualbern?», bat Buess ungeduldig. «Was schreiben sie also in ihrem Bericht?»

Camenisch wurde sachlich. «Sowohl Silvia Häberli-Mazzotta als auch Wendelin Wagner können zur Tatzeit nicht in Thusis gewesen sein. Bei Wendelin Wagner kommt dazu, dass seine Ortskenntnisse kaum ausgereicht hätten für den Mord, er war noch nie im Dorf, geschweige denn im Altersheim.»

«Dass einer der beiden Geschäftspartner das Verbrechen eigenhändig ausführte, wäre wohl eine allzu einfache Lösung gewesen.» Meta spielte mit der Bonbondose herum.

«Genau. Es kann davon ausgegangen werden, dass sie den Mord in Auftrag gegeben hätten.» Camenisch verschränkte die Hände hinter dem Kopf. «Die Halbkantonskollegen befragen die beiden beinahe täglich. Zuerst gingen sie dazu ins Bürogebäude, jetzt suchen sie sie auch zu Hause auf.»

«Sie erhöhen den Druck», stellte Buess fest.

«Korrekt», bestätigte Camenisch. «Bis anhin allerdings ohne Erfolg. Beide haben ein überaus grosses Interesse an Gerardo Mazzottas Geld, sie könnten die Tat gemeinsam veranlasst haben oder aber einer von beiden im Alleingang.»

«Aber etwas Konkretes können die Basler bislang nicht vorweisen, oder?»

Camenisch seufzte. «Nein. Sollten Häberli-Mazzotta und/ oder Wagner schuldig sein, kann man wohl davon ausgehen, dass die Tat bestens geplant war und sie keine Spuren hinterliessen, die sie damit in Zusammenhang bringen könnten. Leider.»

«Ja, leider», stimmte Buess zu. «Bestimmt haben sie alle Mails, Telefonate, Kontakte, die Geldflüsse in der Firma und privat, Reisen und so weiter überprüft.»

«Sie sind daran», ergriff Meta das Wort. «Das ist allerdings eine aufwendige Angelegenheit, schliesslich steht den beiden ein ganzer Betrieb zur Verfügung, nicht nur ihre private Umgebung. Gefunden haben sie nichts, aber sie sind noch lange nicht fertig.»

«Blödsinnig frustrierend ist nur, dass wir hier hocken müssen und nichts beitragen können», ärgerte sich Camenisch. «Viel mehr als Däumchen drehen können wir nicht tun.»

«Sogar den Halbbruder müssen wir den Davosern überlassen, nicht einmal bei ihm können wir aktiv werden.»

Camenischs Miene hellte sich auf. «Wir haben eine Halbkantonspolizei und einen Halbbruder. Gibt es da einen Zusammenhang? Wenigstens einen halben?»

«Jetzt redest du wieder Unsinn. Kompletten Unsinn, nicht halben.» Meta schob ihm die beinahe leere Bonbondose zu und stand auf. «Komm, Grünschnabel! Wir müssen unsere Stammkundschaft pflegen.»

«Lass mich raten», sagte Buess. «Der Irre im Altdorf hat wieder beim Nachbarn randaliert?»

«Falsch. Oder anders gesagt: Das hat er sicher, aber wir wurden nicht gerufen», antwortete Camenisch.

Buess machte weiter. «Die Alleinstehende in Cazis beklagt sich über die Jugendlichen, die um ihr Haus herumlungern und ihr Gemüse verwüsten?»

«Falsch. Letzter Versuch.»

«Köter Koni hat wieder jemanden gebissen?»

«Richtig.»

Der Vormittag mit Silke hatte Rösli angestrengt, und die mittägliche Hitze hatte ihr den Rest gegeben. Sie hatte kapituliert und sich nach dem Essen zu einem Schläfchen auf ihr Bett gelegt.

Als sie eine Stunde später erwachte, fühlte sie sich immer noch matt. Dagegen würde nur ein Gewitter helfen, aber wie seit Wochen war weit und breit kein Regenguss in Sicht. Sie beschloss, den Gang in die Cafeteria aufzuschieben und sich zuerst Simons Bericht über Viktor Jörimann zuzuwenden.

Die Jörimanns waren seit Jahrhunderten im Transportwesen tätig. Simon hatte herausgefunden, dass die Säumer für den Warentransport auf der Viamalaroute Transportgesellschaften gegründet hatten, sogenannte Porten, und dass die Jörimanns tatsächlich schon im achtzehnten Jahrhundert als Mitglieder einer dieser Porten genannt wurden. Im Gegensatz zu manchen ihrer Berufskollegen zeichneten sie sich durch Weitblick und Geschäftstüchtigkeit aus. Während der Warentransport auf dieser Wegstrecke durch die Eröffnung der Gotthardbahnlinie zum Erliegen kam und eine riesige Auswanderungswelle die Täler am Hinterrhein erfasste, konnten sich die Jörimanns in Thusis halten. Sie ersetzten die weggefallenen Waren durch Reisende und führten im aufkommenden Tourismus Personentransporte aus. Darüber hinaus löste der neue Wirtschaftszweig eine erhöhte Bautätigkeit aus, die wiederum nach Beförderungsmöglichkeiten verlangte. Die Jörimanns bauten über die Jahrzehnte ihren Fahrzeugpark kontinuierlich aus, sie hatten einen sechsten Sinn, um die wirtschaftlichen Entwicklungen zu erahnen und nutzten die Aktivitäten im Nationalstrassen-, Staumauer- und Wohnungsbau zu ihrem Vorteil.

Viktor Jörimann musste sich keine Fragen zur Berufswahl stellen, es gab keine Alternative zur Mitarbeit im Familienunternehmen. Mit einer Lehre als Automechaniker, dem Erlangen des Führerausweises für sämtliche Kategorien ausser jener der schweren Motorräder und später dem berufsbegleitenden Lehrgang zur Meisterprüfung rüstete er sich für fünfundvierzig Jahre Berufstätigkeit. Diese leistete er durchaus erfolgreich, wenn ihm auch der Enthusiasmus für das zeitgenössische Transportwesen abging. Seine Leidenschaft gehörte der Zeit vor dem Bau der Gotthardbahn. Über die Jahrzehnte eignete er sich ein beachtliches Wissen über die

Verkehrsgeschichte der Viamala an, und seine Sammlung von Bildern, Dokumenten und Büchern füllte ein ganzes Zimmer im Haus an der Neudorfstrasse in Thusis. Noch jetzt wurde er dann und wann für eine Führung oder einen Vortrag angefragt.

Mitte der Siebzigerjahre wurde er von Wasescha und Demont angeworben, um als Chef Logistik Teilhaber der zu gründenden Süsswaren Thusis AG zu werden. Er behielt seine Anteile am Familienunternehmen, übergab die Leitung jedoch ohne Wehmutsgefühle seinem Cousin und Direktionskollegen, mit dem er sich nicht besonders gut verstand. Dieser dankte dem lieben Gott und versprach spontan, der Berghilfe einen Monatslohn zu spenden. Das bereute er freilich bereits nach einem halben Tag, und nach einer zähen Verhandlungsrunde mit seinem Gewissen spendete er die Hälfte eines Netto-Monatslohns nach Abzug der Steuern.

Seine neue Aufgabe erfüllte Jörimann umsichtig und mit gutem Geschäftssinn, ohne grosse Risiken einzugehen. Seite an Seite mit seinen beiden Direktionskollegen Demont und Wasescha erschien er stets etwas farblos. Rösli wusste nicht, ob Jörimann dieses Image bewusst pflegte. Sie erinnerte sich, dass sie die drei Direktoren schon früh kategorisiert hatte: Demont der Schwätzer; Jörimann der Schaffer; Wasescha der Denker.

Auch sein Privatleben verlief unspektakulär. Ursina, mit der er seit gut vierzig Jahren verheiratet war, und Viktor Jörimann waren Eltern dreier Kinder und Grosseltern von zehn Enkelkindern, von denen sechs zur selben Familie gehörten.

An dieser Stelle hatte Simon eine Bemerkung eingefügt: Das Netz sei voll von Jörimann in Zusammenhang mit der Transportgeschichte durch die Viamala. Er nehme an, die Basatta brauche dazu keine Informationen und lasse das weg.

Rösli dankte dem lieben Gott dafür, ohne der Berghilfe ihre Rente zu versprechen, dass ihr das seitenweise Durchackern von Informationen zu vergangenen Zeiten erspart blieb. Sie war einzig an Jörimanns fünfundsiebzig Lebensjahren interessiert.

Allein, diese gaben nicht allzu viel her. Aus seiner Anfangszeit im Familienunternehmen, als teilweise noch mit Fuhrwerken transportiert wurde, hatte er seine Liebe zu Pferden hinübergerettet bis ins hohe Alter. Bei einem Bauern jenseits der Viamala hielt er zwei Haflinger, die er manchmal vor einen Wagen spannte, um eine Ausfahrt zu machen. Als das Atomkraftwerk in Tschernobyl explodierte, war er womöglich schockierter gewesen als die meisten, und zwar, weil danach dringend vom Genuss von Pilzen abgeraten wurde. Er liebte Pilze, war begeisterter Sammler und lange Zeit als nebenamtlicher Pilzkontrolleur tätig gewesen. Vor ein paar Jahren hatte er sich beim Holzhacken für seinen Kachelofen zwei Finger abgeschlagen, und 1992 hatte er einen Leserbrief zum EWR-Beitritt der Schweiz verfasst (pro).

Das war alles, was Google zu erzählen hatte. Rösli gähnte. Spannend war der Bericht nicht gerade, aber Jörimanns Leben eben vermutlich auch nicht. Sie rieb sich die Augen und beschloss, den Weg in die Cafeteria unter die Füsse und unter die Räder des Rollators zu nehmen. Vielleicht würde sie Elvira treffen. Die Italienerin gefiel ihr. Sie war körperlich schwach, brauchte ihren Rollstuhl, um vom Zimmer in die Cafeteria zu gelangen, aber geistig rege. Die Gespräche mit ihr waren eine Freude und eine willkommene Bereicherung neben den oftmals immer gleichen Unterhaltungen mit jenen Bewohnern, die weniger klar im Kopf waren.

«Die Polizei verdächtigt Silvia Häberli-Mazzotta.» Demont schüttete Zucker in seinen Kaffee.

«Woher weisst du das?», fragte Wasescha scharf.

«Meine Güte!», gab Demont ungeduldig zurück. «Es wird geredet, so erfährt man das halt früher oder später.»

«Das kann doch nicht deren Ernst sein», meinte Jörimann zweifelnd. Er griff nach dem Biskuit auf dem Unterteller. Das allein war schon Grund genug, im «Weiss Kreuz» zum Kaffee einzukehren, fand er. «Silvia mag eine knallharte Geschäftsfrau sein, aber den eigenen Vater umbringen? Nein.»

«Träum weiter», höhnte Demont. «Die beiden waren die meiste Zeit zerstritten. Erst in den letzten Jahren haben sie wieder zueinandergefunden.»

«Eben. Wenn schon, hätte sie ihn damals umbringen können, als sie im Streit lagen. Weshalb hätte sie ihn jetzt ermorden sollen?»

«Weil sie Geld braucht», antwortete Wasescha. «Sie baut gerade ein grosses Verwaltungsgebäude für ihre Firma, heisst es.»

«Ohne Geld hätte sie nicht mit dem Bau anfangen können», wandte Jörimann ein.

«Meine Güte!», wiederholte sich Demont. «Hast du vergessen, wie die Geschäftswelt funktioniert? Auch wir haben damals hie und da hoch gepokert.»

Natürlich erinnerte sich Jörimann. An die durchwachten Nächte, weil die riskanten Entscheide seiner beiden Partner ihm den Schlaf geraubt hatten. Mehrheitlich umsonst, es war in der Regel gut herausgekommen.

«Wie hätte sie das machen sollen?», überlegte Wasescha. «Ich kann mir Silvia schlecht vorstellen, wie sie nachts ihren Vater erstickt und anschliessend das Heim ungesehen verlässt.»

«Das hätte sie bestimmt nicht gemacht», stimmte Demont zu. «Sie hätte jemanden beauftragt.»

«Ich kann das nicht glauben», wiederholte sich Jörimann.

«Hast du eine bessere Idee, warum jemand Gerardo Mazzotta ermordet haben sollte?», fragte Wasescha.

Jörimann schwieg.

«Siehst du? Geld ist ein plausibler Grund. Wenn ausserdem ein finanzieller Engpass in der Firma dazukommt, erst recht.»

«Er hatte doch ausser Silvia noch einen Sohn in Davos», überlegte Jörimann. «Der wird wohl auch erben, oder nicht? Dann hat dieser gleichviel Grund für die Tat wie seine Halbschwester.»

«Nein, hat er nicht», widersprach Demont. «Er hatte keine Ahnung, dass sein Vater Geld hatte, und ihm war nicht klar, dass er ihn beerben würde. Ausserdem lebt er bescheiden.»

«Woher weisst du das?», fragte Wasescha erneut.

Demont verkniff sich einen Seufzer. «Es wird geredet. In der Raststätte, in den Beizen, auf der Strasse. Davos ist nicht Timbuktu, manch einer kennt dort oben jemanden. Der Sohn lebt allein, hat keine hohen Ansprüche und scheint nicht besonders einfallsreich zu sein. Es dürfte ihm nicht im Traum in den Sinn gekommen sein, seinen Vater, den er nicht einmal kannte, zu töten.»

«Wahrscheinlich ist es einfacher, jemanden zu töten, den man nicht kennt», überlegte Wasescha.

«Einfach ist das nie.» Jörimann spielte mit dem Kaffeelöffel herum. «Einfacher wird es nur dann, wenn die eigene Not gross genug ist und sie durch das Töten gemildert werden kann.»

Demont betrachtete ihn amüsiert. «Eine Analyse des Mordens? Hast du deine Interessen von der Geschichte zur Psychologie verlagert?»

«Nicht jeder wird Mitte siebzig, ohne sich je einen ernsthaften Gedanken gemacht zu haben», gab Jörimann zurück.

«Hört auf, euch anzugiften», wies Wasescha die beiden zurecht und wechselte das Thema. «Habt ihr das neuste Produkt der Süsswarenfirma gesehen?»

«Meinst du die Nollasteine?», fragte Demont. «Lakritze, dunkel wie der Schiefer im Nolla? Die gibt es schon eine ganze Weile.»

«Oder die Viamalafässer?», riet Jörimann. «Caramel, geformt wie die Fässer der Säumer?»

«Nein. Auch die sind nicht neu», antwortete Wasescha. «Jetzt gibt es Marshmellowlöwen. Zweifarbig, gelb mit brauner Mähne.»

Demont grinste. «Ja, sie sind seit zwei, drei Wochen im Handel. Keine schlechte Idee», fand er. «Mir schmeckt das Zeug nicht, aber viele Kinder fahren darauf ab. Das alles ist sowieso nur Zugemüse im Verkauf, am besten laufen nach wie vor die Originale.»

«Unsere Gummilöwen.» Waseschas Schultern strafften sich in nostalgischem Stolz.

10

Am Morgen war die Hitze erträglich, in Davos war es sogar recht kühl. Aber die Trockenheit nahm immer besorgniserregendere Ausmasse an. Dass er die Blumenrabatten giessen musste, machte Erich Eichenberger nichts aus, das tat er gerne. Blöd war, dass ein Feuerverbot drohte, wenn es nicht bald regnete. In drei Wochen war Nationalfeiertag, und diesen liebte er mehr als alle anderen Feiertage. Sein Feuerwerk bei der Pension seiner Mutter war legendär, nicht wenige Touristen reisten extra aus Davos in den nahe gelegenen Weiler, um sich das Spektakel anzusehen. Dieses Mal würden seinem Eifer nicht einmal finanzielle Grenzen gesetzt, er könnte aus dem Vollen schöpfen, wenn nur diese Trockenheit nicht wäre.

Seine Mutter hatte zuerst nach Luft geschnappt, als er ihr von seinem Erbe erzählt hatte. Dann hatte sie ihn umarmt, eher fast erdrückt, schallend gelacht und eine Flasche Gewürztraminer geholt, die sie sich geteilt hatten. Nach dem zweiten Glas hatte sie ihm dargelegt, welche Unterhaltsarbeiten an der Pension nötig waren. Selbstverständlich sagte er ihr zu, sich an den Kosten zu beteiligen. Wenige Tage später hatte sie ihm eine Vereinbarung vorgelegt, die er bereitwillig unterschrieben hatte. Das war ein völlig neues Gefühl für ihn. Ausser seinen Versicherungspolicen und den einen oder anderen Mietvertrag hatte er noch nicht manches Dokument unterschrieben.

Zurzeit schienen sich die Verträge allerdings zu häufen. Erich schüttelte den Kopf, während er zur nächsten Rabatte weiterging. Seine Halbschwester war eine sonderbare Person. Auf dem noblen Papier ihrer Firma hatte sie ihm einen formellen Brief geschrieben. Er hatte ihn zwei Mal lesen müssen, um sicher zu sein, dass er ihn richtig verstanden hatte. In geschwurbelten Sätzen stand da, dass sie ihm ein Geschäft vorschlagen, eine Möglichkeit der Geldanlage aufzeigen wolle. Sie schlug vor, ihn in Zürich zu treffen, und nannte drei Termine in den nächsten beiden Wochen. Alle während der Arbeitszeit! Was dachte die sich? Er könne einfach so von der Arbeit fernbleiben? Oder er nehme sich extra frei, um sie zu treffen? Er hatte sich hingesetzt und ihr per Mail geantwortet, sie müsse nicht nach Zürich kommen, er habe ein Generalabonnement und könne nach Basel reisen. Allerdings nur an einem Samstag, weil er unter der Woche arbeite. Erich fand, das sei ein guter Kompromiss. Silvia Häberli-Mazzotta offenbar auch, denn sie hatte sein Mail innert der nächsten halben Stunde beantwortet und ihm Samstagstermine vorgeschlagen.

Sein nächster Samstag war also mit einer Reise nach Basel verplant. Somit entfiel die Möglichkeit, mit der Verkäuferin in der Bäckerei etwas zu unternehmen. Entgegen seinem Vorsatz hatte er sie noch nicht mit einem konkreten Vorschlag angesprochen, ihre Gespräche verliefen zwar fröhlich und herzlich, aber immer noch unverbindlich. Morgen, gelobte er erneut. Morgen wollte er den Schritt wagen.

Graziella löffelte mit grossem Genuss die zweite Portion Süssmostcreme. Ihre Mutter kochte konsequent italienisch, was kein Wunder war, denn die italienische Küche war auch nach Graziellas Ansicht nicht zu überbieten. Nur wenige örtliche Rezepte hatte Lucilla in den letzten fünf Jahrzehnten in ihr Repertoire aufgenommen, die allermeisten Speisen fand sie nicht wert, sie freiwillig zu essen, geschweige denn zu kochen. Im grossen Ganzen bestanden die typischen Bündner Gerichte gemäss Lucilla immer aus denselben Zutaten: Mehl, Eier, Milch und minderwertigem Fleisch. Je nach Endverarbeitung – in Blätter gewickelt, mit Käse überbacken oder in der Suppe gekocht – wurden daraus *Capuns, Pazöggel* oder *Chnolla*, aber im Prinzip war alles dasselbe. Für Lucillas Geschmack waren die Sachen zu plump, sie hielten keinem Vergleich mit der Armeleuteküche ihrer Heimat stand. Hingegen war sie bei den Desserts bereit, Zugeständnisse zu machen. Süssmostcreme hatte sie früh für würdig befunden und ihrer Familie häufig vorgesetzt. Auf einem Familienausflug ins Wildkirchli vor fünfunddreissig Jahren hatte sie überdies den Appenzeller Schlorzifladen entdeckt. Die Bezeichnung konnte sie heute noch nicht richtig aussprechen, aber sie hatte gelernt, das köstliche Gebäck mit Dörrbirnen und Rahm zuzubereiten. Die Zutaten hatte sie bereits eingekauft, selbstverständlich würde Graziella einen Schlorzifladen vorgesetzt bekommen, bevor sie in den Süden zurückreiste.

«Vorhin habe ich im Dorf Sandy getroffen. Erinnerst du dich? Sie ist etwas jünger als ich, im Alter von Luisa.»

«Selbstverständlich weiss ich, wer Sandy ist», unterbrach sie Lucilla.

«Wir haben zusammen einen Kaffee getrunken.» Graziella rührte in ihrer Creme. «Sie hat mir erzählt, Silvia Häberli-Mazzotta gehe es nicht gut.»

Lucilla verdrehte die Augen.

«Anfangs hat die Polizei sie nur in ihrem Büro befragt. Jetzt aber gehen sie auch zu ihr nach Hause. Weisst du, was das bedeutet?» Graziella hob den Blick und schaute ihrer Mutter in die Augen. «Ihre Kinder sind verunsichert, sie wissen nicht, wie sie das Geschehen einordnen sollen. Ihr Mann gehört nicht zur belastbaren Sorte, es macht ihm zu schaffen. Die Leute beginnen zu munkeln.»

Lucilla verschränkte die Arme und schaute zum Fenster hinaus.

«Silvia trennt Firma und Privatleben seit jeher konsequent. Ihre Familie ist für sie die Insel, auf die sie sich nach Feierabend zurückzieht. Mann und Kinder stehen für sie an erster Stelle, sie kennt keine Kompromisse. Ein Elternabend oder ein Schülertheater hat für sie immer höhere Priorität als ein Geschäftsmeeting. Jetzt ist die Polizei in ihr Privatleben eingedrungen. Sie kann ihre Familie nicht mehr heraushalten.»

Lucilla schwieg noch immer.

«Mamma», sagte Graziella leise. «Dein Schweigen ist mir nicht fremd, das weisst du.»

Immerhin wandte Lucilla den Blick vom Fenster ab und schaute ihrer Tochter in die Augen, auch wenn sie weiterhin nichts sagte.

«Wem auch immer du es versprochen oder gar geschworen hast: Ist der Eid wichtiger als das Schicksal einer ganzen Familie?», fragte Graziella eindringlich.

«Ein Schwur ist ein Schwur, daran gibt es nichts zu rütteln», sagte Lucilla endlich.

Graziella überlegte lange, bevor sie erwiderte: «Ein Schwur ist ein Versprechen. Sich daran zu halten, ist Ehrensache. Aber steht die Ehre über allem? Steht deine persönliche Ehre oder die Ehre unserer Familie wirklich über allem?»

Ihre Mutter schwieg wieder.

«Du bist über siebzig, *mamma.* Dein Versprechen ist wahrscheinlich Jahrzehnte alt. *Papà* ist tot. Wie würde er entscheiden, wenn er noch am Leben wäre? Würde er die Ehre stärker gewichten als das Schicksal einer ganzen Familie?»

Lucilla stand erregt auf und rang die Hände. «Lass *papà* aus dem Spiel, hörst du? Die Geschichte hat ihn zeitlebens belastet, er hat nie aufgehört, darunter zu leiden. Aber er hat geschwiegen. Weil er musste. Er hatte keine Wahl.»

«*Papà* ist tot», erwiderte Graziella. «Er hatte vielleicht wirklich keine Wahl. Aber hast du tatsächlich auch keine, *mamma*?» Sie beobachtete, dass die Hände ihrer Mutter zitterten.

Diese bemerkte es ebenfalls. Sie stützte sich auf die Stuhllehne und hielt sich mit aller Kraft fest, um dem Zittern Herr zu werden. «Mazzotta war kein guter Mensch. Er war böse. Er war ehrgeizig und ist vorwärtsgekommen, hat Geld gemacht. Aber das Wichtigste verlor er: Sein Sohn starb jung, seine Frau verliess ihn, seine Tochter redete viele Jahre lang nicht mit ihm. Das Schicksal hat für Gerechtigkeit gesorgt.

Wie auch immer er sich versündigte: Er hat für seine Taten gebüsst. Das Leben bestrafte ihn hart. Nicht einmal Mazzotta verdient es, nicht in Frieden ruhen zu dürfen.»

Graziella wusste, dass es nichts mehr zu sagen gab. Schweigend löffelte sie den Rest ihrer Süssmostcreme. Sie schien ihr plötzlich keinen Geschmack mehr zu haben.

Elvira, die Neuzuzügerin im Altersheim, war am Vortag nicht in der Cafeteria gewesen. Rösli hatte den beschwerlichen Weg umsonst unter die Räder des Rollators genommen. Sie hatte mit der Klatschbase vom ersten Stock und deren Besucherin einen Kaffee getrunken in der Hoffnung, etwas Nützliches zu erfahren. Diese paar Franken hätte sie sich sparen können. Sie hatte einige gehässig kommentierte Gerüchte vernommen, die sie zwar noch nicht gekannt hatte, die sie allerdings auch nicht die Bohne interessierten. Wieder auf ihrem Stockwerk angekommen, hatte sie die Pflegerin gefragt, was mit Elvira los sei, ob es ihr gut gehe. Das Huhn hatte ihr schnippisch geantwortet, es dürfe keine Auskunft über andere Bewohner geben, und bestätigte damit einmal mehr, was Rösli von ihr hielt. Als endlich eine andere Diensthabende auftauchte, erfuhr sie, dass Elvira starke Schmerzen im Kreuz habe, die in ihr Bein ausstrahlten. Sie müsse liegen, bis es besser werde, sie könne nicht aufstehen und sei erschöpft. Rösli hatte von einem Besuch abgesehen und gehofft, dass sich Elvira rasch erhole.

Jetzt, einen Tag später, hatte dieselbe Pflegerin ihr mit Freude verkündet, Elvira sei wohlauf, die Medikamente würden Wirkung zeigen. Das Mittagessen habe sie noch im Bett eingenommen und anschliessend ein Schläfchen gemacht, jetzt aber den Wunsch geäussert, in die Cafeteria gebracht zu werden. Sofort machte sich auch Rösli auf den Weg.

Erneut war Emanuele Santacaterina zugegen. Ob er der Grund war, dass Elvira genug Energie hatte mobilisieren können für den Gang in die Cafeteria? Er besuchte sie jede Woche, immer am gleichen Tag.

«Schön, dass du wieder munter bist», begrüsste Rösli die andere Frau.

«Ging es dir nicht gut?», erkundigte sich Emanuele.

«Ach, die Schmerzen im Kreuz. Nicht der Rede wert. Zwei, drei Pillen, dann waren sie weg.»

Rösli vermutete, dass das masslos untertrieben war. Wie viele Leute ihrer Generation hatte Elvira sich und ihre Familie zeitlebens selbst behandelt, so lange es irgendwie ging. Ein Hausmittel da, einen Schnaps dort, kühlende Salben oder warme Wickel, irgendetwas half fast immer.

Auch Emanuele schien zu ahnen, dass es Elvira weit schlechter gegangen war, als sie zugab, aber er insistierte nicht. Lieber erzählte er die Neuigkeiten, die ihm zu ihren gemeinsamen Bekannten einfielen. Ein Bandscheibenvorfall, ein neues Enkelkind, jemand plante eine grosse Reise mit dem Wohnmobil und ein anderer wanderte nach Kroatien aus.

«Kroatien! Dort reden sie doch Kroatisch!», rief Elvira.

«Das ginge noch», meinte Emanuele, «aber sie essen kroatisch!»

Rösli lachte. «Ihr esst sowieso italienisch, wo auch immer ihr lebt, das werden die auch nicht anders machen.»

«Stimmt», lenkte Elvira ein und schmunzelte. «Und wo auch immer wir leben und kochen, essen nachher alle anderen auch italienisch.» Sie wandte sich an Emanuele. «Gibt es Neuigkeiten zu Gerardo Mazzotta?»

Emanuele schüttelte den Kopf. Er erzählte, was auf der Strasse geschwatzt wurde: Dass es in Davos einen unerwarteten Erben gebe und dass die Polizei Silvia Häberli-Mazzotta im Visier habe.

Elvira winkte ab. «Das wissen wir schon längst!»

Emanuele hob fragend eine Augenbraue.

«Rösli hat das alles herausgefunden. Sie hat einen Urenkel im Internet.»

«Im Internet?», fragte er verwirrt.

«Ich habe einen Urenkel, der sich im Internet auskennt. Ich stelle ihm meine Fragen, er stellt sie Google, und dann mailt er mir die Antworten», erklärte Rösli.

«Das muss ein aufgeweckter Urenkel sein», meinte Emanuele.

«Oh ja, Simon ist ein toller Bursche», versicherte Rösli stolz, fügte dann aber ehrlicherweise hinzu: «Naja, es funktionierte nicht auf Anhieb gut. Beim ersten Versuch schickte er mir alle möglichen Fakten: Adressdaten, Geburtstage, Einträge im Handelsregister und im Grundbuch. Als ich ihm erläuterte, das sei nicht, was ich brauche, setzte er sich nochmals hin und schickte neue Informationen, allerdings zur falschen Firma, er hatte etwas verwechselt. Beim dritten Versuch sandte er mir eine Liste mit unverständlichem Zeug, blau unterstrichen. Jemand von der Pflege sagte, das seien Links, und half mir, sie zu benützen. Eine mühselige Arbeit. Aber jetzt hat er es begriffen, er hat mir zu jedem Gründer der Süsswaren Thusis AG eine Akte erstellt.»

«Und? Hast du etwas Interessantes entdeckt?», fragte Emanuele.

«Nein», musste Rösli zugeben. «Jörimann wäre bestimmt in einer Bibliothek oder einem Archiv alt geworden, wenn er nicht Transpörtler hätte werden müssen, aber das ist ja nichts Neues. Genauso wenig wie, dass Demont ein guter Verkäufer und ein geselliger Mensch ist.»

«Was steht über Wasescha drin?», fragte Elvira.

«Sein Dossier habe ich noch nicht gelesen», bedauerte Rösli.

«Wasescha war immer ein wenig ein Mehrbesserer», meinte Emanuele. «Demont ist es egal, wer mit ihm am Stammtisch sitzt, Hauptsache, er hat Gesellschaft. Jörimann war immer gern selbst im Lastwagen unterwegs, dann war er ein Fahrer wie alle anderen auch. Wasescha war der einzige, der darauf achtete, sich in seinen Kreisen zu bewegen.»

«Weisst du noch mehr über die drei?», fragte Rösli hoffnungsvoll, wurde aber enttäuscht. Emanuele konnte zwar die eine oder andere Anekdote mit hohem Unterhaltungswert beisteuern, aber nichts, was sie zum Nachdenken anregte.

Zurück in ihrem Zimmer nahm sie das Tablet zur Hand. Sie sollte den Bericht über Wasescha lesen, fühlte sich aber zu matt. Als sie den Posteingang öffnete, entdeckte sie eine neue Nachricht. Und was für eine erfreuliche! Ihr Jüngster, Lars, der in Schweden lebte, kündigte seinen Besuch an. Rösli war überglücklich, die Müdigkeit verflog im Nu. In dieser Hochstimmung hatte sie allerdings keine Lust, sich dem dritten Gründer der Süsswaren Thusis AG zuzuwenden. Stattdessen vermerkte sie den Termin, an dem Lars in Zürich landen würde, gross in ihrem Kalender. Danach kramte sie ein altes Fotoalbum hervor und schwelgte in Erinnerungen an ihre Jahre im Norden, bis sich die Müdigkeit wieder bemerkbar machte und sie in ihrem Stuhl einnickte.

Walter Buess lag einmal mehr schweissgebadet auf seiner Terrasse im Liegestuhl und griff nach dem Wasserkrug, um sein Glas ein weiteres Mal zu füllen. Nachdem er es in einem Zug geleert hatte, nahm er die wöchentlich erscheinende Lokalzeitung zur Hand. Wie die überwiegende Mehrheit der

Einwohnerschaft las er das «Pöschtli», so nannte sich das Blatt, äusserst aufmerksam durch. Auf Seite vierzehn entdeckte er einen Nachruf auf Gerardo Mazzotta, verfasst vom gegenwärtigen Direktor der Süsswaren Thusis AG. Buess vertiefte sich in die Lektüre.

«Mazzotta wanderte 1970 aus Apulien in die Schweiz ein, er war fünfundzwanzig Jahre alt. Er fand eine Stelle auf dem Bau und fiel bald als fähiger und strebsamer Arbeiter auf», stand da. Der Autor schilderte die Geschichten aus dieser Zeit, die Mazzottas Bekannte alle mehr als einmal gehört hatten: Die Baumaschine, die fast in den Rhein stürzte, als der Grund am Ufer nachgab. Der Bau des Hochhauses, der für alle Beteiligten eine besondere Herausforderung war. Die geselligen Abende und Wochenenden beim Fussball- oder beim Bocciaspielen. «Mazzotta war fünf Jahre in der Schweiz, als er Ruth Loretz heiratete.» Der dunkle Südländer und die kühle, blonde Einheimische, auch das wusste Buess bereits. «Ein Jahr später wurde die Tochter Silvia geboren, zwei Jahre nach ihr der Sohn Robert. In dieser Zeit wurde die Süsswaren Thusis AG gegründet. Mazzotta kehrte dem Bau den Rücken und stieg bei der Firma ein. Er war zuständig für die Bauten.» Buess überflog, was es alles zu bauen gegeben hatte, auch nach dem Bezug des Firmengebäudes. In den folgenden Jahren wurden Wohnblocks für die Angestellten errichtet, der Fabrikladen angebaut, Parkplätze für die Angestellten geschaffen, das Lager erweitert, ein Bürotrakt erstellt. Danach zählte der Autor Details zu Mazzottas Tätigkeit auf, die Buess weniger interessierten. Sein Privatleben streifte er leider nur knapp. Den Tod des Sohnes im Alter von vierundzwanzig Jahren erläuterte er nicht weiter. Buess wusste auch so, wie wohl die meisten Leserinnen und Leser, dass Robert drogenabhängig gewesen war. Die unmittelbar darauf erfolgte

Scheidung von Ruth wurde nur in einem Nebensatz erwähnt. «Die letzten zwei Jahre seines Lebens verbrachte er im Altersheim, wo ihm eine beispielhaft gute Pflege zuteilwurde», und so weiter und so weiter. Walter Buess ging den Rest durch, der sich als eine einzige Lobhudelei herausstellte.

Er stöhnte und legte die Zeitung weg. Wie viel interessanter wäre all das gewesen, was im Nachruf ausgelassen wurde! Die Verhältnisse in der Familie Mazzotta-Loretz, als es in der Ehe zu kriseln begann, Mazzotta immer wieder fremd ging, der Sohn auf die schiefe Bahn geriet. Das Zerwürfnis mit seiner Tochter, die jahrelange Funkstille zwischen Silvia und ihrem Vater. Die Ecken und Kanten in seinem Charakter, die für die Aufklärung des Verbrechens an ihm weit hilfreicher gewesen wären als seine glatten, umweltverträglichen Seiten.

Sidonia trat mit einer Schale voller Kirschen auf die Terrasse. Walter Buess lief das Wasser im Mund zusammen, als er genüsslich hineingriff.

«Ein nichtssagender Bericht», stellte sie fest und deutete mit dem Kinn auf die Zeitung. «Warum schreiben sie nicht, wie er wirklich war?»

«Um ihm ein ehrendes Andenken zu bewahren, vermute ich», seufzte Buess.

«Das ist heuchlerisch. Alle wissen, dass er nicht deshalb umgebracht wurde, weil er nirgendwo aneckte.»

«Wie hättest denn du seinen Nachruf geschrieben?», fragte Buess neugierig.

Sidonia überlegte. «Ich hätte erwähnt, dass er ehrgeizig war. Dass er sowohl im Beruf als auch in der Familie seine Interessen an die erste Stelle setzte, ohne Rücksicht auf Verluste. Dass er sich demzufolge auch Feinde machte.»

«Denkst du, dass ihn jemand aus seinem beruflichen Umfeld umgebracht hat?»

«Das weiss ich nicht, woher auch. Ich sage nur, dass es ehrlicher wäre, ihn zu schildern, wie er war.» Sidonia suchte in der Fruchtschale, bis sie drei Kirschen an einem Stiel fand. «Im Tirol gibt es ein Museum mit ehrlichen Grabinschriften.»

«Zum Beispiel?»

«Zum Beispiel: ‹Hier ruht Franz Josef Matt / der sich zu Tod gesoffen hat.›»

Buess lachte. «Ich weiss nicht, ob der Franzl und seine Angehörigen damit glücklich sind.»

«Wieso nicht?» Sidonia blieb ernst. «Sie werden es ohnehin nie vergessen.»

«Das stimmt», meinte Buess mit vollem Mund. «Leider ist bei Mazzotta der Zusammenhang zwischen seinen Eigenschaften und seinem Tod nicht so direkt ersichtlich wie bei diesem Franz.»

«Falls ihn wirklich seine Tochter wegen des Geldes auf dem Gewissen hat, sind Ursache und Wirkung sogar sehr direkt ersichtlich.» Sidonia dachte nach. «‹Die Tochter wollte, dass er sterbe / weil sie gierte nach dem Erbe.›»

Walter Buess prustete los. «Hast du noch mehr solche Kostproben?»

Sidonia grinste. «Für Emanuele vielleicht?» Sie überlegte. «‹Die Radieschen in seinem Garten / wollten nicht länger auf ihn warten.›»

Ihr Mann, der eben die letzte Kirsche ergattert hatte, verschluckte sich prompt am Stein.

Sie klopfte ihm ein paarmal auf den Rücken und bemerkte trocken: «‹Beim Essen ihn der Tod ereilte / weil er es nicht mit anderen teilte.›»

Julia hatte den Vormittag ihres freien Tages genutzt, um ein fremdländisches Rezept auszuprobieren. Joe hatte begeistert zugestimmt, zum Mittagessen nach Hause zu kommen. Für den Fall, dass er von der ungewohnten Kost enttäuscht wäre, hatte sie das Menü mit einer Beeren-Quark-Creme ergänzt, die er liebte und die einheimischer nicht sein konnte. Joe fand den Hauptgang, den sie ihm vorsetzte, allerdings schmackhaft. Er lud sich drei Mal den Teller voll und stürzte sich anschliessend freudig auf das Dessert.

Beim Kaffee griff er zum «Pöschtli». «Ein Nachruf auf Gerardo Mazzotta», bemerkte er. «Hast du ihn gelesen?»

«Ja. Er enthält nichts, was wir nicht bereits wissen.»

Joe löffelte fleissig und kleckerte rote Creme auf das «Pöschtli». «Wie geht es Miss Marple?»

«An sich gut», antwortete Julia. «Mit ihren Ermittlungen scheint sie allerdings etwas festzustecken.»

«Kein Wunder», meinte Joe. «Die Wahrscheinlichkeit, dass die Tochter Mazzotta auf dem Gewissen hat, ist riesig. Wenn es so ist, werden die Basler die Lorbeeren ernten, nicht Rösli.»

«Das ist ihr klar. Sie fährt nicht auf dieser Schiene, das überlässt sie der Polizei», erklärte Julia. «Sie nutzt jede Gelegenheit, um sich mit anderen Leuten über Mazzotta zu unterhalten, und macht sich dazu ihre Gedanken. Wer weiss, ob sie etwas ans Tageslicht befördert.»

«Wohl kaum.» Joe kratzte den letzten Rest aus der Dessertschale. «Aber wer weiss! Hartnäckig, wie sie ist, entdeckt sie vielleicht sogar etwas.»

«Unbestritten ist, dass es ihr guttut. Und nicht nur ihr: Auch die Italienerin, die vor ein paar Wochen eingezogen ist, beteiligt sich am Detektivspiel. Elvira heisst sie. Jede Woche bekommt sie Besuch von Emanuele Santacaterina. Auch er rätselt mit.»

«Oho!», rief Joe. «Eine Romanze im Altersheim?»

«Lass den Quatsch», wies ihn Julia zurecht. «Sie kennen sich, seit sie hier leben, und haben eine gemeinsame Vergangenheit, weil sie beide aus Italien eingewandert sind.»

Joe nickte zerknirscht, dann hellte sich sein Gesicht auf. «Vielleicht hofft Miss Marple, im Umfeld der italienischen Immigranten einen Hinweis zu entdecken?»

«Das ist durchaus möglich. Sie lässt jedenfalls nicht locker.»

Auch Rösli widmete sich dem Lokalblättchen. In der Tageszeitung waren einzig die Todesanzeigen von vergleichbar hohem Interesse. Trump und Merkel konnten warten, solange sie nicht über die Neuigkeiten aus der Region informiert war.

Begierig las sie den Nachruf auf Gerardo Mazzotta, nur um das «Pöschtli» danach frustriert von sich zu schieben. Was für ein Gesäusel! Nur Lob und Ehre. Seine Taten und Erfolge wurden aufgezählt, aber sein Charakter, der sie erst möglich machte, wurde beiseitegelassen. Der Verfasser hatte offenbar keinesfalls jemandem auf die Füsse treten wollen.

Sie seufzte und studierte die Zeitung bis zur letzten Seite. Danach blätterte sie erneut nach vorne zum Nachruf und las ihn aufmerksam ein zweites Mal. Obschon sich ihr Ärger inzwischen verflüchtigt hatte, konnte sie dem Text nicht viel Positives abgewinnen. Er enthielt nichts, was sie nicht bereits wusste.

Da sie nun ohnehin mit Lesen beschäftigt war, nahm sie endlich auch den Bericht über Peter Wasescha zur Hand, den ihr Urenkel Simon für sie verfasst hatte. Ohne grosse Erwartung, etwas Erhellendes zu entdecken, machte sie sich an die Lektüre.

Peter Wasescha war der Sohn einer alteingesessenen Familie aus Thusis, die seit Generationen im Warenhandel tätig war. Wie bei Jörimann, der im Transportunternehmen der Familie gearbeitet hatte, stand auch bei Wasescha zum Vornherein fest, welchen beruflichen Weg er einzuschlagen hatte. Nach einem Welschlandjahr, das er in einem Internat am Genfersee verbracht hatte, besuchte er die Handelsschule in Chur. Die anschliessende Rekrutenschule verbrachte er wiederum in der französischen Schweiz, wo er Colette kennenlernte. Im Herbst 1967, im Alter von nur zwanzig Jahren, heiratete er die gleichaltrige Freiburgerin, bereits im folgenden Januar kam ihr Sohn zur Welt.

Rösli griff sich verblüfft an die Stirn. Wie hatte sie diese Ehe vergessen können! Der Skandal war damals in aller Munde. Hüben wie drüben war man gespannt, ob der Familienclan Peter Wasescha mit Schimpf und Schande davonjagen oder sich mit der neuen Schwiegertochter abfinden würde. Schliesslich war Letzteres der Fall, wohl auch, weil ein anderer Nachfolger als Firmenpatron fehlte. An Colette konnte sich Rösli gut erinnern. Die Ärmste war im Tal nie heimisch geworden. Bei ihrer Ankunft sprach sie ausschliesslich Französisch, was bei Weitem nicht alle Einheimischen beherrschten. Sie bemühte sich zwar, Deutsch zu lernen, war aber offensichtlich alles andere als ein Sprachentalent. Dass ihre neuen Bekannten sich darüber hinaus schwertaten, aus Rücksicht Hochdeutsch zu sprechen, machte ihr das Leben zusätzlich schwer. Vor dem Bündner Dialekt musste sie kapitulieren, was zur Folge hatte, dass sie nur wenige Bekanntschaften machte und sehr zurückgezogen lebte.

1975 kehrte sie mit ihrem Sohn und der zwei Jahre jüngeren Tochter ins Welschland zurück, hatte Simon weiter herausgefunden. Die Ehe wurde geschieden.

Auch an die Kinder konnte sich Rösli gut erinnern. Sie waren etwas jünger als ihre eigenen, aber da sie im gleichen Quartier in Thusis aufgewachsen waren, hatten sie oft zusammen gespielt. Ihr jüngster Sohn Lars und Jean-Claude Wasescha hatten sich gut verstanden, trotz des Altersunterschieds von fünf Jahren. Jean-Claude hatte den älteren angehimmelt, er war ein treuherziger, netter Junge gewesen. Nach seinem Umzug in die Westschweiz im Alter von sieben Jahren hatte sie nie wieder etwas von ihm gehört.

Rösli las weiter. Wasescha zeichnete sich schon früh durch seinen guten Geschäftssinn aus. Lange vor allen anderen sah er das Potenzial, das im unbebauten, flachen Talboden steckte. Er entwickelte die Idee, dort eine Süsswarenfabrik zu erstellen, und verfolgte sie zielstrebig. In Eduard Demont fand er bald einen geeigneten Partner, Viktor Jörimann stiess etwas später dazu. Das kühne Projekt wurde Realität. Die Verhandlungen mit der Gemeinde, um die notwendigen Bewilligungen für den Bau und Betrieb zu bekommen, sowie der Landkauf von verschiedenen Grundeigentümern nahmen über zwei Jahre in Anspruch. 1977 dann das grosse Ereignis: Die Fabrik konnte eingeweiht werden.

Röslis Augen flogen weiter über den Text, aber sie erfasste die Bedeutung dessen, was sie las, nicht mehr. Ihr Herz raste, ihre Hände zitterten. Sie rang nach Atem und spürte, dass sie trotzdem nicht genug Luft in ihre Lungen bekam. Das Zimmer begann sich um sie zu drehen. Mit letzter Kraft griff sie nach dem Alarmknopf.

11

Wieder bemerkte Erich Eichenberger, wie er sein Spiegelbild anlachte, und bemühte sich erneut erfolglos, seine Gesichtszüge zu kontrollieren. Diesmal spiegelte er sich in einem Fenster des Zugs von Basel nach Chur. Was für ein Tag! Erich befand sich im Hoch, er hatte keine Ahnung, wie er je wieder auf dem Boden landen sollte.

Zuerst hatte er sich mit seiner Halbschwester, Silvia Häberli-Mazzotta, getroffen. Ein Büro vom Feinsten hatte sie, mit prachtvoller Aussicht über die Dächer der Stadt. Klimatisiert, es verstand sich von selbst, dass ihr die Hitze nichts anhaben konnte. Die Büros waren fast alle leer, er hatte ja auf einem Treffen am Samstag bestanden. Der Geschäftspartner, Wendelin Wagner hiess er, war allerdings ebenfalls im Haus gewesen und hatte ein paar freundliche Worte mit Erich gewechselt.

Und dann der Hammer: Seine Halbschwester hatte ihm ein Geschäft vorgeschlagen. Von Kredit und Beteiligung hatte sie gesprochen, von Dividenden, Zinsen, Steuern und Mitspracherecht. Innert Kürze war Erich so verwirrt, dass er den Faden verlor. Die Quintessenz ihres Vortrags war ihm indessen sonnenklar: Sie brauchte fünfhunderttausend Franken. Er hatte fünfhunderttausend Franken. Und nochmal so viel.

Er hatte sich mit aller Kraft bemüht, seine Gesichtszüge nicht entgleisen zu lassen. Scheinbar entspannt hatte er sich im Besucherstuhl zurückgelehnt und ihr zugehört. Als sie zum Schluss kam, hatte er eine Weile geschwiegen. Das Geschäft sei eine interessante Option, hatte er endlich geantwortet. Er werde es mit seinem Anwalt besprechen.

Jetzt konnte Erich das Lachen nicht mehr zurückhalten. Die ältere Frau im gegenüberliegenden Abteil warf ihm einen befremdeten Blick zu. Mit seinem Anwalt! Als ob er je mit einem zu tun gehabt hätte, er kannte kaum einen Vertreter dieses Berufsstands. Aber der Satz hatte sich gewichtig angehört. In Tat und Wahrheit würde er sich mit seiner Mutter beraten und vielleicht noch mit dem Treuhänder, der ihr jeweils die Steuererklärung ausfüllte. Silvia Häberli-Mazzotta hatte ihm eine hübsche Mappe überreicht, die alle Unterlagen enthielt. Beträge, Varianten, Konditionen, alles stand da.

Gern hätte er das Bürogebäude hüpfend verlassen, aber er hatte sich um einen gemessenen Schritt bemüht. Erst als er um zwei Hausecken gebogen war, hatte er sich einen kleinen Luftsprung erlaubt. Erich Eichenberger, Gemeindeangestellter und Geschäftsmann!

Seine Euphorie hatte er an einem Glacéstand mit vierzehn Sorten zur Auswahl abgekühlt, bevor er seine zweite Basler Mission in Angriff nahm. Tags zuvor hatte er wie jeden Morgen beim Einkauf in der Bäckerei mit der Verkäuferin geplaudert und ihr von seinem bevorstehenden Ausflug nach Basel erzählt. Sogleich hatte sie ihm von einer Confiserie vorgeschwärmt, die selbst Schokolade herstellte, und dass es ihr besonders deren Orangenschokolade angetan habe. Das war der Steilpass, auf den Erich gewartet hatte. Er war mit dem Tram zu diesem Laden gefahren und hatte sich eine exquisite Auswahl verschiedener hausgemachter Schokoladen zusammenstellen und als Geschenk verpacken lassen.

Am Montag würde ihre Bekanntschaft in eine neue Phase eintreten. Er spürte es in seinem Innersten, dass sein Leben vor einer entscheidenden Wende stand. Versonnen pfiff er eine Melodie vor sich hin, bis sich die Frau im Nebenabteil demonstrativ räusperte. Danach summte er mit einem Lächeln auf den Lippen ein anderes Lied.

«Herrlich, dieser Sommer!» Eduard Demont wischte sich den Schweiss von der Stirn und griff zum Wasserglas, das er sich zu seinem Kaffee im Café «Gyger» hatte servieren lassen. «Wie man in dieser Hitze wandern gehen kann, ist mir allerdings ein Rätsel.»

«Wasescha wird irgendwo in der Höhe sein, dort ist sie eher auszuhalten», meinte Viktor Jörimann. «Oder in der Schlucht, dort, wo die Sonne nicht bis zum Grund reicht.»

«Auch in der Raststätte ist es angenehm, dort gibt es eine Klimaanlage», ergänzte Demont. «Wir haben zurzeit viel zu tun. Jetzt in der Hochsaison ist das Geschäft eine Goldgrube.»

«Weisst du etwas Neues zum Mord an Mazzotta?»

Demont schüttelte den Kopf. «Die Ermittlungen scheinen harzig zu laufen. Es heisst, die Basler Polizei sei in Silvias Umfeld am Ermitteln, sie ist offenbar die Verdächtige Nummer eins. Allerdings läuft sie immer noch frei herum.»

«Glaubst du wirklich, dass sie ihren Vater ermorden liess?», fragte Jörimann nachdenklich. «Dieser Verdacht ist dermassen ungeheuerlich, ich kann einfach nicht glauben, dass es sich so zugetragen hat.»

«Es ist schwer zu glauben, da gebe ich dir recht.» Demont biss in die kleine Schokolade. «Aber überlege dir mal: Sie hat ein starkes Motiv. Sie ist ehrgeizig und skrupellos wie ihr Vater, wenn es sein muss. Würdest du wirklich die Hand ins Feuer legen, dass sie unschuldig ist?»

Jörimann schwieg. «Nein», antwortete er schliesslich widerwillig.

«Siehst du?», triumphierte Demont. «Dazu kommt ein weiterer Aspekt: Ich sehe weit und breit keinen anderen möglichen Täter. Nicht einmal einen weiteren Grund, warum jemand Mazzotta ermordet haben könnte. Geld ist ein starkes Motiv.»

Jörimann antwortete mit einem zögerlichen Nicken. Plötzlich fuhr er auf. «Stell dir vor, der Fall wird nie gelöst? Dann wird sich Silvia nie mehr vom Verdacht befreien können. Sie wird ihr Leben lang die mögliche Vatermörderin sein.»

«Das wäre tatsächlich schlimm», stimmte Demont zu. «Allerdings nur, wenn sie unschuldig ist. Andernfalls ist dieser Makel wohl das kleinere Übel, als im Gefängnis zu landen.»

«Ich kann es trotz allem nicht glauben.» Jörimann rang die Hände. «Ihre Familie geht ihr über alles, darin schlägt sie ihrer Mutter nach, der schönen Ruth. Stell dir vor, mit welcher Last ihre Kinder durchs Leben gehen, wenn ihre Mutter die überführte oder die stark verdächtige Vatermörderin ist. Ich bin sicher, dass sie dieses Risiko nie eingegangen wäre.»

«Du hast selbst gesagt, du kannst nicht mit voller Überzeugung behaupten, dass sie unschuldig ist», hielt Demont entgegen.

«Ich kann nicht meine Hand ins Feuer legen, dass sie nie jemanden umbringen würde, das stimmt.» Jörimann schaute seinen Kollegen eindringlich an. «Aber ich bin der festen Überzeugung, dass sie niemals ihre Familie gefährden würde. Niemals!»

Als Erstes nahm Rösli den Duft wahr. Wo war sie? Warum roch es so intensiv nach Lavendel? Sie versuchte, die Augen zu öffnen, war aber zu matt dazu. Sie befand sich nicht im Freien, so viel stand fest. Der Lavendelduft musste im Haus sein. Befand sie sich in ihrer Wohnung in Thusis? Sie realisierte, dass jemand sprach. Lars, ihr jüngster Sohn? Warum hielt er ihre Hand, und weshalb strich er ihr übers Gesicht? Sie konnte zwar die Worte nicht erfassen, realisierte aber, dass es eine Frauenstimme war, die sprach. Nicht Lars. Immer die gleiche Stimme. Mit wem sie wohl sprach? Rösli gab auf, sie liess sich erneut vom Schlaf davontragen.

Das nächste Mal, als sie ihre Umgebung wahrnahm, fühlte sie sich bereits etwas klarer. Sie wusste wieder, dass sie ihre Wohnung vor einigen Jahren aufgegeben hatte und nun im Altersheim lebte. Es war ihr klar, dass sich Lars in Schweden aufhielt, nicht hier. Geweckt hatte sie offenbar die Tür, die geöffnet worden war. Sie lag in ihrem Bett, die Pflegerin ergriff ihre Hand und strich ihr sanft über die Stirn. Erleichterung durchströmte Rösli. Was für ein beruhigendes Gefühl, gut aufgehoben zu sein. Ihre Augenlider flatterten, sträubten sich aber immer noch dagegen, sich zu heben.

«Wie fühlen Sie sich, Frau Sjögren?», fragte die Pflegerin leise.

Das Huhn. Rösli empfand tiefe Dankbarkeit. Trotz aller gegenseitigen Antipathie konnte sie sich darauf verlassen, dass sich Rebecca gut um sie kümmerte. «Mässig», antwortete sie müde. «Danke», fügte sie hinzu und drückte ganz leicht die Finger, die ihre Hand umfassten.

«Hier, nehmen Sie einen Schluck Tee.»

Rösli fühlte eine Schnabeltasse ihre Lippen berühren. Sie verabscheute Tee. Was das für ein Kraut sei, wollte sie fragen, brachte aber nur ein fragendes «Hm?» zustande.

«Baldrian», antwortete die Pflegerin lächelnd. «Das beruhigt. Ausserdem haben wir Lavendelöl aufgestellt, das hat dieselbe Wirkung.»

Warum ums Himmels Willen brauchte sie etwas Beruhigendes? Noch dazu ein ganzes Arsenal? Rösli konnte sich keinen Reim darauf machen. Wie spät es wohl war? War es Tag oder Nacht? Warum lag sie überhaupt im Bett und wurde umsorgt, als wäre sie krank? War sie tatsächlich krank? Es war zum Verzweifeln. Tausend Fragen stürmten auf sie ein, aber sie hatte nicht die Kraft, auch nur eine einzige zu stellen. Sie streckte die Waffen und liess die Arzneien ihre Wirkung tun.

Als sie das dritte Mal erwachte, fühlte sie sich ausgeruht. Wieder nahm sie sofort den intensiven Duft nach Lavendel wahr. Sie schaute sich im Zimmer um. Es war hell, aber nicht mehr sonnig und heiss, also wahrscheinlich Abend. Oder Morgen? Ihrem knurrenden Magen nach wäre das durchaus möglich gewesen, aber die Geräusche, die von draussen hereindrangen, deuteten auf abendliche Geschäftigkeit hin. Rösli drückte den Knopf, mit dem sich das Kopfteil ihres Bettes aufrichten liess, und griff nach dem Teebecher. Ein Kaffee wäre ihr lieber gewesen. Oder ein Schnaps, das half immer.

Noch immer war ihr nicht klar, was vorgefallen war. Ob sie wohl einen Hitzschlag erlitten hatte? War ihr am Nachmittag in der Cafeteria übel geworden? Nein, erinnerte sie sich, sie war gar nicht in der Cafeteria gewesen. Ihr Blick fiel auf den Tisch vor ihrem Sessel. Und auf das «Pöschtli», das darauf lag.

Schlagartig war ihr alles wieder gewärtig. Mazzottas Nachruf. Die Jahreszahlen. Silkes Beobachtungen. Der Bau der Süsswarenfabrik. Rösli spürte, wie sich ihr Puls beschleunigte und ihr Atem flach wurde. Sie bemühte sich, tief ein- und auszuatmen, sie durfte nicht wieder zusammenbrechen. Sie trank den letzten Rest Tee und liess sich zurücksinken. Langsam zählte sie von hundert rückwärts. Und wirklich, ihr Herzschlag normalisierte sich allmählich, ihr Atem ging ruhiger.

Halb acht. Für einmal dachte sie beim Erfassen dieser Uhrzeit nicht an die Tagesschau, die um diese Zeit ausgestrahlt wurde. Vielmehr stellte sie erleichtert fest, dass es noch nicht spät und wohl noch niemand am Schlafen war. Sie musste Elvira sprechen. Sofort. Energisch drückte sie den Klingelknopf.

Das Huhn erschien postwendend. Sie grinste erleichtert, als sie Rösli beinahe in alter Frische im Bett sitzen sah. «Wie ich sehe, geht es Ihnen besser», stellte sie fest. «Wie fühlen Sie sich?»

«Immer noch matt, aber es geht schon wieder», gab Rösli Auskunft. «Hören Sie, Sie müssen mir helfen.»

«Selbstverständlich. Haben Sie Hunger? Soll ich Ihnen Ihr Abendessen bringen?» Sie prüfte den Inhalt der Schnabeltasse. «Und frischen Tee wohl auch. Oder mögen Sie lieber etwas Kaltes? Wasser? Eistee?»

«Gern mein Abendessen, ich habe einen Bärenhunger. Und Kaffee dazu. Und, Rebecca», fügte sie hinzu, «bitte bringen Sie Elvira zu mir!»

Das Gesicht der Pflegerin verschloss sich. «Ich denke nicht, dass Sie schon wieder fit genug sind für ein Plauderstündchen. Ruhen Sie sich aus heute Abend, das ist besser.»

«Bitte, Rebecca, es ist wichtig!», flehte Rösli.

«Glauben Sie mir, Sie brauchen Ruhe.» Das Huhn blieb hart. «Sie können Elvira morgen treffen, das ist früh genug.»

Rösli blieb stumm. «Es ist wichtig», wiederholte sie endlich. «Ich muss Elvira sehen. Ich will nicht mit ihr plaudern, ich muss sie etwas fragen. Etwas von grosser Bedeutung. Und es eilt. Bitte, Rebecca, tun Sie mir den Gefallen.»

Die Pflegerin seufzte. «Andernfalls geben Sie wohl keine Ruhe, richtig?»

Rösli neigte den Kopf.

«Also gut. Entgegen meiner Überzeugung, ich werde Elvira fragen, ob sie Sie sprechen möchte.»

Rösli atmete erleichtert auf. «Danke, Rebecca», sagte sie aus tiefstem Herzen und lehnte sich in ihr Kissen zurück.

Lucilla Tataranni stand am Grab ihres vor sechs Jahren verstorbenen Gatten und fragte ihn stumm um Rat. Wie so oft, wenn sie sich über etwas klar werden musste, führte sie in Gedanken ein Zwiegespräch mit Angelo. In der Regel half es ihr, Ordnung in ihre Überlegungen zu bringen und mit seiner Unterstützung eine Entscheidung zu fällen.

Nicht aber an diesem Abend. Die Hitze hatte sich verflüchtigt, im Schatten der grossen Bäume auf dem Friedhof war die Temperatur angenehm und die Luft frisch. Normalerweise war der Besuch von Angelos Grab wie ein Nach-Hausekommen, sie empfand Geborgenheit an der letzten Ruhestätte ihres Gatten. Davon spürte sie nun nichts. Ihre Gedanken bedrängten sie, sie stürzten wild durcheinander auf sie ein. Selbst Angelo brachte es nicht fertig, Ordnung in das Gewirr in ihrem Kopf zu bringen.

Seufzend ging Lucilla zum Brunnen, um eine Giesskanne zu holen. Sie besuchte die Gräber einiger alter Bekannter und goss sorgfältig die hitzegeplagten Pflanzen. Da und dort entfernte sie eine verwelkte Blume oder etwas Unkraut. Schnecken waren keine in Sicht. Sie fragte sich müssig, wo die sich bei der herrschenden Trockenheit aufhalten mochten.

Dann stand sie wieder vor der Fuchsie auf Angelos Grab. Hilf mir!, flehte sie tonlos. Seit Mazzottas Tod war sie der einzige lebende Mensch auf Erden, der wusste, was sich vor über vierzig Jahren am Ausgang der Viamala zugetragen hatte. Sie hatte Mazzotta zutiefst verachtet. Seit dem Frühsommer 1975 hatte sie nie wieder ein Wort mit ihm gesprochen, sie war ihm aus dem Weg gegangen, hatte die Strassenseite gewechselt, um ihm nicht zu begegnen. Erst siebenundzwanzig Jahre nach der Tragödie hatte sie so etwas wie Gerechtigkeit empfunden. Als kurz nach der Jahrtausendwende Robert Mazzotta an einer Überdosis Drogen starb und sich die schöne Ruth von Mazzotta scheiden liess. Auch wenn das Verhältnis von Robert und seinem Vater konfliktbeladen gewesen war, wusste Lucilla doch, dass Gerardo Mazzotta die Hölle auf Erden erlebt hatte, als er seinen Sohn verlor. Die beiden hatten nie einen guten Zugang zueinander gefunden, dennoch hatten sie starke Familienbande verknüpft. Es gab verschiedene Arten von Liebe. Jene zwischen Vater und Sohn Mazzotta war eine Spielart auf der schillernden Palette der Gefühle gewesen, die nicht sofort als Zuneigung ins Auge fiel. Für Lucilla handelte es sich trotzdem um Liebe, und die Tragödie war für Mazzotta nicht leichter zu ertragen gewesen als für einen Vater, der eine harmonischen Beziehung zu seinem Sohn pflegte.

Deshalb hatte sie damals für sich entschieden, der Gerechtigkeit sei Genüge getan. Mazzotta hatte eine schreckliche Tat begangen, und er hatte einen entsetzlichen Schicksalsschlag erlitten. Für Lucilla hatte er damit genug gebüsst. In den vergangenen siebzehn Jahren hatte sie ihm ohne den leidenschaftlichen Groll begegnen können, der sie vorher mehr als ein Vierteljahrhundert lang gequält hatte.

Und jetzt das. Nicht genug, dass Mazzottas Tod ihre Erinnerungen wieder heraufbeschworen hatte und diese sie aufwühlten. Mit seiner Ermordung stimmte das Gleichgewicht nicht mehr zwischen seinem Verbrechen und seinem Schicksal. Es war nicht richtig, dass er getötet wurde, anstatt im Altersheim seinen Lebensabend verbringen zu können. Das allein hätte ihr indessen wohl kaum den Schlaf geraubt. Schlimm war, dass seine Tochter unter Verdacht stand, ihren Vater getötet zu haben, und ihre ganze Familie fürchterlich darunter litt.

Lucilla wusste, dass Silvia ihren Vater nicht getötet hatte. Es war undenkbar, also konnte es nicht so gewesen sein. Wieder waren es die Familienbande, die ihr diese Sicherheit gaben. Silvia hatte von ihrem Vater zu viele Eigenschaften geerbt, als dass Lucilla Sympathie für sie empfunden hätte. Aber sie achtete Mazzottas Tochter. Lucilla anerkannte, dass sie sich darum bemüht hatte, einen verträglichen Umgang mit ihrem Vater zu finden. Sie war über ihren Schatten gesprungen und hatte es geschafft, dass sie wieder zueinander fanden. Sie hatte ihrem Vater einen Lebensabend im Frieden mit seiner Tochter ermöglicht. Diese Tochter sollte ihren Vater ermordet haben? Lucilla fand den Gedanken absurd.

Angelo!, flehte sie stumm. Sollte sie dem Druck nachgeben, den ihre Kinder auf sie ausübten, und über die damaligen Vorfälle reden? Oder sollte sie dem Schwur treu bleiben und weiterhin schweigen? Verzweifelt stellte sie fest, dass Angelo ihr keine Antwort gab.

Emanuele starrte auf den Bildschirm des Fernsehers. Der Ton war ausgeschaltet, und er hatte keine Ahnung, was gezeigt wurde. Er war zutiefst schockiert.

Elvira hatte ihn angerufen. Sie befand sich in Röslis Zimmer, die ihr zuvor erzählt hatte, was ihr klar geworden war. Die Frauen wollten von ihm wissen, ob er sich aus seiner Zeit als junger Italiener in Thusis an die Vorfälle erinnern könne. Ob es Hinweise gegeben habe, Gemunkel unter den Männern, die ihre Freizeit zusammen beim Fussball oder in Heiris Garten verbracht hätten.

Er war so entsetzt gewesen, dass ihm die Worte gefehlt hatten. Er hatte versprochen, darüber nachzudenken und am nächsten Morgen ins Altersheim zu kommen. Allerdings war er nach der ungeheuerlichen Eröffnung wie gelähmt, er brachte keinen klaren Gedanken zustande. Der tote Fischer am Ausgang der Viamalaschlucht. Heiris Garten. Mazzottas

Karriere bei der Süsswaren Thusis AG. Rösli hatte den Zusammenhang erkannt, genau so musste es sich abgespielt haben. Über vierzig Jahre lang hatte niemand Verdacht geschöpft. Keine Menschenseele hatte die Ereignisse miteinander verknüpft. Es hatte weder böswilliges Gemunkel noch spekulatives Gerede gegeben. Rückblickend betrachtet, erschien es fast unmöglich, in der überschaubaren Gemeinschaft im Tal so einfach mit dem Verbrechen davongekommen zu sein.

Emanuele versetzte sich gedanklich in die damalige Zeit zurück. Sechsundzwanzig war er gewesen. Die wenigen Jahre, die er bereits in der Schweiz verbracht hatte, hatten ihm die Mentalität der Einheimischen noch nicht wesentlich nähergebracht. Er fühlte sich fremd, konfrontiert mit den Vorurteilen der Bevölkerung, verunsichert in seinem Verhalten, das in seiner süditalienischen Heimat normal gewesen war, hier jedoch auf Ablehnung stiess. Er konnte nicht verstehen, dass die Schweizer, denen es damals wirtschaftlich so viel besser ging als den Süditalienern, trotzdem viel weniger Lebensfreude zu empfinden schienen. Es dauerte Jahre, bis er das Wesen der Bündner einigermassen begriff oder ihren Humor verstand, und seinen Landsleuten war es nicht anders ergangen. Folgerichtig hatten sie ihre Freizeit unter sich verbracht, die Annäherung an die Ansässigen fand nur zögerlich statt.

Hatte es damals Gerüchte gegeben? Hinter vorgehaltener Hand geäusserte Andeutungen? Emanuele zermarterte sich das Hirn. Er ging im Geiste die Kollegen durch, mit denen er damals seine Freizeit verbracht hatte. Viele hatte er aus den Augen verloren, einige lebten nicht mehr, manche hatten das Tal nie wieder verlassen, hier eine Familie gegründet, Freunde gefunden.

Während sich im stummen Fernseher ein Beziehungsdrama abspielte, lief in Emanueles Kopf ein anderer Film. Heiris Garten, die fröhlichen Stunden, die sie dort verbracht hatten, bevor er starb. Die Orte, an denen sie Boccia spielten. Er sah die Gesichter vor sich, einzelne Episoden, die er zeitlebens nie vergessen hatte: lustige Szenen, sensationelle Partien, Streitigkeiten, emotionale Ausbrüche. Im Geist ging er die Neudorfstrasse in Thusis entlang, wie sie sich vor über vierzig Jahren präsentiert hatte. Die kleinen Lebensmittelläden, allen voran das italienische Geschäft, das als einziges bis heute bestand und dessen Besitzer inzwischen neunzig Jahre alt war. Es war ein Treffpunkt gewesen. Bei jedem Einkauf hatte sich die Gelegenheit geboten, ein paar Worte mit dem Chef oder mit anderen Kunden zu wechseln, immer öfter auch mit Kundinnen. Nicht wenige der Einwanderer hatten geheiratet. Er selbst war noch ledig, hatte aber bereits Heiratspläne. Ein Jahr später gab es eine Signora Santacaterina, die die folgenden Jahrzehnte an seiner Seite verbrachte, mit ihm drei Kinder grosszog und weitgehend dafür verantwortlich war, dass er auf ein glückliches und erfülltes Leben zurückblicken konnte.

Ob seine *carissima* wohl Gerüchte gehört hatte? Die italienischen Frauen hatten unter sich ebenfalls guten Kontakt gepflegt. Hatte es vielleicht unter den Frauen ein Gemunkel gegeben? Er versuchte sich zu erinnern, welche Frauen 1975 bereits hier gelebt hatten. Ein leises Lächeln umspielte seine Lippen, als die jungen Italienerinnen vor seinem geistigen Auge vorüberzogen: Elisa, Maria, Vittoria, Gina, Lucilla, Sofia …

Emanuele fuhr auf. Lucilla. Sie war Gerardo Mazzotta aus dem Weg gegangen. Sie hatte nie etwas Schlechtes über ihn gesagt. Sie hatte überhaupt nie über ihn gesprochen, und er konnte sich nicht erinnern, dass sie je mit ihm geredet hätte. Mazzotta war für Lucilla Luft gewesen. Emanuele hatte nie weiter darüber nachgedacht, so wenig wie seine Bekannten. Man ging davon aus, dass es wohl eine Meinungsverschiedenheit gegeben hatte, was aber eine Sache zwischen den beiden war und niemand Aussenstehenden etwas anging und kaum Neugier erregte.

Was aber, wenn Lucilla etwas wusste über das Verbrechen? Je länger Emanuele darüber nachdachte, desto weniger unwahrscheinlich kam es ihm vor. Vielmehr liessen ihm einzelne Erinnerungen die Vermutung immer plausibler erscheinen.

Er konnte nicht mehr stillsitzen. Aufgeregt tigerte er im Wohnzimmer hin und her. Inzwischen war es halb zehn, zu spät für einen Besuch bei Lucilla. Diesen musste er auf den Morgen verschieben. Aber wie um alles in der Welt sollte er schlafen diese Nacht? Dazu war er viel zu aufgewühlt. Wie gern würde er jetzt in der Erde graben, in seinem Garten hätte er sich beruhigen können. Aber um diese Uhrzeit war an Gartenarbeit nicht zu denken. In der Wohnung hielt er es indessen nicht mehr aus. Er stürmte aus dem Haus und schlug den Weg ein, der Richtung Rhein führte. Die frische Luft und das zügige Gehen taten ihm gut, allmählich wurde er ruhiger.

Als er schweissnass zum Dorf zurückkehrte, war die Dämmerung der Nacht gewichen. Den grossen Ententeich erahnte er beim Vorbeigehen mehr, als dass er ihn sehen konnte, und er stellte sich vor, wie die Vögel in ihrem Häuschen friedlich schliefen. Er wollte es ihnen gleichtun, auch wenn ihm der Flügel fehlte, unter den er seinen Kopf stecken konnte, um die Welt rundherum zu vergessen. Zuerst allerdings brauchte er eine Dusche, was gemäss Hausordnung um diese Zeit verboten war. Daran würde ihn der Nachbar einen Stock höher bei der ersten Gelegenheit erinnern, die sich ihm bot. Emanuele grinste. Er würde ihm ein Schnippchen schlagen. Um halb neun wollte er bereits bei Lucilla sein, um diese Uhrzeit schlurfte der Fettsack noch in der Unterwäsche in der Wohnung herum. Es würde dauern, bis Emanuele wieder zu Hause war. Der Nachbar würde stundenlang Zeit haben, um sich zu ärgern, und keine Möglichkeit, sich mit einem Streit abzureagieren. Emanuele gönnte es ihm von Herzen und nahm sich vor, das Wasser besonders stark aufzudrehen und beim Duschen *O sole mio* zu trällern.

12

«Hinkebein im Anmarsch», verkündete Camenisch.

Meta schmunzelte. «Schade, dass er die Krücken bald abgeben muss. Inzwischen beherrscht er ihren Gebrauch virtuos.»

Buess trat ein und grüsste seine grinsenden Kollegen. «Ist etwas?»

«Wie lange bist du noch dreibeinig unterwegs?», fragte Camenisch.

«Genau genommen sind es dreieinhalb Beine, ich darf das Knie bereits mehr belasten. Die Stöcke brauche ich noch, aber ich habe gute Neuigkeiten: Ab nächster Woche werde ich nicht nur drei Stunden vormittags arbeiten, sondern zusätzlich zwei am Nachmittag.» Buess strahlte.

Camenisch zog eine Augenbraue hoch. «Wer freut sich wohl mehr darüber, Sidonia oder wir?»

«Sei nett, Junior», wies ihn Meta Schäfer zurecht. «Wir werden gewiss etwas finden, das wir ihm zu tun geben können. Telefondienst, interne Post, Rapportierung ...»

«Ja, ja, und Hundebisse und Nachtruhestörungen, ich weiss. Macht euch nur weiter lustig über ...» Buess unterbrach sich, als er eine Schachtel voller Süssigkeiten auf Metas Schreibtisch entdeckte. «Woher kommen die?»

«Von der Süsswaren Thusis AG.»

«Das sehe ich. Ich meine, wer hat sie euch geschenkt?»

«Niemand», antwortete Meta. «Wir haben sie gekauft, als wir bei den Süsswaren waren.»

«Habt ihr etwas Neues herausgefunden?»

«Ja. Sie machen jetzt Marshmellow-Löwen. Gelbe Köpfe mit brauner Mähne. Scheint der neuste Renner zu sein.»

Buess blickte Camenisch strafend an. «Und im Ernst?»

«Nichts», antwortete Meta.

«Was berichten die Basler?»

«Die Halbkantonspolizei kommt ebenfalls nicht weiter.» Camenisch zuckte die Achseln. «Silvia Häberli-Mazzotta hat mittlerweile tiefe Sorgenfalten, und ihr Musikantengatte ist krankgeschrieben. Aber Resultate haben sie keine vorzuweisen.»

«Auch bei Wendelin Wagner nicht, ihrem Geschäftspartner», ergänzte Meta.

«Was wissen wir über ihn?»

«Er ist zehn Jahre älter als Silvia Häberli-Mazzotta, in den Fünfzigern. Sie hat ihre erste Stelle in seiner Abteilung angetreten, damals waren sie beide bei einer Basler Pharmafirma beschäftigt. Wendelin Wagner hatte bereits mit der Idee geliebäugelt, sich selbstständig zu machen. In Silvia Häberli-Mazzotta fand er die ideale Partnerin dafür. Sie gründeten ihre Zulieferfirma und hatten kontinuierlich Erfolg damit. Ihr Unternehmen wuchs, es gab keine nennenswerten Rückschläge.» Meta überlegte. «Vielleicht sind sie dadurch allzu risikofreudig geworden. Oder sie haben einfach momentan eine Pechsträhne.»

«Die ja mit Mazzottas Tod beendet ist», ergänzte Buess.

«Vorübergehend beendet», korrigierte Camenisch. «Sie wäre beendet, wenn sie ihr Erbe nicht mit Erich Eichenberger teilen müsste. Jetzt haltet euch fest: Erich Eichenberger hat sich in Basel mit seiner Halbschwester getroffen!»

Meta fuhr auf. «Was sagst du da?»

«Die Davoser haben heute Morgen angerufen, bevor du hier warst. Silvia Häberli-Mazzotta hat ihrem Halbbruder ein Geschäft vorgeschlagen. Er soll die Hälfte seines Erbes in ihrer Firma anlegen. Sie hat ihm ein Dossier mit verschiedenen Varianten zusammengestellt, das er diese Woche mit dem Treuhänder seiner Mutter prüfen will.»

«Das ist ja eine überraschende Wende!», rief Buess verblüfft. «Wie stellt sich Eichenberger zu dieser Idee?»

«Sie gefällt ihm. Seiner Mutter auch. Falls der Treuhänder ihm nicht von dem Geschäft abrät, wird er wohl zusagen.»

«Was ihn ausser Lebensgefahr bringen wird», ergänzte Meta.

«Genau», bestätigte Camenisch. «Was aber weder Silvia Häberli-Mazzotta noch Wendelin Wagner vom Verdacht befreit, Gerardo Mazzotta getötet zu haben.»

Julia schob Rösli, auch wenn diese wieder einen frischen Eindruck machte, in einem Rollstuhl in das kleine Sitzungszimmer auf dem gleichen Stock. Dort warteten bereits Elvira, Emanuele Santacaterina und Lucilla Tataranni. Die Hitze im engen Raum war drückend, obschon es noch früh am Vormittag war. Dienstfertig holte Julia einen Krug Wasser und vier Gläser, bevor sie die Tür hinter sich zuzog.

«Danke, Lucilla, für dein Kommen», beendete Rösli das Schweigen.

Lucilla neigte den Kopf. Auf den ersten Blick wirkte sie

ruhig und gefasst. Einzig das Pochen einer Ader an ihrem Hals verriet, wie aufgewühlt sie war. Emanuele hatte am Morgen vor ihrer Tür gestanden und ihr erzählt, was nötig war, um sie zum sofortigen Aufbruch ins Altersheim zu bewegen. Dass Rösli etwas zu den Ereignissen damals am Ausgang der Schlucht herausgefunden habe, hatte er berichtet. Dass es wichtig sei, ihr zuzuhören.

«Was hast du ihr gesagt?», fragte Rösli Emanuele.

«Nicht viel», antwortete dieser. «Am besten schilderst du alles von Anfang an.»

Rösli nickte und goss sich ein Glas Wasser ein. «Gerardo Mazzotta war zunehmend geistig verwirrt. Gedanklich lebte er häufig in einer längst vergangenen Zeit. Er wiederholte die immer gleichen Geschichten: Von den Herausforderungen beim Bau des Hochhauses. Von gefährlichen Situationen auf der Baustelle, wie damals, als der Bagger beinahe in den Rhein stürzte. Von einem Fischer am Ausgang der Viamalaschlucht.» Sie liess ihren Blick zwischen ihrer Zuhörerschaft hin und her wandern. «Mazzotta kam Anfang der Siebzigerjahre in die Schweiz und arbeitete etwa sechs Jahre auf dem Bau. Aufgrund seiner Erinnerungen an die Zeit, als er Bauarbeiter war, die er immerzu wiederholte, gehe ich davon aus, dass er sich gedanklich in diesem Jahrzehnt befand. Daraus schliesse ich, dass sich auch der Vorfall mit dem Fischer in den Siebzigerjahren ereignet hatte.»

Ihr Publikum war mucksmäuschenstill, selbst Emanuele bewegte sich nicht. Lucilla sass da wie versteinert.

«Was erzählte er von diesem Fischer?», fuhr Rösli fort. «Es war immer die gleiche Geschichte, wenn auch in unterschiedlichen Ausprägungen. Im Wesentlichen handelte sie von einem Fischer am Ausgang der Schlucht, von einem roten Pullover, von einem Stein und von viel Blut. Aus zwei

Gründen kann es sich nicht um ein alltägliches Ereignis gehandelt haben, bei dem ein Fischer einen Fang macht und diesen tötet. Erstens trägt ein Fischer keinen roten Pullover, und zweitens blutet ein Fisch nicht besonders stark, wenn man ihm den Kopf einschlägt. Schilderte Mazzotta in Tat und Wahrheit vielleicht nicht, wie ein Fisch totgeschlagen wurde, sondern vielmehr die Ermordung eines Menschen?»

Lucilla wurde blass, ihre Finger verkrampften sich ineinander.

«Ich versuchte mich also zu erinnern, wer in den Siebzigerjahren gewaltsam ums Leben gekommen war. Gewaltdelikte sind ja alles andere als häufig hier. Mir ist kaum eines pro Jahrzehnt bekannt. Ein Tötungsdelikt an einem Fischer am Rhein weckte in mir zunächst keinerlei Erinnerungen.» Rösli hielt inne, bevor sie fortfuhr: «Wohl aber der Tod eines Fischers am Rhein! 1975 ertrank Heiri Zuber beim Fischen am Ausgang der Viamala.»

Niemand sprach.

Rösli gönnte sich eine ein paar Atemzüge lange Pause, dann nahm sie ihre Erzählung wieder auf. «Warum hätte jemand Heiri Zuber ermorden sollen? Heiri war ein liebenswürdiger Mensch, der mit niemandem im Streit lag, Ehemann und glücklicher Vater dreier Töchter. In seiner Person konnte ich keinen Grund finden. Ich überlegte mir also, was sein Tod für Folgen hatte.» Sie blickte in drei gespannte Gesichter. «Heiris Witwe Nora musste selbst für den Lebensunterhalt für ihre Familie sorgen. Vom Schuhmacherhandwerk verstand sie nichts, sie musste die Werkstatt aufgeben. Der winzige Schuhladen war nun ihre einzige Einnahmequelle neben der minimalen Witwenrente. Allerdings hatte sie schon lange vorher erkannt, dass in Thusis der Bedarf nach einem Schuhladen vorhanden war, und ebenso, dass ihr der Schuhverkauf lag. Sie wandelte den Raum, wo früher die Werkstatt war, in einen Verkaufsladen um und vergrösserte ihr Sortiment. Dafür brauchte sie Geld, das sie nicht hatte. Was sie hingegen besass, war eine Wiese, die ihrem Mann viel bedeutet hatte, für sie jedoch nutzlos war. Sie verkaufte Heiris Garten in der Talebene.»

Emanuele konnte nicht mehr stillsitzen. Er rutschte auf seinem Stuhl hin und her, kreuzte die Beine einmal so, dann wieder anders. Erst, als Elvira ihn missbilligend musterte, nahm er sich zusammen.

«Dass sie das tun würde, lag auf der Hand.» Rösli räusperte sich. «Jedermann wusste, dass Heiri und Nora Zuber kein Geld hatten. Weiter war allen klar, dass Nora von einem eigenen Schuhgeschäft träumte, Heiri hatte oft genug davon erzählt. Ein offenes Geheimnis war, dass Nora ihrem Mann seinen Garten zwar von Herzen gönnte, dieser ihr selbst aber nicht viel bedeutete. So dauerte es ein Jahr, bis der Garten in andere Hände überging.»

«An die Süsswaren Thusis AG», warf Emanuele ein.

«Genau. Wir haben also Mazzotta, der vom Tod des Fischers erzählt», fasste Rösli zusammen. «Wir gehen davon aus, dass der Fischer Heiri Zuber war. Dessen Witwe verkauft seinen Garten an die Süsswaren Thusis AG und baut innert kurzer Zeit ein erfolgreiches Schuhgeschäft auf.» Sie schaute Lucilla eindringlich in die Augen. «Ich denke, dass Mazzotta der Mörder Heiri Zubers war.»

Lucilla hielt ihrem Blick stand. Niemand wagte, sich zu bewegen, selbst Emanuele traute sich kaum zu atmen. Die vier Personen am Tisch schienen erstarrt zu sein.

Elvira war es, die die Spannung löste. «Lucilla, ich habe den Verdacht, dass du mehr darüber weisst», sagte sie leise. Emanuele hatte sie und Rösli vorgängig darüber ins Bild gesetzt, weswegen er Lucilla mitnehmen wollte zu ihrem Treffen.

Lucilla fuhr herum.

«Du bist Mazzotta aus dem Weg gegangen. Du hast nie mit ihm gesprochen. Nie.» Elvira drehte ihr Glas in den Händen, das Wasser musste inzwischen warm sein. «Warum auch immer du geschwiegen hast: Heiri ist seit über vierzig Jahren tot. Die Welt ist nicht mehr die gleiche wie 1975.» Elviras Stimme wurde schärfer. «Du weisst, dass man Silvia verdächtigt, ihren Vater umgebracht zu haben, nicht wahr? Weil sie sein Geld erbt. Weil niemand sonst bekannt ist, der seinen Tod gewünscht haben könnte. Hat sie es verdient, dass sie sich vielleicht ihr Leben lang nicht mehr von diesem Verdacht befreien kann?»

Lucilla stand abrupt auf und trat schwer atmend ans Fenster. Sie sah nichts als die graue Fassade eines anderen Gebäudetrakts in wenigen Metern Entfernung. Vor ihrem inneren Auge sah sie das Gesicht ihres verstorbenen Gatten. Angelo, was soll ich tun?, fragte sie ihn stumm, wie so viele Male zuvor auf dem Friedhof. Dann wurde sein Gesicht von der Gestalt Silvia Häberli-Mazzottas verdrängt. Silvia, lachend mit ihren Kindern auf dem Spielplatz. Silvia, liebevoll ihrem Mann in die Augen schauend. Silvia, ihrem Vater zugewandt.

Zum ersten Mal war ihr die Antwort klar. In der einen Waagschale sah sie die Ereignisse vor über vierzig Jahren, den Schwur. In der anderen sah sie Silvia Häberli-Mazzotta und ihre Familie. Dunkelheit und Verbrechen hier, Lebensfreude und Familienglück dort. Sie würde reden. Sie wusste, dass Angelo damit einverstanden war.

1975

Lucilla Tataranni stellte den Espresso vor ihrem Mann auf den Tisch. Sie hatte sich grosse Mühe gegeben mit dem Mittagessen, Angelo liebte ihre Parmigiana. Aber nicht einmal damit konnte sie seinen Trübsinn lindern.

Am Wochenende war er zitternd und schluchzend in die Wohnung gewankt. Lucilla hatte mit ihrer kleinen Tochter beim Frühstück gesessen und ihn fröhlich und gutgelaunt erwartet, doch das Strahlen in ihrem Gesicht war bei seinem Anblick erloschen. Sie fragte, was los sei, doch er sagte es ihr nicht. Sie bettelte, schimpfte, flehte, weinte, alles ohne Erfolg.

«Ich kann es dir nicht sagen», bekam sie immer und immer wieder zu hören. Die letzten Tage war er niedergeschlagen zur Arbeit gegangen, hatte zu Hause kaum ein Wort gesprochen. Sie wusste immer noch nicht, was passiert war.

Als die Kirchenglocken zu läuten begannen, zuckte Angelo auf seinem Stuhl zusammen, und die Tasse in seiner Hand begann zu zittern.

«Eine Beerdigung», stellte Lucilla fest und schaute ihren Mann forschend an. «Jemand, den du gekannt hast?», fragte sie.

«Der Schuhmacher», flüsterte Angelo.

«Ach ja, Eiri Zuber», sagte Lucilla. «Ich habe gehört, er sei beim Fischen verunfallt. Ausgerutscht auf den Steinen, mit dem Kopf aufgeschlagen, bewusstlos geworden und ertrunken, so wird es erzählt.»

«Ja, so wird es erzählt.»

Lucilla fuhr auf wie elektrisiert. «Weisst du etwas davon? Bist du ihm beim Fischen begegnet? Hast du etwas gesehen?»

Angelo stöhnte.

«Erzähl es mir, *tesoro,* du musst es mir sagen!», drängte Lucilla. «Was weisst du darüber? Sprich, Angelo!»

«Ich kann nicht. Ich darf nichts sagen», flüsterte er.

«Du darfst nicht?», fragte sie entsetzt. «Warst du dabei, als er starb? Hast du dich schuldig gemacht?»

Sein trauriger Blick ruhte auf ihr. Er schwieg.

«Nein, das glaube ich nicht. Du hast nichts damit zu tun. Das ist nicht möglich. Aber was ist es dann? Was weisst du über seinen Tod?»

«Ich kann es dir nicht sagen. Ich kann nicht!»

«Warum, *caro,* warum nicht?» Jetzt liefen auch Lucilla Tränen über die Wangen.

«Weil ich beim Leben unserer Tochter geschworen habe, keinem davon zu erzählen», sagte Angelo nach einer langen Pause.

Lucilla verschlug es die Sprache. Die Kirchenglocken waren verstummt, die Wohnung war ausgefüllt von einer bleischweren Stille. Das Schweigen dauerte an.

Endlich umfasste Lucilla seine zitternde Hand. Er blickte ihr lange in die Augen, sah Vertrauen und Beistand. Angelo legte seine andere Hand auf die ihre. Dankbarkeit milderte die Verzweiflung in seinem Blick.

Am Abend lag Lucilla noch lange wach, nachdem Angelo in einen unruhigen Schlaf gefallen war. Ihre Gedanken kreisten um den Schwur, den ihr Mann geleistet hatte. Noch nie hatten sie Geheimnisse voreinander gehabt, und dieses Erlebnis, das ihn so belastete, stand jetzt wie eine Mauer zwischen ihnen. Das durfte nicht sein. Sie würde nicht zulassen, dass Angelo diese Last allein trug. Er konnte das nicht. Er brauchte sie.

Der Morgen graute schon, als Angelo sich zum hundertsten Mal stöhnend auf die andere Seite drehte und damit seine Frau aus ihrem Dämmerzustand aufschreckte.

«Bist du wach?», flüsterte Lucilla.

Er streckte den Arm nach ihr aus. Sie setzte sich im Bett auf und fragte ihn eindringlich: «Angelo, sag mir genau, was du geschworen hast.»

«*Carissima,* das kann ich doch nicht!», sagte er verzweifelt.

«Nein, ich frage nicht, was passiert ist», unterbrach sie ungeduldig. «Der Schwur! Sag mir genau, was du geschworen hast.»

Angelo brauchte nicht nachzudenken. «Ich schwöre es beim Leben meiner Tochter, ich werde keinem davon erzählen.»

Lucilla lächelte. «Siehst du? Du hast geschworen, keinem davon zu erzählen», sagte sie triumphierend. «Ich bin aber nicht keiner. Keiner heisst kein Mann. Ich bin aber eine Frau.»

Seufzend wandte ihr Angelo das Gesicht zu. «Das ist doch Unsinn. Ein *uomo* ist nicht nur ein Mann, ein *uomo* ist ein Mensch. Ich habe geschworen, keinem Menschen von der Sache zu erzählen.»

«Nein, mein Lieber», widersprach Lucilla lächelnd. «Du hast geschworen, keinem davon zu erzählen. *Nessuno.* Du hast nicht geschworen, keiner davon zu erzählen. Verstehst du?»

«Das ist doch Unsinn», wiederholte er mutlos.

«Nein!», rief Lucilla aus. «Das ist es nicht. Erzähl es mir, Angelo. Du weisst, dass du das allein nicht tragen kannst. Zusammen schaffen wir es. Erzähl es mir.» Sie schnaubte. «Lass uns so pingelig sein wie die Schweizer, wenn wir schon in ihrem Land leben. Nehmen wir es so genau wie sie. *Nessuno.* Nicht *nessuna.*»

Angelo schwieg.

In den folgenden Tagen ging er wie immer zur Arbeit. Zu Hause war er wortkarg und niedergeschlagen. Lucilla wurde beinahe wahnsinnig vor Sorge. Auch ihre kleine Tochter spürte, dass etwas nicht stimmte. Am Sonntag war sie auf dem Weg zur Kirche ruhiger als üblich und weniger ausgelassen, als sie am Nachmittag durchs Dorf spazierten, ihre Arme in die zahlreichen Brunnen tauchten, am Bahnhof dem abfahrenden Zug zuwinkten und in den Schaufenstern der Läden die Auslagen bestaunten.

Erst am späten Abend, als die Kleine längst schlief, setzte sich Angelo mit ernster Miene zu seiner Frau. «Versprich mir, dass du dein Leben lang niemandem etwas davon erzählst», bat er sie ernst.

«Ich verspreche es», gelobte sie feierlich.

«Versprich mir, dass du auf keine Art und Weise verrätst, dass du etwas davon weisst», fuhr er fort.

«Ich verspreche es.»

Und Angelo erzählte. Wie er mit dem Mofa und der Angelrute frühmorgens zum Ausgang der Schlucht gefahren war. Wie ihn die zuvor verzehrten Erdbeeren zu einem Gang in die Büsche gezwungen hatten. Wie er von dort aus beobachtet hatte, dass jemand einen Fischer erschlug. Den Namen des Fischers, Heiri Zuber, sollte er erst am nächsten Tag erfahren, als es sich die Italiener auf der Baustelle erzählten. Aber dass der Mörder Gerardo Mazzotta war, wusste er sofort. Seine Stimme brach, während er die Todesangst schilderte, die er ausgestanden hatte, als ihm Mazzotta das Messer an den Hals hielt und ihn zwang zu schwören, dass er ihn nicht verraten würde.

Nachdem er verstummt war, sassen sie schweigend am Tisch.

«Dieser verfluchte *figlio di puttana*», sagte Lucilla schliesslich. «Ich werde nie wieder ein Wort mit ihm reden.»

Ein leises Lächeln schlich sich in Angelos Züge. «Das wird er kaum bemerken», sagte er. «Du hast bis heute auch kaum mit ihm gesprochen.»

«Ja», stimmte ihm Lucilla zu. «Wir sind ihm nicht gut genug.»

2018

13

Nachdem Lucilla Tataranni ihren Bericht beendet hatte, herrschte Schweigen. Sie bestätigte zwar, was Rösli, Elvira und Emanuele vermutet hatten. Den Hergang der Ereignisse aus ihrem Mund zu hören, war trotzdem schockierend. Lucilla, die erstmals nach dreiundvierzig Jahren darüber sprach, wirkte mitgenommen.

Rösli war klar, dass die Polizei das erfahren musste. Allerdings hatte sie keinen Hochschein, wie sie Lucilla davon überzeugen sollte, auf dem Polizeiposten auszusagen und ihre Erzählung zu Protokoll nehmen zu lassen.

Emanuele war es schliesslich, der die Stille beendete: «Das müssen wir den Polizisten mitteilen.»

Lucilla musterte ihn schweigend.

«Bist du bereit, bei der Polizei auszusagen?», fragte er.

«Niemals!», antwortete sie entschieden. Das war ihr letztes Wort. Lucilla verschränkte die Arme und schwieg beharrlich, als die anderen drei versuchten, sie vom Nutzen einer Aussage zu überzeugen.

Rösli erkannte bald, dass es sinnlos war, weiter auf die Arme einzureden. Lucilla war zutiefst aufgewühlt, sie brauchte Zeit und Ruhe. Ausserdem war Rösli selbst erschöpft. «Wir brauchen eine Pause», verkündete sie deshalb.

Niemand widersprach.

«Früher oder später muss die Polizei davon erfahren», sagte sie. «Die Frage ist, ob Lucilla aussagen muss oder ob es ausreicht, wenn wir den Polizisten unsere Überlegungen mitteilen: Dass Mazzotta, wenn er vom toten Fischer am Rhein sprach, die Ermordung Heiri Zubers schilderte, welche zur Folge hatte, dass Heiris Witwe sein Land an die Süsswaren AG verkaufte und diese daraufhin ihre Fabrik bauen konnte.»

«Eigentlich müsste das genug sein, um die Polizisten zum Nachdenken anzuregen», meinte Emanuele.

«Vielleicht», stimmte Rösli zu. «Falls sie allerdings immer und immer wieder nachfragen, wie wir darauf kommen und ob wir das belegen können, kann ich nicht garantieren, dass wir Lucilla heraushalten können.»

Elvira nickte widerwillig. «Wir werden es so versuchen», entschied sie. «Aber nicht jetzt. Bald gibt es Mittagessen, danach muss ich mich hinlegen. Rösli auch, scheint mir.»

Diese nickte. «Ja, ich bin wirklich erschöpft.»

Sie kamen überein, sich gegen Abend im Altersheim mit den Polizisten zu treffen. Emanuele sollte den Termin abmachen und mit dabei sein, nicht aber Lucilla.

Mit ernsten Mienen reichten sie sich die Hände zum Abschied.

Graziella erschrak, als ihre Mutter die Wohnung betrat. «Um Gottes Willen, *mamma!* Ist etwas passiert?»

Lucilla umarmte ihre Tochter. «Beunruhige dich nicht, mein Schatz! Mir geht es gut.»

«Was ist denn los?», fragte Graziella ungeduldig.

«Bitte gib mir etwas Zeit. Du brauchst dir keine Sorgen zu machen, wirklich nicht. Früher oder später wirst du alles erfahren. Bis dann bitte ich dich, niemandem gegenüber zu erwähnen, es gehe mir nicht gut oder du seist beunruhigt, hörst du?»

«Niemandem? Auch nicht gegenüber Riccardo und Luisa?» Graziella runzelte die Stirn.

«Was ist mit mir?», fragte Luisa, die eben aus dem Badezimmer kam. «Warum steht ihr im düsteren Gang herum und tut geheimnisvoll?» Sie musterte ihre Mutter genauer. «Meine Güte, wie siehst du denn aus? Setz dich hin, bevor du umfällst. Ich hole dir ein Glas Wasser.»

Die ältere Tochter führte ihre Mutter zum Esstisch, setzte sich neben sie und hielt ihre Hand, während die jüngere in der Küche rumorte und mit einem Wasserkrug zurückkehrte.

«Erzähl!», forderte Luisa ihre Mutter auf.

Lucilla lächelte. Ihre Töchter kamen ihr vor wie vor fünfunddreissig Jahren, als sie ihre Puppen umsorgten. Nur, dass sie jetzt selbst in den Genuss ihrer Bemühungen kam. Auf jeden Fall fühlte sie sich bereits etwas besser. Sie trank ein halbes Glas Wasser und verzog das Gesicht. «Ein Grappa wäre wirkungsvoller», scherzte sie.

Graziella holte drei kleine Gläser und fand nach einigem Suchen eine Flasche Limoncello im Stubenbüffet. Schweigend schenkte sie ein und setzte sich wieder. «*Salute!* Und jetzt erzähl, was los ist.»

Lucilla seufzte. «Ich war im Altersheim. Es gab etwas zu bereden.»

«Weiter?», drängte Luisa, als nichts mehr kam.

«Nichts weiter. Ich kann euch nicht mehr erzählen. Ich kann euch nur sagen: Macht euch keine Sorgen. Alles wird gut.»

«Wie früher!», stöhnte Graziella. «Du sprichst, als wären wir kleine Kinder, die Angst haben vor dem bösen Räuber aus der Gutenachtgeschichte. Denkst du wirklich, du kannst uns damit abspeisen?»

Lucilla lachte. «Ja! Vorläufig müsst ihr euch damit zufriedengeben.» Sie wurde ernst. «Ihr werdet früh genug mehr erfahren. Aber in den nächsten Tagen dürft ihr auf keinen Fall darüber sprechen, dass ihr euch Sorgen um mich macht oder dass ich beunruhigt scheine. Auf keinen Fall! Versprecht ihr mir das?»

Die Töchter blickten sich resigniert an. «Natürlich versprechen wir das, wir haben ja gar keine Wahl», sagte Luisa ärgerlich. «Aber wir werden dich daran erinnern, dass du uns eine Erklärung schuldest. So lange, bis wir wissen, was eigentlich los ist.»

«Ihr werdet die Erklärung bekommen.» Ein Versprechen kam Lucilla nicht über die Lippen. Ihr Wortbruch nagte immer noch an ihrem Gewissen, es würde ihr nie wieder leichtfallen, etwas zu geloben.

Julia schob am späteren Nachmittag Rösli Sjögren-Tscharner erneut im Rollstuhl in dasselbe Sitzungszimmer wie am Morgen. Letztere hatte nach dem Mittagessen lange und tief geschlafen. Trotzdem fühlte sie sich nicht frisch. Die Last der bevorstehenden Aufgabe bedrückte sie.

Emanuele und Elvira sassen bereits am Tisch. Wie am Morgen holte Julia einen Krug mit Wasser und einige Gläser. Schweigend lauschten sie den Geräuschen im Gang. Als sich die Türen des Lifts öffneten und anschliessend das Gemurmel ungewohnter Stimmen zu hören war, erhöhte sich der Herzschlag der drei Rentner.

Meta Schäfer betrat den kleinen Raum vor Camenisch. Sie stellte sich und ihren Kollegen vor und begrüsste die Versammelten. «Sie haben uns angerufen, weil Sie etwas Wichtiges zum Fall Mazzotta zu sagen hätten», begann sie. «Wir wissen Ihre Unterstützung zu schätzen. Worum geht es?»

Die Ermittler folgten den Blicken Elviras und Emanueles, die Rösli auffordernd musterten. Diese räusperte sich. «Uns ist der Zusammenhang zwischen Gerardo Mazzottas Tod und gewissen Ereignissen klar geworden, die sich in den Siebzigerjahren in Thusis zutrugen.»

Meta nickte aufmunternd.

Rösli erzählte.

Elvira und Emanuele lauschten aufmerksam, obschon sie alles bereits vor einem halben Tag gehört und vor einem ganzen Tag realisiert hatten. Die Geschichte vom Fischer am Rhein, die Mazzotta stets wiederholt hatte. Die Unstimmigkeiten in seinem Bericht, die Schlussfolgerung, dass es dabei nicht um das Töten eines Fischs ging, sondern um einen Mord. Dass das Opfer Heiri Zuber gewesen sein musste, dessen Witwe daraufhin seinen grossen Garten an die Süsswaren Thusis AG verkaufte und mit dem Erlös ein florierendes Schuhgeschäft aufbaute.

Die ungeteilte Aufmerksamkeit der Polizisten war Rösli sicher, Meta und Camenisch hingen an ihren Lippen. Als Rösli zu Ende war, herrschte Schweigen.

«Können Sie das irgendwie belegen?», fragte Meta schliesslich. «Gibt es Zeugen?»

«Die hätten sich wohl vor dreiundvierzig Jahren gemeldet, wenn es welche gäbe», antwortete Rösli, ohne rot zu werden.

«Bitte versuchen Sie, sich in die Siebzigerjahre zurückzuversetzen. Gab es Gerüchte? Wurde damals gemunkelt, es sei etwas faul an Zubers Tod?»

«Nein», antwortete Rösli. «Es gab kein Gerede. Es hiess, Heiri Zuber sei verunfallt, und niemand zweifelte daran, dass es sich so zugetragen hatte.»

«Was wissen Sie über die Schuhmacherfamilie?»

«Eiri und Nora hatten drei Töchter», übernahm Emanuele. «Die jüngste war vier, fünf Jahre alt, als der Vater starb. Eiri war ein ordentlicher Schuhmacher, aber er lief nicht Gefahr, sich zu überarbeiten. Viel lieber verbrachte er seine Zeit im Garten. So habe ich ihn damals kennengelernt. Die Bocciabahn war in der Nähe, und immer wieder gingen wir bei Eiri vorbei. Manchmal nahmen wir Bier oder Wein mit, manchmal bot er uns von seinen Beeren und Früchten an. Das waren gute Zeiten.»

«Die Geschäftstüchtigere der beiden war seine Frau», ergänzte Elvira. «Nora drängte ihn, auf den Schuhverkauf zu setzen, sie erkannte früh, dass das die Zukunft der Schuhmacherei sein würde. Heiri wollte davon freilich nichts wissen. Aber sie liess nicht locker. Zuerst baute sie ihr Schuhgestell draussen vor der Werkstatt auf, nicht drinnen, dort war es zu eng.»

«Niemand lachte darüber», sagte Rösli. «Eher ahnten alle, dass sie eine gute Geschäftsfrau wäre und dass sie den richtigen Riecher hatte. Was sie nach dem Tod ihres Gatten bewies, ihr Schuhladen wurde ein voller Erfolg.»

«Wie war das Verhältnis der Eheleute? Kam es zum Streit, weil der Schuhmacher seine Frau nicht in ihren Plänen unterstützte?», fragte Camenisch.

«Wo denken Sie hin!» Elvira wandte sich dem jungen Polizeibeamten zu. «Das waren andere Zeiten. Heiri und Nora Zuber sind in den Dreissigerjahren geboren. Der Mann war der Herr im Haus, das wurde nicht in Frage gestellt. Heiri war der Hauptverdienende, Nora hätte sich ihm nie in den Weg gestellt. Vielmehr setzte sie ihren Charme und vielleicht manchmal eine List ein, um ihren Willen durchzusetzen. Das können Sie sich bestimmt nicht vorstellen, junger Mann. Heute ist das alles anders.»

Camenisch schwieg. Er hatte eine Grossmutter im Alter der Zubers. Und er kannte die Filme aus den Fünfzigerjahren, Audrey Hepburn, Sofia Loren. Er fand, er habe sehr wohl eine Vorstellung, wie die Frauen damals tickten, sagte jedoch nichts.

«Ärgerte sich Heiri Zuber über die Ambitionen seiner Frau? Über den Schuhverkauf, dem er nur widerwillig zustimmte?», fragte Meta.

Es war Rösli, die nach einigem Überlegen antwortete. «Heiri Zuber war ein gutmütiger Mensch. Ich denke nicht, dass er sich ernsthaft ärgern konnte, das liess sein Naturell wohl nicht zu. Er war genügsam, seine Ansprüche waren bescheiden. Wenn es seiner Familie gut ging und seine Pflanzen gediehen, war sein Glück wahrscheinlich vollkommen.»

«Ärgerte sich Nora Zuber über ihren trägen Gatten?»

«Es kann schon sein, dass sie manchmal ungeduldig wurde», gab Elvira zu. «Wer ärgert sich nicht dann und wann über die Eigenschaften seines Ehepartners? Trotzdem denke ich, dass sie gut miteinander auskamen. Sie achteten sich und wussten, was sie aneinander hatten.»

Diese nüchterne Definition einer glücklichen Ehe bestätigte Camenisch einmal mehr, dass es nicht falsch war, ledig zu bleiben.

Meta bedankte sich höflich bei den drei Alten. «Wir belassen es vorläufig dabei», sagte sie zum Schluss, kündigte jedoch an, sie wohl bald wieder aufzusuchen.

Im Auto machte Camenisch seinem Unmut Luft. «Es ist vielleicht amüsant, an der Klärung eines Tötungsdelikts herumzuwerkeln, das bald ein halbes Jahrhundert zurückliegt. Aber was nützt es? Wir haben den aktuellen Fall Mazzotta zu lösen!»

«Wir brauchen den Fall Zuber nicht zu lösen», stellte Meta richtig, «aber wir müssen genug darüber wissen, um herauszufinden, was zur Tötung Mazzottas führte. Dass die beiden Verbrechen zusammenhängen, ist mehr als wahrscheinlich.»

«Heute ging es dramatisch zu und her», verkündete Julia mit leuchtenden Augen, als sie die Wohnung betrat.

«Erzähl!», forderte Joe sie auf.

Julia parkierte ihre Sandaletten ordentlich auf der Ablage

und trat zu ihm. «Am Vormittag bat mich Rösli, ihr ein kleines Sitzungszimmer zur Verfügung zu stellen. Sie erwarte zwei Personen zu Besuch und habe die Absicht, mit diesen und mit Elvira ein vertrauliches Gespräch zu führen.»

«Oho!» Joe war sofort ganz Ohr. «Mit wem war sie verabredet?»

«Mit Herrn Santacaterina. Er kennt Elvira gut, die wie er aus Italien stammt und die er jede Woche besuchen kommt. Aber er kam nicht allein, sondern mit einer anderen Frau. Ich kenne sie nicht. Sie haben sie Lucilla genannt.»

«Lucilla, Lucilla ...» Joe grübelte stirnrunzelnd. «Wer könnte das sein? Auch eine Italienerin, nehme ich an.»

«Ja, bestimmt.»

«Hast du mitbekommen, worüber sie geredet haben?»

«Nein.» Julia hob bedauernd die Schultern. «Aber sie redeten länger als anderthalb Stunden miteinander. Als sich die Besucher verabschiedeten, waren alle vier ungewöhnlich ernst. Rösli wirkte mitgenommen, aber im Vergleich zu Lucilla war sie das blühende Leben. Diese schien erschüttert zu sein.»

«Hast du wirklich nichts davon mitbekommen, was in diesem Sitzungszimmer gesprochen wurde? Konntest du nicht an der Tür lauschen?»

«Nein, aber das ist noch nicht alles.» Julia hielt inne, um die Dramatik zu erhöhen.

Joe hob überrascht die Augenbrauen. «Was kommt denn noch?»

«Am Nachmittag belegten sie das Sitzungszimmer erneut. Zuerst kam Herr Santacaterina, diesmal ohne Lucilla. Und dann ...» – sie tippte Joe auf die Brust – «... kam die Polizei.»

«Die Polizei?», fragte Joe verblüfft.

«Die Polizei. Die ältere Frau und der junge Mann.»

«Du hast wohl wieder nicht gelauscht?»

«Leider habe ich nichts mitbekommen, nein», sagte Julia bedauernd. «Es war kurz vor Schichtende, ich musste mich um die Übergabe kümmern.»

«Du hast sie also nicht gesehen, als sie das Zimmer verliessen?»

«Nein, ich hatte Feierabend. Du musst dich bis morgen gedulden, dann erfahre ich vielleicht mehr.»

Joe blickte verständnislos. «Denkst du wirklich, ich könne so lange warten? Aber ich gehe bald ins Fussballtraining. Vielleicht sind ja schon Gerüchte im Umlauf. Wer weiss, ob jemand der Kameraden etwas zu erzählen hat.»

«Wer sagt denn, die Frauen seien die grössten Klatschmäuler?», meinte Julia lachend. «Ihr seid auf dem Fussballplatz effizienter als alle Kaffeetanten zusammen.»

14

Am nächsten Morgen warteten Meta Schäfer und Camenisch wie zwei hechelnde Hunde, bis Walter Buess endlich Platz genommen hatte.

«Es gibt Neuigkeiten!», verkündete Meta.

«Bahnbrechende Neuigkeiten!», ergänzte Camenisch. «Noch kein Durchbruch, aber eine entscheidende Wende!»

«Erzählt!», forderte Buess die beiden auf.

Eifrig berichteten sie abwechslungsweise, was sie tags zuvor im Altersheim erfahren hatten.

«Somit steht Nora Zuber unter Verdacht. Denkt ihr, sie habe ihren Mann ermorden lassen, um ihren Traum vom Schuhladen zu realisieren?», fragte Buess.

«Der Verdacht liegt in der Tat nahe, sie profitierte unmittelbar von seinem Tod. Dagegen spricht allerdings, dass sie gemäss Zeugen keine schlechte Ehe führten und dass sie mit ihrem Leben zufrieden zu sein schien.» Meta zuckte die Achseln.

«Der Schein kann trügen», meinte Buess. «Wer weiss, wie es hinter der Wohnungstür aussah?»

«Die zweite Möglichkeit besteht darin, dass die Süsswaren Thusis AG Heiri Zuber ermorden liess, um an sein Land zu kommen», übernahm Camenisch. «Sein Tod fiel in die Zeit, als sie unten am Rhein Land aufkauften, um ihre Fabrik zu bauen. Zubers Parzelle lag günstig, aber Zuber wollte nicht verkaufen.»

«Das war wohl eher eine Frage des Preises», meinte Buess. «Früher oder später hätte er vermutlich nachgegeben und sein Land verkauft.»

«Da dürftest du dich irren», entgegnete Meta. «Heiri Zuber war laut Aussagen seiner Bekannten nicht an Geld interessiert. Hingegen war ihm sein Garten wichtig, er verbrachte dort jede freie Minute, hatte oft und gern Besuch, genoss die Geselligkeit. Sein Land hatte eine beachtliche Grösse, ausser dem Gartenhäuschen mit der Terrasse und den Gemüsebeeten gehörte ein Stück Wiese mit einigen Obstbäumen dazu.»

«Neunhundertsechsundsiebzig Quadratmeter.» Camenisch blickte in zwei fragende Gesichter. «Ein Anruf beim Grundbuchamt», erklärte er knapp.

«Konnten die Herren der Süsswaren davon ausgehen, dass Nora Zuber das Grundstück verkaufen würde, wenn Heiri Zuber starb?», fragte Meta in die Runde.

«Ich denke ja», antwortete Buess schliesslich. «Sie sah wohl rasch, dass sie ihren Traum vom Schuhladen verwirklichen könnte, wenn sie das Land verkaufen würde.»

Camenisch widersprach. «Ich glaube nicht, dass sie sofort ihre lang erhoffte Chance witterte. Vielmehr dürfte sie verzweifelt gewesen sein nach dem plötzlichen Tod ihres Mannes. In der damaligen Zeit und mit ihrem erwerbsmässigen Hintergrund dürfte sie keine nennenswerten Ersparnisse gehabt haben. Die Witwenschaft hat sie vermutlich in finanzielle Not gebracht. Kein Ernährer mehr, kein eigenes Einkommen, drei kleine Kinder. Die Witwenrente war bestimmt nicht hoch. Ja, ich denke auch, man konnte damit rechnen, dass sie das Grundstück würde verkaufen müssen.»

«Uns steht eine weitere Befragung des Personals im Altersheim bevor», sagte Meta. «Wir nehmen uns nur jene Angestellten vor, die zuvor schon etwas zu sagen hatten. Die übrigen lassen wir vorläufig weg. Es geht darum herauszufinden, ob Mazzotta bei seiner Erzählung Namen genannt hat. Vielleicht erinnert sich jemand daran, dass er von Heiri – oder eben Eiri – gesprochen hat. Insbesondere die aufmerksame Pflegerin Silke ist zu interviewen.»

«Bestimmt ist es besser, wenn wir das selbst erledigen», warf Camenisch ein. «Es ist gar nicht so einfach, den Namen Heiri aus dem Personal herauszukitzeln, ohne ihn zu nennen.»

«Das Vertrauen in deine Kollegen geht dir offenbar ab», meinte Buess stirnrunzelnd.

«Aber nein», beschwichtigte Camenisch. «Euch beiden traue ich alles zu, solange es um die Arbeit geht. Beim Velofahren sieht es allerdings anders aus, da würde ich dir nicht einmal den Teddybären meiner Freundin anvertrauen.»

Buess schnitt eine Grimasse und bat Meta fortzufahren.

«Camenisch und ich waren eben daran zusammenzustellen, wen wir befragen. Sobald wir so weit sind, gehen wir ins Altersheim. Du», sie deutete mit dem Kugelschreiber auf

Buess, «triffst dich mit Emanuele Santacaterina. Befrage ihn nochmals zu diesem Totschlag vor mehr als vierzig Jahren. Gab es Gerede, waren Gerüchte im Umlauf? Über den Todesfall, über Mazzotta?»

Buess war nicht unglücklich. Bei Emanuele einen Kaffee zu trinken und wahrscheinlich Kuchen oder *biscotti* vorgesetzt zu bekommen, war nicht das schlechteste Los.

«Anschliessend holst du Stgier ab, ihr beide unterstützt uns bei der Befragung im Altersheim. Im Lauf des Nachmittags sollten wir damit fertig werden. Du», wieder zeigte der Kugelschreiber auf Buess, «hast danach Feierabend, mehr liegt mit deiner Krankschreibung nicht drin.»

Buess freute sich. Befragungen dieser Art gehörten zwar nicht zu den beliebtesten Tätigkeiten, aber immerhin durfte er das Büro verlassen.

«Wir werden also unermüdlich in der Vergangenheit grübeln, obwohl der Mord in der Viamala verjährt ist», maulte Camenisch. Als seine Kollegin zu einer Erklärung ansetzte, winkte er ab. «Ja, ja, ich weiss, wir müssen über Zubers Tod erfahren, was nötig ist, um den Fall Mazzotta zu lösen. Deshalb werden wir beide vor dem Feierabend noch Nora Zuber besuchen.»

«Die Süsswarenherren, was machen wir mit denen?», fragte Buess.

«Auch diese stehen auf dem Programm», antwortete Meta. «Du», erneut kam der Kugelschreiber beim Zielen auf Buess zum Einsatz, «und ich werden sie morgen Vormittag aufsuchen. Der Junior wird derweil im Internet und in den Zeitungsarchiven recherchieren, was über den Unglücksfall am Ausgang der Viamala und über den Landkauf durch die Süssigkeitenfirma geschrieben wurde.»

Jetzt war es an Buess, zu hecheln wie ein junger Hund.

Das war Musik in seinen Ohren! Am liebsten hätte er alles ausser den Krücken stehen und liegen gelassen und wäre auf der Stelle losgestürmt, so schnell es sein ramponiertes Bein zuliess.

Emanuele Santacaterina liess resigniert die Schultern hängen. Wie oft hatte er seiner Schwiegertochter schon gesagt, er wolle keine Pfirsichsteine im Kompost? Keine Zitrusfrüchte und keine gekochten Speisen? Es nützte nichts. Entweder sie wollte es nicht begreifen, oder es war ihr wichtiger, ein paar Rappen Kehrichtgebühr zu sparen, indem sie ihren Abfall auf seinem Kompost entsorgte. Oder sie machte es absichtlich, um ihn zu piesacken.

Darin stand er ihr indessen nicht nach. Er pickte die störenden Stücke aus dem Kompost und füllte sie in einen kleinen Plastiksack. Dass zusätzlich ein verfaulendes Stück Gurke und schimmlige Melonenschale den Weg in die Tüte fanden, geschah nicht ganz unabsichtlich. Mit einem festen Doppelknopf verschloss er den Behälter, bevor er mit der Spitze der Gartenschere vorsichtig einige kaum sichtbare Löcher in die Unterseite des Säckchens bohrte. Das würde reichen, um die Flüssigkeit austreten zu lassen. Er ging ins Haus und deponierte seine Gabe auf der Fussmatte vor der Tür seiner Schwiegertochter. Bis diese vom Einkaufen zurückkehrte, würde der helle Welcome-Schriftzug braun getränkt sein.

Zurück im Garten machte er sich mit neuer Energie an die Arbeit. Allerdings nur so lange, bis Frau Carisch am Gartenzaun erschien und ihn fragte, ob er schon gehört habe, dass die Polizei im Altersheim gewesen sei und mit Rösli Sjögren gesprochen habe. Emanuele bemühte sich redlich, nichts zu verraten und trotzdem genug zu erzählen, um Frau Carisch nicht argwöhnisch werden zu lassen.

Das war anstrengender als die Salaternte, der er sich danach zuwandte. Mit leichtem Unbehagen gestand sich Emanuele ein, dass er nicht sicher war, ob er die Aufgabe gemeistert hatte. Er konnte nur hoffen, Frau Carisch nicht zu viel verraten zu haben. Ächzend erhob er sich, lüftete den Hut und wischte sich den Schweiss von der Stirn und von der Glatze.

Kopfschüttelnd bemerkte er, dass Herr Christoffel im Anmarsch war. Warum ging der alte Mann bloss bei dieser Hitze aus dem Haus? Jedenfalls blieb ihm bis zu dessen Ankunft genügend Zeit, sich seinen Kohlrabi zuzuwenden.

Daraus wurde allerdings nichts. Der Kombi des Elektrogeschäfts hielt mit quietschenden Bremsen. Der Nachbarssohn, der dort arbeitete und noch bei den Eltern wohnte, stieg aus und trat an den Zaun.

«Emanuele, wo bist du wieder hineingeraten?», fragte er fröhlich und bot Emanuele eine Zigarette an, bevor er selbst eine aus der Packung angelte. «Man hört die wildesten Sachen über dich und die Damen im Altersheim.»

Emanuele grinste. «Ach ja? Was wird denn geredet?»

«Allerhand! Du, Rösli Sjögren und Elvira Wie-heisst-sie-schon-wieder wärt eine verschworene Truppe, sagt man. Mit Besprechungen hinter verschlossener Tür!» Der junge Mann lachte. «Emanuele null-null-sieben rettet mit zwei heissen Girls die Welt. Sag, ist es so?»

«Natürlich», bestätigte Emanuele. «Bond mit der Glatze voller Schweiss und den Händen voller Erde!»

«Im Ernst, Emanuele, was ist los?», wollte der Nachbar wissen. «Geht endlich etwas im Mordfall Mazzotta? Die Bullen scheinen ja nirgends hinzukommen, seit Wochen gibt es nichts Neues. Hast du etwas herausgefunden?»

«Wo hast du erfahren, dass ich im Altersheim war?», fragte Emanuele neugierig.

«Ich ging gestern einen heben. Es wird geredet. Alle wollen wissen, wer Mazzotta umgelegt hat, das ist ja klar. Wenn schon einmal etwas passiert in diesem Kaff, wird darüber geschwatzt. Neuigkeiten verbreiten sich schnell.»

Nun fiel es Emanuele schon leichter, das hoffentlich richtige Mass an Verschweigen und Offenheit zu finden, schliesslich hatte er bereits bei Frau Carisch geübt. Ausserdem kam ihm zugute, dass die Zigaretten zu Ende geraucht waren und sich der Nachbar längst der Montage einer Gartenlampe widmen sollte.

Die Kohlrabi mussten sich weiter gedulden, denn als der Elektriker abgefahren war, erreichte Herr Christoffel den Gartenzaun. Nach einigem Klagen über Hitze, Trockenheit und Engerlinge wandte sich auch dieser den Neuigkeiten zu. «Es ist ein wenig wie bei einem Zusammensetzspiel, nicht wahr?», fragte er.

Emanuele hatte keine Ahnung, wovon der Alte sprach und ebenso wenig, was er sagen sollte.

Herr Christoffel schien keine Antwort zu erwarten und sprach weiter. «Plötzlich findet man den Platz, wo das eine Teilchen hingehört, das man so lange einsetzen wollte und nicht konnte. Und fast wie von selbst lassen sich sofort auch ein paar Stücke rundherum platzieren.»

Diese Ausführungen machten die Sache für Emanuele nicht klarer.

«Ich mochte Gerardo Mazzotta nicht besonders, das habe ich Ihnen ja schon gesagt.»

Emanuele nickte.

«Er war ehrgeizig und ein unangenehmer Zeitgenosse.»

Auch das hörte Emanuele nicht zum ersten Mal. Wieder nickte er.

«Sein rascher Aufstieg in der Süsswaren Thusis AG versetzte mich immer in Erstaunen. Er war ein guter Bauarbeiter, ja. Aber wie kam es, dass er Immobilienchef des Unternehmens wurde? Wie konnte er so rasch so hoch aufsteigen?»

«Vermutlich war er nicht nur ehrgeizig, sondern auch gut in diesem Metier.»

Herr Christoffel blickte überrascht. «Ja, natürlich, aber das allein reicht nicht. In den Siebzigerjahren gab es hier Hunderte junge Italiener, davon waren bestimmt unzählige strebsam und begabt. Trotzdem haben die allerwenigsten das Baugewerbe verlassen. Warum?»

Weil es für die Einwanderer schwieriger war als für die Einheimischen, Karriere zu machen, dachte Emanuele, sagte aber nichts. Lieber wollte er Herrn Christoffel nicht unterbrechen.

Dieser schien ohnehin keine Antwort zu erwarten. «Weil die Einheimischen bessere Chancen hatten, einen guten Posten zu bekommen oder gar die Baustellen zu verlassen, darum. Ich fand es immer eigenartig, dass es Mazzotta geschafft hat, hatte aber keine Erklärung dafür. Erst jetzt ist das Puzzleteilchen an den richtigen Platz gefallen, nicht wahr?»

Emanuele verlor abermals den Faden.

Herr Christoffel verlagerte sein Gewicht ein wenig, das Stehen strengte ihn an. «Heiri Zuber war ein begnadeter Gärtner. Wie Sie! Seien Sie froh, dass Ihnen niemand diesen Flecken Boden streitig macht.»

Diesem scheinbaren Themenwechsel konnte Emanuele nicht folgen, aber das spielte keine Rolle. Dankbar ergriff er die Gelegenheit, ein wenig über seine Schwiegertochter herzuziehen, die den Garten lieber ihm überliess, als sich selbst die Hände schmutzig zu machen.

Als sich Herr Christoffel endlich auf den Weg machte, war die Temperatur so stark gestiegen, dass er die Arbeit auf den späteren Nachmittag verschieben musste. Er erntete ein paar Tomaten fürs Mittagessen und ging ins Haus. Befriedigt stellte er fest, dass das Säckchen auf der Fussmatte seiner Schwiegertochter seinen Zweck erfüllte.

Röslis Herz schlug wieder einmal rasend schnell. Diesmal hüpfte es vor Freude. Ein paarmal musste sie zwinkern, um die Tränen aus ihren Augen zu verbannen. Sie löste sich aus Lars' Umarmung und hielt ihren jüngsten Sohn auf Armeslänge fest.

«Gut siehst du aus», sagte sie strahlend.

«Du auch!» Lars musterte seine Mutter gerührt. Seit er sie vor einem Jahr zuletzt gesehen hatte, war sie vielleicht etwas gebrechlicher geworden, machte aber nach wie vor einen robusten Eindruck. Vor allem schien es ihr geistig und psychisch gut zu gehen.

Rösli zog ihn zum Besucherstuhl und nahm in ihrem Sessel Platz. In der nächsten Stunde fragte sie Lars tausend Löcher in den Bauch: über seine Frau, die drei erwachsenen Kinder, die Verwandtschaft in Schweden, über seinen Beruf, sein Haus, seine beiden Hunde. Rösli wollte alles wissen. Lars gab bereitwillig Antwort.

Als sie zusammen im Altersheim zu Mittag assen, kam sich Lars vor wie ein Star, allerdings ein kommunikativ eher unbegabter. Er schüttelte unzählige Hände, beschränkte sich auf unzählige Ja und Nein und lächelte unentwegt. Was fehlte, war einzig, dass jemand ein Selfie mit ihm machen wollte.

Einer der Mitbewohner Röslis fragte ihn, ob er von der Polizei sei. Lars vermutete zunächst, sich verhört zu haben. Zu seiner Überraschung erklärte seine Mutter dem alten Mann, die Polizei sei am Vortag hier gewesen, er sei ihr

Sohn, kein Polizist. Er schaute Rösli fragend an, wurde aber auf später vertröstet.

Erst beim Kaffee erklärte sie, was es mit der Polizei auf sich hatte. «Einer der Bewohner wurde in seinem Bett ermordet. Die Polizei war einige Male hier. Eine spannende Sache!» Rösli grinste.

«Du machst Witze, nicht wahr?»

«Nein, so unglaublich es klingt, es ist wahr.» Sie schilderte, wie Gerardo Mazzotta ums Leben gekommen war. Da Lars mehr als zehn Jahre älter war als Mazzottas Kinder, konnte er sich nur dunkel an die Familie erinnern. Auf Lars' Nachfrage rückte Rösli damit heraus, dass sie mit Simons Unterstützung selbst Nachforschungen angestellt habe.

«Du hast … du hast was?» Lars war so baff, dass ihm noch weniger Worte einfielen als normalerweise.

«Ich habe mir meine Gedanken gemacht. Viele Fragen gingen mir durch den Kopf. Ich wollte sie geklärt haben. Simon stellte sie Google und schickte mir die Antworten.»

Lars lachte. «Du hast meinen Grossneffen angestellt, um für dich im Internet zu recherchieren, verstehe ich das richtig? Was ist dabei herausgekommen?»

«Lach nur», meinte Rösli leicht beleidigt. «Simon und ich haben mehr herausgefunden als die Polizei.»

«Ach ja? Habt ihr entdeckt, dass der Tote in jungen Jahren eine Bank ausraubte?»

«Schlimmer, mein Lieber», antwortete Rösli ernst. «Ich kann es dir nicht erzählen. Ich müsse es vorläufig für mich behalten, haben die Polizisten gesagt. Im Moment ermitteln sie fleissig, auch hier im Heim. Sie befragen einmal mehr das ganze Personal. Das bedeutet, dass die Gerüchteküche brodelt und in ein, zwei Tagen alle im Tal Bescheid wissen. So lange musst du dich gedulden.»

Lars fragte sich, ob seine Mutter an Wahnvorstellungen litt, ob sie unter starken Medikamenten stand und fantasierte, ob sie einen Fernsehfilm mit der Realität verwechselte. Er kam zum Schluss, dass das, was sie gesagt hatte, tatsächlich stimmen musste. «Meine Güte, Mama! Kannst du es nicht etwas ruhiger nehmen in deinen alten Tagen?»

Jetzt lachte Rösli wieder. «Ich habe ihn ja nicht umgebracht, ich denke bloss darüber nach. Die therapeutische Wirkung ist mindestens so gut wie jene des Aktivierungsprogramms hier im Heim.»

«Jetzt bin ich aber wirklich neugierig», gab Lars zu. «Erzählst du mir mehr? Wir können in dein Zimmer gehen, dort hört uns keiner.»

Rösli blieb hart. «Nein, mein Lieber! Aber sei beruhigt: Übermorgen kommt Fabienne mit ihrer Mutter und ihren Kindern zu Besuch, sie wollen dich alle sehen. Sie laden uns sogar zu einer Ausfahrt und zum Mittagessen ein. Bestimmt hat Fabienne ein Restaurant mit einem Spielplatz ausgesucht. Jedenfalls kommt Simon auch. Ich bin es ihm schuldig, ihn auf dem Laufenden zu halten, er hat mir wirklich viel geholfen. Fabienne sollte das allerdings nicht unbedingt wissen. Ich nehme an, sie wäre nicht einverstanden mit unseren Aktivitäten.»

«Wie willst du mit Simon allein sprechen, wenn sich die ganze Familie trifft?», fragte Lars neugierig.

«Das wird das kleinste Problem sein», grinste Rösli. «Nach dem Kaffee wird sich Fabienne mit den Mädchen auf den Spielplatz verziehen. Deine Schwester ist eine übereifrige Grossmutter und wird sie begleiten. Simon, du und ich werden unsere Ruhe haben.»

«Woher weisst du, dass Simon kommen wird? Er ist vierzehn Jahre alt, vor einem öden Familientreffen wird er sich wohl lieber drücken wollen.»

Rösli schaute ihn strafend an. «Selbstverständlich werde ich ihm vorher whatsappen, es gebe Neuigkeiten im Fall Mazzotta.»

Selbstverständlich. Lars hörte auf, sich über seine Mutter zu wundern.

Einige Pflegende des Altersheims verbrachten die Nachmittagspause im Freien. Sie drängten sich auf der Terrasse in den Schatten der Sonnenschirme, manche gönnten sich eine Zigarette. Silke, obwohl Nichtraucherin, war auch dabei und leckte genüsslich an einem Erdbeercornet. Man unterhielt sich über die erneute Befragung durch die Polizei.

«Was die wieder alles wissen wollten!», staunte eine der Frauen. «Was Mazzotta jeweils über das Angeln im Rhein erzählt habe, fragten sie. Auf jedem Detail hackten sie herum. Meine Güte! Er sagte mal dies, mal jenes. So genau wisse ich das nicht, habe ich gesagt. Aber sie liessen nicht locker, nein, sie fragten immer weiter. Wie hat er die Szene geschildert, was hat er jedes Mal gleich erzählt, hat er Personennamen genannt? Einen ganzen Fragenkatalog haben sie heruntergerattert.»

«Das eine oder andere kommt einem wirklich in den Sinn, wenn sie so fragen», warf eine andere ein. «Plötzlich ist mir klar geworden, dass er tatsächlich dann und wann einen Namen genannt hat.»

«Hör doch auf, das bildest du dir ein!», meinte die erste. «Wenn sie lange genug herumbohren, geht die Fantasie mit einem durch, so ist es. Wenn du vorher nichts wusstest von einem Namen, dann nannte er keinen Namen.»

«Doch. Wenn er aufgeregt war, nuschelte er mehr als üblich. Deshalb war er schwer zu verstehen. Sein italienischer Akzent machte es nicht leichter, und im Stress wurde dieser sehr viel stärker. Manchmal habe ich nicht alles verstanden, was er gesagt hat, und deshalb habe ich nicht immer gut zugehört. Aber heute ist mir klar geworden, was er immer wieder gesagt hat.»

«Was denn?», fragte eine Kollegin spöttisch. *«Mamma mia?»*

«Ist das etwa ein Name?» Ein missbilligender Blick strafte sie. «Er hat einen Namen genannt. Aber ich darf ihn nicht verraten, hat die Polizei gesagt. Vorläufig darf ich nicht darüber reden.»

«Ach, komm schon!» Gleich mehrere der Pflegerinnen und Pfleger redeten auf sie ein. «So geheim wird das wohl nicht sein, was du gehört hast.» «Das hat doch keine Bedeutung, du kannst es uns ruhig erzählen.» «Pro forma sagen sie das, aber niemand rechnet damit, dass man es ernst nimmt.»

Die Erzählerin zierte sich zunächst, konnte aber der Versuchung nicht lang standhalten. Sie nahm einen tiefen Zug, bevor sie sprach. «Eiri. Das ist es, was er immer wieder sagte: Eiri. Als sie nach einem Namen fragten, fiel es mir wie Schuppen von den Augen. Er sprach von einem Heiri! Durch seinen Akzent und seine manchmal wirre Erzählung war nicht leicht zu erkennen, wovon er sprach. Es war ein Name! Er sprach von einem Heiri, wenn er vom Fischen redete.»

«Du irrst dich», meinte ein Pfleger resolut. «Die Bullen haben dir so lange zugeredet, dass du zuletzt geglaubt hast, du hättest eine wichtige Entdeckung gemacht. Heiri! Dass ich nicht lache.»

Silke kaute das Biskuit ihres Cornets immer langsamer. Sie bemerkte kaum, wie ihr das geschmolzene Eis über die Finger lief. Heiri. Tief in Gedanken versunken realisierte sie, wie die Geschichte, die Mazzotta immer wieder erzählt hatte, sich zugetragen haben musste. Sie schnappte nach Luft.

Rasch stopfte sie den Rest des Glacés in den Mund und leckte notdürftig die Finger ab. Dann eilte sie, so rasch es ihr Körpergewicht zuliess, zurück zum Sitzungszimmer, wo die Polizisten die Befragungen durchführten.

Sie musste nicht lange warten, bis Valeriu heraustrat, gefolgt von Meta Schäfer, die die nächste Auskunftsperson holen wollte. «Mir ist etwas klar geworden», sagte sie atemlos. «Ich muss nochmals mit Ihnen reden.»

«Bitte», sagte Meta und trat zurück in den Raum.

Silke folgte ihr und setzte sich Camenisch gegenüber an den Tisch. «Ich spreche nicht Italienisch», begann sie. «Ich bin kein Sprachentalent und habe keinen Bezug zum Italienischen, kurz, ich verstehe kein einziges Wort dieser Sprache. Mazzotta benutzte hie und da italienische Ausdrücke, wenn er etwas erzählte. Sobald ich etwas nicht verstand, wenn er sprach, vermutete ich, dass es Italienisch war. Aber jetzt habe ich begriffen, dass ich mich in einem Fall geirrt habe.»

«In welchem Fall?», fragte Camenisch.

«Wenn er ‹Eiri› sagte, war das kein Ausruf. Wir sagen manchmal ‹heieiei› oder Ähnliches. Ich nahm an, ‹Eiri› sei die italienische Variante davon. Aber das stimmt nicht. Eiri ist ein Name. Er sprach von Heiri, aber in italienischer Aussprache. Er konnte das H nicht sagen.»

«Und was bedeutet das nun?»

«Das bedeutet, dass seine Erzählung vom Angeln präziser war, als ich dachte.» Sie zählte auf. «Er erzählte vom Fischer am Rhein. Er schilderte den Stein, das Blut, und er sprach von Heiri. Ich glaube, nein, ich bin überzeugt, er erzählte immer denselben Hergang: Heiri war am Ausgang der Viamala am Fischen. Jemand erschlug ihn. Es floss viel Blut. Der Pullover des Täters war rot.»

«Und wer soll Heiri gewesen sein?», fragte Meta Schäfer.

«Das weiss ich nicht. Er erzählte immer vom effektiven Tötungsdelikt, davon, was sich in diesem Augenblick dort zugetragen hatte. Über die Hintergründe des Verbrechens berichtete er nichts.»

Als Silke gegangen war, blieben Camenisch und Meta Schäfer sitzen.

«Sie scheint sich sehr sicher zu sein», bemerkte der Jüngere. «Entweder hat die andere Pflegerin allen brühwarm erzählt, dass sie den Namen Eiri gehört haben will, und sie glaubt nun, das sei ihr auch passiert. Oder aber es ist ihr wirklich klar geworden, als sie nach unserer Befragung weiter darüber nachdachte.»

«Oder beides», ergänzte Meta. «Als die andere von Heiri sprach, hat sie realisiert, was sie bis anhin nicht verstanden hatte. Das halte ich für möglich. Wir befragen sie nicht zum ersten Mal, sie ist uns zuvor als aufmerksame Zeugin aufgefallen.»

«Dass die andere ausgeplaudert hat, Mazzotta habe von Heiri gesprochen, dürfte trotzdem stimmen. Wir müssen uns beeilen, wenn wir noch ein paar der Pflegenden unvoreingenommen befragen wollen.»

Meta stand auf, um die nächste Angestellte zu holen.

Brigitte Fuchs hatte den Schuhladen ordnungsgemäss um halb sieben geschlossen. Wie meistens wurde es allerdings später, bis sie Feierabend machen konnte. Auf dem Heimweg wollte sie bei ihrer Mutter vorbeischauen. Nora Zuber litt unter der Hitze, deshalb häuften sich die Besuche der Tochter zurzeit.

«Hallo, Mama!», rief sie betont fröhlich, als sie über die Schwelle trat, obwohl sie müde war und sich nach ihrem Sofa sehnte.

Das Knarren des Fauteuils verriet ihr, dass ihre Mutter sie gehört hatte und sich regte.

Brigitte trat näher, um sie zu umarmen, schreckte aber zurück. «Um Himmels Willen, Mama, geht es dir schlechter? Du siehst furchtbar aus. Hast du genug getrunken?» Sie fasste die Mutter am Handgelenk. Ihr Puls ging normal.

«Ja, Kind, ich habe genug getrunken.» Nora richtete sich im Sessel auf. «Aber ich bin durcheinander.»

«Warum? Ist etwas passiert?»

Nora nickte. «Die Polizei war hier.»

«Was? Wer?»

«Frau Schäfer und Herr Camenisch», berichtete die Mutter. «Meta Schäfer kenne ich vom Sehen, du wohl auch.» Sie blickte ihre Tochter fragend an, die bestätigend nickte. «Herr Camenisch ist ein junger Mann und vermutlich noch nicht sehr lange in Thusis.»

«Der Name sagt mir nichts, aber egal. Was wollten sie?», fragte Brigitte. Sie zwang sich zur Geduld, als ihre Mutter lange schwieg.

«Sie haben mir etwas Unglaubliches erzählt. Sie haben mir Fragen gestellt. Ungeheuerliche Fragen.» Nora sprach nicht weiter. Als sie nervös an ihrem Rock herumnestelte, zitterten ihre Finger.

«Mama, ich mache mir Sorgen!» Brigittes Geduld war am Ende. «Ich hole dir jetzt ein Glas Wasser. Hast du überhaupt schon etwas gegessen? Soll ich dir ein Brot streichen? Oder magst du lieber ein paar Früchte?»

Nora lächelte unglücklich. «Ans Essen konnte ich bisher nicht denken. Erst jetzt verspüre ich Hunger. Ein gutes Zeichen, nicht wahr? Bitte hol mir ein Glas Wasser, und dann mach mir zwei Butterbrote und einen Kaffee, sei so gut. Ich rufe unterdessen deine Schwestern an. Ich muss mit euch allen reden.»

Brigitte nickte zögernd und gehorchte. Sie reichte ihrer Mutter das Telefon, bevor sie in der Küche verschwand.

Deren Telefonate waren kurz. Die beiden anderen Töchter, Marianne und Karin, begriffen sofort, dass etwas Schwerwiegendes vorgefallen sein musste, als sie ihre Mutter hörten. Beide wohnten im Umkreis von zwanzig Kilometern, wenn auch in unterschiedlicher Richtung, und setzten sich sofort ins Auto. Sie trafen kurz nacheinander bei Nora ein, die inzwischen gegessen hatte und sich etwas frischer fühlte.

«Die Polizei war heute hier», wiederholte sie, als ihre drei Töchter um sie herumsassen. «Es besteht die Möglichkeit, dass Heiri, euer Vater, nicht durch einen Unfall beim Fischen ums Leben kam.» Sie atmete tief ein, um Kraft zu sammeln. «Sondern ermordet wurde.»

Den drei Töchtern, obgleich selten um Worte verlegen, verschlug es die Sprache. Aus der Nachbarwohnung drang Musik durch die geöffneten Fenster herein. Ein lüpfiger Ländler. Es dauerte ein paar Takte, bis die erste sprechen konnte.

«Papa starb nicht beim Fischen am Ausgang der Viamala. Er wurde dort ermordet.» Marianne schaute Nora fragend an. «Ist es das, was du eben gesagt hast?»

«Ja. Er wurde mit einem Stein …» Noras Stimme zitterte, sie musste einen neuen Anlauf nehmen. «Er wurde mit einem Stein erschlagen.» Tränen strömten ihr übers Gesicht, sie flüsterte nur noch. «Wie Schlachtvieh. Wie ein verdammtes Poulet. Heiri, eine Seele von einem Menschen. Der nie jemandem etwas zuleide tat. Der euch und mich und die bescheidenen Genüsse des Lebens liebte. Erschlagen und im Rhein liegen gelassen.»

Karin setzte sich auf die Armlehne des Fauteuils. Als Jüngste erinnerte sie sich vor allem aus den Erzählungen ihrer Mutter und ihrer Schwestern an den Vater, der starb, als sie vier Jahre alt war. Sie legte den Arm um Nora und hielt sie fest, bis sie sich wieder gefasst hatte.

«Wer war es?», fragte Brigitte.

«Gerardo Mazzotta.»

Brigitte sprang entsetzt auf. Jetzt sprachen alle durcheinander.

Nora liess sie gewähren und sammelte derweil ihre Kräfte. «Setzt euch und hört zu», gebot sie schliesslich.

Die Töchter verstummten und gehorchten. Schockiert hörten sie sich an, was ihre Mutter über den Besuch der Polizei zu erzählen hatte. «Niemand zweifelte daran, dass Heiri verunglückt war», schloss sie. «Wie auch. Er hatte keine Feinde. Erst durch Mazzottas geistige Verwirrung im Alter drohte die Geschichte ans Licht zu kommen, er erzählte immer häufiger davon. Die Polizei vermutet, dass er deswegen ermordet wurde.»

«Moment», unterbrach Karin verwirrt. «Das verstehe ich nicht. Weswegen?»

«Die Polizei vermutet, dass Mazzotta ermordet wurde, weil er sich öfters verplapperte. Er erzählte davon, wie er Heiri im Rhein erschlagen und im Wasser liegend zurückgelassen hatte.»

«Ja, und?»

«Mazzotta hatte keinen ersichtlichen Grund, Heiri zu töten. Die Polizei vermutet, dass er mit dem Mord beauftragt wurde.» Nora verstummte.

«Und wer soll ihm den Auftrag gegeben haben?», fragte Karin zweifelnd.

«Ich», antwortete Nora.

Karin fuhr zurück und löste ihren Arm von Noras Schultern. Als Mariannes Glas zu Boden fiel, breitete sich eine kleine Pfütze aus. Nur Brigitte, die älteste der drei Schwestern, blieb ruhig. «Du sicher nicht», sagte sie bestimmt.

«Die Polizei scheint aber dieser Ansicht zu sein», widersprach Nora. «Sie fragten mich nach unserem Verhältnis aus. Ob mir Heiri bei meinem Wunsch nach einem Schuhladen im Weg gewesen sei. Ob ich ihn habe ermorden lassen, um meinen Traum zu verwirklichen.»

«Herrgott nochmal, das darf doch nicht wahr sein!» Marianne tastete nach ihren Zigaretten. Nora nickte ihr zu. Der Rauch in der Stube war im Moment ihr kleinstes Problem.

«Das ist doch vollkommen unsinnig!», ereiferte sich Karin. «Papas Tod traf dich hart, du hattest kein Einkommen mehr, kaum Ersparnisse, musstest zur kleinen Witwenrente dazuverdienen und dich um uns kümmern. Du hast dir bestimmt nicht gewünscht, dass Papa stirbt!»

«Aber ich habe mir einen Schuhladen gewünscht, das wussten damals alle.» Nora blickte traurig aus dem Fenster, durch das ein weiterer Schottisch hereindrang. «Ich war bei Weitem geschäftstüchtiger als euer Vater, auch das war allgemein bekannt. Heiri war ein guter Schuhmacher, aber er hatte keinen Ehrgeiz. Sobald genug Geld da war für die dringendsten Anschaffungen, verschwand er lieber in seinem Garten als in der Werkstatt.»

Die Töchter schwiegen nachdenklich. «Wäre dir lieber gewesen, er hätte mehr Geschäftssinn gehabt?», fragte Marianne.

«Natürlich!» Nora fuhr herum. «Denkst du, es war einfach damals? Wenn ich beim Bäcker wieder und wieder anschreiben lassen musste, weil mir das Geld fehlte, bis sich euer Vater wieder zum Arbeiten durchrang? Wenn wir den ganzen Sommer über von Kartoffeln und Gemüse aus dem Garten lebten, uns aber kaum einmal ein Stück Fleisch dazu leisten konnten? Wenn ich ihm Tage im Voraus eure Geburtstage ankündigen musste, damit ein kleines Fest und ein Geschenk drinlagen?»

Die Töchter schwiegen betroffen.

«Oft weinte ich aus Verzweiflung. Ich sah so klar vor Augen, dass dem Schuhverkauf die Zukunft gehörte. Mit kluger Planung und Fleiss liesse sich ein Geschäft aufbauen, das unseren Lebensunterhalt sichern und uns sogar einen bescheidenen Wohlstand ermöglichen würde. Aber Heiri wollte nichts davon wissen. Das Leben von der Hand in den Mund war in seinem Sinn, er verstand nicht, dass man sich mehr wünschen konnte. Dass ich mir mehr wünschte. Für mich, für euch.»

«Ich lebte bis heute in der Illusion, eure Ehe sei glücklich gewesen.» Marianne drehte bedrückt ihr Glas in den Händen.

«Das war keine Illusion!» Erneut suchten sich Tränen ihren Weg über Noras zerfurchte Wangen. «Wer konnte eurem Vater schon böse sein? Ich am allerwenigsten. Er war ein aussergewöhnlicher Mensch. Grossherzig, liebenswürdig, zufrieden mit sich und der Welt. Sein letztes Hemd hätte er weggegeben, wenn es jemand gebraucht hätte. Ihn ändern zu wollen, hatte keinen Sinn. Stattdessen eroberte ich mir meinen Platz auf meine Weise. Ich begann, vor der Werkstatt Schuhe zu verkaufen. Heiri belächelte die Idee. Aber ich liess nicht locker. Früher oder später hätte er nachgegeben, dann hätte ich meinen Ladentraum verwirklichen können. Es war eine Frage der Geduld. Eine Frage von Taktik und Eigensinn. Ich hätte es geschafft, ich wusste es.»

Brigitte stand auf, um in der Küche den Wasserkrug aufzufüllen. Aus dem Kästchen über dem Kühlschrank holte sie die Blechdose, in welcher die Mutter Biskuits und Schokolade aufbewahrte. Seit fünfzig Jahren stand sie am selben Platz. Während sie früher oft leer gewesen und der selten vorhandene Inhalt sparsam über Tage aufgeteilt worden war, war sie nun gut gefüllt. Sie nahm sie mit in die Stube.

«Wer hat Mazzotta also beauftragt?», fragte Marianne, als Brigitte sich gesetzt hatte.

Karin schüttelte frustriert den Kopf. «Der Gedanke ist unfassbar!», rief sie. «Wer sollte Papa ermorden lassen haben? Wie war es möglich, dass über vierzig Jahre lang niemand an einem Unglücksfall zweifelte?»

«Es muss doch einen Grund gegeben haben», ergänzte Marianne. «Irgendein Konflikt muss vorhanden gewesen sein. Warum hat man nie davon gehört? Es muss Gerüchte gegeben haben! Wenn Papa mit jemandem Streit gehabt hätte, hätte das ganze Dorf davon gewusst.» Sie fuhr auf. «Oder hatte er vielleicht Schulden?»

«Kein Gläubiger bringt den Schuldner um, dann würde er doch sein Geld nie mehr sehen», entgegnete Karin ungeduldig.

Marianne stimmte ihr kleinlaut zu.

«Die Polizei hat eigenartige Fragen gestellt», sagte Nora langsam. «Darüber, dass ich Heiris Garten der Süsswaren Thusis AG verkauft habe.»

«Was wollten sie wissen?»

«Nun, durch den Landverkauf hatte ich genügend Geld, um den Schuhladen zu eröffnen. Der Schuhladen sicherte unser Einkommen nach Heiris Tod.»

«Das hatten wir schon. Aber du hast ihn deswegen nicht umgebracht.»

«Nein. Aber wer immer ihn getötet hat, konnte davon ausgehen, dass ich den Garten würde verkaufen müssen, um mir eine Existenz aufzubauen.»

«Konnte er das?», fragte Karin zweifelnd.

«Ja. Das waren andere Zeiten. Kaum jemand nahm es leichten Herzens in Kauf, von der Sozialhilfe zu leben. Ich bestimmt nicht, ich hätte uns nicht mit der Witwen- und euren Waisenrenten durchbringen wollen. Es lag auf der Hand, dass ich aus der Schuhmacherwerkstatt und den bescheidenen Anfängen im Schuhhandel etwas machen würde. Niemand war überrascht, als ich die Wiese verkaufte, um den Schuhladen zu eröffnen.»

Brigitte war die erste, die dem Gedankengang ihrer Mutter folgen konnte. «Möchtest du damit sagen, jemand habe Papa ermordet, um an seine Wiese zu kommen?» Sie musterte ihre Mutter entsetzt.

«Hast du eine schlüssigere Idee?», fragte Nora.

15

Meta Schäfer, Walter Buess und Camenisch warteten auf das Erscheinen der Staatsanwältin. Die Mittagsschläfrigkeit verflog im Nu, als die -kova eiligen Schrittes nahte und ihnen eine Schachtel mit verschiedenen Glacés präsentierte. Gierig stürzten sie sich auf die Becher und Cornets.

Svetlana -kova wischte den Dank der Ermittler mit einer Handbewegung beiseite und kam sogleich zur Sache. «Wie ist der Ermittlungsstand im Fall Mazzotta? Wer beginnt?»

Meta ergriff das Wort. Sie berichtete von der erneuten Befragung des Personals im Altersheim und vom Resultat, nämlich dass zwei Pflegerinnen sich daran erinnerten, in Mazzottas Erzählungen vom Fischer am Ausgang der Viamala den Namen Heiri gehört zu haben.

Die Fortsetzung übernahm Camenisch. Er erzählte vom Besuch bei Nora Zuber, die sie tags zuvor damit konfrontiert hatten, dass ihr Mann Heiri vor über vierzig Jahren ermordet worden war und dass sie ein Tatmotiv gehabt hatte.

Dann kam Buess an die Reihe, der nach drei Monaten Innendienst mit unverhohlener Inbrunst von der Befragung der Gründer der Süsswaren Thusis AG berichtete. «Wir suchten die drei Herren nacheinander zu Hause auf. Eduard Demont wies die Vermutung, Mazzotta habe Heiri Zuber erschlagen, weit von sich. Die Äusserungen eines verwirrten alten Mannes seien nicht ernst zu nehmen, wir würden uns in etwas verrennen und falsche Fährten verfolgen. Als wir ihm klar machten, dass er der Auftraggeber gewesen sein könnte, verschlug es ihm zunächst die Sprache. Dann aber reagierte er aufgebracht. Er ereiferte sich immer mehr, fand den Verdacht ungeheuerlich und beteuerte seine Unschuld.»

«Was hält ihr von seiner Aussage?», fragte die -kova.

«Schwierig zu sagen», meinte Meta Schäfer. «Er wirkte sehr aufgewühlt. Ob das an der Erkenntnis lag, dass Heiri Zuber ermordet wurde, oder daran, dass er selbst verdächtigt wird, die Tat in Auftrag gegeben zu haben? Beides ist möglich.»

«Als nächstes gingen wir zu Viktor Jörimann. Er wurde kreidebleich, als wir ihm von der Ermordung berichteten, und brachte keinen einzigen Satz mehr zustande, nachdem wir ihn mit unserem Verdacht konfrontiert hatten. Er stand sichtlich unter Schock. Ob dieser daher rührte, dass er tatsächlich nichts wusste, oder ob es ihn schockierte, dass die Vorgänge aufgedeckt worden waren, lässt sich auch hier nicht sagen.»

«Hat Demont die beiden anderen Gründer nach eurem Besuch vorgewarnt?», fragte die Staatsanwältin.

«Natürlich nicht», antwortete Meta Schäfer. «Wir haben Stgier bei ihm zurückgelassen, um ihn am Telefonieren zu hindern, bis alle drei Befragungen abgeschlossen waren. Dieselbe Aufgabe übernahm Meuli bei Jörimann.»

«Zuletzt besuchten wir Peter Wasescha», fuhr Buess fort. «Faktisch sagte er dasselbe wie die beiden Kollegen: Das könne nicht wahr sein, er wisse von nichts und so weiter. Im Unterschied zu den anderen beiden meisterte er die Situation souverän. Er blieb ruhig, seine Antworten waren klar und aalglatt, er äusserte sich leicht von oben herab. Auch bei ihm ist es nach dieser ersten Befragung unmöglich zu beurteilen, ob er die Wahrheit sagt.»

«Du sagst es richtig», bestätigte Svetlana -kova, «das war eine erste Runde, weitere Befragungen müssen folgen. Nicht nur bei den Herren zu Hause, wir bestellen sie auch auf den Posten. Jetzt machen wir Druck.» Sie wandte sich an Camenisch: «Was haben die Recherchen im Internet und in den Zeitungen ergeben?»

«Heiri Zubers Tod schlug damals keine grossen Wellen in der Presse. Eine Polizeimeldung ging hinaus, die berichtete, er sei beim Fischen ausgangs der Viamala verunglückt, *that's it.* Dazu die übliche Todesanzeige, mehr ist nicht zu finden. Auch von den Süsswarenfritzen gibt es nicht viel zu lesen.»

Svetlana runzelte missbilligend die Stirn.

«Auch über die Gründer der Süsswaren Thusis AG ist nicht viel zu finden», korrigierte sich Camenisch. «Ein Leserbriefschreiber war einige Monate zuvor des Lobes voll für die Geschäftsleute Demont und Wasescha, die sich die Bürde aufluden, mit grossem persönlichem Risiko den Wohlstand des ganzen Tales steigern zu wollen und so weiter.»

«Nur diese beiden wurden genannt? Was ist mit Jörimann?»

«Jörimann stiess wohl erst später dazu», vermutete Camenisch. «Aber wie gesagt: Die Datenbasis ist dürftig. Die Grundstückskäufe wurden über den Familienbetrieb der Waseschas abgewickelt, eines alteingesessenen Handelsunternehmens in Thusis. Im Grundbuch ist vermerkt, dass die Firma von insgesamt vier Besitzern Land aufkaufte. Damit hatten sie den Boden für die Fabrik beisammen. Die Süsswaren Thusis AG wurde gegründet und unverzüglich mit dem Bau der Fabrik begonnen. Bereits ein Jahr später wurde der Betrieb aufgenommen.»

«Bei der Firmengründung war Jörimann aber dabei, nicht wahr?», vermutete Svetlana.

«Ja, ab diesem Zeitpunkt waren sie zu dritt unterwegs. Sie besassen zusammen die Aktienmehrheit, kleinere Anteile verteilten sich auf die Ehefrauen Demont und Jörimann sowie auf den Vater Wasescha.»

«War Wasescha nicht auch verheiratet?», fragte Meta.

«Nicht mehr oder noch nicht, du kannst es dir aussuchen. Seine Jugendsünde, die welsche Soldatenbraut und Mutter seiner zwei Kinder, war bereits wieder in die Romandie zurückgekehrt. Nicht lange nach Heiri Zubers Tod packte sie Kleider und Kinder zusammen und machte sich auf gen Westen.»

«Bitte bleib sachlich», wies ihn die -kova zurecht.

Camenisch hob die Schultern. «Die zweite Heirat folgte 1979, also ein paar Jahre nach der Firmengründung.»

Svetlana blickte auf die edle Uhr an ihrem Handgelenk. «Wir sind auf gutem Weg. Das weitere Vorgehen ist klar: Ihr macht Druck bei den drei Gründern der Süsswaren Thusis AG und bei Nora Zuber. Ihr behaltet dabei im Auge, dass es nicht vorrangig darum geht, das damalige Verbrechen aufzuklären, denn dieses ist ohnehin verjährt. Ihr findet darüber nur so viel heraus, wie nötig ist, um den Mörder Mazzottas zu finden. Ausserdem wird die Internetrecherche fortgeführt.»

Kaum hatte sich die Tür hinter der Staatsanwältin geschlossen, spottete Buess: «Wie kann sie bei dieser Hitze so kühl bleiben? Sie ist ein klimatisches Phänomen.»

«Und knochentrocken wie die Böden in diesem Sommer ist sie noch dazu», ergänzte Camenisch. «Los, Schäfli! Rück deine Pfefferminzbonbons raus. Wir brauchen alle eine gute Stimme, wenn wir den ganzen Nachmittag Leute befragen müssen.»

Annina Arpagaus kämpfte mit dem Schlaf. Das Sitzungszimmer am Firmensitz der Süsswaren Thusis AG war zwar klimatisiert, aber nur schon der Gedanke an das Wetter trieb ihr den Schweiss aus allen Poren. Zum tausendsten Mal schwor sie sich, ihre nächste Schwangerschaft besser zu planen. Bei dieser verfluchten Hitze einen überdimensionalen, seit sieben Monaten wachsenden Bauch herumtragen zu müssen, war kaum zumutbar. Dazu kam, dass der nachtaktive Sprössling ihr den Schlaf missgönnte. Jeden Tag erschien sie übermüdet im Büro, und die oftmals langweiligen Geschäftsleitungssitzungen machten es ihr nicht leicht, beim Protokollführen wach zu bleiben. Sie gab sich einen Ruck und begann, jedes gesprochene Wort in die Tasten zu hauen, wohl wissend, dass sie bei der Überarbeitung das meiste wieder löschen würde. Wenn ihre Finger beschäftigt waren, schafften es ihre Augen vielleicht besser offenzubleiben.

«Wir kommen zu Varia.»

Ende in Sicht, endlich. Ein paar belanglose Sätze, die jemand protokolliert haben wollte, dann würde es überstanden sein. Liebe Güte, der Vorsitzende hielt es für nötig zu erwähnen, dass Heiri Zuber vor über vierzig Jahren von Gerardo Mazzotta ermordet worden war. Das wussten inzwischen ohnehin alle. Die Nachricht hatte sich orkanartig verbreitet.

«Für die Polizei gibt es zwei mögliche Täterschaften, die Mazzotta den Auftrag erteilt haben könnten.» Das konnte sie wörtlich übernehmen. «Erstens seine Frau, die ihn vielleicht aus dem Weg haben wollte, um ihren Schuhladen gründen zu können.»

Ach ja? Das hörte sie zum ersten Mal. Ihre Müdigkeit war verflogen. Die Sitzung entwickelte sich beinahe spannend. Was mochte wohl noch kommen?

«Zweitens die Gründer unserer Firma, die von der Witwe das Land aufkauften, welches Heiri Zuber auf dem heutigen Firmengelände besessen hatte.»

Boah! Das war eine Sensation. Die drei alten Säcke die Mörder eines einfachen Handwerkers! Ungern erinnerte sie sich an ihre Schweigepflicht. Wie schade, dass sie das nicht weitererzählen durfte. Sie würde eine Menge Selbstdisziplin aufbringen müssen, um nach Feierabend den Mund zu halten.

Derweil ging die Diskussion los, wie sich die Firma in der problematischen Situation verhalten sollte. Sich vorbehaltlos hinter die Gründer stellen? Oder sich besser etwas distanzieren und auf die vielen verstrichenen Jahre hinweisen? Die Meinungen gingen auseinander, und die emotionalen Stellungnahmen erforderten ihre volle Aufmerksamkeit. Als jemand die Frage aufwarf, ob Eduard Demont in der jetzigen Situation noch tragbar sei als Betreuer des Ladens in der Raststätte, gingen die Wogen noch höher.

«Nach hitziger Diskussion einigt sich die Geschäftsleitung darauf, allfällige Anfragen zurückhaltend zu beantworten, keine Mutmassungen zu äussern und im Wesentlichen darauf hinzuweisen, dass zuerst die Ergebnisse der polizeilichen Ermittlungen abgewartet werden müssten. Eduard Demont soll den Laden vorläufig weiterbetreuen, allerdings wird die Situation genau beobachtet.» Diese beiden Sätze formulierte Annika während der Sitzung, und sie übernahm sie unverändert in die bereinigte Fassung des Protokolls.

Der Vorsitzende wollte vor dem Versand aus der «hitzigen» Diskussion eine «sachliche» machen, doch damit war Annika nicht einverstanden. Schliesslich einigten sie sich auf eine «längere» Diskussion. Des Weiteren wollte der Chef, dass Demont den Laden weiterbetreute, Punkt, weder «vorläufig» noch «allerdings» waren ihm genehm. Damit konnte Annika leben.

Das geschah allerdings erst am nächsten Tag, als sie ihre Fassung dem Vorsitzenden zur Begutachtung vorlegte. Am Abend nach der Sitzung erzählte sie ihrem Mann unter dem Siegel der Verschwiegenheit davon, und da sprach sie immer noch von einer hitzigen Diskussion und ausführlich von Demont. Später lag sie todmüde im Bett, während der Vater ihres Kindes beim Karatetraining weilte und ihr Kind sich offenbar ebenfalls dort wähnte. Die Fusstritte hinderten sie am Einschlafen und erlaubten es dem Gedanken, sie hätte wohl besser den Mund gehalten, kurz ihr Bewusstsein zu streifen.

Ursina Jörimann kehrte gegen Abend von einem Besuch bei ihrer Schwester im Unterland zurück. Sie hatte den Ausflug, die Bahnfahrt und das stundenlange Geplauder genossen und liess ein gutgelauntes Hallo erschallen, als sie die Haustür öffnete. Ihr Mann hielt sich wie üblich in seinem Arbeitszimmer auf, allerdings nicht am Schreibtisch. Er sass regungslos im Ohrensessel, den Blick zum Fenster gewandt.

«Herrje, Viktor, was ist mit dir los?», fragte sie erschrocken. Hirnblutung? Herzversagen? Ihre Fantasie ging mit ihr durch, als sie zu ihrem Mann eilte.

Dieser wandte sich langsam seiner Frau zu und murmelte eine Begrüssung.

Ursina fuhr zurück. Viktor war bleich, seine Augen glänzten ungesund. «Sprich mit mir!», flehte sie. «Was ist los? Bist du krank? Erkennst du mich überhaupt? Sag etwas, Viktor, bitte!»

Jörimann schlug die Hände vors Gesicht und rang um Fassung. «Heiri Zuber», stammelte er schliesslich, «… die Polizei …»

«Warte, so geht das nicht», sagte Ursina energisch. Sie verschwand und kehrte mit einer Flasche Williams und einem Glas zurück. «Trink das, es wird dich wiederbeleben. Und dann erzählst du der Reihe nach.»

Ihr Mann gehorchte und berichtete. Dass es sich beim toten Fischer um Heiri Zuber handelte. Dass sowohl seine Witwe Nora als auch die Gründungsmitglieder der Süsswarenfirma unter Verdacht standen, Mazzotta den Auftrag zu seiner Ermordung erteilt zu haben.

Ursina liess sich auf die Armlehne von Viktors Sessel sinken. «Was … wie … weshalb sollten du, Demont und Wasescha ihn ermorden wollen?»

«Um an sein Land zu kommen, natürlich. Er wollte seinen Garten nicht verkaufen. Also musste er verschwinden. Nora hing nicht am Garten.» Jörimann biss sich auf die zitternden Lippen. «Sie verkaufte ihn ein Jahr später an das Familienunternehmen Wasescha. Nach einem weiteren Jahr wurde die Firma gegründet.»

Ursina kniete vor ihren Mann hin und umfasste seine Hände mit ihren. «Sag mir, dass das nicht wahr ist, Viktor. Sag mir, dass du nicht an diesem Verbrechen beteiligt warst. Sag es mir!»

«Ich bin einer der Gründer der Süsswaren Thusis AG. Also bin ich an diesem Verbrechen beteiligt, egal, ob ich davon wusste oder nicht.»

«Es ist überaus edel, so zu denken, aber völlig fehl am Platz. Wenn du nichts davon wusstest, bist du unschuldig.»

«Verstehst du denn nicht? Ohne Heiris Land hätte es hier keine Süsswarenfabrik gegeben. Mit seinem Land konnte sie gebaut werden. Das Unternehmen hatte Erfolg, mehr als vierzig Jahre lang. Wie die anderen beiden auch machte ich Geld, gehörte bald zur vermögenden Oberschicht im Dorf. Aber das ganze Gebilde ist auf einem Verbrechen aufgebaut worden. Das Fundament der Süsswaren Thusis AG ist ein Mord. Begangen aus Gier und Masslosigkeit. Mehr als die Hälfte meines Lebens stehen meine Füsse auf der Leiche eines braven Mannes.» Er schluchzte auf.

«Aber du hast ihn nicht getötet! Es trifft dich keine Schuld», rief Ursina verzweifelt.

«Wer dann? Entweder einer oder gar beide der Männer, mit denen ich vierzig Jahre lang durch dick und dünn ging. Oder die Witwe, die der Firma das begehrte Land verkaufte. In beiden Fällen ist die Fabrik der Grund dafür, dass Heiri Zuber ermordet wurde. In beiden Fällen bin ich mitschuldig an seinem Tod.»

«Du bist nicht mitschuldig, wenn du nicht einmal davon gewusst hast, begreif das doch.» Ursina musste sich beherrschen, um ihren Gatten nicht zu schütteln.

«Ich bin mitschuldig. Ob mich ein Gericht vielleicht freisprechen würde, ist einerlei. Moralisch bin ich schuldig.»

Ursina erkannte, dass Viktor nicht von dieser Meinung abzubringen war. Sollte er sich wirklich darauf versteifen, war sein Leben zerstört. Sie wusste, wie seine Zukunft in diesem Fall aussähe: Er würde das Haus kaum mehr verlassen und sich vollends in seinen Büchern vergraben. Das durfte sie nicht zulassen, wusste aber nicht, wie sie es verhindern konnte. Sie fühlte sich überfordert, machtlos, ratlos. «Du bist unschuldig. Du hast Mazzotta nicht beauftragt, Zuber zu töten», wiederholte sie.

«Nein, das habe ich nicht, das stimmt. So wenig wie Nora.»

«Warum bist du dir bei Nora so sicher?», fragte Ursina.

«Weil Nora ein rechtschaffener Mensch ist», antwortete Viktor Jörimann.

Ursina verdrehte die Augen.

«Sie waren eine glückliche Familie, auch wenn Heiri seine Frau dann und wann zum Verzweifeln brachte», fuhr Jörimann fort. «Nora müsste eine kaltblütige, gefühllose Frau gewesen sein, der ihr Mann egal gewesen war oder den sie sogar hasste. Das ist kompletter Unsinn.»

Im Grunde musste ihm Ursina beipflichten. Allerdings konnte man sich in anderen Menschen irren, warum nicht in Nora? Sie ertappte sich dabei, mit dem Gedanken zu liebäugeln, dass die Witwe der Tat überführt würde. Damit wöge die vermeintliche moralische Schuld ihres Gatten etwas weniger schwer.

«Bitte ruf die Kinder an», bat Jörimann. «Sie sollen es nicht aus der Zeitung oder, schlimmer noch, von den Klatschmäulern erfahren.»

Ursina erhob sich mühevoll und ging zum Telefon.

Peter Wasescha hatte sich von den Ereignissen nicht davon abhalten lassen, am Abend an der Sitzung der Wanderleiter teilzunehmen. Er stand über der Sache, er brauchte sich nicht zu verstecken und wäre nicht um eine Antwort verlegen, wenn ihn jemand darauf ansprechen würde.

Zuerst war alles gut gegangen. Wie er erwartet hatte, begegneten ihm alle freundlich wie immer. Zwar suchte niemand den Kontakt zu ihm, aber es wich ihm auch niemand offensichtlich aus. Wie immer hatte es viel zu erzählen gegeben, bis endlich alle eingetroffen waren. Die Gespräche drehten sich ausnahmslos ums Wandern. Berggänger-Smalltalk.

Auch die Sitzung verlief zunächst problemlos. Einige Traktanden führten zu Diskussionen, andere waren rasch erledigt. Stefan brachte wie immer bei jeder Gelegenheit an, die Farbe für die Wegmarkierungen sollte bei einem anderen Händler gekauft werden, und Ueli beklagte wie immer, der Bauer soundso pflege die Wege nicht genügend.

Schliesslich kamen sie zum Traktandum sechs, Erneuerung Wegmarkierung am Dreibündenstein. Der Präsident fragte nach zwei Freiwilligen, die diese Aufgabe übernehmen könnten.

«Das kann ich machen», meldete sich Peter Wasescha. «Wer hilft?»

Das Schweigen zog sich in die Länge. Franz grübelte den Dreck unter seinen Fingernägeln hervor, Werner malte Wegweiser auf seinen Block, Susanne wühlte in den Taschen ihrer Outdoorjacke herum.

«Danke, Peter», sagte der Vorsitzende schliesslich. «Das Wegstück ist nicht besonders lang und einfach zu begehen, ich denke, das schaffst du problemlos allein. Oder du kannst jemanden aus dem Bekanntenkreis mitnehmen.»

«Sicher, kein Problem», stimmte Wasescha leichthin zu. Er liess sich die Wut nicht anmerken, die in ihm brodelte. Das hatte es noch nie gegeben. Normalerweise fanden sich sofort zwei, drei Mitglieder für Arbeiten dieser Art. Hätte die Sitzung vor zwei Tagen stattgefunden, wären ihm umgehend zwei Helfer zur Verfügung gestanden. Heute begegnete ihm nur verlegenes Schweigen. Diese Demütigung traf ihn wie eine Ohrfeige.

Die gute Stimmung, die zuvor geherrscht hatte, war dahin. Die Sitzung verlief zusehends harziger, alle waren froh, als sie zu Ende war. Wie immer wechselten sie anschliessend vom Sitzungszimmer ins Restaurant, um den Abend ausklingen zu lassen.

Mühselig kamen erste Gespräche in Gang. Wasescha fragte sich, ob er seinen Eistee so rasch wie möglich leeren und den Heimweg antreten sollte. Nein. Das würde einer Kapitulation gleichkommen, einem feigen Abgang. Er wollte mindestens eine halbe Stunde durchhalten.

So weit kam es nicht. Nach zwanzig Minuten verkündete Curdin, er gehe nach Hause, er müsse am nächsten Morgen früh aus dem Haus. Als hätte er den ersehnten Startschuss abgegeben, erhoben sich alle zum Aufbruch. Hätte Wasescha seinen Vorsatz befolgt, eine halbe Stunde durchzuhalten, wäre er die letzten zehn Minuten allein am Tisch gesessen. Er stand ebenfalls auf.

16

«Ciao, *Basatta*!», begrüsste Simon seine Urgrossmutter.

Lars beobachtete gerührt, wie seine Mutter den Urenkel anstrahlte und dieser überraschend uncool lächelte.

«Ciao, Simon», antwortete Rösli. «Stell dir vor, seit einer Woche weiss ich, wie man heutzutage Teenager wie dich nennt.»

«Wie mich?»

Rösli nickte. «Ja. Männlich, lang, dünn, mit Frisur.»

«Gibt es einen Ausdruck dafür?», fragte Lars schmunzelnd.

«Und ob! Man nennt sie ...», Rösli legte eine Kunstpause ein, «Lauch!»

Lars lachte schallend. «Passt», meinte er mit Blick auf Simon.

Dieser grinste. «Wie hast du das herausgefunden? Hast du gegoogelt?»

«Nein», antwortete Rösli, «ich lasse die Finger von Google. Das hat Elviras Enkel erzählt, als er mit seiner *nonna* in der Cafeteria war und ich mich dazusetzte.»

Jetzt näherte sich ihre Tochter Maria, die Simons rosarote Halbschwestern vor sich herschob. Die süssen Mädchen grüssten artig. Fabienne bildete den Schluss.

Rösli schaute glücklich in die Runde. An diesem prachtvollen Sommertag mit ihren Lieben einen Ausflug zu machen, diesen Teil der Familie gesund und zufrieden um sich geschart zu sehen und in ihrem hohen Alter das Treffen noch voll und ganz geniessen zu können, erfüllte sie mit tiefer Dankbarkeit.

In den folgenden zwei Stunden gönnten sie sich ein vorzügliches Mittagessen. Sie unterhielten sich lebhaft, lachten viel und schwatzten wild durcheinander, weshalb der Lärmpegel immer höher wurde. Wie früher, dachte Rösli, wie damals, als ihr Mann noch lebte, mit vier Kindern am Küchentisch.

Nach dem Dessert wollten die rosaroten Mädchen endlich auf den Spielplatz, wie es ihnen versprochen worden war. Sie nötigten ihre Grossmutter Maria mitzukommen, weil diese sie erfahrungsgemäss eher machen liess, was sie wollten. Bereitwillig gab Maria nach. Dadurch fand es Fabienne notwendig, ebenfalls mitzugehen, schliesslich musste jemand dafür sorgen, dass ihre Mutter die Mädchen nicht alles machen liess.

Als Fabienne Simon aufforderte, ebenfalls mit nach draussen zu kommen, griff Rösli ein.

«Aber nein, er soll hier bei mir bleiben.»

«Er soll mit uns kommen», widersprach Fabienne, «dann kannst du dich ungestört mit deinem Sohn unterhalten.»

«Simon stört doch nicht, im Gegenteil!»

Simon warf seiner Mutter einen triumphierenden Blick zu und setzte sich auf den Stuhl neben Rösli. Seine Mutter gab nach.

Als sich die Tür hinter dem Grüppchen geschlossen hatte, wurde Rösli ernst. «So, meine Lieben. Jetzt berichte ich euch, was in den letzten Tagen alles passiert ist.» Sie referierte zehn Minuten lang. Vom Fischer am Rhein, den Mazzotta erschlagen hatte. Dass der Fischer Heiri Zuber gewesen sein musste. Von den möglichen Auftraggebern und ihren Motiven. Darüber, dass Elvira, Emanuele und sie die Polizei benachrichtigt hatten. Als sie geschlossen hatte, blieb es lange still.

Dann war es Simon, der als erster sprach. «Das ist ja verrückt!», meinte er. «Du hast meinen Bericht über Wasescha gelesen, und dabei ist dir klar geworden, dass der Tote am Rhein, von dem Mazzotta jeweils erzählte, Heiri Zuber war. Stimmt das wirklich?»

«Natürlich stimmt das, was denkst du denn?» Rösli warf Simon einen vorwurfsvollen Blick zu. «Du hast mir sehr geholfen, auch abgesehen von dieser Erkenntnis. Beim Lesen deiner Dossiers fühlte ich mich in die damalige Zeit zurückversetzt, ich sah das Dorf wieder vor mir, wie es vor vielen Jahren war. Du hast darin einiges aufgeführt, was ich vollkommen vergessen hatte. Du hast es mir wieder ins Bewusstsein gebracht.»

«Wirklich? Was denn?», fragte Simon.

«Dass sich zuerst Demont und Wasescha fanden, zum Beispiel. Jörimann stiess erst unmittelbar vor der Gründung der AG dazu, als das Land beisammen war und mit dem Bau der Fabrik begonnen wurde. Oder dass Wasescha damals verheiratet war, diese welsche Frau war mir völlig entfallen. Oder dass Jörimann Pilze kontrollierte. Das wusste ich wirklich nicht mehr, obwohl ich hie und da selbst zu ihm ging, wenn ich welche gefunden hatte. Oder Demont, der Theater spielte. Ich sehe ihn noch vor mir, wie er in einem Schwank einen Kunstmaler spielte, der die Welt zum Narren hielt. Es war köstlich, er hatte wirklich Talent.»

«Diese welsche Frau war Colette, nicht wahr?», meldete sich nun Lars zu Wort. «Ihr Sohn hat oft mit uns gespielt, obwohl er einiges jünger war als ich. Wie hiess er nur?»

«Jean-Claude», antwortete Rösli. «Colette wählte französische Namen für ihre Kinder, zum Leidwesen ihrer Schwiegereltern. Diese hätten wohl lieber einen Hanspeter oder Johann-Jakob gesehen.»

«Er war ein treuherziger Bursche.» Lars erinnerte sich mit wehmütigem Lächeln. «Ich glaube, ich war für ihn der Grösste, er himmelte mich regelrecht an. Darauf bildete ich mir etwas ein, das weiss ich genau, ich fühlte mich geschmeichelt.»

«Warst du auch einmal an einem Konzert von Demonts Band?», fragte Simon neugierig. Seine *Basatta* am Rocken, die Vorstellung überforderte seine Fantasie.

Rösli lachte. «Nein, das war ich wirklich nicht. In den Siebzigerjahren hörte ich mir deutsche Schlager an. Manchmal kaufte ich mir eine Schallplatte. Eine Single kostete damals fünf Franken fünfzig, ich hatte eine kleine Sammlung davon.»

«Oh ja, die haben wir uns rauf und runter angehört», bestätigte Lars. «Monia. Griechischer Wein. Er hat ein knallrotes Gummiboot.»

«Einmal um die ganze Welt. Immer wieder sonntags», fiel Rösli begeistert ein. «Und wie hiess das andere? Wenn du denkst, dann denkst …»

«Wenn du denkst, du denkst, dann denkst du nur, du denkst», antwortete Lars wie aus der Pistole geschossen. «Juliane Werding.»

Simon schüttelte grinsend den Kopf über seine Ahnenschaft.

Munter plätscherte der Hinterrhein über die Steine am Ausgang der Viamala, die er seit Jahrtausenden bearbeitete. Dort, wo das Wasser ruhiger floss, schimmerte es smaragdgrün. Die Sonnenstrahlen erreichten den Fluss nicht mehr, eine angenehme abendliche Kühle nötigte Nora, sich eine Strickjacke über die Schultern zu legen.

«Der Ort hat gelitten, seit die Autostrasse gebaut wurde», sagte sie mehr zu sich selbst als zu ihrer Tochter Marianne, die neben ihr sass. «Damals war es hier paradiesisch schön. So nah beim Dorf, und trotzdem abgeschieden. Vom Strassenverkehr war kaum etwas zu hören, weil das Rauschen des Wassers alles übertönte. Es gab sonnige Plätzchen, obwohl man sich fast schon in der engen Schlucht befindet, und sandige Stellen, so dass man sich einbilden konnte, man sei in Italien am Strand.»

Marianne lächelte versonnen. «Ich kann mich gut daran erinnern. Einmal war ich mit ein paar Kolleginnen hier. Wir schlugen alle Warnungen der Kraftwerke in den Wind und vergnügten uns auf den Steinen im Bachbett. Plötzlich stieg das Wasser an, wir bemerkten es zu spät. Wir mussten Schuhe und Hosen ausziehen und durchs Wasser an Land waten, es war eiskalt, und die Strömung machte uns zu schaffen.»

«Das hast du mir nie erzählt», meinte Nora.

«Natürlich nicht. Ich erzählte dir, meine Stofftasche sei kaputt gegangen, ich hätte sie weggeworfen, weil sie nicht mehr zu flicken gewesen sei. In Tat und Wahrheit lag sie zu nah am Fluss, das steigende Wasser riss sie mit, und mit ihr die Brötchen, die noch drin waren.»

Nora seufzte. «Dein Vater war oft hier. Er parkierte sein Mofa oben beim Maschinenhaus und versuchte sein Glück beim Fischen. Besonders erfolgreich war er nicht, aber er hatte seine Freude daran.»

«Sei nicht so hart», schmunzelte Marianne, «immerhin gab er sein Bestes!»

«Meinst du wirklich?» Nora lachte auf. «Ich vermute, manchmal lag er einfach nur hier und liess die Fische in Frieden. Und wenn im Maschinenhaus der Kraftwerke jemand am Arbeiten war, hatten die Forellen ebenfalls nichts zu befürchten. Dann ging er dorthin für einen Schwatz anstatt ins Bachbett.»

«Hätte er an diesem schrecklichen Tag damals bloss untätig in der Sonne gelegen, dann würde er vielleicht noch leben!»

«Wohl kaum, Mazzotta hätte bestimmt nicht aufgegeben.» Nora presste die Lippen aufeinander. «Dass Heiri so sterben musste! Erschlagen. Im Wasser liegen gelassen. Aus lauter Geldgier. Weil ein paar Verbrecher die Hälse nicht voll genug kriegen konnten.»

Aus der Schlucht näherten sich Brigitte und Karin.

«Wir haben die Stelle nicht mehr gefunden», berichtete die Ältere. «Das Aussehen des Bachbetts verändert sich ständig, jedes Unwetter formt es neu.»

Nora fuhr fort, als hätte sie nichts gehört. «Als die Mercerie an der Neudorfstrasse aufgegeben wurde, setzte sich Eduard Demont dafür ein, dass ich die Lokalität mieten konnte, um mit dem Schuhladen an die Hauptstrasse umzuziehen. Dieser verlogene, bigotte Mörder!» Sie rang verzweifelt die Hände. «Über vierzig Jahre lang war ich ihm dankbar für seine Unterstützung. Anspucken hätte ich ihn sollen, wenn ich ihm auf der Strasse begegnet bin, anstatt ihn zu grüssen.»

Keine der Töchter fand tröstende Worte. Der ohnmächtigen Wut der alten Frau hatten sie nichts entgegenzusetzen.

«Warum denkst du, dass Demont den Auftrag gegeben hat?», fragte Brigitte nach langem Schweigen. «Es könnte genauso gut Jörimann oder Wasescha gewesen sein. Oder alle drei zusammen.»

«Moralisch sind alle drei schuld. Sie werden den Mord gemeinsam beschlossen haben.»

«Ich habe gestern Abend ein wenig im Internet über die Unternehmung recherchiert», berichtete Karin. «Zuerst fanden sich Wasescha und Demont. Sie entwickelten die Geschäftsidee. Demont hatte den überragenden Einfall mit den Gummilöwen. Waseschas Familienbetrieb kaufte den Boden für die Fabrik. Jörimann stiess erst dazu, als mit dem Bau begonnen wurde. Zu diesem Zeitpunkt wurde die AG gegründet, das Land wurde von Waseschas Vater gekauft.»

Nora blieb hart. «Möglich, dass Jörimann nicht aktiv am Verbrechen beteiligt war oder wirklich nichts davon wusste», räumte sie ein. «Trotzdem verdankt auch er sein Geld und Gut der Ermordung eures Vaters.»

«Sind sie glücklich geworden damit?», frage Karin. «Mazzottas Sohn endete als Drogentoter, Waseschas Frau verliess ihn mitsamt den Kindern und kehrte in die Westschweiz zurück, und Demonts Ehe besteht seit Jahrzehnten nur noch auf dem Papier.»

«Rede keinen Schwachsinn», wies Nora sie zurecht. «Alle drei Gründer und auch Mazzotta blicken auf ein beruflich und gesellschaftlich erfolgreiches Leben zurück. Sie sonnten sich im Ansehen, sie wurden geachtet, sie wurden reich. Und sie stahlen Heiri ein halbes Leben, in welchem er seinen bescheidenen Genüssen hätte frönen können und in welchem er euch ein guter Vater gewesen wäre.»

Karin schwieg betroffen. Was sie gesagt hatte, war als unbeholfener Trost gedacht gewesen. Sie hatte gehofft, damit den Schmerz ihrer Mutter etwas zu lindern. Doch Nora schien unempfänglich zu sein für begütigende Worte, sie schien zurzeit nichts als Bitterkeit zu empfinden. Sie umfasste schweigend die Hand ihrer Mutter, die diese in ihrem Schoss zur Faust geballt hatte.

Das hatte es noch nie gegeben. Eduard Demont erzählte von seinen Enkelkindern. Er hatte sich mit Peter Wasescha zu einem abendlichen Aperitif im «Weiss Kreuz» getroffen. Auch Jörimann hätten sie gerne dabeigehabt, doch dieser hatte sich geweigert, das Haus zu verlassen.

Wasescha brachte dafür wenig Verständnis auf. Sah Jörimann denn nicht, wie wichtig es in ihrer Situation war, Stärke zu zeigen? Was für einen Eindruck mochte es machen, wenn sie nur zu zweit am Tisch sassen? Würden die übrigen Gäste im Restaurant vermuten, ihre Einheit beginne zu bröckeln? Damit würden sie wohl nicht einmal falsch liegen, dachte er verärgert.

«Dass es so schwierig ist, Velofahren zu lernen», sagte Demont gerade. «Der Junge stellt sich an, als gäbe es keine grössere Herausforderung auf Erden.»

Wasescha lachte und warf eine passende Bemerkung ein. Drei Kollegen aus dem Gewerbeverein betraten das Lokal. Sie grüssten freundlich und setzten sich an einen anderen Tisch.

«Ich glaube, am besten gefällt ihm der Velohelm. Er hat ihn über und über mit Abziehbildchen beklebt.»

Wieder zwang sich Wasescha zu einem Lächeln. «Spiderman?», fragte er.

Demonts Antwort bekam er nicht mit, denn die Tür öffnete sich erneut. Zwei Kameraden aus dem Rotary-Club. Sie nickten höflich und gesellten sich zu den Gewerblern.

«Gab es zu unseren Zeiten auch Velos mit Rücktritt? Ich kann mich nicht erinnern.» Demont sprach tapfer weiter.

«Die Militärvelos hatten jedenfalls Rücktritt», bemerkte Wasescha. Sein Blick folgte der Serviertochter, die zum Tisch der Herrengruppe trat. Jemand machte einen Witz, es wurde herzlich gelacht.

Während Demont etwas von Knie- und Ellbogenschonern schwafelte, erhob sich eine Gruppe Frauen von ihrem Tisch vorne am Fenster. Wasescha beobachtete, wie sie sich krampfhaft bemühten, nicht in seine und Demonts Richtung zu blicken, während sie den Herren am anderen Tisch zuwinkten.

«Die ganze Ausrüstung kostet ein Vermögen, sag ich dir», jammerte Demont. Allmählich wurde es ihm zu bunt. Er bemühte sich redlich um ein harmloses Geplänkel, und Wasescha unterstützte ihn kein bisschen. Nach dessen Enkelkindern konnte er ihn nicht fragen, um das Gespräch etwas in Schwung zu bringen. Diese lebten in der Romandie. Demont wusste, dass Wasescha sie noch nie gesehen hatte.

Wasescha pflichtete ihm bei, dass sich mit Sport und Freizeit Umsatz machen liess. Zwei jüngere Handwerker traten ein und schauten sich in der Gaststube um. Er setzte zu einem Gruss an, doch die beiden wandten sich rasch ab und setzten sich an einen Tisch beim Eingang.

Demont blickte verstohlen auf die Uhr. Fünfzig Minuten waren verstrichen, das musste reichen. «So», rief er seinem Gegenüber fröhlich zu, «mein Magen verlangt nach etwas Festem. Mal schauen, ob meine Frau heute Abend Teigwaren in die Pfanne haut!»

Dass das ein frommer Wunsch war, wusste Wasescha. Eher würde Demont einmal mehr für sich selbst sorgen müssen, weil seine Frau irgendwo unterwegs war. Trotzdem machte er eine Bemerkung darüber, wie schön es sei, bekocht zu werden, er müsse für sich selbst schauen.

«Beklage dich bloss nicht», grinste Demont. «Das ist der Preis dafür, dass du niemandem Rechenschaft schuldig bist und tun kannst, was du willst. Kein schlechtes Geschäft, würde ich sagen.»

«Stimmt», pflichtete ihm Wasescha bei. Er zückte sein Portemonnaie und entnahm ihm eine Zwanzigernote, um damit der Serviertochter zu winken. Es dauerte, bis diese endlich in seine Richtung blickte.

Lars wälzte sich von einer Seite auf die andere. Dieses verdammte Wetter! Er übernachtete bei seiner Schwester und deren Familie, die in einer Dachwohnung hauste. Dachwohnung! Wo sich die Hitze staute wie in einem Backofen. Hätte sie den Klimawandel geahnt, würde sie damals eine Wohnung im Souterrain gekauft haben.

Nach dem Essen mit Rösli und der halben Verwandtschaft hatte er sich mit einem Freund aus Jugendtagen getroffen, der ihm Kaffee und Kuchen vorgesetzt hatte. Anschliessend war er zum Abendessen bei seinem Bruder eingeladen gewesen, das nicht gerade karg ausgefallen war. Um die Völlerei zu verkraften, hatte er dem Schnaps zugesprochen. Nicht zu knapp, der Schwager hatte laufend andere Flaschen herangetragen. Seinem Bauch hatte es wohlgetan, doch der Hochprozentige, der ihm im Winter jeweils angenehm warme Füsse bescherte, erhitzte ihn im Sommer unangenehm stark.

Er drehte sich auf den Rücken und fuhr sich über die Stirn. Wie schön wäre es gewesen, ein Fenster zu öffnen, aber das ging nicht, weil beide Flügel seit Stunden sperrangelweit offen standen. Die Hitze machte trotzdem keine Anstalten, sich nach draussen zu verziehen. Oder war es die Kühle, die nicht in diesen elenden Brutofen hineinwollte?

Heiri Zuber. An ihn konnte er sich nicht besonders gut erinnern. Er wusste noch, wie man sich im Dorf von seinem Tod erzählt hatte: Er sei beim Fischen verunfallt. Seine Frau werde es schwer haben. Insbesondere seiner Mutter ging Noras Schicksal nahe. Rösli, die ihren Mann ebenfalls in jungen Jahren verloren hatte, wusste, was auf die Witwe zukam. Während Rösli auf die Unterstützung ihrer Verwandtschaft hatte vertrauen können, die zahlreich in der Region zu Hause war und durch enge Familienbande zusammengehalten wurde, stand Nora nahezu allein. Heiri Zubers Verwandte lebten im Engadin, und Nora besass nicht viele Angehörige. Wenigstens ihre Mutter wohnte im angrenzenden Tal, sie stand der jungen Witwe so gut sie konnte zur Seite.

Jean-Claude Wasescha. Ein treuherziger Bube, war er gewesen, sein Fan. Wo er wohl leben mochte? So viele Leute lernte man im Laufe eines Lebens kennen, ging eine kurze oder längere Zeit auf demselben Weg in dieselbe Richtung, dann sah das Schicksal eine unterschiedliche Zukunft für jeden vor, und man hatte sich zum letzten Mal im Leben gesehen, ohne dass es einem in diesem Moment bewusst gewesen wäre. Jean-Claude hätte er gerne wieder einmal getroffen. Aber wer weiss, vielleicht würde die Begegnung in einer Enttäuschung enden. Vielleicht wären sie zu stark auseinandergedriftet und hätten sich nichts mehr zu sagen.

Wagemutige Velotouren hatten sie gemeinsam unternommen. Colette, Jean-Claudes Mutter, hatte damals keine Ahnung, wohin er und seine Kameraden den Kleinen überall mitschleppten; sie wäre zweifellos entsetzt gewesen. Im

Nolla, dem wilden Bergbach, der bei Thusis in den Hinterrhein mündete, hatten sie tagelang Stauwehre gebaut, Feuer gemacht, Hütten errichtet. Durchnässt und verdreckt waren sie heimgekehrt. Die Mütter hatten nicht viel gefragt, die Kleider in den Wäschekorb geworfen und die Buben in die Badewanne gesteckt. Auch, wenn sie wütend und zerschunden erschienen waren, weil es einen handgreiflichen Streit mit anderen Kindern gegeben hatte, führte das damals kaum zu grossen Diskussionen. Das mussten die Buben und Mädchen unter sich ausmachen, war die Regel. Die Eltern hielten sich heraus, solange niemand ernsthaft litt oder zu Schaden kam.

Etwas anderes war es allerdings, wenn sie wirklich Mist gebaut hatten. Wie oft hatte seine Mutter seinen ältesten Bruder am Kragen gepackt und ihn förmlich aus der Wohnung gezerrt, damit er sich beim Nachbarn, beim Bauern, beim Händler entschuldigte? Lars schmunzelte in der Dunkelheit. Gustav hatte auf diese Weise gelernt, wie wichtig es war, sich nicht erwischen zu lassen. Ein Schlitzohr war er geblieben.

Lars selbst war weniger erfolgreich gewesen im Schabernack anstellen. Allermeist war er dabei erwischt worden. Eine Zeitlang waren bei ihnen Telefonstreiche gross in Mode gewesen. Ganze Nachmittage hatten sie damit zugebracht, wildfremde Menschen anzurufen und ihnen haarsträubende Geschichten zu erzählen. Jemand sei bei den Angerufenen im Keller, oder aus deren Schlafzimmerfenster steige Rauch empor, oder die Bäckerin habe das Rückgeld falsch abgezählt und sie hätten noch einen Fünfliber zu gut.

Lars kapitulierte. Er stand auf und trat ans Fenster, um wenigstens einen leisen Lufthauch zu erhaschen. Jean-Claude hatte diese Telefonstreiche geliebt, er war jeweils ganz aus dem Häuschen, wenn er ein Gespräch führen durfte, und ging noch Tage später stolz wie ein kleiner Pfau durchs Quartier. Womöglich noch grössere Freude hatten dem Kleinen ihre technischen Unternehmungen gemacht. Vielleicht war er Radioelektroniker geworden, wer weiss? Hörspiele hatten sie aufgenommen. Lars lachte auf, als er daran dachte. Mit einem Kassettengerät, gross wie ein Reisekoffer, und einem klobigen Mikrophon hatten sie selbst erfundene Geschichten aufgezeichnet. Darauf war ihre Agentenphase gefolgt, in der sie das Tonbandgerät nutzten, um Gespräche der Eltern aufzunehmen, die diese führten, wenn die Kinder nicht im gleichen Zimmer waren. Auf diese Weise erfuhren sie, dass das Gartentor und der VW Käfer in Wahrheit nicht demoliert worden waren, weil Jean-Claudes Mutter das Auto ungeschickt gesteuert hatte, sondern weil der Vater eines Abends betrunken am Steuer gesessen hatte.

Lars ächzte. Er fühlte sich immer noch sanft gegart. Sollte er sich tatsächlich hinsetzen und im Internet nach Jean-Claude Wasescha suchen? Besser nicht, beschloss er nach einem Blick auf die Uhr. Er brauchte den Schlaf, am Morgen stand ihm ein neuerlicher Marathon im Familien- und Bekanntenkreis bevor. Es dauerte allerdings eine weitere halbe Stunde, bis er endlich einschlief.

Marcos staunte einmal mehr über seine Kameraden. Würde er je verstehen, was diesen so gut daran gefiel, den ganzen Dorfklatsch durchzukauen? Ihm ging es doch am Arsch vorbei, wer den Ausweis nicht mehr hatte, weil er mit zu viel Alkohol im Blut gefahren war, oder welche Freundin mit wem Schluss gemacht hatte. Schlimmer war es nur noch dann, wenn sich die Gespräche um Leute drehten, die seit Urzeiten in Thusis daheim waren, die er in den meisten Fällen nicht kannte und die ihm sowieso egal waren. Es lag ihm fern zuzugeben, dass seine hier lebende portugiesische Verwandt- und Bekanntschaft keinen Deut besser war und dass an ihren Festen, Grillpartys und Familientreffen genauso leidenschaftlich Neuigkeiten ausgetauscht wurden.

«Die drei Gründer der Süsswaren Thusis AG sind voll im Fokus», sagte einer gerade.

Offenbar hatte Marcos etwas verpasst. Wovon war jetzt die Rede?

«Klar. Demont, Jörimann und Wasescha profitierten direkt davon, dass Heiri Zuber starb und seine Witwe sein Land verkaufen musste.» Der Kollege setzte eine gewichtige Miene auf. «Aber Nora ist auch nicht zu vergessen.»

«Nora Zuber?», fragte der erste. «Quatsch. Sie litt doch am allermeisten unter Heiris Tod.»

«Zuerst schon. Aber dann profitierte sie am allermeisten davon.» Der andere schaute sich Beifall heischend um. «Stimmt doch! Sie verkaufte die unrentable Schuhmacherwerkstatt und setzte voll auf den Schuhverkauf. Neues Geschäftsmodell. Es rentierte.»

Jetzt hatte Marcos den Anschluss wiedergefunden. Sie mutmassten, wer Mazzotta in den Siebzigerjahren den Auftrag zum Mord an Heiri Zuber gegeben haben könnte. Aber doch nicht Nora! «Sag mal, spinnst du?», fuhr er den anderen hitzig an. «Lernst du so einen Scheiss an deiner Hochschule? Dir hat's voll ins Gehirn geschissen. Nora Zuber, verdammt! Du bist verrückt. Sie würde nie jemanden umbringen!»

Die Burschen wurden neugierig, Fragen prasselten auf ihn nieder. «Ey, Mann, warum verteidigst du sie so?» «Woher willst du das wissen, kennst du sie etwa besser als wir?» «Was war das denn? Portugal verteidigt Arme und Alte?»

Marcos realisierte, dass er, wie so oft, geredet hatte, bevor er nachgedacht hatte. Die doofen Bemerkungen erzürnten ihn umso mehr. Er ballte die Fäuste und versuchte, sein Temperament im Zaum zu halten.

«Ja, ich kenne Nora Zuber!» Sollte er etwa erzählen, dass sie ihn einmal beim Klauen im Elektronikfachgeschäft erwischt hatte? Er war todsicher gewesen, dass die alte Frau die ausgestellten Radiowecker studierte und nichts mitbekam, aber er hatte sich geirrt. «Mach dich nicht unglücklich, Junge!», hatte sie zu ihm gesagt. Der Schreck war ihm in die Glieder gefahren, er hatte sie mit offenem Mund angestarrt. Wie alt er sei, hatte sie gefragt, und ihn richtig auf vierzehn geschätzt. Wie in Trance hatte er seine Beute unter dem Pullover hervorgekramt und in ihre ausgestreckte Hand gelegt. Starr vor Schreck hatte er erwartet, dass sie eine Verkäuferin rufen oder ihm zumindest die Leviten lesen würde. Nichts dergleichen geschah. Sie hatte ihn bloss angeschaut. Es war ihm vorgekommen, wie wenn sie bis in sein Herz geblickt hätte. Als hätte sie eine Entscheidung getroffen, hatte sie ihm zugenickt und zum Ausgang gedeutet. Seit diesem Ereignis wechselte sie stets ein paar freundliche Worte mit ihm, wenn sie sich zufällig im Dorf begegneten. Nora hatte regen Anteil genommen an seiner Berufswahl und sich mit ihm über den abgeschlossenen Lehrvertrag gefreut.

«Ich kenne Nora Zuber», wiederholte er. «Sie würde niemals etwas tun, das nicht richtig ist, niemals! Ich kenne sie, sie ist eine coole Frau.»

Einige der jungen Männer musterten ihn neugierig. Der eine oder andere reimte sich zusammen, dass sich Marcos' und Noras Wege einmal auf irgendeine bedeutende Weise gekreuzt haben mussten.

«Ich weiss zwar nicht, weshalb du sie so verteidigst, aber du hast recht», pflichtete ihm einer bei. «Nora kenne ich, seit ich lebe, sie wohnt nicht weit weg von unserer Familie. Der

Gedanke, sie hätte jemanden getötet, ist völlig absurd.»

«Keiner von euch hat sie vor vierzig Jahren gekannt. So lange ist es aber her, dass ihr Mann starb», wandte ein anderer ein. «Menschen können sich ändern.»

«Du kennst sie nicht, also halt die Fresse, okay?», fuhr ihn Marcos an und erhob sich halb vom Stuhl.

«Hey, *easy!*», meinte sein Tischnachbar und zog ihn auf den Stuhl zurück. «Beruhige dich!»

Die anderen wechselten eilig das Thema. Der Lehrling im Sportgeschäft war von seiner Freundin verlassen worden, weil sich diese in den neuen Postautochauffeur verliebt hatte. Alle stürzten sich gierig auf die Neuigkeit.

Später ging Marcos zu Fuss nach Hause, allein. Auf dem Heimweg kam ihm das Gerede über Nora wieder in den Sinn. Wie konnte jemand Nora so einer Tat verdächtigen! Er hatte sie schon lange nicht mehr gesehen. Er war sich nicht einmal sicher, ob er ihr hätte in die Augen schauen können. Nora hatte ihm eine zweite Chance gegeben. Aber er war so ein gottvergessener Idiot, dass er trotzdem weiter Scheisse gebaut hatte. Ein Velo ausgeliehen und nicht zurückgebracht. Einen Einkaufswagen aus der Migros im Nolla versenkt. Für Minderjährige Zigaretten und Bier gekauft. Geklaut hatte er nicht mehr, fast vier Jahre lang. Bis zu diesem Sommer.

Marcos hatte die Schulanlage erreicht, in ein paar Minuten würde er zu Hause sein. Er setzte sich auf eine Bank. Welcher Teufel hatte ihn geritten, als er es vor einigen Wochen wieder versucht hatte? Er schüttelte ratlos den Kopf. Wie konnte er so blöd sein? Warum baute er andauernd Scheisse? Klar wusste er, dass er damit seine Lehrstelle, seine Zukunft aufs Spiel setzte. Bloss kam ihm das im entscheidenden Augenblick jeweils nicht in den Sinn. Okay, manchmal baute er Mist, nachdem er gesoffen oder gekifft hatte. Ob es daran lag? Eigentlich spielte es keine Rolle. Er konnte es drehen und wenden, wie er wollte: Würde Nora von seinem neuerlichen Diebstahlversuch erfahren, wäre sie masslos enttäuscht von ihm. Zu Recht, das wusste er. Deshalb würde er ihr nicht in die Augen schauen können.

Wieder war er mit einem blauen Auge davongekommen. Wieder war er auf einen Menschen gestossen, der Verständnis hatte für einen jugendlichen Flegel. Zweimal hatte er unglaubliches Glück gehabt. Es sollte ihm endlich eine Lehre sein. Zwei Menschen hatten es gut mit ihm gemeint, zuerst Nora und jetzt der Getränkehändler. Er durfte sie nicht mehr enttäuschen. Er wollte ihnen wieder in die Augen sehen können.

17

Meta brütete über dem Bericht für die Staatsanwältin. Am Vortag hatten sie die drei Süsswarenherren befragt, Camenisch hatte im Internet recherchiert, und sie hatten die Alibis dieser drei und Nora Zubers überprüft. Sie stand frühmorgens vor der Aufgabe, die Resultate auf Papier zu bringen. Die -kova war seit ihrer letzten Sitzung ausser Haus und würde erst am nächsten Tag zurück sein. Sie hatte mehrmals darauf gepocht, bis halb neun den Bericht zugestellt zu bekommen. Die Zeiger der Wanduhr rückten gegen halb acht.

Einen Kaffee hatte sie sich bereits geholt. Sie hätte einen weiteren vertragen können, zwang sich aber zur Selbstdisziplin.

Als Erstes berichtete sie über die neuerliche Befragung der Süsswarenfritzen. Du liebe Güte, sie benutzte tatsächlich dieselben unflätigen Ausdrücke wie der Junior. Zuerst widmete sie sich Eduard Demont. Am Tag, als Mazzotta starb, hatte er in der Raststätte gearbeitet. Im Anschluss daran war er im «Bernina» eingekehrt. Um acht oder spätestens halb neun war er nach Hause gegangen, hatte sich etwas gekocht und den Rest des Abends vor dem Fernseher verbracht. Seine Frau war erst um Mitternacht von einer Musikprobe heimgekehrt. «Soweit, wie möglich, haben wir alle Angaben überprüfft, sie wurden alle bestätigt», schrieb Meta. Diese leidige Rechtschreibung! Sie strich das f, die rote Wellenlinie verschwand. Die Kommas hatte sie wie immer nach dem Zufallsprinzip gesetzt, leider half ihr die Rechtschreibeprüfung dabei nicht weiter.

Jörimann war der nächste. Er verfügte über ein hieb- und stichfestes Alibi. Kurz nach sechs Uhr abends war er mit dem Auto nach Chur gefahren, seine Frau hatte ihn begleitet. Er hatte um neunzehn Uhr im Rätischen Museum einen Vortrag besucht zu den militärischen Verteidigungsanlagen aus dem Zweiten Weltkrieg in der Viamala und weiteren strategisch wichtigen Orten auf der Nord-Süd-Achse in Graubünden. Obwohl das Thema nach Metas Ansicht keinen halbwegs normalen Menschen vom Hocker reissen konnte, hatten sich gegen fünfzig Personen eingefunden. Mit einigen von ihnen hatte sich Jörimann zu einem anschliessenden Abendessen verabredet. Mit angeregter Diskussion und lebhafter Fachsimpelei verbrachten sie den Abend im «Franziskaner», bis dieser gegen Mitternacht schliessen wollte. «Jörimanns Anwesenheit im Rätischen Museum ist bezeugt. Bis Mitternacht war er immer in Gesellschaft einiger Bekannter.» Diese blöde rote Linie, wie schrieb sich nur das Museum? Meta probierte es gross, klein, rhätisch, rähtisch, die Linie blieb hartnäckig stehen. Sie musste das Internet bemühen, um festzustellen, dass ihr erster Versuch richtig gewesen war. Word kannte Rätien nicht, das war alles.

Fehlte noch Wasescha. Dieser hatte sich abends allein in der Hobbywerkstatt eines Bekannten aufgehalten, die etwas abseits zwischen zwei Dörfern im Domleschg lag. Am Wochenende stand ein Arbeitseinsatz an: Am nördlichen Ausgang der Viamala sollte ein Erlebnisrundgang errichtet werden, was von den Wanderleitern mit einem Tag Fronarbeit unterstützt wurde. Wasescha hatte in der Werkstatt das Material bereitgestellt, die Pläne an den Wänden aufgehängt und geprüft, ob genügend Werkzeug bereit stand. Da vorgesehen war, den Tag mit Bier und Grillade abzuschliessen, hatte er den Kühlschrank gefüllt und die Arbeitsutensilien mit solchen zum Essen ergänzt. «Er konnte …» Meta stockte. Wie zum Teufel schrieb man wohl detailliert? Da ihr kein anwendungsfreundlicheres Synonym einfiel, musste sie den Onlineduden zurate ziehen. «… detailliert über seine Tätigkeiten Auskunft geben, woraus zu schliessen ist, dass er sie selbst getätigt hat. Ob er sie aber an diesem Abend getätigt hat, steht nicht zweifelsfrei fest. Sein Auto wurde aber im Lauf des Abends von zwei unterschiedlichen Zeugen vor der Werkstatt gesichtet, was dafür spricht, aber kein eindeutiger Beweis ist.» Dreimal «tätig» und dreimal «aber» in zwei Sätzen? Sie war Polizistin, nicht Journalistin, das musste der -kova genügen.

Fehlte noch Nora Zuber. Diese hatte sich mit drei Freundinnen zum Jassen getroffen. Alles bezeugt. Eine der Frauen hatte sich sogar daran erinnert, dass Nora an diesem Abend zweimal einen Slalommatch gemacht und zusammen mit ihrer Partnerin jedes Spiel gewonnen hatte, während sie selbst fünfzehn Franken in die Kasse hatte legen müssen. «Es kann also ausgeschlossen werden, dass Nora Zuber Gerardo Mazzotta ermordete.»

Das alles war aber nur die eine Seite der Medaille. Auch so

ein hinterlistiges Wort, dachte Meta, zum Glück musste sie nichts über Medaillen schreiben. Die Kehrseite war, dass der Täter wieder jemanden engagiert haben könnte, um den Mord auszuführen. Wie schon Mazzotta engagiert worden war in den Siebzigerjahren, vermutlich von der gleichen Täterschaft. Es war allerdings ungleich schwieriger, eine fremde Person so weit mit den Gegebenheiten im Altersheim vertraut zu machen, dass diese unbemerkt eintreten, zu Mazzotta vordringen und wiederum unbemerkt verschwinden konnte. «Im Vergleich zu diesem denkbaren Tathergang war der damahlige Mord am Ausgang der Viamala, der in einsahmer Umgebung stattgefunden hatte, ein Kinderspiel.» Sie strich zwei h, zwei Wellenlinien verschwanden. Der Satz wurde dadurch nicht verständlicher. Muss sich die -kova halt ein wenig anstrengen, dachte Meta, sie wird das schaffen. Noch nicht einmal acht Uhr. Sie war stolz auf sich. Entschlossen schickte sie den Bericht ab, bevor sie sich den wohlverdienten zweiten Kaffee des Tages gönnte.

Maria sass mit der Zeitung vor sich am Tisch, als ihr Bruder Lars aus der Tür des Gästezimmers trat. Er wirkte verschwitzt, vermutlich litt er wie ein Hund unter der Sommerhitze. «Hast du gut geschlafen?», begrüsste sie ihn schmunzelnd.

«Ja. Nein. Sag mal, Maria, wie lautet deine Adresse hier?»

Lars wirkte etwas verwirrt. Maria fragte sich, ob er am Vorabend zu viel Schnaps getrunken hatte, aber das brauchte sie nicht zu kümmern. Jedenfalls war er noch nicht warmgelaufen mit Reden. Er formulierte zwar korrekte Sätze, aber er sprach sie mit schwedischem Tonfall aus. Bündner Dialekt in nordischem Singsang, das war wie Rentiere am Heinzenberg, fand sie. Sie nannte ihm ihre Mailadresse.

«Nein, nicht die. Ich meine die Postadresse.»

«Wozu brauchst du die denn?», wunderte sich Maria, gab aber bereitwillig Auskunft. Als Lars sein Telefon zückte, verschwand sie in der Küche, um Kaffee zu kochen. Wenig später kehrte sie zurück und hörte erstaunt, dass Lars sich aufgeregt mit seiner Tochter unterhielt. Ihre Schwedischkenntnisse hatten nachgelassen, aber sie reichten aus, um zu verstehen, wovon die Rede war.

«Du sollst die Kassette in ein Paket packen, dieses an deine Tante adressieren und auf die Post bringen, das ist doch nicht schwer zu verstehen! … Was meinst du mit Höhlenbewohner? … Es ist mir egal, was die Technik kann, ich brauche diese Kassette, und zwar dringend! … Quatsch, es dauert doch nicht eine Woche, bis sie hier ist, ein Flugzeug braucht ein paar Stunden … Zoll? … Ja, ich höre zu … Nicht per Post? Aber … Ja, ich höre zu … Du denkst, das funktioniert? … Stimmt, muss ich nicht begreifen … Aha … Du schickst mir einen Link, und dann kann ich mir die Kassette anhören? … Wenn du meinst …» Lars verdrehte die Augen. «Was, heute noch?», staunte er. «Ja, mach das!»

«Erste Hilfe in moderner Technik?», fragte Maria lachend.

Lars liess sich auf den Stuhl plumpsen und griff gierig nach der Kaffeetasse. «Höhlenbewohner sagt sie mir! Sind deine Kinder auch so frech?»

«Oh ja. Sag mal, was ist denn mit dieser Kassette, die du so dringend brauchst?», fragte Maria.

«Mutter hat mir gestern von diesem Mord im Altersheim erzählt», antwortete Lars. «Dass die ehemaligen Direktoren der Süsswaren Thusis AG alle unter Verdacht stehen. Dabei sind wir auf Waseschas Sohn Jean-Claude zu sprechen gekommen.»

«Der Kleine, der dir wie ein Schatten gefolgt ist?», grinste

Maria. «Er war so süss. Was wohl aus ihm geworden ist? Er wurde nie mehr hier gesehen, seit er mit seiner Mutter und seiner Schwester ins Welschland zurückgekehrt ist. Wann war das?»

«Das ist es ja.» Lars griff nach einem Gipfeli. «Es war unmittelbar nach Zubers Tod.»

«Ja, und?» Maria konnte keinen Zusammenhang erkennen.

«Ich habe schlecht geschlafen und alles Mögliche geträumt. Aber am Morgen ist mir klar geworden, was damals passiert ist. Warum Colette Hals über Kopf ausgezogen ist. Was wir Kinder nicht begriffen haben.»

Maria betrachtete ihn prüfend. «Das tönt dramatisch.»

«Es ist dramatisch.» Lars befeuchtete den Zeigefinger, um die Brosamen auf dem Tisch zusammenzuklauben.

«Verrätst du mir mehr?», fragte Maria.

«Noch nicht», antwortete Lars bedauernd. «Zuerst muss ich mir die Kassette nochmals anhören, um ganz sicher zu sein. Dann muss ich mir überlegen, was zu tun ist.»

Maria kannte ihren Bruder gut genug, um zu wissen, dass es keinen Wert hatte, ihn zu drängen. «Was hast du darüber hinaus für Pläne heute?», wechselte sie das Thema.

«Besuchermarathon natürlich.»

«Wirst du zum Mittagessen hier sein?», fragte Maria.

«Kommt drauf an», antwortete Lars, genau wie früher. «Was kochst du denn?»

Maria verweigerte die Antwort.

Als Ursina am Morgen die Küche betrat, stellte sie beunruhigt fest, dass Viktor zusehends mitgenommener aussah.

«Guten Morgen», begrüsste sie ihren Mann, der zusammengesunken am Tisch sass und mit beiden Händen eine leere Tasse umfasste. «Hast du überhaupt geschlafen?»

«Ich habe nachgedacht.»

«Die ganze Nacht?», fragte Ursina lächelnd und strich ihm über den Rücken. «Worüber denn?»

«Worüber wohl? Kann ich in dieser Situation an etwas anderes denken als an den Mord an Heiri Zuber?» Ursina holte Luft, aber er liess sie nicht zu Wort kommen. «Ja, ich kann. Ich habe auch über die Ermordung Mazzottas nachgedacht.»

Ursina seufzte und setzte sich. «Was versprichst du dir davon? Ausser, dass du bald zusammenbrichst, wenn du weder isst noch schläfst?»

«Abgesehen von Demont, Wasescha, mir und Nora Zuber gibt es noch jemanden, der Mazzotta in Zusammenhang mit seiner Tat in der Viamala ermordet haben könnte.»

«Wer?», fragte Ursina neugierig.

«Demonts Frau», antwortete Jörimann.

Ursina lachte laut auf. «Die? Die hat keine Ahnung, woher das Geld kam, das ihr Mann nach Hause brachte, so wenig interessierte sie sich für die Süsswaren. Ihr Mann ist ihr sowieso egal, ich bin sicher, sie weiss kaum mehr, wie er aussieht.» Sie äffte den romanischen Akzent nach. «Der Eduard? Genau, jetzt, wo du es sagst! Ist er nicht der Vater meiner Kinder?»

«Hör auf», wies Jörimann sie zurecht. «Du hast nie etwas anderes als das Nötigste mit ihr gesprochen. Woher willst du wissen, was in ihrem Kopf vorgeht?»

«Ich weiss es, Viktor.» Ursina wurde sachlich. «Sie ist eine Frau, die sich an die Konventionen hält. Ihr Terminplan ist ausgefüllt mit gemeinnützigen und kulturellen Tätigkeiten im Tal, deshalb ist sie oft unterwegs. Ihre wildesten Zeiten durchlebte sie in den Siebzigern, als sie – ei, wie gewagt! – Miniröcke trug. Demont war hingerissen von ihren langen Beinen und den grossen braunen Augen, und weil sie damals nicht ohne den Segen des Pfarrers mit ihm ins Bett hüpfte, hat er sie geheiratet.»

Jörimann nickte zustimmend. Auch er konnte sich an diese Zeit erinnern. Die zurückhaltende, attraktive Frau, die Demonts Jagdtrieb herausforderte oder seinen Beschützerinstinkt weckte oder beides, jedenfalls kam es zur Hochzeit. Er hätte keine bessere Gattin finden können. Sie schaute zu Hause zum Rechten und beklagte sich nie, wenn er sich zeitweilig kaum zu Hause blicken liess. Ob seine Frau auch zufrieden war mit diesem Arrangement? Jörimann wusste es nicht. «Vielleicht hast du recht», räumte er ein. «Aber es gibt noch jemanden, der Mazzotta ermordet haben könnte.»

«Wer ist es diesmal?» Ursina hob spöttisch eine Augenbraue.

«Du», antwortete Jörimann.

Wieder lachte Ursina auf. «Ich? Spinnst du?»

«Erinnerst du dich an den Tag, als Mazzotta in seinem Bett ermordet wurde?»

«Natürlich, was denkst du denn?», antwortete Ursina wütend. «Wir fuhren zusammen nach Chur. Du besuchtest abends um sieben irgendeinen Vortrag im Museum. Ich besorgte ein paar Sachen in der Stadt und fuhr anschliessend mit dem Zug weiter nach St. Gallen, wo ich im Hotel übernachtete, weil dort am nächsten Morgen in aller Herrgottsfrühe eine Sitzung angesagt war.»

«Eine Vorstellung des städtischen Projekts über Stadtwildtiere, ich weiss.»

Ursina nickte. «Ja, mit Informationen und Workshops. Wie hätte ich mit diesem Programm Mazzotta töten sollen, wie stellst du dir das vor?»

«Du wusstest, dass ich zuerst den Vortrag besuchen und anschliessend zum Essen gehen wollte. Die Treffen mit den

Kollegen dauern jedes Mal lange, das ist dir bekannt. Du konntest davon ausgehen, dass ich erst um Mitternacht nach Hause aufbrechen würde.»

«Davon hätte ich ausgehen können», stimmte Ursina zu. «Wenn es mich gekümmert hätte. Hat es aber nicht. Es spielte für mich keine Rolle, denn ich hatte nicht im Sinn, mit dir zurückzufahren. Ich reiste weiter nach St. Gallen.»

«Ja, ich weiss.» Jörimann machte eine Pause, bevor er hinzufügte: «Aber ich weiss nicht, wann.»

Ursina lachte verächtlich. «Was denkst du, wann der letzte Zug nach St. Gallen fährt? Bestimmt lange vor Mitternacht. Ich nahm nicht einmal den letzten, sondern einen früheren, denn ich musste ja zeitig aufstehen und fit sein am nächsten Tag.»

«Es dürfte das kleinste Problem gewesen sein, später noch nach St. Gallen zu gelangen», erläuterte Jörimann. «Per Mietwagen, zum Beispiel. Oder du hast in Chur oder Sargans übernachtet, weil kein Zug mehr fuhr, und nahmst den ersten am nächsten Morgen.»

«Hast du den Verstand verloren, Viktor?», flüsterte Ursina. «Denkst du das wirklich?»

«Ich halte es für möglich, ja.»

«Wie kommst du darauf? Warum sollte ich das getan haben? Das ist doch alles irrwitzig, es ergibt keinen Sinn!»

«Doch, es ergibt Sinn», widersprach Jörimann. «Dann nämlich, wenn du verhindern wolltest, dass Mazzotta in seiner Verwirrung verriet, wie Heiri gestorben war. Das wiederum hattest du nur zu befürchten, weil du wusstest, dass Heiri ermordet worden war. Und das wiederum konntest du nur wissen, weil du damals dabei warst oder mindestens über die Tat im Bilde warst.»

Ursina erbleichte. «Damit ich das richtig verstehe: Du beschuldigst mich, ich hätte vor über vierzig Jahren Heiri Zuber ermordet und jetzt auch noch Gerardo Mazzotta?»

«Ich halte es für möglich, ja», wiederholte Jörimann und musterte sie unverwandt.

«Du denkst, ich hätte damals am Rhein den Fischer erschlagen? Ich? Eine junge Frau einen strammen Handwerker?»

Jörimann neigte den Kopf. «Wenn du den Mord nicht eigenhändig ausgeführt hast, könntest du ihn in Auftrag gegeben haben. Oder du wusstest zumindest davon.»

«Warum? Meine Güte, als Heiri starb, hatten wir uns eben erst näher kennengelernt. Wir waren frisch verliebt. Du arbeitetest im Transportbetrieb deiner Familie und hattest nichts am Hut mit den Süsswaren, noch viel weniger ich selbst.»

«Doch», widersprach Jörimann, «Wasescha hatte bereits seine Fühler ausgestreckt, er hatte mir einen Wechsel in die neue Firma schmackhaft machen wollen. Ich hatte nur noch nicht angebissen, aber der Köder war ausgelegt.»

«Das ist sehr weit hergeholt, Viktor, und es ergibt keinen Sinn!» Ursina schüttelte verzweifelt den Kopf. «Die Süsswaren Thusis AG war noch nicht viel mehr als eine Vision, ich hatte mit dieser Firma nichts zu tun. Ich arbeitete auf dem Büro einer Baufirma in Thusis und träumte davon, eine Familie zu gründen, so sah mein Leben zu dieser Zeit aus.»

«Wir waren uns näher gekommen damals. Wir hatten uns im Ausgang kennengelernt, wo sich die jungen Leute der ganzen Region jeweils trafen. Auf Tanzveranstaltungen, in einschlägigen Lokalen. Die Auswahl war klein, es gab nicht viele verschiedene Vergnügungsmöglichkeiten.»

Ursina nickte bestätigend. Diese Zeit schien ihr eine halbe Ewigkeit zurückzuliegen.

«Es war allen bekannt, was Demont und Wasescha für

grosse Pläne hatten mit der Gründung der Fabrik. Auch dir. Du fandest den Traum der beiden faszinierend und interessiertest dich brennend dafür, ich erinnere mich gut.»

«Ja, das stimmt. So eine wagemutige Idee! Aber viel mehr als ein spektakuläres Projekt war es damals nicht.»

«Manche belächelten die Idee, das ist richtig», sagte Jörimann. «Tatsächlich war es aber so, dass Demont und Wasescha mit der Planung bereits weit fortgeschritten waren. Wasescha hat mir die Unterlagen damals unterbreitet: Es war alles da. Sie waren damit bereits bei den Banken vorstellig geworden. Ich bin sicher, du hast dieses Dossier auch gesehen. Du liessest dich anstecken von der Begeisterung der beiden. Die Fabrik sollte auch dein Kind sein.»

«Demont schwatzte damals bereits gern», erinnerte sich Ursina mit einem leisen Lächeln. «Sobald er von der Fabrik anfing, war er nicht mehr zu bremsen. Möglich, dass es ihm manchmal gelang, andere mit seiner Begeisterung anzustecken, vielleicht auch mich. Er war ein guter Verkäufer.»

«Die Fabrik wurde tatsächlich auch dein Kind. Mit unserer Eheschliessung hast du ins Unternehmen hineingeheiratet.»

Ursina erhob sich aufgebracht. «Du weisst nicht, was du sagst!» Tränen liefen über ihre Wangen, ihre Stimme zitterte. «Wirf einen Blick zurück auf die vergangenen vierzig Jahre! Schau mir in die Augen und sag mir ins Gesicht, dass du in dieser Zeit nicht glücklich gewesen bist. Sag es, wenn du kannst!»

«Es waren vierzig glückliche Jahre, Ursina. Noch vor drei Tagen war ich zufrieden mit mir selbst, mit meinem Leben, mit meinem beruflichen Erfolg und meinem Familienglück. Jetzt weiss ich, dass alles mit dem Leben eines unschuldigen Menschen bezahlt wurde. Ich verachte mich selbst, ich kann mir im Spiegel nicht mehr in die Augen schauen. Überall, wo mein Blick hinfällt, sehe ich Heiris Gesicht vor mir. Heiris Tod, der all das hier möglich gemacht hat.» Mit einer fahrigen Bewegung umfasste er sein Arbeitszimmer, sein Haus, sein Umfeld, sein Leben.

«Diese Grübelei treibt dich in den Wahnsinn, Viktor! Du musst einen Weg zu finden, mit der Vergangenheit abzuschliessen!»

«Das würde ich vielleicht schaffen.» Auch Jörimann stand auf. «Wirklich zur Verzweiflung treibt mich die Gegenwart. Die Nacht, als Mazzotta ermordet wurde.»

«Deine Überlegungen sind Hirngespinste!», rief Ursina. «Hör auf, dir irgendwelche Theorien zusammenzufantasieren. Du warst in Chur, ich war zuerst in Chur und später in St. Gallen. Das ist alles, was zählt.»

«Das ist das, was ich bis gestern geglaubt habe und was ich gerne glauben würde.» Jörimann strich sich mit der Hand über die Stirn. «Aber dann realisierte ich, dass das nicht stimmt.»

«Wie das?»

Jörimann setzte sich wieder und nahm geistesabwesend die Tasse in beide Hände. «An jenem Abend verliess ich den ‹Franziskaner› zusammen mit meinen Kollegen. Es war kurz vor Mitternacht. Zu zweit gingen wir ins Parkhaus. Jörg hatte ganz in meiner Nähe parkiert. Als wir mein Auto erreicht hatten, blieben wir stehen und schwatzten weiter. Ob ich zufrieden sei mit dem BMW, fragte er. Ich hatte gerade die Beifahrertüre geöffnet, um meine Mappe auf den Sitz zu legen, und sie wieder geschlossen. Er trat näher und warf einen Blick ins Auto. Damit er die Tür öffnen konnte, trat ich zurück.»

Als er schwieg, wurde Ursina ungeduldig. Sie hatte keine Ahnung, was es mit dieser langatmigen Geschichte auf sich hatte. «Ja, und?», fragte sie.

«Ich antwortete ihm, ich sei sehr zufrieden mit dem Auto, und strich über die Motorhaube.» Wieder hielt Jörimann inne, bevor er endlich zum Punkt kam. «Der Motor war warm, Ursina. Als wäre das Auto eben erst parkiert worden, nicht fünf Stunden zuvor.»

Ursina schüttelte ungläubig den Kopf. «Du streichelst dein Auto und glaubst zu erkennen, dass der Motor warm ist? Höre ich richtig? Das wird dir aber erst einige Wochen später bewusst, und daraus schliesst du nun, dass du mit einer Mörderin verheiratet bist? Ist es das, was du mir sagen willst?»

Jörimann schwieg, Ursina setzte sich ebenfalls wieder an den Tisch.

«Schau mir in die Augen und sag mir ins Gesicht, dass du das glaubst», flüsterte sie.

«Ich weiss nicht, was ich glauben soll», sagte ihr Mann leise.

Marcos lag ausgestreckt auf seinem Bett. Die unregelmässigen Arbeitszeiten, die ihm seine Lehre als Koch bescherte, hatten durchaus ihre Reize. Während seine Kollegen alle längst im Stollen waren, hatte er lange geschlafen. Er würde erst am Nachmittag antreten müssen. Und erst am späten Abend nach Hause kommen, natürlich, aber das war ihm hundertmal lieber als der Lärm des Weckers in aller Herrgottsfrühe.

Er hatte sich in der Küche eine Packung Popcorn geholt und war wieder ins Bett gegangen, wo er sich nun mit seinem Handy beschäftigte. Klar hatte auch Marcos alles über Mazzottas Tod und die neusten Entwicklungen bei der Lösung des Falls mitbekommen, aber es hatte ihn nur mässig interessiert. In den neun Jahren, seit er aus Portugal nach Thusis verfrachtet worden war, hatte er anderes zu tun gehabt, als sich um die einheimischen Dorfgrössen zu kümmern. Mist zu bauen, zum Beispiel, seufzte er innerlich.

Seit er allerdings erfahren hatte, dass Nora Zuber in die Vorfälle verwickelt war, war seine Neugier geweckt. Er suchte im Web alles, was er rund um den Fall Mazzotta finden konnte.

Im Juni war der Tote im Altersheim gefunden worden. Er fand diverse Bilder Mazzottas zu Lebzeiten, die ihm allesamt nichts sagten. Offenbar war er ihm nie bewusst begegnet. Die Süsswaren Thusis AG kannte er natürlich. Die Gummilöwen waren ihm ein Begriff, er hatte schon ganze Rudel davon verzehrt. Über die weniger gummigen Köpfe in der Firmenleitung wusste er allerdings kaum etwas, im besten Fall waren ihm einzelne Gesichter nicht fremd. Die Gründer? Marcos surfte weiter, bis er ein Foto fand. Doch, die drei Alten kannte er vom Sehen, aber Namen hätte er keine gewusst.

Tapfer las er sich durch zahlreiche Artikel, reisserische und sachliche. Als das letzte Popcorn verzehrt war und seine Hände nichts mehr zu tun hatten, drohte er nochmals einzuschlafen. Wenn sich nicht etwas geregt hätte in seinem Kopf, wäre er vermutlich weggedämmert. So aber beschäftigte ihn der Gedanke, dass er einen der Gründer vor gar nicht langer Zeit gesehen hatte. Nicht einfach gekreuzt auf dem Trottoir, nein, bei einer anderen Gelegenheit war es gewesen. Alle Anstrengung half nichts, er gab auf und surfte weiter.

Demont mit Gitarre, Jörimann mit Buch, Demont mit Gummilöwen, Wasescha mit Wanderstöcken, Jörimann mit Buch, Demont mit Kundschaft im Laden, Wasescha mit Gästen in den Bergen, Jörimann mit Büchern zu Hause. Ob es über ihn auch so viele Bilder geben würde im Netz, wenn er einst knapp hundert Jahre alt war wie diese drei Typen? Alle drei vor der Fabrik, alle drei in der Fabrik, alle drei bei einem

Festakt, auf einem Podium, an einem Förderband. Dann wieder jeder allein von allen Seiten.

Marcos griff in die leere Tüte und ärgerte sich. Was war das kleinere Übel, aufzustehen und Nachschub zu holen oder liegen zu bleiben und nichts zu kauen zu haben? Ersteres, entschied er. Er schnitt sich in der Küche zwei Scheiben Brot ab und trank ein Glas Milch. Bei dieser Gelegenheit fiel sein Blick aus dem Fenster. Er sah das Altersheim von hinten und die Rückseite des Getränkehandels, an den er nicht nur gute Erinnerungen hatte. Ob es wohl eine besonders perfide Strafe war, bei jedem Griff in den Kühlschrank an seinen Fehltritt erinnert zu werden? Er würde es dem lieben Gott zutrauen.

Er schnappte sich eine Packung Erdnüsse und war schon auf dem Weg in sein Zimmer, als er plötzlich wie angewurzelt stehen blieb. Langsam ging er zurück zum Küchenfenster. Das Altersheim. Der Getränkehandel. Die Süsswaren Thusis AG. Der verfluchte Juniabend.

Eher ferngesteuert als willentlich gelangte er wieder ins Bett. Er fixierte den Riss an der Decke und dachte angestrengt nach. Keine Frage, es war derselbe Abend gewesen. Er hatte den Scheiss gebaut beim Getränkehändler. Mazzotta war im Altersheim ermordet worden. Gleiche Zeit. Fast gleicher Ort, die beiden Gebäude lagen nebeneinander. Er hatte etwas beobachtet, dessen Bedeutung ihm erst jetzt bewusst wurde.

Sein erster Gedanke war Flucht in die Amnesie. Am besten erzählte er niemandem davon und vergass sofort wieder, was ihm soeben klar geworden war. Alles andere brachte nur Ärger, wie auch immer er die Sache anpackte. Unwissend zu sein war fraglos die bessere Variante.

Als er sich die Reaktion seines Vaters vorstellte, zog er

unwillkürlich den Kopf ein. Was auch immer passierte, sein Vater durfte auf keinen Fall davon erfahren. Ob er ihn grün und blau schlagen oder einen Herzinfarkt erleiden würde, war nicht abzuschätzen, aber die Folgen wären in jedem Fall verheerend. Sein Vater fürchtete die Polizei wie der Teufel das Weihwasser, insbesondere seit die Ausschaffungsinitiative angenommen worden war, die die Ausweisung krimineller Einwohner ausländischer Herkunft vorschreibt. Keine Polizei!, war seither seine Standardantwort bei jeder meist unpassenden Gelegenheit. Wenn sein Vater wüsste, wie er Nora Zuber kennengelernt hatte oder was ihn mit dem Getränkehändler verband, würde er ihn umbringen. Dann allerdings würde der Vater mit Sicherheit des Landes verwiesen, dachte Marcos sarkastisch. So gesehen rettete ihm die Ausschaffungsinitiative das Leben. Kopf in den Sand stecken und keinen Ton verlauten lassen, beschloss er also. Aber es gelang ihm nicht. Wie ein kleiner Teufel hockte Nora Zuber auf seiner Schulter und schüttelte den Kopf. Während der Getränkehändler ihn auf der anderen Schulter beschwor, er müsse seine Verantwortung wahrnehmen.

Marcos konnte den Blick nicht vom Riss an der Decke abwenden. Dieser schien im Aufruhr, der in seinem Kopf herrschte, die einzige Konstante zu sein. Der Riss und die ungeöffnete Packung Erdnüsse, an der er sich festhielt wie ein Schiffbrüchiger.

Ein wenig Zeit blieb ihm noch, bevor die Mittagshitze die Gartenarbeit unmöglich machen würde. Emanuele betrachtete bedauernd seine Pflanzen. *Poverini!* An jedem neuen Tag hatten sie unter der Temperatur zu leiden, der Boden war staubtrocken. Zwar hatte er in den vergangenen Wochen hektoliterweise Wasser angeschleppt, aber viel mehr als eine leichte Linderung der Not war das nicht. Sorgfältig lockerte er den Boden rund um seine Gewächse, damit die Erde das Wasser überhaupt aufnehmen konnte.

Als ein Auto vor dem Gartenzaun anhielt, erhob er sich neugierig aus seiner gebückten Haltung. Sein Sohn. Vermutlich war er in der Mission Deeskalation unterwegs.

Sie begrüssten sich leicht verhalten über den Gartenzaun. «*Papà,* was weisst du über den Dreck, der gestern bei uns vor der Tür lag?»

«Dreck?», fragte Emanuele unschuldig.

«Ein Plastiksack voller Kompost», präzisierte der Sohn.

«Es war nicht Kompost, das ist es ja. Das, was im Säckchen drin war, gehört in den Kehricht, nicht auf den Kompost.»

«Gurke und Melone?», fragte der Jüngere ironisch.

«Pfirsichsteine und Tagliatelle. Das ist Abfall!» Emanueles Puls begann zu steigen.

«Das wird sie wohl nicht gewusst haben. Es wäre besser gewesen, du hättest es ihr erklärt, anstatt ihr alles vor die Tür zu kippen.»

«Nicht gewusst? Nicht gewusst! Ich habe es ihr schon hundertmal gesagt. Hundertmal habe ich ihr alles lang und breit erklärt. Aber ich habe es aufgegeben. Jetzt ist fertig. Wenn Erklären allein nicht funktioniert, muss man es zeigen. Vielleicht begreift sie es jetzt.» Er schaute seinen Sohn wütend an.

Dieser erkannte die Anzeichen. Bald würde sein Vater explodieren wie ein überhitzter Dampfkochtopf. Er versuchte es nochmals. «Mag sein, dass sie dir nicht richtig zugehört hat. Trotzdem geht deine Reaktion gar nicht. Die Fussmatte ist ruiniert.»

Gerade noch rechtzeitig konnte sich Emanuele ein schadenfreudiges Grinsen verkneifen. «Was erwartet sie von mir?», fragte er. «Dass ich die Matte ersetze?»

Der Junior druckste herum. «Nun ja, …»

«Oder dass ich mich bei ihr entschuldige?», riet Emanuele.

«Eigentlich beides.» Der bedauernde Blick sprach Bände.

Emanuele lachte auf. «Sag ihr, ich kaufe ihr eine Fussmatte, sofern sie mir die Arbeit bezahlt, die ich habe, um den Kompost zu reinigen. Und dann kannst du ihr noch sagen, dass ich mich entschuldige, sofern sie sich dafür entschuldigt, dass sie ihren Abfall auf meinem Kompost entsorgt.»

Auch sein Sohn musste grinsen. «Ich werde es ausrichten.» Er winkte und stieg ins Auto.

Inzwischen hatte sich Herr Christoffel genähert und legte am Zaun eine Pause auf dem Weg zum Laden ein. Wieder würdigte er den Garten, bevor er sich dem Tratsch zuwandte. «Es trug sich tatsächlich so zu, wie wir es vermutet haben, nicht wahr?»

Emanuele erinnerte sich dunkel an das wirre Gerede des alten Mannes, das er nicht begriffen hatte. Er brummte zustimmend.

«Mazzotta mag Heiri Zuber ermordet haben, aber bestimmt nicht aus eigenem Antrieb. Da er bald danach bei der Süsswaren Thusis AG Karriere machte, kann er nur in deren Auftrag gehandelt haben. Das haben wir ja letztes Mal schon erkannt.»

«Genau», bestätigte Emanuele. Das also hatte der Alte gemeint, als er damals von Puzzleteilen und von Mazzottas Aufstieg gesprochen hatte. Sogar von Heiris Garten hatte er geredet, aber Emanuele hatte nicht begriffen, dass er den Grund für dessen Ermordung damals schon richtig erkannt hatte. Ein kluger Mann, der sich nicht klar ausdrücken kann, dachte er. Das Gegenteil eines dummen Schwätzers, der nicht klar denken kann.

«Ist die Polizei weitergekommen?», fragte Herr Christoffel.

«Nicht, dass ich wüsste», antwortete Emanuele. «Sie haben mit den Gründern der Süsswarenfirma und mit Nora Zuber gesprochen, bisher ohne Ergebnis.»

«Dann müssten sie vielleicht den Kreis etwas erweitern.» Christoffel lächelte verschmitzt. «*Cherchez la femme,* kann ich nur sagen!»

Emanuele verstand nicht und schaute sein Gegenüber fragend an.

«Wir werden es erfahren, wenn sie Fortschritte machen», meinte der Alte zuversichtlich. «Irgendwann werden sie die Sache aufklären. Es kann nicht mehr ewig dauern.»

Emanuele pflichtete ihm bei.

Als Herr Christoffel seinen Weg fortsetzte, wandte sich Emanuele wieder seinen Pflanzen zu. Was meinte er bloss mit *«Cherchez la femme»?* Welche Frau sollte die Polizei suchen? Er hatte keine Ahnung. Hingegen war er sich darüber im Klaren, dass er schleunigst weiterarbeiten musste, wollte er vor der grössten Hitze noch etwas fertigbringen.

Endlich hatte seine Tochter den ersehnten Link geschickt. Lars kehrte von einem ausgedehnten Mittagessen mit einem alten Freund in die Wohnung seiner Schwester zurück und hielt beim Gehen sein Smartphone in der Hand wie ein Teenager. Freilich hatte er es nicht so gut wie diese im Griff, seine Mails zu lesen und gleichzeitig darauf zu achten, wohin er trat. Seine Schwester war nicht daheim. Er setzte sich an den Küchentisch und öffnete die Datei, die dem Link hinterlegt war.

Sofort fühlte er sich in seine Kindheit zurückversetzt. Obwohl das Rauschen auf dem Tonträger unerträglich laut war, glaubte er den kleinen Jean-Claude leibhaftig vor sich zu sehen, als er dessen Stimme hörte. Was hatten sie für einen Spass gehabt, als sie Agenten spielten! Der Kalte Krieg war bis in die Kinderzimmer vorgedrungen. Gut gegen Böse. Westen gegen Osten. Wagemutiger Held gegen kaltherzigen Schurken.

Er selbst war natürlich der Retter der Welt gewesen, während Jean-Claude die Rolle des Bösewichts zufiel. Lars lachte laut auf. Ausgerechnet der treuherzige kleine Junge sollte die westliche Allianz zerstören! Seine eigene Bubenstimme erkannte er nicht auf Anhieb, als er sie «Lass die Waffe fallen!» rufen hörte. Glas klirrte, Schritte entfernten sich eilig. «Er ist geflohen. Aber er wird mir nicht entkommen», hörte er sich sagen. Lars setzte den Regler zurück an den Anfang, das musste er sich nochmals zu Gemüte führen.

Fast hätte er vergessen, weswegen er diese Aufnahme so dringend benötigte. Er setzte sich aufrecht hin und konzentrierte sich auf das Hörspiel. Nach ein paar Minuten war erstmals von einer Abhöraktion die Rede. Dann, endlich, war es so weit.

Ihre Karriere als Geheimagenten fand damals nicht nur auf Tonbandkassetten statt. Die Hörspiele waren ein lustiger Zeitvertrieb, aber ein richtiger Agent zu sein, war viel besser. Beides zu kombinieren, war kaum zu übertreffen. Aus diesem Grund hatten sie in ihr Hörspiel eine richtige Abhörszene eingebaut. Sie hatten, während Jean-Claude Waseschas Vater ausser Haus war, das Tonband in dessen Arbeitszimmer versteckt. Als Jean-Claude ihm später gute Nacht sagte, hatte er unbemerkt das Kabel eingesteckt – das allein war eines Agenten würdig! –, worauf die Aufnahme gestartet wurde. Die ersten zwei Abende passierte nicht das Geringste, solange die Kassette lief. Beide Male sassen sie am nächsten Tag fünfundvierzig Minuten lang vor dem Abspielgerät und lauschten, wie der Vater hustete, den riesigen Taschenrechner bediente, leise fluchte und die Nase hochzog. Wenigstens lief im Hintergrund das Radio, was ihre verantwortungsvolle Aufgabe etwas weniger langweilig machte. Bei der dritten Gelegenheit gelang es ihnen tatsächlich, ein Telefongespräch aufzunehmen. Beim Anhören der Kassette hatten sie gejubelt wie Franz Klammer, als er ein paar Monate zuvor die Lauberhornabfahrt gewonnen hatte. Sie hatten keinen Hochschein, wovon Peter Wasescha sprach, aber der Text liess sich nicht schlecht in ihre Agentengeschichte einbauen.

Was sie damals nicht begriffen hatten, war ihm jetzt klar. Lars stöhnte auf. Diese Aufnahme würde weitreichende Folgen haben. Er fühlte sich, als hätte er eine Kiste Dynamit vor sich, nicht sein Telefon. Ein Hauch der damaligen Geheimdienststimmung streifte ihn. Zwar ging es hier nicht um USA gegen UdSSR, aber es würde ausreichen, um das Tal zu erschüttern wie ein Erdbeben.

Als er das Hörspiel nochmals laufen liess, wohl hauptsächlich, um etwas Zeit zu gewinnen, wurde ihm klar, dass er das seiner Mutter nicht vorenthalten durfte. Wenn er aber zuerst zu Rösli ins Altersheim ging, wurde es später Nachmittag, bis die Polizei die Datei in die Hände bekam. Er ahnte, dass er den Gang zum Polizeiposten besser nicht aufschob.

Lars erhob sich stöhnend, steckte das Handy in die Hosentasche und machte sich auf den Weg zu seiner Mutter.

«Ich möchte den Chef sprechen, bitte», sagte Marcos zum Angestellten im Getränkeladen.

«Er ist in einer Besprechung, komm in einer halben Stunde wieder», antwortete dieser.

«In einer halben Stunde muss ich bei der Arbeit sein. Bitte, es ist wichtig.»

Der Verkäufer wollte ihn abwimmeln, hielt jedoch inne. Der junge Mann sah elend aus, allem Anschein nach hatte er etwas auf dem Herzen. «Warte», wies er ihn an und verschwand.

Marcos verschränkte die Arme. Löste sie wieder und ballte die Fäuste. Strich sich über die kurzen Haare, nahm einen aufliegenden Prospekt zur Hand und legte ihn wieder hin, trommelte mit den Fingern auf die Ladentheke.

Gerade, als er beschloss zu verschwinden, erschien der Getränkehändler. «Du?», sagte er überrascht. Er musterte Marcos prüfend und bat ihn, in sein Büro zu kommen.

«Was hast du auf dem Herzen?», fragte er freundlich, als sie sich gesetzt hatten.

Die ganze Geschichte sprudelte aus Marcos heraus. Einige Male verhaspelte er sich, weil er so schnell sprach.

Das Gesicht seines Gegenübers wurde länger und länger. Als Marcos alles losgeworden war, seufzte er tief. «Du bist dir vollkommen sicher mit dem Datum?», fragte er Marcos.

«Ja, natürlich. Es war der Abend, als Sie mich erwischten.»

Der Händler zögerte. Würde er den Jungen mit seiner Frage vor den Kopf stossen? Trotzdem musste er sie stellen. «War es nicht vielleicht an einem anderen Abend?»

Marcos fiel es nicht ein, beleidigt zu sein. «Ich war nur einmal hinten bei den Harassen. Das war in dieser Nacht.»

«Was du mir erzählt hast, ist sehr wichtig. Es wird schwerwiegende Folgen haben. Das weisst du, stimmt's?», fragte der Mann.

«Für mich, meinen Sie?» Marcos erschrak.

«Weniger für dich. Aber für die Personen, die in diesen Fall involviert sind.»

Marcos nickte zögernd.

«Die Polizei muss das erfahren.» Der Ältere sah ihn prüfend an.

Wieder nickte Marcos.

«Du wirst auf den Posten gehen und eine Aussage machen müssen.»

«Nein!», rief Marcos. «Das kann ich nicht! Mein Vater bringt mich um, wenn er das erfährt.»

«Wir müssen ihm ja nicht erzählen, was du auf meinem Areal zu suchen hattest», beschwichtigte der Händler.

«Das allein ist es nicht», erklärte Marcos verzweifelt. «Er will nichts mit der Polizei zu tun haben. Wegen der Ausschaffungsinitiative, wissen Sie. Ich habe mir gedacht, Sie könnten zur Polizei gehen und die Geschichte erzählen. Ohne mich zu erwähnen.»

«Das wird nicht möglich sein. Sie werden selbst mit dir reden müssen.»

«Das geht nicht», sagte Marcos entschieden. «In diesem Fall vergessen wir das Ganze. Danke, dass Sie mir zugehört haben.» Er machte Anstalten, sich zu erheben.

«Stopp», bremste ihn der Getränkehändler, «so geht das nicht. Du kannst dich nicht aus dieser Geschichte herausstehlen. Du bist volljährig, ein erwachsener Mann. Du musst deine Verantwortung wahrnehmen.»

Marcos stöhnte innerlich. Das hatte ihm bereits der imaginäre Händler gesagt, der vor Kurzem auf seinen Schultern gesessen hatte. Er setzte zum Argumentieren an, liess es aber bleiben. Er hockte zu tief in der Scheisse, schadlos würde er nicht aus dieser üblen Sache herauskommen. Die Reaktion seines Vaters wagte er sich nicht auszumalen.

«Kommen Sie mit zur Polizei?», wagte er ängstlich zu fragen.

«Natürlich», antwortete der Mann sofort. «In zehn Minuten bin ich so weit, du kannst hier warten.»

«Das geht nicht, ich muss arbeiten gehen.» Marcos stand entschlossen auf. In diesem Punkt würde er nicht nachgeben, das kam nicht infrage.

Der Getränkehändler zögerte. «Okay, das kann ich verstehen. Morgen reicht auch.»

Marcos atmete erleichtert auf. Sie verabredeten sich für den folgenden Morgen. Beim Abschied legte ihm der Mann die Hand auf die Schulter. «Du schaffst das, ich bin sicher. Zusammen schaffen wir das», sprach er ihm Mut zu.

Waren das Tränen, die sich in seine Augen drängten?, fragte sich Marcos. Er verabschiedete sich eilig und machte sich auf den Weg zu seinem Arbeitsplatz.

Simon war immer noch ein bisschen stolz auf seine Rolle im Fall Mazzotta. Er hatte dazu beigetragen, dass seine *Basatta*, Rösli, der Polizei den Schlüssel zu Mazzottas Ermordung geliefert hatte. Den wirklichen Hergang der Ereignisse am Ausgang der Viamala vor über vierzig Jahren. Es war ein grossartiges Gefühl, seinen Anteil daran geleistet zu haben. Dumm nur, dass der gewaltsame Tod Heiri Zubers eigentlich nicht das primäre Verbrechen war, das die Polizei zu lösen hatte. Vielmehr hatte diese den Mord an Mazzotta zu klären, und dabei tappte sie immer noch im Dunkeln.

Ein wenig Surfen konnte nicht schaden. Simon griff nach dem Handy und lümmelte sich in den Sitzsack in seinem Zimmer. Vier Verdächtige hatte Rösli aufgezählt: die drei Gründer der Süsswaren Thusis AG sowie die Frau des Opfers. Leider wusste er nicht, wie es um die Alibis dieser vier Personen stand. Aber eigentlich spielte es keine Rolle, er wollte ja nur etwas Hintergrundinfos sammeln.

Demont. Das war der, der auf dem Büro der Zeitung gearbeitet und Theater gespielt hatte und Bassist in einer Band gewesen war. Der eine Hotelfachangestellte geheiratet und zwei Kinder hatte. Der, der die Gummilöwen erfunden hatte.

Simon suchte nach Informationen über dessen Kinder, bis ihm klar wurde, dass diese zum Zeitpunkt von Heiri Zubers Tod noch gar nicht existiert hatten. Die Frau hingegen schon. Sie war im Jahr vor der Gründung der Fabrik Frau Demont geworden, also hatte er sie bestimmt schon gekannt, als der Mord geschah. Er fand ein paar uralte Bilder und lachte laut auf. Boah, wie die Leute damals herumgelaufen waren! Demont mit Koteletten bis zu den Mundwinkeln und Schlaghosen. Seine Frau mit bauchfreiem Leibchen und Minijupe. Sie schien fast nur aus Beinen zu bestehen. Demont musste sich strecken, um sie leicht zu überragen. Wie sie wohl jetzt aussah? Wieder musste Simon grinsen. Bieder, brav und uralt. Konnte das dieselbe Person sein? Doch, die Beine waren immer noch lang, auch schlank war sie nach wie vor. Er wechselte zu den Textresultaten seiner Suche. In den Siebzigerjahren fand er nichts zu Frau Demont, später tauchte sie auf: Skiclub. Frauenverein. OK Dorffest. OK Gewerbeausstellung. Katholische Kirchgemeinde. Simon wunderte sich, wie stark sich jemand im Laufe eines Lebens wandeln konnte. Sogar er sah, dass die Frau vor über vierzig Jahren gut ausgesehen hatte und frech und sexy dahergekommen war, ganz im Gegensatz zu ihrer aktuellen Erscheinung.

An Viktor Jörimann war die damalige Mode offenbar vorbeigegangen, nicht aber an seiner Frau. Vollbusig posierte sie vor der Kamera, frech frisiert und strahlend. Ein witziges Paar, fand Simon. Jörimann war offenbar hin und weg, auf manchen Bildern erinnerte er an ein Schaf, wenn er sie etwas dümmlich anhimmelte. Die beiden schienen gern getanzt zu haben. Die Textsuche lieferte auch bei Ursina nicht allzu viele Resultate. Das meiste fand sich in Zusammenhang mit Kindern und Enkelkindern, sie schien eine typische Familienfrau zu sein. Das gesellschaftliche Leben an der Seite ihres Gatten genoss sie allem Anschein nach. Er suchte nach aktuellen Bildern der beiden. Im Gegensatz zu Frau Demont kam Ursina Jörimann stilvoll daher mit mittellangem weissem Haar und guter Kleidung. Selbst ihrem Mann schien sie die braunen Manchesterhosen ausgetrieben zu haben.

Über die erste Frau Wasescha hatte er bereits zuvor herausgefunden, dass sie Mitte der Siebzigerjahre in ihre Westschweizer Heimat zurückgekehrt war. Die zweite Frau Wasescha existierte seit 1979. Die Vorstellung eines langjährigen Doppellebens überstieg Simons Fantasie. Er kam nicht auf die Idee, dass sich die beiden während seiner Ehe mit Colette schon gekannt haben könnten.

Etwas enttäuscht stellte er fest, dass diese magere Ausbeute Rösli kaum etwas bringen würde. Da er sich die Arbeit gemacht hatte, packte er die Informationen dennoch in ein Dokument und reicherte dieses grosszügig mit Bildern an, damit es etwas umfangreicher wurde. Wenigstens würde sich die *Basatta* über ein Mail von ihm freuen.

Rösli widersetzte sich Lars' Plan standhaft, sich das brisante Hörspiel erst auf dem Polizeiposten anzuhören. Schliesslich gab Lars klein bei. Nun steckten sie über dem Smartphone die Köpfe zusammen und hörten sich gespannt das Meisterwerk der beiden Kinder an.

Allerdings musste Lars nach den ersten Sätzen, die der kleinere Bube ins Mikrophon sprach, unterbrechen.

«Der Jean-Claude!», rief sie. «Ach Gott, er war so ein süsser Junge. Hör nur, wie er spricht! Ich kann ihn vor mir sehen. Was wohl aus ihm geworden ist? Wie alt mag er jetzt sein?»

Lars verkniff sich einen Seufzer. Diese Aktion würde dauern, hoffentlich war der Polizeiposten überhaupt noch besetzt, wenn sie endlich dort sein würden. «Fünfzig oder einundfünfzig, denke ich», antwortete er geduldig.

«Soviel ich weiss, hat niemand hier je wieder etwas von Colette und den Kindern gehört. Ob sie wohl wirklich nie mehr bei ihrem Vater waren?» Rösli schaute Lars fragend an.

«Hör zu, dann wird einiges klarer», riet dieser.

Weit kamen sie allerdings nicht. Als Rösli Lars' Knabenstimme rufen hörte: «Er ist geflohen. Aber er wird mir nicht entkommen!», lachte sie, bis ihr die Tränen kamen.

«Lars, bitte lass das nochmals laufen. Du als James Bond! Das muss ich nochmals hören.»

Ihr Sohn gehorchte. Auch er musste lachen, als er den Text erneut hörte. Rösli verlangte noch eine Wiederholung, dann noch eine.

«Jetzt reicht's aber, so werden wir nie fertig», meinte Lars und liess das Hörspiel weiterlaufen. Konzentriert hörten beide zu. Bevor sie beim Teil mit dem abgehörten Telefongespräch anlangten, stoppte Lars die Wiedergabe. Er erklärte Rösli, wie sie bei Waseschas zu Hause Geheimdienst gespielt hatten und auf welche Weise die nun folgende Aufnahme entstanden war.

Rösli schaute ihn mit grossen Augen an. «Ich hatte ja keine Ahnung, was ihr damals getrieben habt!»

«Natürlich nicht», schmunzelte Lars. «Du dachtest, wir hörten uns Kasperlikassetten an. Oder die Hitparade, die wir vom Radio aufgenommen hatten. Das machten wir auch, aber nicht immer.» Er schaute seine Mutter fragend an. «Bereit?»

Rösli nickte und konzentrierte sich auf die Fortsetzung des Stücks.

Zuerst war zu hören, wie jemand mit der Wählscheibe des Telefons hantierte. Dann ertönte Waseschas Stimme. Rösli fuhr zusammen.

«Morgen», hörten sie ihn sagen. «Am frühen Morgen … Beim Ausgang der Schlucht … du musst vorher dort sein … genau, wie besprochen … nein, geh zu Fuss, nicht mit dem Mofa … zieh deinen rostroten Pullover an, für alle Fälle … Darauf sieht man die Flecken nicht … Alles klar? … Gut.»

Rösli atmete schwer. «Nochmals», befahl sie knapp.

Wieder und wieder hörten sie sich das kurze, einseitige Gespräch an.

«Oh mein Gott», stiess Rösli verstört hervor. «Wenn damals jemand diese Aufnahme in die Finger bekommen hätte, wäre das das Ende gewesen. Es hätte nie eine Süsswaren Thusis AG gegeben.»

«Du irrst dich», berichtigte Lars.

Verwirrt schaute Rösli auf. «Warum?»

«Jemand hat sich die Kassette angehört. Jemand hat damals schon begriffen, worum sich das Gespräch drehte.»

Ihre Augen weiteten sich. «Colette!», rief sie. «Aber Colette sprach kaum Deutsch, sie kann den Text nicht verstanden haben.»

«Sie sprach kein Deutsch, das stimmt», präzisierte Lars, «aber sie verstand jedes Wort. Sie lebte zu diesem Zeitpunkt seit sechs Jahren hier. Wir hatten längst begriffen, dass wir in ihrer Gegenwart aufpassen mussten, was wir sagten.»

«Du meinst also, Colette hat diese Kassette gehört und erkannt, worum sich das Gespräch drehte?», fragte Rösli.

Lars nickte. «Es muss sich folgendermassen zugetragen haben», begann er. «Jean-Claude nahm das Gespräch am

Abend auf. Er sagte seinem Vater wahrscheinlich um acht Uhr oder kurz danach Gute Nacht und stellte das Gerät ein. Die Kassette lief fünfundvierzig Minuten, also telefonierte Wasescha wohl etwa um halb neun, spätestens neun Uhr. Am nächsten Morgen starb Heiri Zuber. Jean-Claude und ich erkannten keinen Zusammenhang und feilten weiter an unserem Hörspiel. Es wird ein paar Tage oder ein, zwei Wochen gedauert haben, bis wir damit fertig waren. Jean-Claude wollte die Kassette haben, um sie seiner Mutter vorzuspielen. Ich lieh sie ihm aus. Colette wusste natürlich, dass Heiri Zuber in der Schlucht verunglückt war. Als sie die Kassette hörte, realisierte sie, wie er gestorben war. Ich gehe davon aus, dass sie sich entschieden hat, Wasescha nicht zu verraten, dass sie aber nicht länger mit ihm zusammenleben konnte. Sie kehrte ins Welschland zurück. Wasescha schien das hinzunehmen und auch nicht darauf zu drängen, seine Kinder regelmässig zu sehen. Das legt die Vermutung nahe, dass Colette ihren Mann mit ihrem Wissen konfrontiert hat. Sie versprach zu schweigen, untersagte ihm aber, sie oder die Kinder zu kontaktieren. Er wird darauf eingegangen sein.»

«Du meinst, Wasescha weiss, dass Jean-Claude hörte, wie er mit Mazzotta den Mord besprach?», fragte Rösli zweifelnd.

«Nein.» Lars schüttelte den Kopf. «Colette wird, als sie Wasescha mit ihrem Wissen konfrontierte, niemals verraten haben, dass Jean-Claude das Gespräch ebenfalls gehört hatte und dass es davon sogar eine Aufnahme gibt. Vielmehr wird sie gesagt haben, sie hätte das Telefongespräch vom Gang aus gehört.»

«Ja, so wird es gewesen sein», stimmte Rösli zu. «Aber warum hat sie die Kassette nicht vernichtet?»

«Darüber habe ich auf dem Weg hierher nachgedacht», sagte Lars. «Die Kassette gehörte mir, ich hatte sie Jean-Claude wohl nur ausgeliehen, damit er sie seiner Mutter vorspielen konnte. Vermutlich wollte sie die Kassette am nächsten Tag, wenn Jean-Claude in der Schule war, aus seinem Zimmer holen und vernichten oder sicher verwahren. Aber sie war nicht dort, weil Jean-Claude sie mitgenommen hatte, um sie mir auf dem Weg zur Schule zurückzugeben. Sie hatte keine Möglichkeit mehr, sie in die Hände zu bekommen, und musste hoffen, dass die brisante Aufnahme unentdeckt blieb.»

Beide schwiegen lange. Endlich schaute Rösli ihren Sohn lächelnd an. «Du hast dieses Meisterwerk fünfundvierzig Jahre lang aufbewahrt? Und konntest dich jetzt an den Inhalt erinnern?»

Lars nickte. «Die Kassette lag in einer Schachtel mit meinen Kindheitserinnerungen, die ich mitnahm nach Schweden. Jahre später, als unsere Kinder klein waren, hörten wir sie uns einmal alle zusammen an. Ich sprach Deutsch mit den Kindern, die Kassette war eine gute Gelegenheit, die Sprache zu benützen. Damals erkannte ich nicht, worum sich Waseschas Telefongespräch drehte. Ich hing aber immer noch an unserem Kunstwerk, deshalb überspielte ich es auf eine zweite Kassette, bevor ich die erste den Kindern überliess. Sie hörten sie so oft, dass sie alles auswendig konnten. Später geriet sie in Vergessenheit, aber als sie erwachsen waren, wollten sie sie plötzlich wiederhaben. Meine Kopie existierte noch. Wieder machte ich ein Duplikat, bevor ich sie ihnen aushändigte. Da siehst du, wie wichtig mir diese Aufnahme war!»

«Obwohl du immer noch nicht ahntest, was du da in den Händen hieltst», bemerkte Rösli kopfschüttelnd.

«Richtig», stimmte Lars zu. «Realisiert habe ich das erst letzte Nacht. Ich wälzte mich stundenlang im Bett hin und her und konnte nicht schlafen, weil in meinem Kopf zwei verschiedene Gedankenstränge waren, die zuerst zueinander finden mussten.»

«Die Neuigkeit, dass Heiri beim Fischen in der Viamala ermordet wurde. Die uralte Aufnahme von Waseschas Telefongespräch.»

«Genau.» Lars warf einen Blick auf die Uhr an der Wand. «Ich muss gehen. Du brauchst nicht mitzukommen. Die Kassette hast du gehört, ich kann sie allein auf den Polizeiposten bringen.»

«Wo denkst du hin», protestierte Rösli und angelte nach dem Rollator. «Ich lasse mir doch die Gelegenheit nicht entgehen, den Polizeiposten aufzusuchen!»

18

Svetlana -kova betrachtete die Augenringe der Ermittler. Sie selbst hatte eine extra dicke Schicht Make-up auflegen müssen, um die Spuren zu verdecken. Es war eine lange Nacht gewesen, und nun sassen sie sich schon wieder gegenüber.

Buess war am Vorabend bereits nach Hause gegangen, als Lars und Rösli mit der Tonbandaufnahme auf dem Posten erschienen. Sobald Meta Schäfer und Camenisch die Tragweite dessen erkannten, was sie zu hören bekamen, hatten sie ihn angerufen. Walter Buess war sogar vor Svetlana im Büro angekommen, Camenisch meinte ihn hecheln zu sehen. Sie hatten die drei Gründer der Süsswaren Thusis AG alle auf den Posten holen lassen und sie nacheinander befragt.

«Wasescha ist ein durchtriebener Kerl», meinte Meta. «Nicht nur, dass er sich durch unsere Fragen nicht in die Enge treiben liess. Er ging sogar so weit, dass er unsere Arbeitsweise anzweifelte.»

«Ja, das machte er geschickt», stimmte Buess zu. «Er schimpfte nicht einfach auf die Polizei, wie wir es oft zu hören bekommen. Vielmehr trat er auf wie ein kluger Onkel. Zubers Tod sei verjährt, möglicherweise wäre es ratsam, die Ressourcen dort einzusetzen, wo die Täter noch zur Rechenschaft gezogen werden könnten, meinte er.»

«Nur brauchen wir seine Ratschläge nicht», sagte Camenisch ungeduldig. «Wir haben ihn fast zwei Stunden lang in die Mangel genommen, ihn mit der Aufzeichnung des Telefongesprächs konfrontiert, aber er gab nicht klein bei. Er hat gute Nerven und lässt sich nicht so leicht in die Enge treiben.»

«Er weiss genau, dass wir ihm wegen des Mords an Zuber nichts anhaben können», warf Meta ein.

Camenisch zuckte mit den Schultern. «Er wäre ein Idiot, wenn er etwas zugeben würde. Mit dieser blöden Verjährungsfrist sitzt er am längeren Hebel, die Tat liegt zu weit zurück. In Deutschland sähe es anders aus.»

«Es wäre trotzdem angenehm gewesen, wenn wir ihn ins Schwitzen gebracht hätten», meinte Buess. «Aber nein. Der Kerl ist aalglatt.»

«Bei Demont sieht es nicht viel besser aus», fuhr Svetlana -kova fort. «Er schien überrascht zu sein von der Entdeckung, dass Heiri Zuber ermordet worden war. Aber dass er in jungen Jahren ein guter Schauspieler war, wissen wir bereits aus deinen Internetrecherchen.» Sie deutete auf Camenisch. «Ebenso war er ein Geschäftsmann, der gut verhandeln konnte, und er ist ein begnadeter Verkäufer im Laden in der Raststätte. Kein Wunder also, dass er überzeugend redete.»

«Vielleicht wusste er wirklich nichts von dem Mord», gab Meta zu bedenken.

«Vielleicht, ja», bestätigte Buess. «Ausschliessen können wir es nicht.»

«Am eigenartigsten ist mir Jörimann vorgekommen.» Svetlana tippte mit dem Kugelschreiber auf die Unterlagen vor ihr auf dem Tisch. «Zum Zeitpunkt des Mordes an Heiri Zuber hatten sich erst Demont und Wasescha gefunden mit ihrer Vision einer Süsswarenfabrik. Jörimann stiess später dazu.»

«Möglicherweise hatten die Verhandlungen bereits angefangen, um ihn an Bord zu holen», warf Camenisch ein und griff nach Metas Pfefferminzbonbons.

Die Staatsanwältin nickte. «Das kann sein. Aber weit waren sie mit Sicherheit noch nicht gediehen, denn es dauerte noch anderthalb Jahre, bis sie zu dritt auftraten und bald darauf die Firma gründeten. Allerdings wirkte Jörimann gestresst. Er schwitzte, verhaspelte sich, sprach wirr, sogar widersprüchlich. Er benahm sich wie ein Schuldiger.»

«Er führte sich in der Tat auffällig auf», bestätigte Buess. «Entweder belastet ihn die Situation über alle Massen, dass die Firma, sein Lebenswerk, in einen Mordfall verwickelt ist. Oder er ist von Wasescha persönlich so enttäuscht, dass er beinahe zusammenbricht. Oder …»

«Oder er weiss etwas, das wir nicht wissen und das für ihn ungeheuerlich ist.» Camenisch schüttelte zwei, drei weitere Bonbons aus der Dose.

Meta verlangte das Gefäss mit einer Handbewegung zurück. «Diesen Eindruck hatte ich stark. Er verschweigt etwas und steht unter hoher Belastung. Als wir zum Tod Mazzottas übergingen, brachte er kaum mehr einen zusammenhängenden Satz zustande.»

«Im Gegensatz zu den anderen beiden», sagte Camenisch. «Wasescha schilderte genau wie bei der ersten Befragung, er habe den Abend in der Werkstatt verbracht mit Vorbereitungen für den Arbeitstag der Wanderleiter.»

«Inzwischen haben die Kollegen Zeugen gesucht, die sein Auto an jenem Abend vor der Werkstatt gesehen haben», unterbrach Meta. «Zwei Anwohner aus dem nächsten Dorf konnten bestätigen, dass das Auto damals vor der Werkstatt stand und dass im Gebäude Licht brannte. Einer sagte sogar aus, jemanden herumgehen gesehen zu haben.»

«Ja, ich weiss.» Camenisch wedelte ungeduldig mit der Hand. «Das beweist zwar nichts, es kann jemand anders drin gewesen sein, aber mindestens sein Auto war dort. Das haben wir schon mehrmals durchgekaut. Jedenfalls blieb er auch jetzt ruhig, als wir darauf zu sprechen kamen. Er schilderte genau, was in der Werkstatt alles zu tun gewesen war, und er widersprach seiner früheren Schilderung kein einziges Mal.»

«Wir sind bereits zuvor zum Schluss gekommen, dass er die Arbeiten tatsächlich ausgeführt hat. Es ist nur nicht erwiesen, dass er das genau an jenem Abend tat», präzisierte die -kova.

Camenisch nickte und übernahm: «Wie Wasescha widersprach auch Demont seiner ersten Aussage nicht. Er hatte den Abend vor dem Fernseher verbracht und konnte uns die Sendungen wie zuvor im Detail schildern. Ob er sie sich allerdings wirklich am Abend angeschaut hat oder erst am nächsten Tag mit der Replay-Funktion des Fernsehers, lässt sich nicht sagen.»

«Die Situation ist in der Tat etwas verwirrend», überlegte Buess. «Wir haben Demont und Wasescha, die beide ein zwar glaubwürdiges, aber nicht hundert Prozent sicheres Alibi haben. Sie reagieren auf unsere Befragung beide gefasst, wirken stark und sicher. Weiter haben wir Jörimann, der als einziger hieb- und stichfest belegen kann, wie er den fraglichen Abend verbracht hat. Trotzdem ist er einem Zusammenbruch nahe. Er benimmt sich stark verdächtig, im Grunde genau so, wie wir es vom Täter erwarten könnten. Aber ausgerechnet er kann es nicht gewesen sein.»

«Die vergangene Nacht in Untersuchungshaft wird seinen Zustand kaum verbessert haben», vermutete Svetlana. Jörimann und Demont waren nach Chur transportiert worden, weil von den beiden Zellen in Thusis eine bereits mit einem tobenden Alkoholiker und die andere mit Peter Wasescha belegt war. Demont hatte grossspurig kundgetan, länger als vierundzwanzig Stunden könnten sie ihn nicht in Untersuchungshaft behalten, was allerdings ein Irrtum war. Als sie ihm erklärte, sie habe für alle drei wegen Kollusions- und Fluchtgefahr eine längere Untersuchungshaft angeordnet, war er kurzzeitig verstummt. «Die Kollegen werden jeden Moment mit Demont eintreffen», meinte sie nach einem Blick auf die Uhr. «Nach ihm folgt Jörimann.»

«Wenn der bis dann nicht bereits einen Herzinfarkt erlitten hat», sagte Camenisch trocken, worauf er einen strafenden Blick der Staatsanwältin kassierte.

Marcos fühlte sich miserabel. *Fuck,* wenn nur schon Mittag wäre! Dann wäre wenigstens der Besuch bei der Polizei vorüber. Nicht aber die Reaktion seines Vaters, falls sie sich nicht vermeiden liess.

Er musste nicht nach dem Getränkehändler fragen, dieser stand selbst am Verkaufstisch. Sogleich nahm er Marcos mit in sein Büro.

«Wir müssen absprechen, was wir ihnen sagen», begann er. «Natürlich erzählen wir ihnen nicht, dass du hier über den Zaun geklettert bist, um Bier zu klauen, und dass ich dich dabei erwischt habe.»

Marcos zuckte zusammen. Musste er in offenen Wunden wühlen?

«Wir können allerdings auch schlecht alle Auskünfte zu deinem Aufenthalt hier verweigern», fuhr der Mann fort. «Sonst beissen sie sich daran fest und bohren, bis sie etwas erfahren, auch wenn es nichts zur Sache tut.»

Marcos nickte widerwillig.

«Das bedeutet, dass wir eine gute Begründung für deinen Aufenthalt hier brauchen.» Der Händler überlegte. «Hast du eine Idee?»

«Ähm …» Marcos war sich nicht sicher, ob er richtig verstanden hatte. Meinte der Mann wirklich, er solle sich eine Falschaussage einfallen lassen?

«Du könntest dein Velo hier hinter dem Haus parkiert haben anstatt am Bahnhof, damit es nicht geklaut wird. Du hast kein Schloss dazu», schlug der Getränkehändler vor.

«Ich habe kein Velo», wandte Marcos ein.

«Du könntest deine Freundin hinter das Gebäude mitgenommen haben. Das glaubt dir allerdings keiner, besonders romantisch ist es hier nicht.»

«Ich habe keine Freundin», sagte Marcos.

«Dein Hund könnte abgehauen sein, du musstest ihn suchen», schlug der Mann vor.

«Ich habe keinen Hund.»

Der Händler rang die Hände. «Hast du eine bessere Idee?»

«Ich könnte Ihrem Igel gefolgt sein», schlug Marcos zögernd vor.

«Meinem Igel?», fragte der Mann verblüfft. «Ich habe keinen Igel.»

Marcos betrachtete ihn ungläubig. «Aber sicher! Haben Sie ihn noch nie gesehen? Er wohnt eigentlich im Garten des Nachbarhauses und auf der Wiese dahinter, aber manchmal kommt er bis zum Parkplatz vor Ihrer Laderampe.»

«Hast du das jetzt erfunden?» Ein kritischer Blick bohrte sich in Marcos' Augen.

«Nein!», rief Marcos. «Es gibt ihn wirklich! Fragen Sie Ihren Nachbarn, dort bekommt er Milch und Futter.»

Der Getränkehändler freundete sich mit dem Gedanken an, dass er einen Igel beherbergte. «Okay. Das tönt gut. Du bist dem Quartierigel hinter unser Lagerhaus gefolgt, um herauszufinden, wie er die Nacht verbringt.»

«Werden sie das glauben?», fragte Marcos ängstlich.

«Wahrscheinlich nicht, aber das spielt keine Rolle. Wir müssen diese Geschichte nur im Detail durchgehen und sie dann immer gleich erzählen.»

Nach einigem Üben waren sie zufrieden. Marcos hatte auf dem Heimweg den Igel gesehen, den er bereits kannte. Er war ihm neugierig gefolgt, um herauszufinden, wo er hinging. Hinter dem Haus gab es allerdings keine Beleuchtung, er hatte kaum etwas gesehen im Mondlicht und war über einen Stapel leerer Harasse gestolpert. Daraufhin war der Händler aufgetaucht, um nachzusehen, was los war. Nach dem kurzen Gespräch wollte Marcos hinten um das Haus herumgehen, um den Weg zu erreichen, der zu ihm nach Hause führte. Als im benachbarten Altersheim das Licht beim Hinterausgang anging, dachte er zuerst, der Igel habe den Bewegungsmelder ausgelöst. Dann aber hatte er gesehen, dass ein Mann durch den Lichtkegel eilte und in der Dunkelheit verschwand. Als er sich im Internet die Berichte zum Mord im Altersheim angesehen hatte, war er über einige Fotos der Gründer der Süsswaren Thusis AG gestolpert. Dabei war ihm klar geworden, wer der Mann gewesen war, den er in der Nacht gesehen hatte.

«Meinen Sie wirklich, dass es nicht reicht, wenn Sie das der Polizei erzählen?», wagte Marcos einen letzten verzweifelten Versuch.

«Ja, das meine ich wirklich», antwortete der Getränkehändler und blickte ihn aufmunternd an. «Komm, gehen wir!»

Auf dem Parkplatz schaute sich Marcos nervös um. Hoffentlich sah ihn niemand. Die Fahrt durch das Dorf bis zum Polizeiposten würde ein Spiessrutenlauf werden. Als er sah, dass das Auto des Händlers hinten verdunkelte Fenster aufwies, atmete er erleichtert auf und setzte sich schnell auf den Rücksitz.

«He!», rief der Getränkehändler überrascht. «Muss ich Butler James spielen und dich auf dem Rücksitz chauffieren?»

«Ja, bitte!», antwortete Marcos.

Der Mann schüttelte grinsend den Kopf und fuhr los.

Wenigstens gab es direkt vor dem Eingang zum Polizeiposten Parkplätze, so dass Marcos gute Chancen hatte, nicht von irgendwelchen Leuten, die er kannte, beobachtet zu werden. Er atmete auf wie ein aus Geiselhaft Befreiter, als sich die Tür zum Polizeiposten hinter ihnen schloss.

«Wir haben eine Aussage zum Mord an Gerardo Mazzotta zu machen», schilderte der Getränkehändler dem Polizisten, der sie in Empfang nahm, sein Anliegen.

Dieser schickte sich an, sie in einen kleinen Raum zu verfrachten und sie selbst zu befragen, aber der Händler wehrte ab. «Wer ist verantwortlich für den Fall? Wir möchten mit dieser Person reden.»

Der Polizist wollte abwehren, aber der Händler gab nicht nach, bis der andere sie anwies, im kleinen Zimmer zu warten. Kurze Zeit später betraten Meta Schäfer und Camenisch den Raum.

Marcos wurde immer nervöser, während der Getränkehändler sie beide vorstellte. Bauer hiess der Händler, erfuhr er. Obwohl Brauer passender gewesen wäre. Marcos rief sich innerlich zur Ordnung. Pokerface aufsetzen, verdammt. Keine Bewegung.

Jetzt war es so weit. Tief durchatmen. Er begann zu erzählen. Ein so aufmerksames Publikum hatte ihm noch selten zugehört, dachte Marcos. Die Bullen bekamen immer grössere Augen. Sie unterbrachen ihn einmal, um nach dem Igel zu fragen, und ein zweites Mal, um sich die Begegnung mit Herrn Bauer schildern zu lassen. Ansonsten liessen sie ihn bis zum Schluss berichten. «Als ich die Meldungen im Internet anschaute und die Fotos sah, wurde mir klar, wer der Mann war, den ich hinter dem Altersheim gesehen hatte.» Drei Augenpaare waren auf ihn gerichtet. Man hätte eine Maus husten hören können. Cooles Gefühl, dachte er.

«Wen glaubten Sie, gesehen zu haben?», fragte der Polizist schliesslich.

«Der Mann war Herr Wasescha», antwortete Marcos.

Ein Anruf Elviras hatte gereicht, um Emanuele Santacaterina bereits vor dem Mittagessen im Altersheim erscheinen zu lassen. Rösli war der Ansicht, ihren Besuch bei der Polizei am Vortag könne sie ihren zwei Freunden nicht vorenthalten. Emanuele und Elvira hatte Frau Schäfer sicher nicht gemeint, als sie ihr eingeschärft hatte, mit niemandem über die Kassette zu sprechen, die den Auftraggeber des Mords an Heiri enthüllte.

Rösli hatte sich per Rollator in Elviras Zimmer aufgemacht, wo sie sich nun zwei Gesichtern gegenübersah, die sie gespannt musterten. Die Neuigkeiten brannten Rösli auf der Zunge, ihre Wangen waren vor Aufregung gerötet. Kein Wunder also, dass die Neugier ihrer beiden Freunde sich kaum im Zaum halten liess.

«Ich habe Sensationelles zu berichten», begann Rösli gewichtig. «Aber vorher müsst ihr mir versprechen, dass ihr keinem Menschen davon erzählt. Das hat die Polizei angeordnet. Vorläufig soll niemand davon erfahren.»

«Ja, ja, kein Problem», antwortete Emanuele ungeduldig.

Elvira nickte eifrig mit dem Kopf. «Klar! Nun erzähl endlich.»

Und Rösli erzählte. Von ihrem Sohn Lars, der sich an die Kassette erinnert hatte. Wie diese vor über vierzig Jahren entstanden war und wie sie die Zeit überdauert hatte. Wie deren Inhalt via Internet von Schweden nach Thusis gelangt war. Die alte Frau genoss ihre Rolle in vollen Zügen. Die Gesichter ihrer beiden Freunde, die ihr gebannt zuhörten, würde sie nie vergessen. Sie legte eine Kunstpause ein.

«Jetzt sag schon», trieb Emanuele sie an, «was ist nun mit dieser Kassette?»

«Auf der Kassette ist das Hörspiel zu hören, das die beiden Kinder aufgenommen haben.»

«Das sagtest du schon!» Emanuele rang die Hände. «Aber was ist darauf zu hören?»

«Unterbrich mich nicht ständig», wies ihn Rösli zurecht und atmete tief ein. «Für das Hörspiel haben die Kinder Jean-Claudes Vater, Peter Wasescha, belauscht. Sie versteckten den Kassettenrecorder in seinem Arbeitszimmer und machten eine Tonbandaufnahme, ohne dass er davon etwas merkte. Diese Aufnahme bauten sie in ihr Hörspiel ein. Sie begriffen damals nicht, worum sich das Telefongespräch drehte. Wie auch? Erst jetzt erkannte Lars den Zusammenhang und die Tragweite des Gesprächs, das sie abgehört hatten.»

«*Mamma mia,* Rösli, du spannst uns wirklich auf die Folter», rief Elvira aus. «Erzähl doch endlich, was auf der Kassette zu hören ist!»

«Auf der Kassette ist zu hören, wie Wasescha jemandem die Anweisung erteilt, am nächsten Tag frühmorgens zum Ausgang der Schlucht zu gehen und den vereinbarten Auftrag auszuführen. Er flüstert fast. Das Telefonat tönt sehr geheimnisvoll. Der Gesprächspartner muss Mazzotta gewesen sein, und beim Auftrag handelte es sich um den Mord an Heiri Zuber.»

Rösli registrierte genüsslich, dass ein simples *mamma mia!* nun nicht mehr ausreichte. Stattdessen hörte sie *santo cielo!* und per *l'amor di Dio!* sowie einiges, was sie nicht verstand. Schliesslich beruhigten sich ihre beiden Zuhörer.

«Was macht ihr jetzt, du und dein Sohn?», fragte Elvira.

«Wir haben bereits etwas gemacht.» Rösli berichtete, wie sie Lars tags zuvor auf den Polizeiposten begleitet hatte, wo sie Frau Schäfer und Herrn Camenisch die Aufnahme vorgespielt hatten.

Elvira überlegte. «Wird Wasescha jetzt festgenommen?»

«Keine Ahnung.» Rösli zuckte bedauernd die Schultern. «Was sie tun werden, haben sie uns leider nicht gesagt. Wir können nur abwarten, bis sich etwas über die weitere Entwicklung der Angelegenheit herumspricht.»

«Ein Igel bricht dem Süsswarenboss das Genick!» Camenisch lachte schallend.

Auch Meta grinste. «Ein Igel zusammen mit einem portugiesischen Einwanderer.»

«Wenn wir Buess berichten, was er verpasst hat, wird er sich wie Rumpelstilzchen vor Wut in zwei Teile reissen, weil er wegen seines blöden Haxens bereits gegangen ist.»

«Komm, wir rufen ihn zusammen an.» Meta nahm den Telefonhörer zur Hand. «Seine Reaktion müssen wir beide hören.»

«Moment. Sagte er nicht, er müsse in die Therapie?», fragte Camenisch.

«Stimmt», bestätigte Meta widerwillig und legte den Hörer wieder auf.

«Wir rufen ihn später an. Gehen wir zuerst zu Nora Zuber, wie wir es ohnehin vorhatten. Ich denke zwar nicht, also jetzt noch viel weniger, dass sie vor vierzig Jahren mit Wasescha gemeinsame Sache machte, um ihren Mann zu ermorden, aber wir müssen trotzdem mit ihr reden.»

Wieder nickte Meta. «Ja, gehen wir, das dauert nicht lang. Kurz vor Mittag werden wir zurück sein, dann rufen wir Walter an. Um halb zwei bringen sie uns Wasescha, das ist bereits abgemacht, auch mit seinem Anwalt. Walter soll früher kommen, damit wir uns vor der Einvernahme Waseschas absprechen können.»

«Die -kova ist an einer Sitzung, deshalb haben wir ja Wasescha erst nach dem Mittag aufgeboten.» Camenisch verdrehte die Augen. «Was die immer zu sitzen hat, ist mir ein Rätsel. Ich schreibe ihr, sie soll so schnell wie möglich anrufen. *Important and urgent!*»

«Mach das», stimmte Meta zu. «Aber bitte verzichte auf Emojis in deiner Nachricht. Das verträgt sie nicht in geschäftlichen Mitteilungen.»

«Musst du mich daran erinnern?» Camenisch musterte die Kollegin vorwurfsvoll. «Du stocherst in offenen Wunden. Ein einziges, scheues Smiley habe ich ihr geschickt, elf Monate ist es her. Verdammt, ihre Reaktion war so eisig, dass mir der Rotz in der Nase gefror.»

Meta lachte schadenfreudig. «Ich weiss. Ihre Antwort hat dir die Sprache verschlagen, was selten genug vorkommt.» Sie wurde ernst. «Mit Demont und Jörimann haben wir heute Morgen bereits gesprochen. Erscheinen ihre Aussagen in einem anderen Licht, jetzt, wo wir davon ausgehen können, dass Wasescha der Täter war?»

«Demonts nicht, denke ich», antwortete Camenisch nach einigem Zögern. «Er beteuerte fortwährend, er habe weder damals noch heute etwas gewusst. Sein Anwalt hatte kaum etwas zu tun, er schlug sich bestens ohne dessen Unterstützung.»

«Aber Jörimann?» Meta blickte den Kollegen nachdenklich an. «Er benahm sich gestern höchst eigenartig, obwohl er ein Alibi hat, so als ob er etwas wusste oder vermutete. Wusste er von Waseschas Tat?»

«Ich kann mir nicht vorstellen, dass Wasescha ausgerechnet ihn einweihte oder als Komplizen benützte. Er hätte wissen müssen, dass Jörimann zu wenig skrupellos ist für ein solches Vorhaben.»

«Hat Jörimann selbst etwas herausgefunden?», überlegte Meta weiter.

«Ich nehme nicht an, dass Wasescha mit seinen Plänen hausieren ging», erwiderte Camenisch trocken. «Wenn schon, hatte Jörimann einen Verdacht, aus welchem Grund auch immer.»

«Hätte ihn das so stark belastet?» Meta zweifelte. «Die Gründer sind längst nicht mehr aktiv in der Firmenleitung, und eine enge Freundschaft scheint sie nicht zu verbinden. Ausser bei ihren regelmässigen Kaffeerunden haben sie kaum Kontakt miteinander. Hätte Jörimann auf den blossen

Verdacht, dass Wasescha ein Mörder sein könnte, so verzweifelt reagiert?»

«Vielleicht. Wenn er emotional immer noch stark an der Firma hing, halte ich es für möglich.»

Meta schüttelte den Kopf. «Ich denke, eher nicht. Seine emotionale Reaktion lässt sich nur erklären, wenn er jemanden der Tat verdächtigte oder über jemanden etwas wusste, der ihm am Herzen lag.»

«Seine Frau, zum Beispiel?» Camenisch musterte sie interessiert.

«Ja, zum Beispiel seine Frau», bestätigte Meta. «Heute hat Jörimann sehr vorsichtig geantwortet, vermutlich hat ihm der Anwalt inzwischen klarmachen können, dass er besser schweigt. Als wir ihn auf seine gestrige verzweifelte Reaktion ansprachen, sagte er überhaupt nichts mehr. Aber bei der ersten Einvernahme gestern Abend konnte ihn der Anwalt nicht bremsen. Seine Reaktion wird verständlich, wenn er seine Frau in Verdacht hatte, etwas mit dem Mord an Mazzotta zu tun zu haben.»

«Könnte Jörimanns Frau mit Wasescha zusammengearbeitet haben, um Mazzotta umzubringen?», fragte Camenisch und beantwortete seine Frage selbst. «Kaum, denke ich. Sie fuhr ja mit ihrem Mann nach Chur und später weiter nach St. Gallen. Dass sie dazwischen nach Thusis fuhr, scheint mir sehr unwahrscheinlich zu sein. Wir können das im Auge behalten, wenn wir heute Nachmittag Wasescha befragen. Aber jetzt machen wir uns schleunigst auf die Socken, um vor dem Mittag mit Nora Zuber fertig zu sein.»

Irgendwo in ihrem Hinterkopf meldete sich eine leise Stimme, die Rösli ein schlechtes Gewissen einredete, weil sie ihre beiden Freunde in die aufregenden Entwicklungen im Fall

Mazzotta eingeweiht hatte. Sie gab sich alle Mühe, sie zu verdrängen. Es gelang.

Emanuele hatte Röslis Ermahnung, nichts von Lars' Tonband weiterzuerzählen, zwar gehört und ihr versichert, er werde nichts verlauten lassen. Allerdings hatte es sich dabei um eine halbherzige Zusage gehandelt. Er war der Ansicht, weder die Polizei noch Rösli könnten im Ernst erwarten, dass sich diese Sensation unter Verschluss halten lassen würde. Mindestens Lucilla hatte ein Anrecht darauf, eingeweiht zu werden. Sie rief er sogleich an, als er aus dem Altersheim heimkehrte. Ausserdem hatte ihn die Sache so aufgewühlt, dass er seinen Espresso in der Bäckerei auf den Vormittag vorverschob. Dass er dort Frau Carisch antraf, war Zufall. Dass er ihr von den Ereignissen erzählte, weniger. Vielleicht wollte er sich bei ihr revanchieren, weil sie ihn stets zuverlässig mit Neuigkeiten versorgte, und ihr eine Sensation zukommen lassen, von der sie tatsächlich nichts ahnte.

Lucilla kam nicht einmal auf die Idee, die Sache für sich zu behalten, weil Emanuele vergessen hatte, sie darauf aufmerksam zu machen. Demzufolge waren ihre beiden Töchter noch vor dem Mittagessen und ihr Sohn nur wenig später ebenfalls informiert.

Elvira schliesslich antwortete auf den späteren Vorwurf, sie habe sich nicht an die Schweigepflicht gehalten, völlig erstaunt: «Welche Schweigepflicht?» Ihre eifrige Versicherung, nichts weiterzuerzählen, hatte sie vergessen, sobald sie gebannt Röslis Erzählung gelauscht hatte.

Es war Walter Buess, der die vier Senioren später wegen ihres sorglosen Umgangs mit Vertraulichem rügte, auch wenn ihr Verhalten folgenlos blieb. Buess fand, es gehe ums Prinzip und die vier Alten müssten wissen, dass sie einen Fehler gemacht hätten. Allerdings nahm niemand von den

Vieren seine Zurechtweisung ernst. Emanuele ging sogar so weit, Buess zu raten, er solle sich nicht lächerlich machen. «*Porca miseria,* mach nicht wegen jedem Fliegenschiss ein Theater, sondern geniess das schöne Wetter!», lauteten seine Worte. Was Buess in der Tat vorhatte.

Jean-Claude Wasescha nahm aufgewühlt am Esstisch Platz.

«Ist etwas passiert?», fragte ihn seine Frau besorgt.

«Allerdings», antwortete er. «Heute kam die Polizei ins Museum.»

«Oh! Wurde etwas gestohlen?»

«Nein. Ihr Besuch hatte nichts mit dem Museum zu tun, sie wollten zu mir persönlich.»

Abwesend schaute er zu, wie sie Kartoffeln, Gemüse und Fleisch auf seinen Teller häufte.

Seine Frau hütete sich, ihn zum Sprechen zu drängen. Es würde nicht lange dauern, bis er von sich aus alles erzählen würde.

«Ihr Besuch war so bizarr, ich kann immer noch nicht richtig einordnen, was sie eigentlich wollten.» Jean-Claude spiesste Kartoffeln auf die Gabel und ass mit grossem Appetit. «Sie sagten», sprach er mit vollem Mund weiter, «sie arbeiteten mit der Kantonspolizei Graubünden zusammen. Es gehe um Ereignisse von 1975.»

«Was?», unterbrach seine Frau verblüfft. «Vor über vierzig Jahren?»

«Ja. Sie wollten wissen, weshalb es zur Scheidung meiner Eltern gekommen sei. Ob es sich um eine längere Entwicklung gehandelt habe oder ob meine Mutter eher Hals über Kopf nach La Chaux-de-Fonds zurückgekehrt sei. Warum ich meinen Vater danach kaum je wieder gesehen und was ich davon gehalten hätte.»

«*Mon Dieu,* was sollen diese Fragen?» Sie musterte ihren Gatten nachdenklich. «Warum ist das alles nach so langer Zeit von Interesse für die Polizei?»

«Lieber hätten sie das Gespräch mit meiner Mutter geführt», vermutete Jean-Claude. «Ich muss sagen, wenn sie nicht tot wäre, würde ich auch gern mit ihr reden. Die Polizei hat mich neugierig gemacht. Damals habe ich das alles hingenommen und nicht hinterfragt. Ich war sieben Jahre alt, und meine Mutter erzählte mir wohl, wir zögen um, damit ich die Schule möglichst von Anfang an in La Chaux-de-Fonds besuchen könne. Zu jener Zeit leuchtete mir das ein. Zu meinem Vater hatte ich keine besonders enge Beziehung. Er war oft weg, und dass sich meine Eltern nicht viel zu sagen hatten, spürte ich wahrscheinlich als Kind.»

«Haben sie deine Schwester auch befragt?»

«Ja, aber sie kann sich kaum an Thusis erinnern, sie war erst fünf, als wir umzogen.» Er schöpfte sich Gemüse nach. «Ich entsinne mich, dass wir uns einige Male mit unserem Vater trafen, allerdings weder hier noch in Thusis. *Maman* machte mit uns dann und wann einen Ausflug nach Zürich oder Bern oder einen anderen Ort zwischen Neuenburg und Chur, wo wir einen Tag zu viert verbrachten. Nach *mamans* Heirat betrachteten wir bald Antoine als Vater, nach kurzer Zeit nannten wir ihn Papa. Peter Wasescha war eher ein entfernter Onkel für uns.»

Seine Frau sah ihn nachdenklich an. «Wann hast du ihn zuletzt gesehen?»

«Das muss um 1990 herum gewesen sein», meinte Jean-Claude und lächelte versunken. «Bald dreissig Jahre ist es her.»

«Hatte deine Schwester nachher noch Kontakt zu ihm?»

«Nein. Weder sie noch ich haben ihn je allein getroffen,

nachdem wir weggezogen waren. Unsere Kontakte beschränkten sich auf die gemeinsamen Ausflüge irgendwo in der Schweiz.»

Sie schüttelte den Kopf. «Ich verstehe immer weniger, was die Polizei von dir wollte. Haben sie denn nicht erklärt, worum es überhaupt geht?»

«Glaub mir, ich verstehe es auch nicht.» Jean-Claude hob ratlos die Schultern. «Sie wollten wissen, ob es einen Auslöser gegeben hätte für die Trennung zu diesem Zeitpunkt. Das konnte ich ihnen nicht beantworten, ich habe nicht die blasseste Ahnung. Sie fragten, ob ich mich an meinen damaligen Kollegen Lars Sjögren erinnern könne. Das kann ich sehr wohl.» Er lachte auf. «Ich vergötterte den Jungen. Er war fünf Jahre älter als ich. Alles, was er sagte, war für mich das Evangelium. Wenn er sich mit mir abgab, war ich im siebten Himmel. Er war ein ruhiger, gutmütiger Bub.»

«Hast du keinen Kontakt mehr zu ihm?», fragte seine Frau.

«Nein. Nachdem wir Thusis verlassen hatten, schickten wir uns hie und da eine Postkarte, aber der Kontakt schlief bald ein.»

«Weshalb fragte dich die Polizei nach ihm?»

«Offenbar haben Lars und ich damals Hörspiele aufgenommen. Das war mir entfallen, aber als sie davon sprachen, kam es mir wieder in den Sinn. Sie sagten, Lars und ich hätten einmal Aufnahmen im Arbeitszimmer meines Vaters gemacht, ohne dass er etwas davon bemerkt habe, und diese dann in ein Hörspiel eingebaut.» Jean-Claude grinste. «Wir waren Lausbuben, was?»

Seine Frau nickte schmunzelnd. «Kannst du dich daran erinnern?», fragte sie.

«Leider nicht», antwortete er bedauernd. «Ich sehe ein

kleines Regal, einen Zeitungsständer und eine Topfpflanze vor mir, wo wir das Tonband versteckten. Aber das ist ein einzelnes Bild, wie ein Foto, ein kleines Detail. Ich erinnere mich nicht, wie das Arbeitszimmer ausgesehen hat oder dass mein Vater darin am Schreibtisch gesessen wäre.»

«Haben die Polizisten gesagt, was es mit diesem Tonband auf sich hat?»

«Leider nicht», wiederholte Jean-Claude. «Sie wollten nichts weiter sagen, als ich sie danach fragte.»

«Das ist wirklich eigenartig», meinte seine Frau. «Ob wir je erfahren werden, worum es dabei ging?»

Jean-Claude zuckte die Achseln. «Kaum. Ich kenne niemanden mehr in Thusis und war vor über vierzig Jahren zum letzten Mal dort. Vielleicht schaue ich mich gelegentlich im Netz nach Nachrichten aus Graubünden um.»

«Paesana.»

«Prosciutto funghi.»

Beflissen fügte Camenisch die Wünsche seiner Kollegen seinem eigenen, einer Pizza Capricciosa, hinzu. Mit hochgezogener Augenbraue blickte er die Staatsanwältin an. Er war überzeugt, dass sie zuerst endlos die Karte studieren und sich zuletzt für einen Salat entscheiden würde.

Doch die -kova blickte nicht einmal auf, als sie sagte: «Cazner, geschnitten.»

«Cazner?», fragte Walter Buess ratlos. «Gibt's das?»

«Salami, Speck, Thon», erläuterte sie knapp.

«Und Zwiebeln», ergänzte Camenisch, der sich inzwischen zum Gewünschten durchgeklickt hatte.

«Warum nur heisst sie Cazner? Salami, Speck und Thon haben doch mit Cazis nichts zu tun.» Buess schüttelte den Kopf.

«Eigentlich müsste sie jetzt Thusner heissen, seit der Pizzakurier von Cazis nach Thusis umgezogen ist», bemerkte Svetlana abwesend und ging zum Geschäftlichen über. «Wascha war ein harter Brocken, meine Güte! Fast fünf Stunden hat es gedauert, bis wir ein umfassendes Geständnis hatten.»

«Ich verpasse sogar das Training wegen ihm und seinem Anwalt», warf Camenisch ein, der soeben die Bestellung abgeschickt hatte.

«Wir gehen seine Aussage nochmals durch», fuhr die -kova fort. «Wenn alles stimmig ist, machen wir Feierabend und schicken ihn in die Zelle zurück. Vorläufig ist er noch hier. Der Anwalt auch.»

«Wann entlassen wir die anderen beiden aus der Untersuchungshaft?», fragte Meta.

Die Staatsanwältin überlegte kurz. «Natürlich heute Abend, aber so spät es geht, damit sie möglichst mit niemandem mehr sprechen können. Morgen früh informieren wir die Presse.»

«Wirst du den Igel der Presse gegenüber erwähnen?»

«Ich denke nicht», antwortete Svetlana. «Wir sagen bloss, ein Zeuge habe Wasescha beim Verlassen des Altersheims beobachtet, das reicht.»

«Das ist vermutlich gescheiter», grinste Meta. «Diese Igel-Geschichte ist allzu fadenscheinig.»

«Aber originell ist sie!» Camenisch lachte. «Wir bekommen ja allerhand kreative Ausreden zu hören, aber diese hier ist herausragend.»

«Der Bursche wollte beim Getränkehändler einbrechen und wurde erwischt, so war es wohl», pflichtete Buess bei und wandte sich der Zusammenfassung von Waseschas Aussage zu. «Wasescha sagt aus, dass er Gerardo Mazzotta regelmässig im Altersheim besuchte, mindestens jede zweite Woche. Seit letztem Winter sprach Mazzotta immer wieder vom Rhein am Ausgang der Viamala, vom Fischer, vom Schlag auf den Kopf, vom vielen Blut und vom rostroten Pullover. Wasescha erkannte, dass nicht nur er dieses Gerede zu hören bekam, sondern auch andere Besucher und das Pflegepersonal. Als Mazzotta zudem anfing, Heiri namentlich zu erwähnen, wusste er, dass es nur noch eine Frage der Zeit war, bis jemand verstehen würde, wovon er sprach. Das Risiko wurde ihm zu gross, und er beschloss, Mazzotta zu töten.»

«Das fiel ihm alles andere als leicht», übernahm Meta Schäfer, «denn auch wenn sie keine dicken Freunde waren, hatten sie doch seit über vierzig Jahren eng miteinander zu tun. Er redete sich zu, das Leben sei mit zunehmender Demenz ohnehin nicht mehr lebenswert und Mazzotta sei im Alter recht einsam geworden. Seine diversen Frauengeschichten waren Vergangenheit, und mit Ausnahme seiner Tochter Silvia Häberli-Mazzotta hatte er keine nahen Verwandten oder Freunde mehr. Er studierte tagelang, wie er Mazzotta möglichst schmerzlos umbringen könnte, ohne dabei erwischt zu werden.»

«Sein Plan war nicht blöd», warf Camenisch ein. «Als er den Fronarbeitstag der Wandervögel organisierte, sah er die gute Gelegenheit, die sich bot, um für ein Alibi zu sorgen. Er radelte am Vortag des Mords zur Werkstatt und achtete darauf, von niemandem gesehen zu werden. Er versteckte das Velo und bereitete unbemerkt alles für den Arbeitseinsatz vor. Zu Fuss kehrte er nach Hause zurück, was in knapp zwei Stunden ohne Weiteres zu machen ist. Am nächsten Abend fuhr er mit dem Auto zur Werkstatt. Er parkierte direkt an der Strasse, machte Licht im Gebäude und öffnete eines der Fenster, so dass später ein paar Passanten würden bezeugen können, dass er sich dort aufgehalten hatte. Was auch passierte. Gegen zehn Uhr fuhr er mit dem Velo zum Altersheim. Mit einem Schlüssel, den er eine, zwei Wochen zuvor im Stationszimmer aus der Handtasche einer Angestellten geklaut hatte, öffnete er den Personaleingang. Er ging unbemerkt zu Mazzottas Zimmer, erstickte ihn mit dem Kissen und verliess das Haus wiederum unbemerkt durch dieselbe Tür. Die ganze Aktion im Heim dauerte weniger als eine Viertelstunde. Er radelte zurück zur Werkstatt, wo er kurz vor Mitternacht ankam. Er packte das Velo in sein Auto und fuhr nach Hause zurück.»

«Genau so schilderte er es.» Svetlana nickte. «So kann es gewesen sein, und so wird es sich wohl wirklich zugetragen haben. Es gibt drei Aspekte, die wir nicht hieb- und stichfest klären konnten. Erstens: Der Schlüssel.»

«Das ist tatsächlich ein schwacher Punkt», stimmte Meta zu. «Im Altersheim hat niemand seinen Schlüssel als verloren gemeldet, das haben wir heute Nachmittag telefonisch geklärt. Ich vermute allerdings, dass es des Öfteren vorkommt, dass Angestellte ihren Schlüssel verlegen. Sie melden ihn wohl zunächst nicht als verloren, weil sie davon ausgehen, dass er wieder auftauchen wird. Wasescha hat ihn ja wirklich ein paar Tage später am selben Ort im Stationszimmer, wo er ihn entwendet hatte, wieder hingelegt, etwas versteckt beim Altpapier. Die Angestellte muss vermutet haben, er sei ihr aus der Tasche gefallen oder sie habe ihn liegen gelassen, worauf er, durch wessen Schuld auch immer, auf jeden Fall aber durch Unachtsamkeit, zum Altpapierstapel gerutscht war.»

«Morgen werden wir die Angestellten befragen, ob jemandem damals ein Schlüssel abhandengekommen war», meinte Buess. «Allerdings ist es möglich, dass die betreffende Person nicht dazu steht, weil sie damit zugeben würde, liederlich mit dem Schlüssel umgegangen zu sein und den Verlust nicht sofort gemeldet zu haben.»

«Ja. Diese Erklärung ist zwar nicht ganz befriedigend, aber plausibel», urteilte die -kova. «Zweiter Punkt: Wasescha ging zuerst zu Fuss von der Werkstatt zurück nach Thusis, und später transportierte er das Velo in seinem Auto nach Hause. Beides ist riskant. Es ist Hochsommer, zahlreiche Spaziergänger und Velofahrer sind unterwegs, und Wasescha ist eine bekannte Grösse im Tal. Auch den Transport des Velos hätte jemand beobachten können, er bekam es ja nicht einmal ganz in sein Auto, sondern musste den Kofferraum etwas offenlassen.»

«Das schon», räumte Meta ein, «aber hätte sich jemand etwas dabei gedacht? Wasescha war oft zu Fuss unterwegs. Zugegeben, lieber in der Höhe als im Tal, aber es hätte bestimmt niemanden argwöhnisch werden lassen. Sicher wird sich jetzt, fast zwei Monate später, niemand daran erinnern.»

«Das ist richtig», sagte Svetlana. «Wir werden nicht in der Lage sein, jetzt noch einen Zeugen ausfindig zu machen, der Waseschas Aussage bestätigen könnte, aber das spielt letztlich keine Rolle. Kritisch ist hingegen der dritte Punkt. Wir haben zwei Zeugen, die an jenem Abend an der Werkstatt vorbeifuhren, dabei Waseschas Auto erkannten und bemerkten, dass in der Werkstatt Licht brannte und das Fenster offenstand. Das Problem ist, dass der eine überzeugt ist, jemanden umhergehen gesehen zu haben.»

«Das ist allerdings ein wunder Punkt», sagte Camenisch. «Der Zeuge scheint sich seiner Sache sicher zu sein, aber kann er das? Er fuhr mit dem Auto an der Werkstatt vorbei. Im besten Fall sah er das Fenster einige Sekunden lang. Kann er wirklich mit hundertprozentiger Gewissheit behaupten, eine Bewegung gesehen zu haben? Ich denke, dass seine Überzeugung ins Wanken gerät, wenn er nochmals befragt wird.» Ungeduldig warf er einen Blick auf die Uhr. «Machen sie diese Pizza wirklich in Thusis oder holen sie sie in Napoli?»

«Entscheidend ist doch, dass wir ein umfassendes Geständnis haben», stellte Meta Schäfer fest. «Seinem Verteidiger nützt es nichts, an diesem Punkt einzuhaken und Zweifel zu säen. Waseschas Schuld steht fest. Er kann sich nur noch darauf konzentrieren, ein möglichst mildes Strafmass zu erreichen.»

«Entscheidend ist, dass der Bote jetzt auf der Matte steht!» Camenisch sprang auf und beantwortete den Anruf des Pizzakuriers, während er zur Eingangstür eilte, um die vier Schachteln in Empfang zu nehmen.

Am späten Abend, nach Demonts Entlassung aus der Untersuchungshaft, sass er sichtlich gezeichnet am Küchentisch. Nicht zum ersten Mal griff er nach der Cognacflasche.

Seine Frau sass ihm gegenüber und musterte ihn abwägend. «Du wusstest davon.»

«Quatsch.» Er nippte an seinem Glas.

«Du wusstest 1975, dass Mazzotta Heiri Zuber erschlagen hatte. Du wusstest jetzt, dass Wasescha Mazzotta erstickte.»

«So ein Blödsinn!» Demont musterte seine Gattin gehässig.

Sie stützte den Kopf auf und zeichnete mit dem Fingernagel die Maserung des Holztischs nach. «Ich ahnte es damals.»

«Hör doch auf! Du hättest mich nie geheiratet, wenn du das geahnt hättest!»

«Ich ahnte es damals», wiederholte sie. «Dass du Mazzotta erschlagen haben könntest, schloss ich aus. Dazu warst du zu wenig abgebrüht. Du warst und bist ein Schwätzer.» Sie blickte kurz auf. «Ein Hund, nicht ein Wolf, könnte man sagen.»

Demont fuhr wütend auf, doch sie redete ungerührt weiter. «Ich wurde stutzig, als Heiri Zuber starb. Eure Ideen hatte ich mir bis zum Abwinken angehört, immer und immer wieder, wenn ich bei deinen Treffen mit Wasescha dabei war. Die Schwachstelle darin war Heiris Garten. Dass es sich bei seinem Unfall um eine glückliche Fügung handelte, schien mir zu schön, um wahr zu sein. Niemand wusste so viel über eure Pläne mit der Süsswarenfabrik wie ich, deshalb konnte niemand sonst Verdacht schöpfen. Vermutlich habt ihr mich für zu dumm gehalten, um einen Zusammenhang herzustellen.»

«Zu dumm nicht», wandte Demont ein, «eher zu uninteressiert. In aller Regel hast du in einer Illustrierten geblättert oder dir Platten angehört, wenn Wasescha und ich uns unterhielten.»

«Was mich nicht davon abhielt, euch zuzuhören.»

Demont lehnte sich zurück und betrachtete sie mit leicht glasigem Blick. «Du sahst so aufregend aus, es war Wahnsinn! Endlos lange Beine, immer im Minirock. Deine riesigen Augen, die glatten Haare, die dir bis zur Hüfte reichten ...»

«Eure Chancen, mit euren ehrgeizigen Plänen Erfolg zu haben, standen gut. Meine Chancen, einen bald vermögenden Mann an Land zu ziehen, dessen Ansprüche an seine Frau sich in ausreichend Sex und guter Haushaltsführung erschöpften, standen ebenfalls gut. Ich wusste, ich würde meine diesbezüglichen Pflichten auf angenehme Weise erfüllen und daneben ein Leben nach meinem Gusto führen können, während du dich dem Geschäft und der Männergeselligkeit widmen würdest.»

Ihre Worte trafen Eduard Demont wie eine Ohrfeige. «Willst du damit sagen, dass du unsere Ehe aus reiner Berechnung eingegangen bist?»

Sie lachte verächtlich. «Stell dich nicht so an! Willst du etwa sagen, bei dir sei es anders gewesen? Du brauchtest eine Frau, die deine Bedürfnisse abdeckte, die gesellschaftlichen Pflichten erfüllte und dir darüber hinaus deine Freiheit liess. Genau das hast du bekommen.» Sie zählte an ihren Fingern auf. «Ich habe mich nie beklagt, wenn ich dich tagelang kaum zu Gesicht bekam, weil du am Arbeiten oder in der Beiz warst. Ich habe die Kinder allein erzogen. Ich habe deine geschäftlichen Kontakte bekocht. Ich habe an deiner Seite Repräsentationspflichten übernommen. Etwas anderes wolltest du nicht. Ich war die Erfüllung deiner Träume.»

«Ich war verrückt nach dir.» Er flüsterte fast. «Deshalb wollte ich dich heiraten.»

«Du hast mich bekommen.»

«Aber nicht aus Liebe!», rief er ärgerlich.

«Meine Güte, schwatz kein dummes Zeug! Jede Verbindung gründet auf Liebe. Die Basis unserer Ehe ist, dass wir beide mit unserem Lebensstil zufrieden sind und es bis heute beide nicht anders möchten. Was willst du mehr?»

Er seufzte. «Wahrscheinlich ist das mehr, als viele andere von ihrer Beziehung behaupten können», gab er zu.

Sie nickte und schwieg lange, bevor sie wieder auf ihre anfängliche Frage zurückkam. «Du wusstest, dass Wasescha plante, Mazzotta zu ermorden.»

Demont sagte nichts.

«Du brauchst mir nicht zu antworten. Es ist vielleicht besser, wenn du schweigst. Du bist über vierzig Jahre damit durchgekommen, dass du im Fall Heiri Zuber den Ahnungslosen spieltest. Wenn du diese Darbietung wiederholst, kommst du auch dieses Mal davon.»

«Ich habe wirklich nicht …», begann Demont.

«Sag besser nichts, als mich anzulügen», unterbrach sie ihn. «Du wirst es schaffen, ich weiss es. Deine zahlreichen Stammtischkollegen werden zunächst etwas munkeln, aber es wird nicht lange dauern, bis die Stimmen schweigen. Dann wird alles wieder beim Alten sein.»

Er nickte langsam. «Ja. Alles wird wieder beim Alten sein», sprach er ihr nach und blickte tief in die goldbraune Flüssigkeit in seinem Glas.

Zur gleichen Zeit kauerte Viktor Jörimann zusammengesunken auf dem Sofa, auch er war kurz zuvor aus der Untersuchungshaft entlassen worden. Ursina sass neben ihm und umfasste seine krampfhaft verschlungenen Hände.

«Ich kann es immer noch nicht fassen. Peter Wasescha hat Mazzotta umgebracht. Er hat ihn eigenhändig erstickt! Wie kann ein Mensch, den ich mein Leben lang geachtet habe, zu so etwas fähig sein?»

«Er erkannte, dass Mazzotta in seiner Demenz früher oder später verraten würde, wie Heiri Zuber ums Leben kam. Das wäre Waseschas Ende gewesen. Sein Leben wäre zerstört worden», versuchte Ursina zu erklären.

«Ja. Aber doch nicht zu Unrecht! Er handelte beim Tod Heiri Zubers verwegen. Jetzt, über vierzig Jahre später, holt ihn sein Verbrechen ein. Er hatte hoch gepokert und schliesslich verloren. Warum kann er nicht zu seiner Schuld stehen?»

«Er ist ein Kämpfer», antwortete Ursina. «Er gibt nicht auf, solange er eine winzige Chance zu gewinnen sieht.»

Jörimann schauderte. «Ich wurde fast wahnsinnig, als ich erfuhr, dass Heiri Zuber wegen der Süsswarenfabrik ermordet worden war.» Verzweifelt blickte er Ursina an. «Ich habe allen Ernstes gedacht, du könntest etwas damit zu tun haben! Gott im Himmel, ich muss den Verstand verloren haben. Was ich mir zusammenfantasierte wegen des warmen Motors, war der blanke Irrsinn!»

«Du warst einem Zusammenbruch nahe», beschwichtigte Ursina. «Ich habe doch gesehen, dass du dich in einem katastrophalen Zustand befunden hast.»

«Wie konnte ich nur!» Jörimann rang um Fassung. «Wirst du mir je verzeihen?»

Ursina strich ihm über den Arm. «Das habe ich längst getan.»

«Du hast so ein grosses Herz, Ursina», stellte Jörimann traurig fest. «In dir ist so viel Liebe für mich und für unsere Familie. Ich habe dich gar nicht verdient.»

Sie zauste ihm zärtlich die Haare. «Red keinen Unsinn, Lieber», wies sie ihn an. «Seit über vierzig Jahren sind wir eins. Wir haben wunderbare Kinder, eine lustige Enkelschar, viele gute Freunde, sind gesund, leben in angenehmem Wohlstand und können tun und lassen, was uns gefällt. Ich kann auf ein überaus glückliches gemeinsames Leben zurückblicken, und ich gedenke, es noch viele Jahre zu geniessen. Mit dir!»

«Ich habe dich nicht verdient», wiederholte Jörimann und schaute ihr in die Augen. «Aber ich bin unendlich dankbar, dich an meiner Seite zu haben.»

Sie rückte etwas von ihm ab. «Jetzt hör bloss auf damit, du hättest mich nicht verdient. Es wird Zeit, dass du dich wieder aus deinem Tief aufrappelst.»

Jörimann seufzte, nickte aber.

«In der nächsten Zeit wird hier der Teufel los sein. Die Journalisten werden das Dorf im Dutzend belagern, und ausnahmslos alle im Tal werden sich die Mäuler wund schwatzen über diesen Skandal.»

«Das halte ich nicht aus. Ich werde das Haus nicht verlassen, bis das Schlimmste vorüber ist.» Die Verzweiflung kehrte in Viktor Jörimanns Gesicht zurück.

«Doch», widersprach Ursina.

Ihr Gatte setzte zum Widerspruch an, doch sie schnitt ihm das Wort ab. «Morgen steigen wir beide ins Auto und fahren weg. An den Gardasee zum Beispiel, wo uns kein Mensch kennt. Dort bleiben wir, bis du wieder bei Kräften bist und sich der Sturm hier gelegt hat.»

Es dauerte einen Moment, bis sich der Zweifel aus Jörimanns Gesicht schlich. Endlich nickte er zögernd: «Das wird vermutlich das Beste sein.»

«Es ist bestimmt das Beste! Aber zuerst musst du schlafen. Ich packe für uns beide, du brauchst dich um nichts zu kümmern.» Sie stand auf und reichte ihm die Hand.

Jörimann ergriff sie willig und erhob sich, um todmüde ins Bett zu wanken.

Im Altersheim in Thusis war kein Laut zu hören. Die Leuchtziffern der Uhr auf dem Nachttischchen zeigten Rösli, dass sie sich seit zwei Stunden von einer Seite auf die andere drehte, ohne einschlafen zu können. Am Vortag war sie mit Lars und dem Tonband auf dem Polizeiposten gewesen, was sie so stark aufgeregt hatte, dass an Schlaf nicht zu denken gewesen war. Die versäumte Nachtruhe hatte sie am Nachmittag nachgeholt, weshalb sie nun nicht einschlafen konnte. Ausserdem war sie angespannt wie ein Geigenbogen. Seit ihrem Gespräch mit Emanuele und Elvira am Vormittag wartete sie auf Neuigkeiten. Was die Polizei wohl machte? Bestimmt war Wasescha inzwischen zur Tonbandaufnahme befragt worden, aber Rösli war sich im Klaren, dass der Mord an Heiri Zuber verjährt war. Doch hatte Wasescha auch Gerardo Mazzotta umgebracht? Oder ein anderer Gründer der Süsswarenfabrik oder alle gemeinsam? Oder doch jemand ganz anderes aus einem Motiv heraus, das mit dem Mord an Heiri Zuber nichts zu tun hatte? Silvia Häberli-Mazzotta? Jemand aus deren Umfeld? Spätestens an dieser Stelle begann sich das Gedankenkarussell erneut zu drehen: Was machte wohl die Polizei?

Rösli kapitulierte. Sie läutete, um nach einem leichten Schlafmittel zu fragen.

Julia erschien sofort. «Sind Sie zu aufgedreht zum Schlafen?», fragte sie freundlich.

«Ich denke immerzu an die Sache. Ich kann einfach nicht damit aufhören», klagte Rösli.

«Das ist nicht weiter erstaunlich», bemerkte Julia. «Es ist viel passiert in den letzten Tagen, und Sie waren stets mittendrin.»

«Ich würde Ihnen fürs Leben gern von all den Ereignissen erzählen, Julia, aber ich darf nicht.» Sie schaute die Pflegerin bedauernd an.

«Das weiss ich. Ich werde es früh genug erfahren, wenn es Neuigkeiten gibt. Glauben Sie mir, Joe ist eine unerschöpfliche Quelle, wenn es ums Dorfgeschwätz geht.»

Rösli schmunzelte, während Julia hinausging, um die Beruhigungstropfen zu holen. Sie nahm die Medizin artig ein. Die Pflegerin zog die Bettdecke zurecht und verabschiedete sich. Als die alte Frau wieder im stillen, dunklen Zimmer lag, war sie freilich so wach und angespannt wie zuvor.

Dass Schafe zählen zu nichts nütze war, wusste sie seit siebzig Jahren. Wahrscheinlich hatte sie in ihrer Jugend zu oft reale Schafe, Rinder und Hühner gezählt und dabei alles andere als müde sein dürfen. Seufzend machte sie das Licht an und nahm das Tablet zur Hand. Vielleicht würde es Ordnung in ihre Gedanken bringen, wenn sie die gestrigen Ereignisse aufschrieb.

Überhaupt wusste Simon noch gar nichts von den aufregenden Entwicklungen. Sie hatte seine Recherchen über die Frauen der Süsswarengründer überflogen und sich über seinen Eifer amüsiert. Da sein Dossier mehr Bilder als Text enthielt, hatte es nicht viel zu lesen gegeben. Die Schilderungen der Damen Demont und Jörimann waren schön und gut, aber die Richtung, die Simons Gedanken eingeschlagen hatten, schien Rösli ein Irrweg zu sein. Frau Demont dürfte ihren Gatten kaum noch vom Sehen kennen, so sehr führten die beiden ein je eigenes Leben. Ursina Jörimann hingegen war eine herzliche, konventionelle Frau, die für ihre Familie lebte. Beiden dürfte der Gedanke an einen Mord so fern sein wie ihr jener an eine Besteigung des Nanga Parbat.

Selbstverständlich wusste Rösli, dass die Polizei sie zum Schweigen verpflichtet hatte. Bislang hatte sie sich eisern daran gehalten. Ausser Emanuele und Elvira hatte sie niemandem etwas erzählt, und dass sie diese beiden hatte einweihen müssen, dürfte auch für die Polizisten auf der Hand liegen. Desgleichen Simon, auch er hatte seinen Beitrag geleistet. Im Übrigen wohnte der Junge ausserhalb der Region, da dürfte es erst recht kein Problem sein, wenn sie ihn auf dem Laufenden hielt. Entschlossen begann sie zu schreiben.

Walter Buess rügte sie deswegen später nicht. Nicht etwa, weil er seine Belehrungen darüber, was Recht und was Unrecht war, aufgab, sondern, weil er nie von Röslis Mail erfuhr.

2018, einige Monate später

19

«Danke.»

Peter Wasescha musterte seine Besucherin. Das Schweigen zog sich in die Länge.

«Warum hast du mich nicht verraten?»

«Was hätte es gebracht?», fragte er zurück.

«Es wäre die Wahrheit gewesen.»

«Die Wahrheit!», knurrte er. «Die Wahrheit nützt niemandem etwas.»

«Danke», wiederholte sie nach einer Weile.

«Ich bin so gut wie tot», bemerkte er bitter und liess den Blick über den trostlosen Besuchsraum des Gefängnisses schweifen. «Wozu hätte ich dich ruinieren sollen? Einer reicht.»

«Du hast gelogen und bist damit durchgekommen. Wie war das möglich?»

Er schnaubte ungehalten. «Verdammt nochmal! Ich war eine Nacht lang in Haft, nachdem sie mich wegen diesem verdammten Tonband befragt hatten. Glaub mir, ich hatte Zeit genug, mir zu überlegen, wie ich den Kopf aus der Schlinge ziehen könnte. Es gab keinen Weg. Ich war am Ende. Hingegen für dich bestand Hoffnung.»

«Du warst trotz deiner Verzweiflung in der Lage, dir eine Falschaussage zurechtzulegen», stellte sie bewundernd fest.

«Ich habe kaum ein Auge zugetan und alles wieder und wieder durchdacht. Wollte ich dich heraushalten, musste ich Erklärungen für deinen Anteil an der Sache finden: den Schlüssel, die Werkstatt, das Auto.»

«Das war höchst riskant. Wie konntest du wissen, dass es keine Zeugen gab?»

«Ich konnte es nicht wissen, ich konnte es lediglich versuchen. Ich behauptete, den Schlüssel zum Personaleingang des Altersheims im Stationszimmer aus der Tasche einer Angestellten entwendet zu haben.»

«In Tat und Wahrheit stahl ich ihn bei einer Kollegin aus der Handtasche ihrer Tochter, die im Altersheim in der Küche tätig ist», sagte sie. «Sie arbeitet meist tagsüber, dann benützt sie den Haupteingang und braucht den Schlüssel nicht. Eine, zwei Wochen später legte ich ihn zurück. Vermutlich hat sie gar nichts bemerkt. Falls doch, vermutete sie wahrscheinlich, ihn verlegt zu haben. Aber das konntest du nicht wissen. Was, wenn sie den Verlust gemeldet und die Polizei den Zusammenhang erkannt hätte?»

«Dann wäre es vielleicht schwieriger geworden, aber noch immer nicht aussichtslos gewesen.»

Sie lachte freudlos auf. «Ich gab mir so viel Mühe, in der Werkstatt auf mich aufmerksam zu machen! Ich wollte doch, dass die vorbeifahrenden Personen einen sich bewegenden Schatten registrierten und später Stein und Bein schwören würden, jemanden umhergehen gesehen zu haben.»

«Mit Erfolg», meinte Wasescha. «Einer war überzeugt, er habe eine Gestalt wahrgenommen. Wahrscheinlich setzten sie ihm so lange zu, bis er unsicher wurde. Allerdings hatte ich bereits gestanden. Der Zeuge nützte niemandem mehr, deshalb legte man keinen Wert auf seine Aussage.»

Sie nickte stumm.

«Der letzte kritische Punkt war das Fahrzeug», fuhr Wasescha fort. «Unsere Idee war hervorragend, dass du euer Auto in der Tiefgarage in Chur holen solltest, während Viktor an diesem Vortrag und nachher beim Essen war. Mein eigener

Wagen stand den ganzen Abend vor der Werkstatt, während ich mit eurem nach Thusis fuhr, ihn an einem verlassenen Ort abstellte und zu Fuss zum nahen Altersheim ging. Ich liess mir für meine Aussage einfallen, ich hätte das Velo vorgängig zur Werkstatt gebracht und sei am späten Abend damit zum Altersheim gefahren. Letztlich glaubten sie das. Da niemand bemerkt hatte, wie du das Auto in Chur aus der Tiefgarage holtest und es später am selben Ort wieder parkiertest, bestand kein Grund zu zweifeln.»

«Da irrst du dich gewaltig», murmelte Ursina.

«Wie bitte?» Wasescha richtete sich auf.

«Als Viktor um Mitternacht in die Tiefgarage ging, bemerkte er, dass der Motor warm war. Zunächst dachte er nicht weiter darüber nach. Aber später, als Mazzottas wirres Gerede richtig verstanden wurde, liess er sich den Abend von dessen Tod nochmals durch den Kopf gehen. Er erinnerte sich an den warmen Motor. Er blickte zurück auf die Zeit, als wir alle jung waren und uns flüchtig kannten, als du und Eduard Demont eure Pläne zum Bau der Fabrik entwickelten. Es wurde ihm klar, dass ich damals mit euch beiden eng befreundet gewesen war und eure Ideen im Detail gekannt haben musste. Er kam zum Schluss, dass ich in Heiri Zubers Tod verwickelt gewesen war oder zumindest Bescheid gewusst hatte und es für mich infolgedessen immens wichtig war, dass nichts darüber ans Licht kam.»

«Ein kluger Mann.» Wasescha schnitt eine Grimasse. «Seine Folgerungen sind vollkommen richtig. Wie zum Teufel hast du ihn überzeugen können, dass er sich irrt?»

«Gar nicht», antwortete Ursina.

Wasescha stutzte. «Wie bitte?»

«Er war einem Zusammenbruch nahe. Er konnte es nicht ertragen, dass sein Lebenswerk und sein Wohlstand auf einem Verbrechen aufgebaut waren. Als er, am gleichen Abend wie du auch, von der Polizei einvernommen wurde, muss er sich höchst verdächtig benommen haben. Er wollte seinen Verdacht auf keinen Fall verraten, aber wie du weisst, ist er kein begnadeter Lügner. Die Nacht in Untersuchungshaft hat ihn arg mitgenommen. Immerhin brachte ihn sein Anwalt am nächsten Tag endlich dazu, am besten nichts zu sagen. So schaffte er es, nichts von seinen Gedanken verlauten zu lassen. Als dann dieser rätselhafte Zeuge auftauchte, der dich beim Verlassen des Altersheims beobachtete, war das für ihn wie eine Offenbarung. Sofort war er davon überzeugt, in seinem desolaten Zustand einem Hirngespinst gefolgt zu sein, und machte sich bittere Vorwürfe, weil er meine Schuld für möglich gehalten hatte.»

Peter Wasescha griff sich an den Kopf und schloss die Augen. «Sag, dass das nicht wahr ist!»

«Es ist wahr.»

«Alles ist vergessen, alles ist für ihn wieder, wie es vorher war?», fragte er ungläubig.

«Beinahe», stellte Ursina richtig. «Er hat sich noch ein wenig mehr zurückgezogen, vergräbt sich immer tiefer in seinen Büchern. Wenn er ausgeht, pflegt er seine Kontakte mit Gleichgesinnten in Chur. In Thusis ist er selten anzutreffen.»

Sie schwiegen lange. Schliesslich fragte Wasescha nach Eduard Demont.

«Er scheint der alte zu sein», berichtete Ursina. «Bewegt sich zwischen der Raststätte und den Stammtischen hin und her und hat den Skandal offenbar schadlos überstanden.»

«Er wusste damals wie jetzt genau, was vor sich ging. Er ist ein Meister darin, den Ahnungslosen zu spielen und damit durchzukommen.»

«Das sehe ich genauso. Einzig aus seiner Frau werde ich bis heute nicht schlau. Ob sie etwas ahnt?», fragte Ursina.

Wasescha nickte. «Ich vermute es», antwortete er. «Ich vermutete es bereits damals im Fall von Heiri Zuber. Meiner Ansicht nach ist sie ziemlich berechnend. Sie verfolgt ihre Pläne zielstrebig und ohne ein Wort darüber zu verlieren.»

Die Besuchszeit neigte sich dem Ende zu.

«Wie kommst du damit zurecht?», fragte Wasescha leise.

Ursina schaute ihm lange in die Augen. «Meine Familie hat den Skandal überstanden. Sie ahnen nicht einmal, wie nahe wir einer Katastrophe waren. Niemand von uns ist zu Schaden gekommen, das Leben geht weiter wie vorher. Das ist alles, was für mich zählt.»

«Deine Familie war schon immer alles, was für dich zählt.» Er lächelte traurig. «Für sie bist du über Leichen gegangen.»

«Ja», antwortete sie schlicht.

Epilog

20

Die Verkäuferin aus der Bäckerei in Davos nippte geniesserisch an ihrer heissen Schokolade.

«Wie geht es mit dem Gemeindearbeiter voran?», fragte ihre Freundin. Obwohl sie im Gegensatz zur Verkäuferin schlank und rank war oder aber, weil sie es bleiben wollte, hatte sie nur ein Glas Mineralwasser vor sich stehen.

Sofort strahlte erstere übers ganze Gesicht. «Erich ist ein Schatz!», schwärmte sie. «Er ist so ein liebenswürdiger, zufriedener Mensch. Einer wie ein Teddybär.»

«Ich weiss nicht, ob ich mir einen Teddybären als Partner wünschen würde», wandte die Freundin ein.

Die Verkäuferin wischte diesen Einwand weg. «Ich schon», sagte sie bestimmt. «Gestern waren wir bei seiner Mutter.»

«Oho, so weit seid ihr schon gekommen!»

Der spöttische Unterton war deutlich zu hören, doch die andere ging darüber hinweg. «Sie hat ein Gasthaus in einem der Weiler ausserhalb von Davos. Es ist ein wunderschönes, altes Walserhaus, alles dunkles Holz. Der Umschwung ist riesig, mit einem tollen Spielplatz. Dort werden unsere Kinder sich vergnügen können, wenn ich im Restaurant helfe oder die Zimmer mache.»

«Eure Kinder?», fragte die Freundin verwirrt. «Habe ich etwas verpasst?»

«Natürlich werden wir Kinder haben. Am liebsten drei.» Die Bäckereiangestellte leckte den Löffel ab.

«Weiss Erich, was du mit ihm vorhast?», fragte sie grinsend.

«Was meinst du damit?» Die Verkäuferin war irritiert. «Es ist ja wohl klar, dass wir Kinder haben werden, und dass ich im Gasthof mithelfe, liegt auf der Hand.»

«Ach so», lenkte die Freundin ein, konnte es aber nicht lassen. «Du hättest ihn ja nach seiner Meinung gefragt haben können.»

«Ich brauche ihn nicht nach seiner Meinung zu fragen», erwiderte die Verkäuferin. «Unser Weg liegt so klar vor uns, darüber muss doch nicht diskutiert werden.»

Jetzt lachte die Freundin laut heraus. «Sag mal, wie lange planst du schon, Erich Eichenberger an Land zu ziehen?», fragte sie neugierig.

«Ach, schon seit geraumer Zeit.» Die Verkäuferin blickte versonnen in ihre Tasse. «Aber es war ein hartes Stück Arbeit, bis er endlich begriff, was Sache war. Erst, als er nach Basel fuhr und mir Pralinés mitbrachte, wagte er es, mich zu einem Kaffee einzuladen.»

«Das war, nachdem er von seinem Erbe erfahren hatte.»

Der lauernde Unterton entging der Bäckereiangestellten. «Ja», bestätigte sie. «Er erzählte mir davon, als wir zusammen einen Coupe assen. Er nahm einen Dänemark mit einer doppelten Portion heisser Schokolade.»

Die Freundin wurde ernst. «Sag mal», begann sie. «Hättest du ihn auch so beharrlich beackert, wenn er nicht zu Geld gekommen wäre?»

«Ja», antwortete die Verkäuferin nachdenklich. «Er ist so oder so drollig und lieb, seine Mutter hätte sowieso ein Gasthaus, und ich wünsche mir ihn und keinen anderen als Vater meiner Kinder.» Sie stützte den Kopf auf. «Seit ich denken kann, möchte ich eine grosse Familie und einen Familienbetrieb, sei es ein Wirtshaus oder irgendeinen Laden. Erich ist die Antwort auf meine Sehnsüchte.»

«Hast du dich auch nach dem Geld gesehnt?», fragte die Freundin sarkastisch.

«Natürlich nicht», antwortete die Bäckereiangestellte. Dann lächelte sie verschmitzt. «Davon hätte ich nicht zu träumen gewagt!»

Dank

Mein Nachbar Martin Buchli, pensionierter Kantonspolizist, beantwortete all meine Fragen geduldig und gewissenhaft. Alles, was in der Schilderung der Polizeiarbeit trotzdem nicht stimmt, habe ich ihn nicht gefragt.

Beatrix Vital und Anna Barbara Raschein, beide im Pflege- und Altersheim in Thusis tätig, halfen mir bereitwillig mit Auskünften zu ihrer Tätigkeit und ihrem Arbeitsplatz weiter.

Giovanni Di Cosmo, bereits anfangs der Siebzigerjahre nach Thusis eingewandert, ist eine sprudelnde Quelle an Informationen über das Leben der italienischen Gastarbeiter. Er gewährte mir einen berührenden Einblick in seine Vergangenheit.

Sutharmena Satkunanathan, Zivilstandsbeamtin in Cazis, erklärte mir fachkundig alles Nötige über eheliche und uneheliche Erben.

Herzlichen Dank euch allen.

Die Handlung dieses Romans ist erfunden, nichts davon ist wahr, und sämtliche Personen habe ich mir ausgedacht. Die Süsswarenfabrik, die beiden dazugehörigen Läden, die Schuhmacherwerkstatt und Heiris Garten sind ebenfalls fiktiv. Am Ausgang der Viamala ist meines Wissens kein Erlebnisrundgang geplant. Die übrigen Örtlichkeiten entsprechen im grossen Ganzen der Realität, auch wenn ich mir da und dort gewisse Freiheiten erlaubt habe.

Rita Juon, 1966, ist in Thusis aufgewachsen. Nach der Matura bildete sie sich zur Softwareentwicklerin aus und war in Zürich, später in Graubünden berufstätig. Sie ist verheiratet und Mutter von zwei Kindern, geboren 2002 und 2004.

Weitere Krimis im orte Verlag

Ein deutscher Tourist stürzt in Graubünden am Piz Beverin zu Tode. Als der eigenartige und eigensinnige Dorfbewohner Pulit in den Fokus der Ermittler gerät, werden die einheimischen Rentner Toni und Annamaria Hunger aktiv, um ihren Freund zu schützen und zur Klärung des Falls beizutragen.

Der Tod eines Zürcher Unternehmers im Engadin könnte ein banaler Unfall gewesen sein, doch auffällige Kratzspuren im Gesicht des Toten erwecken den Verdacht, er sei absichtlich verursacht worden. Inspektor Caminada führt die Ermittlung im eleganten Umfeld des Hotels Waldhaus in Sils Maria.

Duri Rungger · **Tod am Silsersee**
206 Seiten, Fr. 26.–, ISBN: 978-3-85830-219-9

Jan Krüger, die erste grosse Liebe von Moira van der Meer, wird erschossen aufgefunden. Alles deutet auf einen misslungenen Raubüberfall hin. Rechtsanwältin Moira van der Meer will das nicht glauben und beginnt auf eigene Faust zu ermitteln.

Eva Ashinze · **Tod in Winterthur**
256 Seiten, Fr. 26.–, ISBN: 978-3-85830-222-9

Liza Huber, Privatdetektivin aus Zürich, entdeckt bei einer Wanderung auf dem Klangweg im Toggenburg eine Leiche. Im Auftrag der Lebenspartnerin der ermordeten pensionierten Goldschmiedin beginnt Liza Huber, Nachforschungen anzustellen und stösst dabei auf einen Bio-Bauern, mit dem sie bald mehr als berufliche Interessen verbindet.

Regula Stadler · **Tod auf dem Klangweg**
176 Seiten, Fr. 26.–, ISBN: 978-3-85830-237-3